Scarlet
스칼렛

www.bbulmedia.com

안아주고 싶은 끼

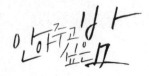

1판 1쇄 찍음 2015년 10월 6일
1판 1쇄 펴냄 2015년 10월 13일

지은이 | 안은찬
펴낸이 | 정 필
펴낸곳 | (주)뿔미디어

기획 · 편집 | 이은정, 이영은

출판등록 | 2002년 9월 11일 (제1081-1-132호)
주소 | 경기도 부천시 원미구 소향로 17, 303(두성프라자)
전화 | 032)651-6513 / 팩스 032)651-6094
E-mail | scarlets2012@hanmail.net
블로그 | http://blog.naver.com/dahyangs
홈페이지 | http://bbulmedia.com

값 9,000원

ISBN 979-11-315-6840-8 03810

안아주고 싶은 밤

안은찬 장편소설

c o n t e n t s

좋아해

평행우주론, 또는 다중우주론이라는 것이 있다. 우리가 살고 있는 현재의 우주처럼 함께 흘러가고 있는 또 다른 우주들.

우리의 선택 하나가 엇갈려 현재를 여러 개로 조각내고, 그렇게 모든 시간은 과거, 현재, 미래의 우주로 나뉘기도 하면서 죽음과 삶을 경계로, 혹은 만남과 이별을 경계로 각기 다른 이야기로 옮겨진다.

서로를 만나 이렇게 얼굴을 맞대고 있는 지금이 어쩌면 그 수많은 우주 중 하나에 불과할지도 모른다는 사실이…….

"신기하지 않나?"

"이모, 여기 떡꼬치 하나 주세요."

초롬은 고개를 저었다. 작고 도톰한 다홍색 입술 사이로 한숨이 샜다. 또 시작이었다. 저렇게 우주에 관련된 책만 읽어 대면서 자신은 알지도 못하는 우주 타령, 별 타령을 하는 게 벌써 몇 달째인지 모르겠다. 초반에 세다가 포기해 버렸다.

중학교 2학년이었나. 그 당시에는 다 늦게 때아닌 공룡에 빠져 한참을 공룡 관련 책만 파던 지욱이었다. 티라노사우루스니, 트리케라톱스니, 마치 전공 서적을 들고 다니는 대학생처럼 옆에 책을 끼고 걸어 다니면서 초롬에게 그 공룡들의 생김새나 시대 등의 차이를 줄줄 읊어 대느라 골머리를 썩이곤 했었다.

이번엔 또 얼마나 갈까. 못해도 하나에 빠지면 1년은 꼬박 채우는 것 같았는데.

"고맙습니다. 많이 파세요."

"아니, 그러니까 이게 굉장히 신빙성 있다는 말이지. 우리가 살고 있는 우주 외에 여러 개의 우주가 또 있을 수 있다는 거야. 도서관에서 마치 판타지에나 나올 법한 그런 느낌으로 이 책이 묘하게 빛을 내면서 날 기다리고 있더라니까? 30분도 안 읽었는데 내용이 팍 와서 박혔어. 진짜 듣도 보도 못했던 우주 얘기야."

"듣도 보도 못한 얘기는 거기까지만 하고 떡꼬치나 먹어. 딱한 입만 먹……. 아, 한 입만 먹으라니까!"

고작해야 떡볶이 떡 다섯 개가 붙어 있는 떡꼬치였다. 내내 시끄럽게 떠들고 있는 입을 막아 버릴 생각으로 한 입만 먹으라며 건넸던 건데, 그 입에 들어갔다가 나온 뒤 떡꼬치의 떡은 두 개로 줄어 버렸다.

아주 잠시 울상을 지었다가 곧바로 다시 인상을 쓴 초롬이 입을 쭈욱 내밀고 지욱을 원망의 눈으로 응시했다.

한참 우주 이야기로 흥이 올랐던 지욱은 초롬의 얼굴을 보며 헛기침으로 목을 괴롭혔다. 또 저 표정이다. 초롬이 울 것처럼 쳐다보면 지욱은 완벽한 패배를 느꼈다.

처음 만났던 10살 때부터 그랬다. 지욱은 자신의 옆집으로 이사를 왔던 어린 초롬을 기억했다. 그녀는 엄마의 심부름으로 떡을 든 채 현관문 앞을 한참이나 서성이고 있었다. 운동장에서 축구를 한 탓에 땀범벅이 된 어린 지욱은 집으로 돌아오는 길에 그녀를 발견했다.

자신의 집 현관문 앞에 서 있는 웬 여자아이. 그는 언제까지 저러고 있나 두고 보자는 생각으로 초롬의 뒤에 서 있었다. 초롬은 쑥스러웠던 탓인지 초인종 하나를 누르지 못하고 한참을 망설였다.

그 작은 키로 현관문 앞에서 왔다가 갔다가 다시 또 가만히 서 있기를 반복했다. 한참 어쩔 줄 몰라 하던 초롬을 답답하게 여긴 지욱이 결국 그 앞으로 성큼 다가섰다.

'도둑이냐?'

대뜸 내뱉은 큰 목소리가 그 어느 것보다 커다랗게 울린 듯했다. 일회용 접시에 시루떡을 담아 들고 있던 초롬은 화들짝 놀라 현관문 앞 낮은 계단에 발을 헛디뎠고 그대로 엉덩방아를 찧었다.

당황하기는 지욱도 마찬가지였다. 초롬의 연두색 원피스 위에 시루떡 팥고물들이 후두둑 떨어졌다.

지욱은 그대로 입을 꾹 다무는 것 외에는 아무것도 할 수 없었다. 눈이 빨개져서 금방이라도 울음을 터뜨릴 것처럼 자신을 올려다보는 여자아이의 얼굴에 말문이 턱 하니 막혀 버렸다. 축구하던 도중 자살골을 넣었던 것 이상으로 죄책감이 느껴졌다.

초롬은 울 것 같은 얼굴을 했으나 끝까지 울지는 않았다. 단지 그대로 주저앉아 자신과 눈을 마주치고 있을 뿐이었다. 결국 지욱이 축구공을 옆에 내려놓았다.

모래가 묻어 까매진 손을 티셔츠에 슥슥 문대어 닦은 뒤 초롬의 작은 손을 잡아 주었다. 누가 이기고 지는 대결을 하는 것도 아니었는데 지욱은 그 순간 이상한 패배감에 사로잡혔다.

초롬이 맑게 웃었다. 사과는커녕 입을 꾹 다문 채 뚫어지게 쳐다만 보고 있었을 뿐인데도 초롬은 그런 지욱을 보며 눈가를 예쁘게도 접었다.

웃는 모습이 그토록 예쁜 사람이 있을 수도 있다는 것을 그때 처음 알았던 것도 같다.

'엄마! 문 열어!' 하며 목이 터져라 소리를 질렀다. 초인종을 버젓이 놔둔 채 현관문을 쾅쾅 두드렸다. 새빨개진 얼굴을 들키기 라도 할까 고개를 푹 숙인 채로 말이다.

"뭐⋯⋯. 새로 사 줄까?"

"안 먹어."

미안함에 괜히 머쓱해진 지욱이 살살 눈치를 보자 초롬이 금세 표정을 풀었다. 미안하다는 말을 좀처럼 하지 못하는 그를 누구보다 잘 알고 있었다.

어쩔 줄 몰라 하는 표정, 무안한 표정, 머쓱한 표정, 고민하는 표정, 난감한 표정. 그 사소한 표정 변화들을 전부 감지할 수 있을 정도가 되었다. 그것으로도 충분했다. 말로 하지 않아도 마음이 전해진다는 건 그런 기분이었다.

"내 거 다 뺏어 먹고 쑥쑥 커라, 견지욱."

"누가 들으면 내가 뺏어 먹어서 네 키가 그거밖에 안 되는 줄 알겠다?"

"······너 혼자 가."

이번엔 제대로 삐쳤다.

다리도 짧은 게 바닥을 쿵쿵 울리며 앞서 걷는다. 한쪽 손에는 떡꼬치를 들고, 가느다란 다리로 바닥을 강하게 디디면서, 시선은 곧게 정면만 향한 채 앞서가는 그 뒷모습이 지욱의 눈에는 그저 귀엽기만 했다. 몇 걸음 성큼성큼 걸으면 이렇게 금방 따라잡힐 거면서. 귀여워서 미치겠다.

지욱이 웃음을 삼키며 하던 이야기를 마저 이었다.

"아무튼, 그래서 그 다른 우주들에서는 우리가 이렇게 친구가 아닐 수도 있다는 거지."

"다른 우주에 살고 있는 나는 좋겠다. 견지욱이랑 생판 남남으로 살았으면 이 성장기에 괜한 스트레스로 고생할 일도 없을 텐데. 다른 우주에 사는 나는 키도 차암 클 거야. 그치?"

"콩알만 한 게."

"아직 180cm도 아니면서 엄청 큰 척은."

"179.8cm면 어디 가서 반올림해도 되거든. 158cm면서 160cm로, 소수점도 아니고 무려 2cm나 사기를 치는 함 누구 씨보다는 아주 양심적이야."

"겨언지이우욱."

"하암초오로옴."

지욱은 보란 듯이 더 놀리며 초롬의 흉내를 냈다. 이러다가 폭발하겠다 싶을 때쯤 라스트 훅을 날리려는 심산이었는지 그는 그녀의 손에 들려 있던 떡꼬치마저 빼앗아 겨우 남은 두 개조차 홀라당 입에 넣어 버렸다.

자신의 손에 가느다란 꼬치만 남겨 둔 채 잽싸게 달려가는 지욱을 보며 초롬이 주먹을 꽈악 쥐었다. '야!' 하고 외치며 열심히 달렸지만 신체적 조건이 월등하게 다른 입장에서 쉽게 따라잡힐 리 만무했다.

물론 '그럼에도 불구하고' 지욱은 쉽사리 잡혔다. 아니, 잡혀 주었다.

"하아, 하아……. 너 진짜 오늘로 생 마감하고 싶어? 진짜 17년만 살다가 저세상 가도 미련 없겠어? 어?"

"젊음을 불사르다가 가는 건데 미련 없……. 아, 잘하면 미련 생길 것도 같은데. 어차피 죽을 몸, 어디 마지막까지 한 건 제대로 해 볼까?"

아직도 속 뒤집을 개인기가 남았냐는 눈으로 쳐다보는 초롬을 마주하며 지욱은 눈이 휘어지게 웃었다. 영문을 알 수 없다는 듯이 혹은 약간 불안하다는 듯이 슬슬 뒷걸음질 치는 초롬의 모습에도 지욱의 표정은 변할 생각을 않았다.

그의 눈에 초롬은 그저 순하고 작은 여자아이일 뿐이었다. 아무리 눈에 힘을 주고 위협적으로 자신을 보아도 위협적일 리 없었다.

온갖 야무진 행동은 도맡아 하면서도 이렇게 유치한 장난 하나에 곧이곧대로 반응을 해 와서 그 쾌감과 사랑스러움에 도취될 수밖에 없도록 만들었다. 그러니 이 귀여운 생물체 앞에서 혈기 왕성한 17세 소년이 인내심을 발휘해 봐야 얼마나 발휘할 수 있겠는가.

서로 마주하고 있던 시선이 잠시 엇갈렸다. 지욱의 눈이 초롬의 왼쪽 가슴으로 향했다. 교복 상의의 노오란 명찰 위에 정갈하게 파여진 '함초롬'이라는 이름이 오늘처럼 이렇게 가깝게 느껴진 적이 없었다.

그래서 또 깨닫는다. 어쩐지 한 걸음 한 걸음씩 가까워진다는 생각이 들기는 했었는데 이제는 다시 뒤로 물러나기에도 너무 늦어 버릴 정도로 이렇게 코앞까지 와 버렸구나, 내 감정이.

"다른 우주에서는 말이지."

"또 그 얘기!"

"어쩌면 우리가 친구가 아닐 수도 있어."

"그래. 차라리 남남……!"

안 그래도 큰 초롬의 눈이 더 동그랗게 떠였다. 그녀의 말이 끝맺음을 하는 것보다 지욱의 입술이 맞닿는 것이 더 **빨랐다**. 초롬의 눈동자가 세차게 흔들렸다. 눈을 감을 타이밍조차 잡지 못한 듯했다. 머리의 파악보다는 아마도 입술 위에 느껴지는 감각이 더 **빨랐을** 것이다. 한껏 당황한 얼굴은 적어도 그녀가 꿈꾸던 첫 키스는 이런 게 아니었다고 말하고 있는 것도 같았다.

지욱이 입꼬리를 올려 웃으면서 초롬의 입술에 자신의 입술을 더 꾸욱 눌렀다. 그리고 넋이 나간 초롬의 손에서 내용물이 사라진 꼬치를 스윽 빼 와 등 뒤에 있던 휴지통에 툭 던져 버렸다. 나이스 골!

그래도 나름 첫 키스인데 지욱은 스스로도 놀랄 만큼 이상하게 여유가 있었다. 아니, 정확하게 이야기하자면 여유라기보다는 드디어 해냈다는 통쾌함이었을지도 모르겠다.

기다려 왔던 순간인 만큼 쩔쩔매면서 긴장으로 머릿속을 비워내고 싶지 않았다. 지금의 이 모습이 기억 속에서 흐지부지되어 버리지 않도록 지욱은 끝까지 눈을 감지도, 그 행위에 취하지도 않았다.

사실상 키스라고 할 것도 없이 그저 입술만 말랑하게 한참 부비던 그 행위가 끝이 나서야 초롬은 지욱과 눈을 마주칠 수 있었다.

'너, 너…….' 하면서 말은 입안에서만 맴돌 뿐 밖으로 차마 나오지 못했다. 그녀의 부끄러움을 깨달은 지욱이 마지막으로 초롬의 입술에 한 번 더 짧게 입을 맞췄다.

"다른 우주에서의 우리는 이런 사이일 수도 있다는 말이야."

그리고 온 얼굴이 무너질 듯이 벅차게 웃었다.

1.

12월 31일

"함초롬."

"⋯⋯으응."

"'으응'은 대답이 아니라 신음이고. 일어나."

"⋯⋯."

"나 매일이 감탄스러울 정도로 어제보다 하루만큼 더 혈기 왕성해지는 19살인데, 진짜 이대로 마음 놓고 늘어져서 자도 되겠어? 이 자세를 보고도?"

"⋯⋯?"

지욱의 목소리임을 알고도 초롬은 잠에 취해 좀처럼 눈을 뜨기 힘들었다. 이게 현실인지 꿈인지 사실상 분간이 잘 되지도 않을 정도라 이러다가 저 소리가 아득하게 멀어지며 또다시 꿈나라로 떨어지겠지 싶었다.

이상하게도 협박 아닌 협박처럼 들려오는 그 현실성 짙은 지욱의 말만 아니었다면 정말 그대로 두 번째 잠에 빠져들었을지도 모를 일이었다.

무거운 눈꺼풀을 들어 겨우 반쯤 눈을 뜬 초롬의 앞에 지욱의 모습이 흐리게 보였다. 눈, 코, 입이 정확하게 보이는 건 아니었지만 그 윤곽선이 흐리멍덩하게 아른거렸다. 그저 '아, 견지욱이네.' 할 뿐이었다. 그래. 아, 견지욱. 아…… . 아……?

"……너 지금 어딜 올라와 있는 거야? 안 내려가?"

초롬은 눈을 번쩍 떴다. 그러면서 무의식적으로 팔을 강하게 뻗었다. 덕분에 묵직하게 침대 위에 자리하고 있던 지욱이 그 힘에 밀려 침대 아래로 떨어졌다.

설마 이렇게 갑작스럽게 일어나겠나 싶어 방심했다. 무방비 상태로 초롬의 위에 올라타 있던 탓에 바닥 위로 뒹굴 때까지도 몸을 방어할 수 없었다.

딱딱한 바닥이 어지간히 아팠는지 지욱이 앓는 소리를 냈다. 괴로운 표정으로 허리며 무릎이며 문질러 대는 모습에 초롬 본인도 적잖이 당황했다. 정말 놀라서 나온 무의식적인 행동이었다.

그러면서 자신도 모르게 방문부터 확인했다. 요즘 부쩍 사춘기랍시고 부모님조차 함부로 들어오시지 못하게 잠들 때면 방문을 잠가 놓던 초롬이었다.

그런데 이 이른 시간부터 혼자 자는 여자아이 방에 시커먼 남자아이가 들어와 있다는 건 대체 뭘 의미하는 걸까. 설마 부모님께 인사를 드리고 아침 댓바람부터 이 방으로 왔다고? 그럴 리가.

그렇다는 건…….

'역시나.'

훤히 열린 창문으로 들어오는 바람에 커튼이 강하게 펄럭이고 있었다. 겨울바람이 매서웠다. 잠에서 깨고 보니 온 방이 냉기로 가득했다. 그가 겁도 없이 2층 창문을 넘어서 자신의 방으로 건너온 것이다. 그거로도 모자라 매너도 없이 창문을 열어 놓고 다녀?

"내가 위험하니까 창문으로 넘어 다니지 말랬지. 그리고 왜 저렇게 활짝 열어 놔?"

"그럼 추워서라도 좀 깰까 싶었지. 그리고 이 긴 다리를 유용하게 써먹겠다는데 그게 뭐 어때서. 저 정도는 금방 넘어와. 누가 지은 집인지는 모르겠지만 참 잘 지었어. 이렇게 딱 붙어서 굳이 현관문을 통하지 않고도 넘나들 수 있게 말이야."

"말 빙빙 돌려. 그러다가 진짜 실수로 발이라도 헛디디면 어쩌려고 그래. 여기 2층이야. 떨어지면 다친다니까?"

"어릴 때는 원래 뼈도 좀 부러져 보고 그러면서 크는……. 아, 아파!"

"뼈도 부러져 보겠다는 애가 등짝 한 대가 아파? 어?"

고작해야 9시를 조금 넘긴 시간이었다. 그리고 바람이 아주 찬, 대신 공기가 맑은 어느 12월 31일의 아침이었다. 그리고 구태여 더 말하자면 19살, 아니, 10대의 마지막 날이었다.

지욱은 그 이유를 들어서라도 가만히 이불 속에 파묻혀 있을 수 없었다. 아침에 눈을 뜨자마자 온통 초롬의 생각뿐이었다. 세수를 하며 까치집을 대강 정리하고 어제부터 준비해 뒀던 옷을 마네킹처럼 고스란히 걸쳐 입었다.

그리고 바로 실행에 옮긴 것이 창문을 타서 옆집 2층으로 넘어가는 것이었다. 몇 년째 넘나들다 보니 이젠 제 특기 같기까지 했다. 원숭이는 나무에서 떨어질 일이 있어도 견지욱은 저 창문에서 떨어질 일이 없을 것이라는 자신마저 했다.

처음에는 그저 창문 너머로 보이는 실루엣에 마음이 동해 응큼하게 기웃거리기만 했는데 언제부턴가 대담해졌다. 그게 언제부터였더라.

"2년 전, 네가 내 입술 훔친 날."

"그렇게나 늦게? 와, 나 상 줘야겠다. 몇 년을 참은 거야. 이렇게 쉽게 넘어올 수 있는 거리를."

"그때 네가 다른 우주를 들먹이며 그곳에서는 우리가 사귀는 사이일 수도 있다고 한 거 생각나. 정말 그렇다면 적어도 우리가 사는 우주에서만큼은 내가 널 뻥 차 버렸어야 했는데."

모두에게 상냥하고 보드라운 초롬이었다. 하지만 삐죽거리며 지욱의 장난이 곳곳을 찔러 댈 때면 가끔 그에 버금가는 가시를 세우고는 했다. 물론 그마저도 솜 가시였다. 쑤욱 눌러 보면 다시스르륵 들어가며 웃음 짓고 말, 딱 그만큼의 사랑스러움.

"이따가 도서관 간댔지?"

"응. 넌 병재 만나고 올 거야?"

"어차피 얼마 안 걸려. 도서관 앞으로 데리러 갈까?"

"아니, 그냥 영화관 앞에서 보자. 내가 보고 싶다고 했던 영화, 같이 볼 거지?"

"무슨 러브 어쩌고, 그거?"

"맞을래?"

지욱의 시큰둥한 반응에 초롬이 인상을 썼다.

"그놈의 사랑 얘기……."

"뭐어?"

"여자들은 왜 그래? 왜 굳이 남의 연애 이야기를 보면서 울다가 웃다가 욕하다가. 대체 왜?"

"그게 왜 남의 얘기야? 모든 연애는 다 비슷해. 그리고 사랑하면 다 그래."

"사랑하면 다 그러기는……."

"슬픈 영화 볼 때 나보다 더 많이 우는 사람이 누구더라."

"콜록, 콜록."

또 시작이다, 또. 저 헛기침. 꼭 찔리거나 할 말이 없으면 저런다. 몇 년째 조금도 변하질 않는 습관.

그럼에도 초롬은 여전히 그 습관이 좋았다. 사람들은 잘 모르는, 오직 그 옆에서 오래도록 지켜봐 온 나만이 알 수 있는 은밀한 비밀이자 우리만의 일부 같은 느낌이 들어서였다.

키만 자랐지, 아직도 이렇게 아이 같기만 하다는 걸 다른 사람들은 알까? 알게 모르게 응큼하다는 걸, 온갖 멋진 척은 다 하고 다니지만 속내는 아직도 철부지에 마냥 귀엽기만 하다는 걸, 과연 한 명이라도 아는 사람이 있을까?

아무도 모를 거라는 그 묘한 자신감이 초롬을 기쁘게 했다. 유치하다고 해도 좋았다.

"뭘 자꾸 그렇게 귀엽게 웃으면서 쳐다봐."

"응?"

"나 보면서 헤실헤실 웃잖아, 지금. 기왕 꼬실 거면 밤에. 아침부터 그러면 오빠가 난감하잖아. 아니면, 내가 그렇게 멋있어?"

"그래. 19년 살았으면 오래 살았지?"

"농담이야. 슬슬 준비해. 병재네 가는 길이랑 같으니까 도서관까지 데려다줄게."

"알았어."

"응."

"……."

"……."

"안 나가?"

"……나가야 돼? 나 눈 감고 있을게. 진짜로."

"하나, 둘, 세……."

"간다고, 가!"

간다는 말과 달리 멀쩡한 문 놔두고 또다시 창문 위에 올라서는 지욱을 보며 초롬은 심장이 철렁했다. 아무리 생각해도 위험에 대해 불감증이라도 있는 게 분명했다. 다행스럽게도 무사히 넘어갔지만 다시 보고 싶지는 않은 장면이었다.

초롬이 재빠르게 창가로 다가갔다. 두 손으로 창틀을 짚은 채 무사히 넘어간 지욱을 확인했다. '너 그러다 진짜 죽어!' 하고 외쳤지만 지욱은 웃긴—제 딴에는 멋있라고 취했을— 포즈로 응했다. 속이 부글부글 타는 기분. 초롬은 창문을 탁! 닫고 커튼을 쳐 버렸다.

❖

공기가 생각보다 많이 찼다. 흰 뺨이 복숭앗빛으로 발갛게 물들었다. 작은 콧등도 뺨과 비슷한 색깔이었다.

겨울은 겨울이었다. 처음 이곳으로 이사를 왔던 게 연두색 원피스가 한껏 어울리던 여름이었고, 지욱에게 고백 아닌 고백을 받아 저도 모르게 첫사랑을 인정해 버린 게 봄의 일이었다.

몇 번의 계절을 돌고 돌아 각기 다른 날씨 속에 함께해 왔는지. 이젠 공기 중에 존재하며 숨을 쉬는 것만큼 '둘' 인 것이 익숙해졌다. 서로에게서 습관을 찾는 것조차 어색할 만큼 자신이 서로의 습관이 되어 버렸다고 해도 과언은 아닐 터였다.

지욱은 추위에 약한 초롬이 걱정되어 몇 초에 한 번씩 시선을 주지 않을 수 없었다. 앞을 보고 가라고 괜한 으름장을 놓아도 머쓱하게 앞을 보다가 다시 흘끔. 그렇게 시선이 제자리인 양 초롬에게로 돌아왔다.

지욱에게 초롬은 보고 또 보아도 걱정이 되고, 몇 번을 보아도 끊임없이 시선이 닿기를 재촉하게 만드는 사람이었다.

태어나 20년도 채 살아 보지 않은 이들에게 이런 애틋한 감정을 줄 수 있는 관계라는 게 얼마나 큰 행운인지 지욱과 초롬은 어린 나이에도 분명하게 알 수 있었다.

함께 지낸 시간으로 따지자면 거의 일생의 반을 나누었으니 결코 짧다고 할 수는 없는 일이다. 익숙함이 설렘을 잡아먹었다고 해도 이상할 것 없을 시간이었다.

그럼에도 나란히 걷다 보면 잠깐씩 스치는 손등끼리의 아주 짧은 감각이라든지, 고개를 돌렸을 때 우연처럼 마주친 눈길이라든지, 그 따스함에 시선 둘 곳을 놓쳐 방황하게 되는 그 찰나의 당황스러움 같은 것들이 가슴을 울리고는 했다.

감정과 시간은 언제나 비례하는 것이 아니었으며, 일정치도 않았고, 매 순간 다른 형태로, 다른 크기로 예상하지 못하게 덮쳐와 그대로 서로의 관계 속에 모든 것을 잠식시켜 버렸다. 둘은 때때로 그 감정 속에 묻혀 숨이 막혀도 좋을 법하다는 생각이 들었다.

"코 빨갛다, 너."

"똥 묻은 개가 겨 묻은 개 나무란다더니."

"난 하나도 안 춥거든? 볼래? 벗어 줄 테니까 이거 입어. 난 그래도 감기 안 걸려."

"됐으니까 얼른 도로 입어. 한여름에도 몸살 걸려서 아저씨랑 아줌마 대신 종일 나한테 간호하게 만들고선. 이번에도 애먹이려고?"

"여자애가 무드라고는 요만큼도⋯⋯."

"좋아해."

벗으려던 점퍼에 한쪽 팔을 다시 끼우던 지욱의 움직임이 잠시 멈췄다. 걸음조차 그대로 정지한 지욱과 달리 초롬은 방금 전에 자신이 뭐라고 했는지 모르겠다는 듯 태연하게 발을 내딛고 있었

22

다. 멍하니 그 뒷모습만 보던 지욱이 빠르게 걸음을 따라잡아 그녀의 옆에 섰다.

"……네 남자 친구를 그냥 심장마비로 죽여라, 죽여."

때때로 이렇게 불쑥 튀어나오는 솔직하고도 수줍은 감정이 온몸에 열을 올렸다. 몇 번을 들어도 아직까지 낯설었다. 아무렇지 않게 나오는 것치고는 그 여파가 매번 엄청난 크기로 깊은 속을 가격해 와서 몸 둘 바를 모르게 했다.

좋아한다는 말이 가장 잘 어울리는 시기였다. 좋아한다는 말 한 마디도 꺼내기 어려워 한참이나 시간을 들였다. 몇 번이고 입술만 움찔대고, 온갖 머리를 굴려 가며 최대한 괜찮은 척 연기를 해 보아도 기어코 얼굴을 붉히게 만드는 그런 시기였다.

강아지나 고양이에게도, 자주 먹는 음식에도 가져다 붙일 수 있는 그 말이 상대를 향한다는 자각을 하고 나면 쿵쾅거리는 크나큰 소리를 내면서 달려들었다.

간혹 사랑한다는 말을 떠올리며 그 무게감을 재어 보려고 한 적도 있었다. 지욱과 초롬에게 있어 그것은 어른들의 표현이었다.

엄마와 아빠 사이에 앉아서 함께 보던 드라마 속 남자 주인공과 여자 주인공에게나 어울리는 말이었다. 그들이 애달프게 입에 올리던 그 말은 아직까지도 어른들의 전유물 같기만 했다.

키스라는 말보다는 입맞춤이라는 말이, 사랑한다는 말보다는 좋아한다는 말이 더 어울리는 그런 시기를 둘은 살고 있었다.

그럼에도 불구하고 좋아한다는 감정이 너무도 벅차거나 이 가슴 안에 담아 두기에 흘러넘칠 것 같을 때에는 사랑한다는 말을 전해도 좋지 않을까 싶은 생각이 들었다.

그러면 혼잣말로 '사랑해.' 하고 조용히 읊조리면서 연습을 해 보았는데 그때마다 심장이 뛰어 정신이 아찔해지는 것 같았다. 수 없이 많은 시도가 있었지만 매번 아직은 아닌 것 같다고 스스로를 달래며 빨개진 귀를 문질렀다.

그렇게 감정을 달래고 또 달랬다. 좋아한다는 그 말에 오기까지도 이토록 힘에 겨웠는데 성큼 더 깊게 다가가 보려고 하니 마냥 쉬운 일은 아닌 것이다.

그래도 내일이면 스물이 된다. 말이라도, 그런 단어로써의 자격이라도, 어른이 되고 나면 그땐 더 성숙한 척 굴며 사랑한다고 할 수 있게 되지 않을까. 그런 상상을 하는 것만으로도 차가운 바람을 이겨 낼 정도로 체온이 올랐다.

"이상하게 간지럽지 않아?"

"이 겨울에 설마 모기라도 물렸냐?"

"……야, 견지욱."

"장난이니까 그 손은 내려놓으실게요, 함 선생님. 매 맞고 사는 남편은 되기 싫다."

"누가 너랑 결혼해 준대?"

"맙소사. 설마 너 그런 여자였어? 연애 따로, 결혼 따로, 그런 거야?"

하버드에 폭력유발학과라도 있으면 수석으로 입학하고도 남을 깐족거림에 초롬은 허공에 올렸던 손을 내리며 고개를 저었다. 진지함이 5초 이상 가면 견지욱이 아니지.

"말을 말아야지."

"나도 간지러워서 그래."

"……?"

"간지럽다고. 그래서 그래. 이상하게 자꾸, 그…… 창피하잖
아."

"뭐가? 좋아한다는 말이?"

"……아, 진짜."

"좋아해."

"야."

"좋아해."

"함초롬."

"좋아해."

"……나도 좋아해."

"응, 좋……. 헉!"

쑥스러워하는 그 얼굴이 재미있어 몇 번이고 좋아한다고 말하
면서 장난을 걸던 초롬의 말이 꿀꺽 삼켜졌다. 지욱의 입술 사이
로.

자신도 모르게 놀란 소리가 새어 나왔다. 입술이 떼어지자마자
급하게 손으로 입을 막았다.

아무리 그래도 그렇지, 입을 맞추는데 거기에 대고 '헉!' 이라
니. 예쁘지도 않고, 귀엽지도 않은 그런 원초적인 소리 같은 '헉!'
이라니! 입맞춤과 더불어 얼굴이 빨갛게 달아올랐다.

"좋아한다고, 함초롬. 그러니까 적당히 해. 100번 말하면 100

번 다 미치겠어."

"······딸꾹."

"가지가지 한다, 진짜."

빨개진 얼굴로 눈을 동그랗게 뜨고 딸꾹질까지 한다. 그런 초
롬을 보던 지욱은 웃음을 참지 못하고 기어코 도로 한복판에서
박장대소했다. 그녀가 몇 번이나 등짝을 때리면서 웃지 말라고 했
지만 쉽사리 그칠 만한 웃음은 아니었다.

세상에 이렇게 골 때리고 사랑스러운 여자가 또 있을까 싶었
다. 매일 하는 생각임에도 하루에도 몇 번씩 그 똑같은 생각을 하
게 만드는 이 여자가 너무도 좋아 견딜 수가 없었다.

❖

"어. 그래서."

"뭐가 그래서야. 안 귀엽냐? 아주 속이 간지러워 죽겠더라니
까?"

"넌 속이 간지럽냐. 나는 복장이 터질 것 같은데."

"복장이 왜 터지는데?"

"아, 진짜 이런 개죽 같은 놈이 연말까지!"

개죽은 친구들이 부르는 지욱의 별명이었다. 견지욱이라는 이
름 덕분에 개지욱, 개죽, 온갖 개(犬)에 관련된 별명은 다 지니고
있었다. 어릴 때면 이상한 성씨마다 괴상한 별명을 가져다 붙이는
아이들의 습관은 어딜 가든 똑같았고 지욱도 그 안에서 예외일

26

수 없었다.

　지욱과 초록의 같은 반 친구인 병재는 빌렸던 게임팩을 돌려주
겠다는 명목으로 찾아온 지욱에게 느닷없는 자랑으로 무자비한
어택을 받고 있었다.

　도저히 듣고만 있을 수 없었던 병재가 지욱을 구석으로 몰아넣
고 마구 밟는 시늉을 했다. 꾹꾹 발바닥으로 눌러 주었지만 그래
도 시원치 않았다. 뭐가 좋은지 발로 차이면서도 지욱은 웃었다.

　'부럽냐? 부럽지?' 하고 내내 입이 살아 있는 게 더 얄미워 병
재는 그러고도 족히 3번은 더 지욱을 발로 찼다.

　손이며 발이며 다 없어질 것 같았다. 그럼에도 내내 광대가 눈
바로 밑에 볼록하게 올라와 내려갈 생각을 안 하는 제 친구를 보
고 있자니 이내 아무래도 좋아졌다.

　고백을 할 거라는 얘기를 들었을 때만 해도 적잖이 말리려 했
었다. 한순간의 결정으로 일을 저질렀다가 실패하고 나면 10살
때부터 쭉 이어 온 우정마저 못 지키게 되는 거 아니냐며 정작 지
욱 본인보다 몇 배는 더 걱정을 안고 있던 병재였다. 그러나 그
이후 내내 면박을 주면서도 모든 것을 끝까지 들어 주는 것 역시
그뿐이었다.

　"이래서 잘생긴 것들은 재수가 없어."

　"잘생긴 게 죄라면 난 이미 사형감이야. 못생겼다고 너무 주눅
들지 말고, 친구."

　"말이라도 잘생겼다고 해 주면 어디 덧나냐?"

　병재가 들고 있던 게임팩을 집어 들어 지욱을 향해 정확하게

던졌다. 하지만 지욱의 타고난 운동신경이 발동했다. 재빠르게 피하자 게임팩이 벽을 맞고 떨어졌다.

넌 아직 나한테 한참 멀었다면서 고개를 젓던 지욱이 문득 벽에 걸려 있는 시계를 확인했다. 지금쯤이면 초롬이 슬슬 도서관에서 일어날 생각을 하고 있을지도 모르겠다.

"야, 나 마나님 모시러 가야 돼."

"누가 마나님? 함초롬이?"

"그럼 또 누가 있어?"

"함초롬이 너랑 결혼을 해 주기나 할 것 같아?"

"오늘따라 이것들이 왜 이러지?"

지욱이 병재에게 달려들어 팔 사이에 머리를 끼우고 기술을 걸었다. 그 상태로 방바닥을 한참이나 굴러다녔다. 친구 사이에 으레 있는 스킨십의 종류 중 하나였다.

하지만 우정을 확인하는 것도 이쯤에서 끝내야 했다. 그에게 있어 오늘은 친구를 위한 날이 아니었다. 친구보다 여자가 우선이라고 놀려도 별수 없는 일이다. 벌떡 몸을 일으켰다.

"나 진짜 가야 돼. 늦겠다. 미리 새해 복 많이 받아라, 병재!"

"아, 저 새끼가 끝까지!"

욕 아닌 욕으로 마지막까지 속을 뒤집은 지욱이 빠르게 계단을 밟고 내려와 병재의 집이 있는 빌라에서 빠져나왔다. 실내와 달리 바깥 날씨는 여전히 살을 에는 듯했다.

지욱은 점퍼 주머니에 두 손을 푹 찔러 넣고 긴 다리를 빠르게 옮겼다. 이 상태로 조금만 속도를 내서 뛰면 15분도 채 걸리지 않을 위치에 초롬이 자주 다니는 도서관이 있다.

빠르게 걷다가 걸음을 조금 늦추자 인도 위를 지나쳐 가는 사람들의 모습이 보였다. 추위에 잔뜩 움츠린 어깨를 하고서도 서로의 팔을 얽고 딱 붙어 있는 모습들에 자신과 초롬의 모습을 겹쳐 본다.

마냥 춥다고만 생각했고, 또 그저 쓸쓸하게만 느껴지던 겨울이 새삼스럽게도 '둘'이기에 가장 좋은 계절일지 모른다는 생각이 들었다.

지욱은 별것도 아닌 장면들에 사사로운 생각들을 하게 만들고 감성적으로 웃게 만드는 그 누군가가 떠올라 또다시 웃었다. 스스로를 변하게 만드는 대단한 사람. 그 사람은 자신의 하루 24시간을 차지한 채로 머릿속을 떠나지 않았다.

오늘은 모처럼 사람들이 많은 곳으로 가 볼까 했다. 이미 부모님께도 허락을 받아 놓은 뒤였다. 스물이 되는 기점인 만큼 이번에는 텔레비전을 통하지 않고 종각으로 직접 가 초롬과 함께 제야의 종소리를 듣고 싶었다.

사람에 치인다고 해도 좋을 것 같았다. 모두가 새해를 외치는 그 가운데에서 종소리가 끝날 무렵 입 맞춰 보는 것도 낭만적일 것이다.

창피하기까지 한 이 계획도 초롬이 아니라면 지욱의 머리에서 절대 나올 리 없었다. 첫사랑이라거나, 첫 연애라는 건 원래 이런 게 아니겠는가.

"뭐야, 아직도 안 나왔어? 책에 또 빠졌네, 이 여자."

도서관 정문 앞을 살펴도 초롬의 모습은 보이지 않았다. 지욱은 그 앞에 가만히 서 있을까 하다가 더 추워질 것 같아 건물 주변을 잰걸음으로 조금씩 돌며 걸어 보기로 했다.

요 며칠 연달아 내린 눈으로 인해 바닥 곳곳이 얼어 있었다. 날이 조금이라도 풀려야 눈이며 얼음이 녹을 생각을 할 텐데 한파는 좀처럼 가실 줄 몰랐다.

해가 가장 가까이 닿는 높은 곳을 제외하고서 이런 나무 밑이나 그늘진 곳 사이사이는 한겨울 티를 한껏 풍기고 있었다.

자칫 잘못 걸으면 미끄러지기라도 할 것 같아 지욱은 평소의 허세를 잠시 넣어 두고 보폭을 좁혔다. 걷다 보니 걸음걸이가 어쩐지 초롬을 흉내 내고 있는 것 같아졌다.

살금살금, 조심조심, 마치 꽃에서 꽃을 넘어 다니는 나비라도 되는 것처럼 초롬은 그 작은 발이 숨겨져 있는 운동화로 가볍게 걸었다.

이 겨울이 지나고 봄이 오면 아마 그 봄조차 초롬이 데려다준 것 같은 기분일 터였다. 등 뒤에 항상 따뜻한 기운을 몰고 다니는, 봄 같은 아이였으니까.

맑은 눈을 해서는 작은 두 손으로 책을 꼭 쥔 채 한 장씩 넘겨볼 초롬의 모습을 떠올렸다. 공룡이니 우주니 하는 것들에 대해 열변을 토하는 자신과 달리 초롬은 학교에서 권장하는 도서를 빼놓지 않고 읽었다. 때로는 어른들의 세계를 동경하며 자신은 아무리 봐도 모를 문장의 연속인 소설들을 읽기도 했다.

그 단정함이 좋았다. 눈을 흘기거나 가끔씩 당황해 어쩔 줄 모르는 그 표정들 외에도 한없이 어른스럽고, 한없이 따뜻하고, 마냥 아름다운 19살의 그 여자아이가 좋았다. 스물이 넘으면 그 나이에 걸맞은 청량함에 또 반하겠지. 지욱은 그녀의 미래를 꿈꾸었다.

도서관 주변을 느리게 한 바퀴 돌고 오자 20분 정도가 지났다. 10분도 채 안 걸릴 거리를 정말 산책 삼아 걸었구나 싶을 정도의 시간이었다. 아까 봤던 그 정문 앞에 도착했다.

하지만 그때까지도 초롬은 나오지 않았다. 참다못해 정문 안으로 들어가 기웃거려도 보았지만 도서관은 조용했다.

12월 31일, 마지막 날까지도 도서관에 박혀 책을 파고 있을 사람이 얼마나 될까 싶었다. 모든 사람이 초롬 같지는 않을 터였다.

안으로 들어가 고개를 쑤욱 내밀었지만 사람들의 모습은 찾기 힘들었다. 휴관일도 아니었는데 무척이나 한산한 모습. 텅 비었다는 말이 어울릴 정도로 사람들의 까만 머리가 보이지 않았다.

들어가서 찾으면 금방 찾을 수 있을 것도 같았지만 지욱은 밖에서 조금 더 기다리기로 했다. 코가 빨갛게 얼기 시작했다. 손도 얼어서 손등이 붉게 텄지만 그마저도 좋았다.

"……춥다. 얼른 나와라, 이 여자야."

그 후로도 한참을 더 기다렸지만 초롬은 결국 나타나지 않았다.

지욱은 2시간을 꼬박 넘기고 나서야 도서관 안으로 들어갔다. 하지만 도서관 건물 안 어디에서도 그녀의 모습을 발견할 수는 없었다.

　이유 모를 불안감은 그때부터 시작되었다. 뒤늦게 영화관 앞에서 보기로 했던 게 생각이 났다. 스스로를 꾸짖었다. 만나기로 한 장소를 까먹다니.

　빠르게 달리기 시작했다. 추위 속에 기다리고 있을까 싶은 걱정이 고개를 내밀었다. 그런데도 불안감은 이상하게 사그라지지 않았다. 한참을 달려 도착한 영화관에서도 초롬의 모습을 찾을 수 없었기 때문이다.

　점점 커지는 불안감을 꾹꾹 눌러 담을 필요가 있었다. 차분해지기로 했다. 마음을 가다듬었다. 사정이 생겨 벌써 돌아갔을 수도 있다. 그러나 근처 공중전화에서 집으로 연락을 해 보아도 오래도록 신호만 갈 뿐 누구의 목소리도 들을 수 없었다.

　결국 또다시 달려 보기로 했다. 꽁꽁 언 바닥을 운동화로 내디뎠다. 몇 번을 미끄러지면서도 달렸다. 노파심이어라. 차라리 집에 가서 낮잠이라도 자고 있어라. 그렇게 몇 번을 반복하여 생각하고 또 생각했다.

　하지만 예감은 들어맞기보다 비켜 가기를 좋아했다.

　초인종을 눌렀지만 조용했다. 문을 두드리고 초인종을 몇 번이나 더 눌렀음에도 응답은 없었다. 귀며, 코며, 온 얼굴이 빨갛게 언 채로 내내 그 집 앞에 서 있었다. 한참의 시간이 지나고 걸음을 떼어 내기까지가 참으로 힘들었다.

　바로 옆에 위치한 자신의 집으로 들어섰다. 찰나였지만 몸이 녹는 기분이었다. 지욱은 그 따스함에 잠시나마 뜨겁게 숨을 내쉴 수 있었다.

그러나 몇 초도 채 지나지 않아 머리부터 발가락 끝까지 온몸이 차갑게 식는 경험을 했다. 식탁 위에 놓여 있는 쪽지 때문이었다.

「초롬이가 교통사고를 당했대. 그래서 엄마 지금 병원에 가. 아빠도 거기로 오신다니까 이거 보면 그쪽으로 와. 병원 이름이랑 전화번호 적어 둘게.」

그녀에게 사고가 났다.

'수술 중'이라는 세 글자가 굉장히 아득하게 느껴졌다. 지욱은 수술실 앞 의자에 앉아 초조함에 연신 손가락만 깨물었다.

초롬의 어머니는 얼마나 울었는지 거의 반은 지쳐 쓰러지다시피 남편에게 기대어 있었고, 지욱의 부모님은 반대편 의자에 앉아 그 기나긴 시간을 함께 기다려 주고 있었다.

어느 누구도 쉽게 입을 떼지 못했다. 수술실 바깥 복도는 냉동 창고처럼 점점 더 차갑게 얼어붙었다. 차가운 공기 속으로 침묵이 부유하고 있었다.

"수술이 길어지네요."

"그러게요. 초롬 엄마, 괜찮아요? 안색이 점점 안 좋아지는데.

눕기라도 해야 하는 거 아니에요?"

"전 괜찮아요. 수술이 언제 끝날지도 모르는데 여길 어떻게 떠나요."

어른들의 대화가 조금씩 오고 갔다. 수술은 생각보다 길어지는 중이었고, 그에 따라 초조함도 함께 깊어지고 있었다.

가만히 의자에 앉아 있는 행위조차 힘들다고 생각될 때쯤 지욱이 자리에서 일어났다. 네 어른의 시선이 동시에 그 움직임을 따랐다.

지욱은 그 주변을 벗어나지 못한 채 복도만 빙글빙글 돌았다. 밖에는 어둠이 깔렸다. 수술실 복도를 쭉 따라가다 보면 그 끝에는 커다란 창이 있었는데 그곳을 통해 바깥의 요란한 불빛들이 안으로 쏟아져 들어왔다.

모두에게 의미 있는 연말이었다. 누군가는 따스한 식탁 앞에 둘러앉아 달콤한 케이크를 자르며 새해를 준비할 것이었고, 또 누군가는 이 추운 날씨를 이기려 사랑하는 이의 손을 마주 잡은 채 새해 인사를 연습하고 있을 터였다.

이곳은 유일하게 모든 의미가 빠져나간 공간이었다. 모두의 관심과 걱정이 '수술 중'이라는 세 글자에 쏠려 그 외에는 어느 것도 담아낼 수 없었다.

그때 수술실 너머로 흐린 인영이 보이더니 문이 열렸다. 가장 먼저 그 앞으로 달려간 건 지욱이었다. 그 뒤로 초롬의 어머니가 휘청거리는 몸을 일으켜 지욱을 옆으로 밀어내고 의사의 앞에 섰다. 가느다란 손이 덜덜 떨리고 있었다.

확인을 해야 하는데 차마 입이 떨어지지 않았다. 수술이 잘된 거냐고, 애는 멀쩡하냐고 물어야 하는데 이미 온 기력을 다 빼앗긴 뒤였다.

두 발을 딛고 서 있는 것조차 어려운 그녀는 한참을 그렇게 의사만 쳐다보고 있었다. 금방이라도 울 것 같은 얼굴에 의사가 난감한 표정을 지었다. 극도의 불안이 들이닥쳤다.

그녀를 대신해 먼저 입을 연 건 남편이었다.

"딸아이는…… 무사합니까?"

모두가 숨을 죽였다. 당연히 무사해야만 했다. 그 질문이 말도 안 된다고 생각될 만큼 그에 따른 대답은 무척이나 당연해야 했다. 그럼에도 불구하고 모두를 감싸는 그 불길한 기운은 일말의 반전조차 허락하지 않았다. 의사의 굳은 표정이, 이내 숙이고 마는 고개가 대답했다.

"죄송합니다."

나직한 그 한 마디에 수술실 앞의 세상이 무너졌다. 초롬의 어머니는 그대로 주저앉았다. 실신을 하지는 않았지만 그대로 정신을 놓아도 이상할 것 없을 정도로 허공만 응시했다.

주저앉은 그녀의 옆에서 지욱의 어머니가 가녀린 어깨를 끌어안았다. '어떡해……' 하는 그 목소리가 복도에 울렸다.

'환자는 수술 중 사망하였습니다.' 라고 덧붙이는 그 말을 끝으로 지욱은 주변이 음소거 되는 것을 느꼈다.

초롬의 어머니가 그대로 울음을 터뜨리며 바닥에 엎어지는 모습을 보면서도 그 울음이 들리지 않았다. 자신의 아버지가 의사의 앞으로 가서 상심한 표정으로 무어라 한참 이야기를 하고 있었지만 아무리 그 입모양을 응시하고 있어도 알 수가 없었다.

자신이 지금 서 있는 건지 앉아 있는 건지조차 느끼지 못할 정도로 모든 감각이 정지해 버린 듯했다.

한 걸음씩 내딛고는 있지만 똑바로 걷고 있는 건지, 아니면 휘청거리고 있는 건지도 모를 정도였다. 모든 감각이 죽어 버린 듯 아무것도 느껴지지 않았다.

걷고, 또 걷고, 그렇게 걸어 복도 가장 끝 창가에 닿았다. 창밖으로 어둠과 화려한 불빛이 뒤섞였다. 유리에 자신의 얼굴이 비쳤다. 그 눈이 무얼 말하고 싶은 건지 도저히 읽어 낼 수 없었다.

상실감일까, 좌절감일까. 정확한 단어를 찾을 수는 없었지만 한 가지 확실한 것은 태어나 처음 보는 표정이었다는 것이다. 적어도 지욱이 알고 있는 자신은 살면서 이런 표정을 지은 적이 단 한 번도 없었다.

지욱은 그대로 바닥에 엉덩이를 대고 앉았다. 그 상태로 고개를 들어 하늘을 보니 창 너머로도 아주 높은 곳에 달이 보였다. 깊은 밤이었다. 모든 것이 소리를 잃고, 유일하게 빛만 내는 그런 밤이었다.

그러다가 일순간 귀가 트였다. 등 뒤로 찢어질 듯한 울음소리가 들렸고, 반대편 병동으로 향하는 복도 끝의 휴게실에서 사람들의 목소리와 텔레비전 소리가 웅성거렸다.

아득하게 종소리 비슷한 게 머무는 것 같더니 환자복을 입은 사람들이 서로 '새해 복 많이 받으세요.'라고 말하는 것이 들렸다.

복도 바닥에 무너지듯 주저앉아 있던 지욱도 기어코 울음이 터졌다. 윗입술과 아랫입술을 있는 대로 짓이기며 주먹을 쥐었다. 푹 숙인 고개 밑으로 눈물이 뚝뚝 떨어졌다.

제대로 소리를 내 울지도 못했다. 어깨가 들썩였다. 온 슬픔을 스스로의 안에 가두었다. 믿기지 않았다. 지금의 이 상황이, 지금의 이 시간이, 지금의 이 공간이.

사랑한다는 말 한 마디도 해 보지 못하고 겨우 온 마음 다해 좋아한다고 말하던 그 시절이 전부라 여기며 지냈던 데에는 전부 이유가 있었다. 그 모든 설렘에는 응당 바라고 있던 뒷이야기라는 게 있는 법인데.

그녀 없이 그렇게 스물이 와 버렸다.

2.

만약에

　오늘따라 유난히 도로가 꽉 막혀 차가 움직일 틈을 보이지 않았다. 줄곧 비라도 쏟을 것처럼 구름이 한참이나 아래로 내려와 무겁게 짓눌러 대더니 눅눅한 기운만 온몸 구석구석에 묻혀 냈을 뿐, 빗방울은 모습을 드러낼 줄 몰랐다.

　운전석 시트에 등을 깊숙하게 기댄 지욱이 핸들에서 손을 뗐다. 도로 여기저기서 요란하게 경적을 울려 대는 소리가 시끄러웠다.

　라디오의 볼륨을 조금 더 높였다. 어디선가 텔레비전 채널을 돌리다가 배경음악으로 들어 봤음 직한 연주곡이 흘러 차 내부를 가득 채웠다.

　반짝이는 휴대 전화 불빛에 잠시 시선을 돌린 지욱이 액정을 눌러 문자 내용을 확인했다. '어머니'라고 딱딱하게 적힌 이름 아래로는 그 나긋한 목소리가 지원이라도 되는 듯한 텍스트가 정갈하게 쓰여 있었다.

[늦지 않게 잘 가고 있는 거지? 오늘은 꼭 예의 갖춰서 잘 만나보고 와. 다른 집들도 다 탐내는 아가씨라고 하더라. 네 마음에도 들 거야. 언제나 멋진 우리 아들, 엄마는 믿어.]

마지막 한 줄이 매번 마음에 덜컹, 주저앉았다. 약아빠진 여사님이라고 장난스러운 생각을 잠시 떠올리면서도 그 얼굴 위로는 웃음기 하나 배지 않았다.

순전히 그녀를 위한 움직임이었다. 저 문자 한 통에 식사하는 한 시간 정도를 할애하는 게 그리 어려운 일은 아니지 않느냐고 스스로를 납득시켰다.

결혼이라는 단어는 매번 지욱의 마음에 부는 한 줄기 바람처럼 그저 고스란히 스치기만 하며 지나갔다. 약간의 흔적조차 남기는 일 없이 남의 일인 것처럼 주변에서만 서성이다가 자리를 옮겼다. 고작 그런 무게감을 지닌 단어에 불과했다.

집안이 좋다는 여자, 얼굴이 예쁘다는 여자, 참하고 성격이 좋다는 여자 등 여러 여자들을 만났지만 모든 만남이 대수롭지 않았다. 처음 보는 여자와의 식사 자리였다는 공통점만 있었을 뿐, 그에게는 그 이상도 이하도 아니었다.

선을 보던 초반만 해도 애피타이저가 나오기도 전에 거절 의사를 비치고 일어난 적이 많았다. 그래도 나이가 나이라고, 이제는 나름 마음에도 없는 예의를 차릴 줄도 알게 되었다.

그의 나이가 어느덧 서른하고도 둘이었다.

지욱은 초롬의 장례식에 가지 않았다. 부모님이 설득을 거듭했지만 그 고집을 꺾을 수는 없었다. 그들은 친딸 같았던 초롬의 장례식 3일 내내 그녀의 부모와 함께 자리를 지키다시피 했다.

　텅 빈 집에서 그는 내내 혼자였다. 누군가 들어올 리도 없는데 방문을 꼭 잠근 채로 침대 위에 올라 한참이나 벽을 쳐다보고 있었다.

　이상하게 당장이라도 계단을 통통 뛰어 올라오는 가벼운 발소리가 들릴 것만 같았고, 저 나무문을 벌컥 열며 세상 가장 익숙한 목소리가 '견지욱!' 하고 자신의 이름을 부를 것만 같았다. 하지만 집에는 온종일 침묵만이 가라앉아 있었다.

　창문을 열어 초롬의 방을 응시했다. 굳게 닫힌 창문은 누군가가 열어 주지 않는 이상 안에서 저절로 열리지 않을 듯했다. 알면서도 끝까지 놓지 못한 현실의 회피 감각이 그의 시선을 자꾸만 그곳으로 잡아끌었다.

　창문 안쪽으로 조금의 미동도 없이 방을 가리고 있는 커튼이 보였다. 눈만 깜빡하면 그 짧은 사이에 저 창문 틈으로 초롬이 모습을 드러낼 것만 같았다.

　'뭘 자꾸 훔쳐봐? 고개 돌려!' 라고 말하며 창틀에 두 손을 짚고 서서 혀를 쏘옥 내밀 것도 같았다. 그럼 지욱은 이 창문을 딛고 서서 날렵하게 건너편 방으로 넘어갈 자신이 있었다.

그러니 저 창문이 지금이라도 열렸으면 했다. 진짜 없어진 줄 알고 깜짝 놀랐냐면서 아무렇지 않게 자신을 골려 주었으면 했다.

꿈이 아닌 현실이라는 걸 깨달을 때면 어김없이 눈물이 나왔다. 그러한 이유로 그는 자신의 작은 방 밖으로 차마 나갈 수 없었다. 열아홉 소년의 나약함을 그녀가 깨우쳐 주었다.

'오늘 발인이야.'

'……'

'옷 입어, 지욱아. 가야지.'

'……안 가.'

'오늘이 초롬이를 보내는 마지막 날이야. 다른 사람도 아니고 넌 곁에 있어 줘야지.'

모든 것을 실감하게 만드는 문장에 지욱은 끝내 입을 다물어 버렸다.

그들은 설득에 실패했다. 결국 또다시 그를 홀로 남긴 채 방문이 닫혔다. 바깥에서 들리던 차의 엔진 소리가 점점 아득하게 멀어졌다. 그와 동시에 지욱도 다시 현실로부터 멀어졌다.

집에 정적이 흘렀다. 마지막이라고 강조하던 그 말이 내심 마음에 걸렸지만 갈 수 없었다. 정말 가 버리면 그녀가 죽었다는 걸 인정하게 되는 것 같아서, 그 모습을 두 눈으로 지켜보고 아무렇지 않을 자신이 없어서 남아 있기를 택했다.

왜 마지막 인사를 해 주지 않는 거냐고 원망이라도 하듯 하늘에서 무거운 빗방울이 떨어졌다. 창문을 따갑도록 때리던 빗줄기는 이내 커다란 울음소리처럼 변했다.

지욱은 누워서 이불을 뒤집어썼다. 빗소리에 감추어진 자신의 울음소리가 그럼에도 불구하고 혹시 새어 나갈까 봐, 어둠에 잠긴 그녀의 방까지 이 울음이 닿아 버릴까 봐. 그는 꾹꾹 참아 가며 입술을 물었다.

몇 달이 지나도록 건너편 창문은 굳게 닫혀 열리지 않았다. 대학교에 입학할 시기가 될 때쯤 초롬의 집은 완전히 비워졌다. 그들은 딸의 흔적들을 집 안 곳곳에 남겨 둔 채 떠나 버렸다. 주인 없이 남겨진 그 집에는 곧 새로운 사람이 이사를 온다고 했다.

아직 초롬이 봄을 불러다 주지도 않았는데 허락하지 않은 봄이 제멋대로 찾아와 버렸다.

벌써 13년 전의 일이었다.

모든 것이 스물인 채로 멈춰서 더는 흐르지 않을 것만 같았던 시절. 하지만 시간은 무심히 흘러 아무렇지 않게 지금에 도달해 버렸고 주저앉아 있던 자신을 이렇게 억지로 일으켜 세워 놓았다.

어떤 정신으로 학교를 다녔고 취업을 했는지조차 기억나지 않을 정도로 정신을 빼놓고 살았다. 초롬이 빠져나가 텅 빈 자리를 무엇으로든 채우기 위해 무던히 애를 쓴 나날이었다.

한때는 공부에 미쳐서 살았고, 또 다른 때는 일에 미쳐서 살았다. 그렇게 서른둘이라는 나이를 명찰처럼 달고 나니 또다시 아무 것도 남는 게 없어졌다.

〈날씨입니다.〉

단아한 목소리가 라디오 채널에서 흘러나올 때쯤이었다. 기상 캐스터의 말을 비집고 가느다란 소리가 들리며 차창이 물기로 얼룩졌다. 툭, 툭, 한 방울씩 떨어지기 시작하던 빗줄기는 순식간에 굵어져 안 그래도 꽉 막힌 도로 곳곳을 적셨다. 꼭 그날의 비와 같았다.

"……안 잊어 먹었어, 이 여자야."

초롬의 기일이 다가오고 있었다. 아무리 추운 날씨에도 이렇게 기일이 가까워 올 때면 한 번씩 비가 내리고는 했다.

잊으려야 잊을 수 없는 그날을 구태여 알려 주는 그녀의 메시지 같아서 지욱은 비만 내렸다 하면 그 안에 풍덩 빠져 있고 싶었다. 그 물기 속에 푹 젖은 채 시간 속에 이리저리 멋대로 굴려지고 싶었다.

나이를 먹고 나서야 적잖이 후회했다. 장례식장에 갈 걸 그랬다고. 떠나는 길을 지켜 주기라도 할 걸 그랬다고. 발인식에 가 차가운 땅이 더는 마냥 차갑지 않도록 한 번이라도 쓰다듬어 줘볼 걸 그랬다고 생각했다.

초롬을 보내고 1주기가 되어서야 찾아가 볼 용기가 났다. 그녀의 부재를 인정하기까지 1년 정도가 걸렸다. 그리고 그 부재에 익숙해져 아무렇지 않아지기까지는 얼마의 시간이 걸릴까. 벌써 13년이 되었음에도 아무런 기미가 보이질 않고 있었다.

"견지욱입니다."

"아, 이쪽으로 오세요. 먼저 오셔서 기다리고 계세요."

교통 체증과 더불어 갑작스러운 비 때문에 서둘러 나왔음에도 불구하고 30분이나 늦게 도착했다. 여자를 기다리게 하는 건 매너가 아님을 알고 있음에도 결국엔 별수 있나 하는 생각이 지욱에게는 전부였다.

　처음부터 원해서 나온 자리도 아니었다. 자신이 지켜야 할 매너는 예전처럼 최소한의 시간조차 함께하지 않은 채 멋대로 일어나 여자를 혼자 남기지 않는 일 정도였다. 30분을 기다리게 했으니 적어도 30분은 넘겨 식사를 하는 게 좋겠다고 생각했다.

　웨이트리스를 따라 레스토랑의 창가 쪽으로 걸음을 옮기다 보니 유독 눈에 들어오는 여자가 있다. 한눈에 보아도 꽤 미인이다. 지욱이 걸을 때마다 그 모습에 따라붙던 여자들의 시선만큼 이 여자가 홀로 기다리는 30분 동안에도 많은 남자들의 시선이 이 자리에 따라붙었을 게 틀림없었다.

　"늦어서 죄송합니다."

　"아니에요. 안 그래도 밖에 갑자기 비가 오기에 그것 때문인가 보다 했어요."

　"오래 기다리셨을 텐데 식사부터 하죠."

　벌써 몇 번째 먹는 코스 요리인지 모르겠다. 이 레스토랑이 유명한 건 잘 알겠지만 같은 레스토랑에서, 다른 여자와, 같은 메뉴로만 열댓 번은 족히 시간을 보냈던 것 같다.

　이젠 자신의 얼굴만 보고도 이름을 알 것 같은 레스토랑 직원에게 그 사소한 민망함조차 느끼지 않을 정도가 되어 버렸다. 기계적인 만남을 주선하며 자꾸만 무언가를 기대하는 어머니께는 죄송했지만 그 여러 번의 만남은 그에게 있어 그저 버리는 시간에 불과했다.

그렇지만 이번 여자는 조금 다른 것도 같았다. 결혼에 관해서 꼬치꼬치 캐묻지도 않았고, 장황하게 미래에 대한 꿈을 펼치지도 않았다. 함께하고 싶은 것들을 초반부터 나열하던 여자들과는 그 정도의 차이점이 있었다.

여자는 혼자서도 이야기를 잘 이끌어 나갔으며, 말주변 없는 지욱의 짧은 몇 마디에도 웃는 얼굴로 잘 호응해 주었다. 어디 가서 사랑받지 못할 여자는 아니었다. 사랑받기에 충분할 것 같은데도 사랑할 줄 모르는 남자의 앞에 나온 게 그녀의 실수라면 실수일 터였다.

"견지욱 씨. 아직 크리스마스도 남았고 12월 31일도 남았는데, 둘 중 하루 정도는 제게 주실 수 있나요?"

"아."

눈치가 빠른 줄 알았는데 아니었나. 두 번째는 없을 것처럼 짧은 대답들로 응수하며 시간을 보내면 대부분의 여자들은 곧 그게 무얼 의미하는지 알아채곤 했었다. 그런 눈치에서도 이 여자는 좀 달랐던 모양이다.

"무감흥으로 적당히 대꾸했는데도 애프터 신청을 하는 걸 보니 생각보다 눈치가 없는 여자인가 보다 싶죠?"

정곡을 찔렸다. 덕분에 지욱의 표정이 식사를 하기 시작한 이후 처음으로 눈에 띄게 변했다.

"식사 끝내고 대충 시간 때우다가 일어날 심산인 건 어느 정도 눈치챘어요. 그래도 그렇게 매너 없이 티를 내는 남자가 이상하게 자꾸 제 마음에 들어서요. 말이라도 꺼내 보지 않으면 후회할 것 같았거든요."

아름답기 때문인 걸까. 모든 남자의 이목을 집중시킬 만한 미모를 가졌기 때문일까. 그도 아니라면 어딜 가든 사랑을 받기만 했기 때문에 자신을 향한 관심이 없을수록 흥미를 느끼는 타입인 건지도 모르겠다. 그렇지 않고서야 저런 말을 꺼낼 이유가 없다. 자신은 여지를 준 적이 없다.

"거절의 말, 필요합니까?"

"이미 그 표정으로 거절당했는데, 설마 또요? 확인 사살까지는 사양할게요. 이래 봬도 마음이 여린 편이라서."

여자가 온화하게 웃었다. 어딘지 모르게 자꾸만 다른 여자들과 다르다는 생각은 들었는데 그 웃음을 제대로 보고 나니 조금 알 것 같기도 했다.

초롬이 그대로 자랐다면 이런 숙녀가 되지 않았을까 싶어진 것이다. 따뜻한 미소라거나, 단아한 분위기, 그리고 속을 들춰내듯이 당돌하게 받아치는 말투부터 그럼에도 전혀 기분이 상하지 않게 하는 화사함까지. 여자의 몇 가지들이 이상하게도 초롬을 많이 닮아 있었다.

"실례를 한 것 같아 죄송합니다."

"아깐 전혀 죄송한 표정이 아니었는데 이번 건 진심이네요?"

흔쾌히 지욱의 사과를 받은 여자는 미리 즐거운 크리스마스가 되기를 바란다는 말을 끝으로 자리에서 일어났다.

여자가 입구를 지나쳐 사라질 때까지 주변 남자들의 시선이 그 뒷모습에 닿았다가 아쉬운 듯이 떨어졌다.

지욱은 자리에 홀로 남아 있었다. 누군가를 먼저 보내고 홀로 그 자리를 지키는 것은 워낙 익숙한 일이었다. 마시다 만 와인을 마저 들이켰다. 골이 울렸다.

만약 초롬이 아니었다면 분명 자신이 매력을 느꼈을 법한 여자였다. 이성적으로, 그리고 객관적으로 보면 지욱과 꽝장히 잘 맞을 타입이기도 했다. 그럼에도 자신의 발목을 붙잡는 건 아직 그의 기억 속에 남색의 예쁜 교복을 입고 서서 고개를 젓는 초롬이었다.

아무리 생각해도 이번 생은 글러 먹은 것 같았다. 웃기지만 마냥 웃긴 소리 같지만은 않은 그 말이 그의 머리를 떠나지 않았다. 무얼 해도, 누구를 만나도, 모든 생각의 끝이 초롬에게로 향하고 말았다.

사실 아까 그 여자도 초롬을 닮았다는 생각이 아니었다면 다시금 제대로 얼굴을 마주할 생각이나 들었을는지 모르겠다.

초롬이 아니었다면 충분히 매력을 느꼈을 법한 여자이면서도, 반대로 그녀의 생각이 떠오르지 않았다면 다시 시선조차 두지 않았을 여자라니. 모순이었다.

– 어때? 마음에 들었어?

"내 마음에 들기만 하면 끝이야? 그 여자가 날 마음에 들어 하는지는 안 중요해요?"

– 당연히 마음에 들겠지. 너 싫다는 여자가 어디 있어. 얼굴이 빠져, 키가 빠져, 아니면 능력이 빠져. 뭐 하나 빠지는 게 없는데.

"성격이 빠져. 그것도 아주 많이 빠져."

– 엄마 앞에서 아들 흉 계속 볼 거야?

"좋은 소식 못 전해 주니까 그 정도에서 끝내세요, 여사님."

– 지욱아.

"운전 중이라서 통화 오래 못 해요. 죄송해요, 어머니. 저 먼저 끊어요."

이미 주차장으로 들어와 시동을 끈 지 오래였다. 아까 마신 와인 한 잔으로 인해 대리까지 불러 이곳에 도달했다. 그럼에도 태연하게 운전 중이라는 핑계를 댔다. 지욱은 건너편에서 목소리가 들려오기 전에 먼저 통화 종료 버튼을 눌렀다.

적막한 지하 주차장. 시동이 꺼진 여러 차들 사이에 그의 차가 섞여 있었다. 그는 내릴 생각도 하지 않은 채 한참을 조수석에 앉아 있었다.

아직도 차창은 물기로 축축하게 젖어 있었다. 온몸이 녹진거리는 기분이 들었지만 나쁘지 않았다. 간혹 해가 너무도 눈이 부시면 이유 없이 기분이 나빠지는 것과 비슷한 종류의 감정이었다.

모든 감정에 원인을 붙이고 정의를 내리는 것이 무의미하다는 걸 깨달은 지는 한참이나 되었다. 하지만 핑계로 댈 만한 원인이나 정의 같은 것들이 매번 필요했다.

차 문을 열고 바닥에 발을 내렸다. 주차장 바닥 곳곳에는 흙 섞인 물기들이 묻어 있었다. 잔뜩 비에 젖은 차들이 오고 가며 떨어뜨려 놓은 흔적들 사이로 걸음을 내디뎠다.

지하를 울리는 구둣발 소리는 금세 정지했고, 유리문 너머의 엘리베이터까지는 몇 초도 채 걸리지 않았다.

"……좀비가 따로 없네."

몇 시간 만에 엘리베이터 거울 속 자신의 모습과 마주했다. 아침에 집을 나서며 확인했던 게 처음, 그리고 귀가하는 지금이 두 번째였다.

이런 몰골로 잘도 선을 보러 나갔다. 게다가 아무렇지 않게 입을 나불거리며 매너마저 버려두고 왔으니 아주 가관이었을 것이다.

피로가 덕지덕지 붙은 얼굴을 두 손바닥으로 쓸어내렸다. 하루치의 한숨이 그제야 편히 쉬어져 나왔다.

즐거운 크리스마스가 되길 바란다던 여자의 마지막 인사를 떠올리면서 쓸쓸하게 웃었다.

기일에 맞추어 갈까 했는데 일정을 조금 변경해도 좋겠다. 크리스마스도 어차피 집에서 홀로 보낼 것이다. 그게 아니더라도 부모님의 집에서 한 끼 식사나 한 뒤 돌아오겠지. 결국은 이 집에 혼자 남게 될 것이다.

그렇게 의미 없이 반복되는 휴식을 취하며 시간에 몸을 맡기느니 며칠 정도 미리 가서 초롬의 기일이 있는 말일까지 지내보는 것도 괜찮을 것 같았다.

이제는 그녀의 앞에서 장난스러운 말도 꺼낼 수 있을 것 같은 기분이 든다.

우리가 졸업하고 바로 결혼만 했어도 지금 초등학생인 아들이나 딸이 있었을 거라고. 날 닮았으면 얼마나 잘생기고, 널 닮았으면 얼마나 사랑스러웠겠냐고. 이젠 길을 걷다 보면 딱 그 당시의 우리와 같은 나이인 아이들이 날 보고 '아저씨'라고 부른다고.

그렇게 푸념인 듯 아닌 듯 웃으며 말을 건네고 싶다.

눌러 놓았던 층수 버튼에 불이 꺼지고 엘리베이터의 문이 열릴 때까지도, 긴 복도를 유달리 쓸쓸하게 걷고 또 걸어 현관문을 열 때까지도, 현관 앞에 주황색의 밝은 빛이 들어올 때까지도, 현관문을 닫고 안으로 들어와 다시 어둠이 가라앉을 때까지도. 초롬의 생각은 지욱의 옷자락을 붙들고 졸졸 따라붙었다.

그는 침대 위에 셔츠며 바지며 전부 벗어서 던져둔 채 욕실로 직행했다. 가장 먼저 차가운 물을 틀었다. 정수리부터 아찔하게 적셔 오는 그 찬 기운에 겨우 정신이 들었다.

얼어 죽겠다 싶을 때쯤 온수를 더 틀고 나서야 지욱은 오늘 하루치의 짐을 하수구로 흘려보낼 수 있었다. 욕실에 가득하게 채워지는 뿌연 수증기에 몸을 감췄다. 샤워를 끝내고 나서도 뜨거운 물속에 몸을 맡긴 채 한참을 서 있었다.

물을 잠그고 욕실을 나서기 전, 지욱은 잠시 멈추어 서서 뿌연 거울을 큼지막한 손으로 스윽 문질렀다. 그 안에 비친 모습은 한껏 지쳐 있었다.

밖에서 보아도, 안에서 보아도, 거울 속 자신의 모습은 언제나

이만큼은 지쳐 보였다. 남을 달랠 줄도 모르는 지욱이 스스로를 달래는 방법을 알 리 만무했다.

타월을 허리에 두르고 욕실 밖으로 나가자 짧은 머리카락 끝에 매달려 있던 물방울이 뚝뚝 바닥으로 떨어졌다. 샤워하는 동안 집 안에도 보일러가 돌았는지 거실에는 따뜻한 기운이 감돌았다.

부엌으로 향한 지욱은 냉장고부터 열었다. 혼자 사는 남자가 으레 그렇듯이 컵을 꺼낼 생각도 하지 않고 물병에 입을 대 그대로 몇 모금을 들이켰다. 2L 페트병에 들어 있던 생수가 금세 반이나 비워졌다.

지욱의 다부진 몸에 물기가 맺혔다. 여전히 제대로 말리지 않은 머리카락 끝에 매달린 물기며, 턱을 타고 흘러내리는 물방울들이 전부 지욱의 상체 위에서 하나의 것처럼 맺혀 뚝뚝 떨어지고 있었다.

그때였다. 어디선가 부스럭거리는 소리가 들렸다. 정확하게는 지욱이 있는 부엌이 아닌 텅 빈 거실 쪽에서 알 수 없는 마찰음이 들려왔다. 거실에 있는 가죽 소파에서 들리는 미묘한 소음 같기도 했다.

자신도 모르는 사이에 도둑이라도 들었던 건가 하는 마음이 덜컥 솟았다.

무기가 될 만한 게 있나 싶어 대충 주변을 둘러보던 지욱은 또 한 번 부스럭거리는 소리가 들리자 반 정도 물이 담긴 생수병을 그대로 손에 쥐었다. 플라스틱이 그의 손아귀 안에서 요란한 소리를 내며 찌그러지고 말았다. 찌그러진 페트병 속에서 남은 물이

찰랑였다.

지욱은 천천히 거실 쪽으로 걸음을 옮겼다. 어디 가서 체격으로 밀리는 편은 아니었으니 딱히 겁먹을 것도 없었다. 그렇게 쉽게 들어올 정도로 보안이 허술한 아파트는 아니었는데 하는 의아함이 남을 뿐이었다.

부스럭.

도둑이라고 하기에는 묘하게 쥐새끼라도 숨어든 것 같은 작은 소리. 생각보다 일이 어렵지 않겠다는 예감이 들었다.

커다란 맨발로 성큼성큼 소파 팔걸이 옆 구석 쪽으로 다가갔다. 일단 제압부터 할 작정이었다. 소파 뒤의 그림자와 눈이 마주쳤다고 생각되는 순간, 무작정 생수병을 들어 올리자 굉장히 낯익고도 또 낯선 소리가 지욱의 귓전을 때렸다.

"꺅!"

모든 동작이 일순간 멈출 수밖에 없었다. '으악!' 도 아니고 '꺅!' 이었다. 그 한 마디로 표현을 하기엔 부족할 정도로 솜털이 쭈뼛 서게 만드는 가늘고 높은 소리. 소름이 돋아야 하는데 이상하게도 싫지 않았다. 저 가는 목소리가.

지욱이 천천히 팔을 내렸다. 조금 더 제대로 살피니 작고 동그란 머리통이 보인다.

아무리 봐도 남자의 것은 아니었다. 하물며 성인의 것으로도 보이지 않았다. 그냥 보아도 꽤 작아 보이는 체구의 누군가가 소파와 벽 사이의 구석에 머리를 한껏 박은 채로 엉덩이만 쭈욱 내밀었다. 있는 힘껏 몸을 구겨 넣으면서 쪼그린 채 자신을 숨기려 애쓰는 중이었다.

뒤태를 보아하니 옷차림은 더욱 가관이었다. 노란 잠옷 차림이었는데 그 노란색 사이사이에는 민망할 정도로 귀여운 꽃무늬와 흰 병아리가 섞여 있었다. 아무리 봐도 어린 여자아이의 취향이라고밖에 할 수 없는 잠옷.

그런데 그 유치한 잠옷이 서른둘인 자신에게 이상할 정도로 낯이 익었다. 이런 잠옷은 지나가다가도 시선을 줄 리 없는데. 주변에서 이런 걸 입고 다닐 만한 나이대의 여자아이가 있는 것도 아닌데.

"누구야."

지욱의 낮은 목소리가 조용한 거실에 울리자 노랗고 작은 어깨가 움찔한다. 머리를 반으로 묶은 뒤통수는 고개를 들까 말까 한참이나 고민하는 것 같았다.

작은 햄스터 같기도 하고, 강아지 같기도 했다. 고민은 했으나 행동으로 옮길 용기는 나지 않는 걸까. 그녀는 한참이나 그 구석에 몸을 웅크리고 꼼짝도 하지 않았다.

하지만 지욱도 만만치 않았다. 그 역시 언제까지 그러고 있나 보자는 심산으로 그 뒤를 지키고 서 있었다. 다리가 저릴 만도 한데, 하물며 내내 숙인 고개에 뒷목이 뻐근할 만도 한데 정체를 알 수 없는 작은 체구는 그 상태로 수십 초는 족히 멈춰 있었다.

"어떻게 들어왔는지는 모르겠지만 집주인을 상대로 계속 이러고 있을 작정이라면 미성년자고 아니고를 떠나 주거침입으로 112를 누르는 수밖에 없을 것 같은데."

"아, 아니요. 일어날게요. 일어나요."

반 묶음의 뒤통수, 가느다란 분홍색 머리끈, 노란 잠옷. 그리고 무엇보다 바들바들 떨리는 말투 뒤로도 느껴지는 그 맑은 목소리가 이상하게도 낯이 익다고 생각했다.

오며 가며 동네 근처에서 본 적이 있었나. 이 근방에 사는 여학생이었던 걸까. 그 짧은 사이에 온갖 생각들이 지욱의 머리를 스쳤다. 낯설고도 낯이 익은 모든 것들이 그를 건드려 댔다.

짧은 머리카락 끝에서 여전히 물방울이 뚝, 또다시 뚝. 그의 발등을 적셨다.

❖

지욱은 창가에 자리한 초롬의 옆 책상 의자를 빼 앉았다. 그러고는 책상 위에 팔을 대고 엎드려 잠든 초롬을 한참이나 바라보았다. 볼록하게 올라온 채 감긴 눈꺼풀이며, 아직도 앳된 눈 밑의 애교 살, 젖살이 채 빠지지 않아 희고 뽀얀 뺨까지. 그저 한입에 베어 물고 싶었다.

의도한 것이든 아니든 약간의 사고인 것처럼 저지르고 싶었다. 가까이 다가갔다. 차마 물어 볼 수는 없어도 맛만이라도 봤으면 좋겠다고 생각했다. 입술 사이의 거리를 5cm도 남기지 않았을 때, 여전히 단단한 철벽에 가로막혀 브레이크를 밟아야 했지만 말이다.

"입술 저리 치워, 견지욱."

"자는 것도 아니면서 왜 자는 척이야? 이때가 기회라고 넙죽 주는 줄 알았잖아."

지욱이 자리에서 일어나 창틀에 걸터앉았다. 매서운 손이 날아올까 싶어 잠시 피신 아닌 피신을 했다.

그 소리에 초롬이 천천히 감은 눈을 떴다. 고동색의 맑은 눈이 지욱을 향했다. 창가에 앉아 있는 그의 얼굴이 등 뒤로 쏟아지는 노을로 인해 그늘져 까맣게 보였다.

웃는 건지, 입술을 댓 발 내밀고 있는 건지 감도 안 잡힐 정도의 역광에 눈이 부셨다. 초롬은 고운 미간을 잔뜩 찌푸렸다. 이제야 막 잠에서 깨 얼떨떨하고 묘하게 신경이 곤두선 그 표정에 지욱은 아무래도 좋단 생각이 들었다.

입을 맞추고 싶을 땐 맞추면 그만이다. 약아빠진 자신은 알고 있다. 초롬의 손이 조금도 맵지 않다는 것을.

두 번의 포기는 없을 것이다. 지욱은 창틀에서 내려와 그대로 액셀러레이터를 밟았다. 그녀에게로.

쪽.

"……아."

"어때. 이만큼 가까이 오니까 내 얼굴이 좀 보여?"

"너무 가까워서 못 때리겠으니까 공격 반경 정도는 계산해 줄래?"

"저는 근거리 공격수라서요. 방어 스킬이 아직 한참이나 부족하신 것 같으니까 한 번 더."

쪽.

"······아, 견지욱."

"사물이 생각보다 가까이에 있다니까."

이어서 몇 번의 입맞춤이 더 찾아들었다. 초롬은 다시 눈을 감아 버렸다. 책상 밑으로 자그마한 손이 교복 치맛자락을 꼬옥 붙들었다.

노을로 온통 빨갛게 물든 교실에 입술이 부딪치고 떼어지기를 반복하는 부끄러운 소리가 가득했다. 고작해야 그게 전부였음에도 그들에게는 세상 어디에도 없을 가장 적나라한 애정 표현이었다.

그대로 시간이 멈춰 버렸으면 좋겠다고 생각했던 나날들이었다. 더도 말고 덜도 말고 그저 함께 있다는 그 사소한 즐거움에, 눈만 마주쳐도 손가락 끝이 간질거리는 그 작은 감동들에 한껏 취해 있고 싶은 시절이었다.

부끄러운 입맞춤 후, 서로 아무런 말없이 손만 잡고 걸었다. 그날 귀갓길의 흐린 하늘이 그 어떤 풍경보다 더 아름다웠다.

"그럼 들어가."

"이게 끝이야?"

초롬이 눈을 깜빡이며 지욱을 보았다. 오늘이 무슨 날인지 설마 모르는 거냐고 물어볼까 고민했다. 하지만 몇 년을 알고 지낸 사이인데, 제 입으로 생일을 말하자니 울컥 자존심이 상했다.

입을 꾹 다물었다. 뭔가 더 있을 거라고 자꾸만 기대하게 되었다.

"맙소사. 함초롬. 한 살 더 먹었다고 그런 야한 여자가 되어 버린 거야? 이게 끝이냐고?"

"아, 아니. 그게 아니라……!"

"어쩔 수 없지. 이리 와. 오빠가 그럼 찌인하게 여기서 또……."

"으휴, 됐어. 나 들어갈 거야."

그럼 그렇지. 그렇게 생각을 하면서도 내심 서운했다. 하지만 티를 낼 수는 없어 최대한 덤덤한 척 말하던 초롬을 지욱이 잡아 세웠다.

"장난이야. 잠깐만 있어."

초롬의 현관문 앞에서 태연하게 배웅하는 척하던 지욱이 쏜살같이 자신의 집으로 들어갔다. 갑자기 뭐 때문이지 싶어진 초롬이 천천히 그의 집 문 앞에 섰다.

안에서 요란한 소리가 들렸다. '우당탕탕'이라는 의성어에 걸맞은 소음들. 무언가 부딪치고 걸리는 소리와 함께 조심성이 없냐는 지욱 어머니의 구박마저 들렸다.

소리 죽여 웃고 있던 그 찰나, 현관문이 벌컥 열리면서 쿵! 하고 아찔할 정도로 강한 충격이 초롬의 이마를 울렸다.

"헉. 야, 너 왜 거기 서 있어……. 괜찮아? 다쳤어?"

"생일빵도 진짜 요란하게 줘. 아, 아파……."

지욱은 빨갛게 물든 이마를 문지르던 초롬의 손을 거두어 잡았다. 그는 입술을 모으더니 그녀의 이마에 호오, 하고 따뜻한 입김을 불었다.

힐끔, 고개를 들어 그를 쳐다보는 부끄러운 시선을 느꼈는지 이내 지욱이 그 이마에 자신의 입술을 꾹 눌러 비볐다. '아, 아, 아, 아!' 하며 초롬의 아픈 소리가 절로 샜다.

눈물이 찔끔 날 정도로 빨갛게 핏대가 선 그녀의 시선을 마주하던 지욱은 이내 씩 웃으며 그 앞으로 종이 가방 하나를 내밀었다. 이게 뭐냐고 묻는 표정에도 그는 그저 입을 다문 채 고개만 가로저었다.

받지 않고 멀뚱히 서 있는 그녀와 눈을 마주치다가 이내 작은 품에 그 종이 가방을 턱 하니 맡겼다. 그러고는 태연하게 걸음을 옮겨 집으로 향한다. 별다른 인사도 없이 현관문이 닫혔다.

"……?"

그 앞에 서서 여전히 눈만 깜빡이며 종이 가방을 안고 있자 현관문이 슬며시 다시 열렸다. 지욱이 모습을 전부 드러내진 않은 채 그저 고개만 빠끔히 내밀었다.

"생일 축하해."

좋아한다는 말도 아니고 누구나 하는 평범한 그 말이 뭐가 그렇게 부끄러웠던 걸까. 지욱은 평소답지 않게 얼굴을 붉히면서 다시 집 안으로 쏙 들어가 버렸다.

초롬은 눈이 접힐 정도로 해사하게 웃었다. 종이 가방을 품에 꼭 끌어안았다.

통통 튀는 걸음으로 빠르게 2층까지 올라와 제일 먼저 한 일은 방문을 잠그는 것이었다. 아무에게도 들키면 안 될 비밀의 상자라도 여는 사람처럼 조용히 침대 위에 올랐다.

종이 가방 안에서 상자를 꺼내 뚜껑을 열자 제일 먼저 보인 건 다름 아닌 빨간색의 속옷이었다. 그것도 브래지어와 팬티가 세트로 요란한 레이스를 장식하고 있었다.

표정이 바로 굳었다. 구태여 카드까지 넣어 준 걸로 봐서는 이게 생일 선물인 건 확실한 것 같은데.

「키는 둘째 치고 가슴은 언제 클래? 이 디자인이 엄청 섹시한데 AA사이즈가 없다고 해서 일단 A로 골랐다. 정 안 크면 오빠가 한 사이즈 정도는 키워 줄 수도 있…….」

초롬이 집어 던진 카드가 벽을 맞고 바닥에 떨어졌다. 골탕을 먹이는 방법도 가지가지라고 생각하면서 상자 뚜껑을 닫으려는데 그 밑에 노란 무언가가 보였다.

속옷을 옆에 내려놓고 그 물건을 집어 들자 길게 바닥까지 늘어진다. 침대에서 내려와 서서 제대로 펼쳐 보자 다름 아닌 잠옷이었다.

꽃무늬며 작은 병아리며, 온갖 아기자기한 무늬가 잔뜩이었다. 초롬과 굉장히 잘 어울리는 귀여운 디자인이었지만 지욱의 취향은 아니었다.

다 큰 남자애가 이런 귀여운 잠옷을 사면서 포장해 달라고 했을 걸 생각하니 웃지 않으려야 않을 수가 없었다. 이것보단 오히려 빨간 속옷을 뻔뻔하게 사고도 남았을 인물이지.

초롬은 살금살금 다시 가서 바닥에 떨어진 카드를 집어 들었다.

「……는데. 야아, 그렇다고 카드 찢는 건 아니지?」

던지기는 했어도 아직 찢지는 않았다.

「진짜 선물은 잠옷이야. 나 이거 사면서 엄청 쪽팔렸다. 그 창피함까지도 네 선물이니까 전부 다 받아 가. 내일 아침에 그거 입고 자는 모습 구경하러 갈게.」

초롬은 카드를 내려놓고 잽싸게 창문 단속부터 했다. 잘 잠겨 있다. 커튼까지 쳐 버리고 나니 완벽한 철벽의 성이 되었다. 누구 마음대로 이 방에 또 들어오려고?

턱도 없다는 표정으로 어깨를 으쓱거리던 초롬은 카드를 들어 마지막에 남겨진 한 마디를 굳이 입 밖으로 소리 내어 봤다. 조용하고 작은 목소리가 그녀의 방을 가득하게 채웠다.

「좋아해.」

"좋아해."

❖

지욱은 자신의 눈을 의심했다.

차림새며 그 목소리가 이상하게도 낯이 익다고 생각을 하기는 했지만, 눈앞에 있는 이 얼굴은 낯이 익다는 표현으로는 부족했다.

바로 어젯밤 꿈에서도 만났고, 몇 분 전 감긴 눈앞에 아른거리던 잔상으로도 경험했다. 아직도 이렇게나 익숙한 얼굴. 체취며 분위기며 깜빡이는 속눈썹조차 생생하게 그려지는 모습.

노란 잠옷 바지 밑으로 희고 작은 발이 꼼지락거리며 바닥을 딛고 서 있다. 다시 고개를 들어 그 얼굴을 확인해도 이건 꿈일 수밖에 없다. 그렇지 않고서야 어떻게.

"너……."

평행우주론, 또는 다중우주론이라는 것이 있다. 우리가 살고 있는 현재의 우주처럼 함께 흘러가고 있는 또 다른 우주들.

우리의 선택 하나가 엇갈려 현재를 여러 개로 조각내고, 그렇게 모든 시간은 과거, 현재, 미래의 우주로 나뉘기도 하면서, 죽음과 삶을 경계로, 혹은 만남과 이별을 경계로 각기 다른 이야기로 옮겨진다.

서로를 만나 이렇게 얼굴을 맞대고 있는 지금이 어쩌면 그 수많은 우주 중 하나에 불과할지도 모른다는 사실이…….

너를 여기로 옮겨 온 걸까?

"말도 안 돼."

분명 초롬이었다.

3.

네가 보여

잠이 들었지만 잠이 든 것 같지 않았고, 깨는 듯했지만 깬 것 같지 않았다. 한동안 잠을 제대로 이루지 못해 달아 두었던 암막 커튼이 오늘따라 제 할 일을 제대로 못하는 건지 눈을 감고 있어도 자꾸만 눈이 부신 기분이 들었다.

지욱은 고개를 돌려 베개에 깊숙이 얼굴을 묻었다. 눈이며, 코며, 입까지 전부 베개에 파묻혔다. 살짝 벌려진 입술 사이로 잔숨이 뱉어지고 들이쉬어지기를 반복했다.

그렇게 미동도 없이 한참이나 다시 잠든 양 그대로 자세를 유지했다. 그러나 조금만 뒤척여도 바스락거리는 이불 탓에 가장 먼저 청각이 깨어났다. 아직 감겨진 눈은 재차 잠을 청했지만 서서히 깨어나기 시작한 온몸의 감각이 지욱의 신체보다 정신을 먼저 일으켜 세웠다.

결국 깨어나는 신경을 이기지 못하고 반쯤 눈을 뜬 지욱이 손을 더듬어 협탁 위에 놓여 있던 휴대 전화를 잡았다. 홈 버튼을 누르자 바로 화면이 모습을 드러냈고 그 위로 '08:12'라는 숫자가 큼직하게 떠올랐다. 휴일이라고 해서 늦게까지 침대에 파묻혀 있는 타입은 아닌데 오늘따라 기상이 조금 늦었다.

평소라면 새벽같이 일어나 아침 운동을 나서며 하루를 시작했을 것이다. 더군다나 이 시간이면 운동을 마치고 샤워까지 끝낸 뒤 소파에 느긋하게 앉아 아침 뉴스 따위를 시청하고 있어야 했다.

그러나 오늘은 달랐다. 잠 속에 파묻힌 듯이 눈을 감고 있었다. 심지어 햇빛에 못 이겨 눈을 떴다. 그게 얼마 만이었는지 기억조차 가물가물할 정도로 노곤함이 녹아 있는 깊은 잠이었다.

그러다가 문득 한 가지 사실을 떠올렸다. 처음으로 초롬의 꿈을 꾸지 않은 아침이었다.

언제나 눈을 뜨면 가장 먼저 씁싸래한 아쉬움이 입을 쓰게 만들었다. 꿈속에서 잡힐 듯 잡히지 않았던 그녀의 모습에 석연치 않은 기분으로 잠에서 깨고는 했었다. 그래서 오늘이 달랐던 것이다.

이상하게도 오늘은 꿈속에 그녀가 나타나지 않았다. 더는 꿈속에서 숨 쉬지 않아도 된다고 말하기라도 하는 것처럼, 그렇게 예고도 없이 찾아오지 않은 첫 아침.

지욱은 침대에서 내려와 방문을 열었다. 가장 먼저 욕실로 직행하려는데 거실의 불이 환했다. 사람도 없는데 불이 왜 켜져 있나 싶어 욕실로 향하던 걸음을 그쪽으로 돌렸다.

가까이 갈수록 인기척이 한층 더 강해졌다. 불로도 모자라 따뜻한 기운마저 감도는 게 낯설 정도로 '사람 사는 집' 같았다.

"생각보다 일찍 일어나네요?"

눈앞에 서 있는 사람을 보자 머리가 굳었다. 큼지막한 자신의 반바지와 티셔츠를 어디서 찾아낸 걸까. 그 작은 체구에 어떻게든 헐렁하지 않을 정도로 입은 모양새가 귀엽기도 하고 웃기기도 했다. 하지만 그보다 먼저 든 생각은…….

'아직 잠에서 덜 깼나……?'

어쩐지 오늘따라 꿈에 초롬이 나오지 않더라 싶었다. 이렇게 눈앞에서 해맑게 웃으며 아침을 준비하는 그녀의 모습이라니. 그간 꿨던 꿈 중에서 가장 현실적이지 않으면서도 가장 행복한 꿈이다.

이대로 깨지 않았으면 좋겠다 싶어 차라리 눈을 감아 버리려는데 자신의 이마 위로 닿는 따뜻한 손.

"아파요?"

"……꿈이 아니야?"

"견지욱에게는 꿈이 아니죠."

초롬이 웃는다.

머릿속에 있던 시계가 시간을 다시 되돌렸다. 몇 시간 전으로 시침과 분침이 제멋대로 굴러갔다. 몇 바퀴 정도 돌고 돌아 그때의 그 시간, 지금과 똑같은 장소로 자신을 데려다 놓았다. 이 얼떨떨한 감각은 그대로였다.

어제도 자신은 분명 지금과 똑같은 표정을 하고 있었다.

'말도 안 돼.'

분명 13년 전 자신이 사 주었던 그 잠옷을 입고 앞에 서 있는 사람은 초롬이었다. 지욱은 피곤함에 지쳐, 혹은 그리움에 사무쳐 이젠 헛것이 다 보인다고 생각했다.

고개를 저으며 침실로 향했다. 일단 옷을 제대로 갈아입고 수건으로 젖은 머리를 말렸다. 그러면서 이 잡생각도 함께 말라 버리라고 일부러 손끝에 힘을 실었다.

하지만 다시금 문으로 향하는 시선. 분명 헛것이 맞는데도 혹시나, 정말 혹시나 하는 마음에 다시 방문을 열고 만다.

여전히 거실 한가운데에 그대로 서 있는 작은 체구. 가만히 방문 앞에 선 자신을 응시하고 있는 눈동자는 몇 번을 의심해도 같은 이름이 자신의 답이라며 내놓았다. 잊으려야 잊을 수 없는 모습이었으니까.

'함……초롬?'

'아저씨가 견지욱이죠?'

열아홉의 초롬은 지욱을 아저씨라 부르며 낯설어 했고 그러면서도 또 수줍게 웃었다. 소파 뒤에 숨어 바들바들 떨던 그 소녀가 맞나 싶을 정도로 안정을 되찾은 평화로운 표정이었다. 그녀는 앞에 있는 이 서른둘의 남자가 견지욱임을 재차 확인하면서 더 따스하게 웃음을 머금었다.

❖

초롬은 앞에 있는 반찬을 집어 먹으며 태연하게 아침 식사를 했고, 지욱은 젓가락을 든 채 멍하니 반찬을 쳐다보기만 했다. 몇 가지를 깨작거리는가 싶더니 고개를 들어 다시 그녀에게 시선을 둔다.

입을 오물거리며 야무지게 식사를 하던 초롬이 그와 눈을 마주쳤다. 할 말이 있느냐는 표정의 그녀는 대화가 필요할 것 같다고 생각했는지 빠르게 음식물을 삼키고는 물을 마셨다. 작은 목울대로 물 한 모금이 넘어가는 걸 응시하던 지욱이 어렵게 입을 열었다.

"그러니까……. 네가 진짜 함초롬이라는 거지."

"네."

"지금 열아홉인 거고."

"그렇죠."

말을 섞으면 섞을수록 혼란이다.

"이번에 설명하면 벌써 세 번째지만 그래도 계속 이해가 안 되는 것 같으니까 또 말해 줄게요. 머리가 딱히 좋지 않은 건 열아홉의 견지욱도 똑같거든요. 서른둘의 견지욱이라고 해도 이 정도 설명은 쉬워요."

웃는 얼굴로 살살 장난을 걸고 흉인 듯 아닌 듯 흉을 보는 것도 자신이 아는 초롬의 화법 그대로다.

"그냥 친구들 통해서 어쩌다가 들은 미신 같은 거였어요. 사랑하는 사람의 미래를 볼 수 있다는 미신이요. 스물이 되기 전, 내가 가장 순수한 마음으로 있을 수 있는 12월의 어느 날, 그 사람의 물건을 지니고 모두가 잠든 깊은 밤에 홀로 눈을 감는 거예요. 눈을 감고 누워서 1부터 숫자를 하나씩 천천히 세는 거죠. 하나, 둘, 셋, 넷……. 아주, 아주, 천천히요. 100을 셀 때쯤 눈을 뜨면 그 사람의 가장 궁금한 미래를 꿈에서 보게 될 거라고 했어요."

"그러니까 넌 내 미래가 궁금했다는 거고……?"

"어른이 된 지욱이의 모습이 궁금했어요. 비록 궁금해하던 시기가 서른둘이나 된 지금은 아니었지만요. 사실은……. 스물다섯 살 정도를 보게 되면 좋겠다고 생각했어요. 그때쯤이면 얼마나 멋져졌을까, 좀 남자다워졌을까, 우리는 어떻게 지내고 있을까……. 뭐, 그런 것들이 궁금했거든요."

"……."

"근데 지금도 괜찮은 것 같아요. 서른둘이나 먹었는데도 이렇게 멋질 줄은 몰랐거든요. 열아홉인 저한테 그 나이는 엄청 아저씨 같은 느낌이었어요."

작은 입술이 움직이면서 또박또박 말을 한다. 입만 뻥긋거리다가 연기처럼 사라져 버리는 꿈속의 그녀가 아니다. 말하다가 목이 마르면 물을 마시고, 젓가락으로 반찬을 집어 입에 넣기도 하는, 살아 있는 초롬이다.

"그러니까 이건 내 꿈속이기는 해도, 아저씨의 꿈은 아니에요. 아저씨의 현실, 그리고 내 꿈속인 거죠."

"잠깐만."

지욱은 그녀에게 가까이 와 보라고 손짓을 했다. 초롬은 알 수 없는 표정을 지으면서도 고개를 더 쭈욱 내밀어 그에게 얼굴을 가까이 가져갔다.

딱!

"아!"

매서운 소리가 공기 중을 갈랐고, 이내 초롬의 이마가 빨갛게 물들었다. 금방 울상을 지은 초롬이 이마를 가리면서 지욱을 노렸다. 아, 이마저도 이토록 익숙할 줄이야.

"뭐예요. 왜 때려요."

"꿈이라며. 근데 어떻게 아픔을 느끼는 거야. 게다가 빨개지기까지 하잖아."

"잠들어 있는 저한테나 꿈이죠. 아저씨의 현실로 넘어왔으니까 지금은 현실이 맞대도요! 아……. 진짜 아파. 안 그래도 며칠 전에 현관문에 부딪쳐서 났던 혹이 아직 가라앉지도 않았다구요."

그 현관문이 뭘 말하는지 무척 잘 알고 있다. 자신이 조심성 없이 벌컥 열었던 그 현관문. 생일 선물을 주기 위해 부끄러움을 참아 가며 급한 마음까지는 못 감춘 채 다급히 열었던 바로 그 문. 그 너머에 초롬이 서 있었던 기억이 난다.

어쨌든 지금 앞에 있는 소녀는 그 당시의, 열아홉의 함초롬이 확실했다. 말투며, 얼굴이며, 저 사소한 표정까지. 그 당시의 모습 그대로였다. 하물며 그녀가 기억하는 모든 순간들 속에 열아홉의 자신이 존재했다.

"네 생일날 우리 집 현관문에 부딪쳐서 생겼던 혹 말이지?"

"어……? 맞아요. 13년 전인데도 기억이 나요? 나한테는 며칠 전이지만 아저씨한테는 엄청 오래전일 텐데."

"당연하지. 난 네가 생각하는 것보다 머리가 좋았어. 그리고 어른이 된 뒤로는 감당할 수 없을 정도로 더 좋아졌지."

잊을 수 없는 날들이었다. 그 당시의 하루하루가 기억 속에서 잊혀 가는 게 슬퍼 어떻게든 더 붙들어 두었다. 매일 다른 기억들을 끄집어내면서 추억할 정도로 초롬과 나누었던 모든 행동, 모든 일들이 13년 동안 지욱에게 겨우 숨을 불어넣고 있었다.

그랬던 기억 중 하나를 아무렇지 않게 잊을 수 있을 리 없다. 또 다른 어떤 이야기를 해도 그는 모든 것을 기억에서 꺼내 이야기할 자신이 있었다.

"거짓말. 수능 전날에도 게임하느라 바빴던 견지욱을 내가 알아요. 대학도 분명 떨어졌을 거야. 아직 발표도 안 났지만 왠지 느낌이 딱 그래요."

"붙었어."

"어? 진짜 붙었어요?"

"그래. 그것도 함초롬이 그렇게나 같이 가자고 했던 A대학."

"말도 안 돼. 지욱이가 진짜, 아, 아니, 아저씨가 진짜 붙었어요? 견지욱…… 맨날 노는 티만 내더니 뒤에서 공부를……."

"타고난 머리라니까."

"그럼 같이 입학해서 대학 생활도 같이 했겠다. 그렇죠? 아, 다행이야. 기대는 안 했지만 내심 바라기는 했거든요. 우리가 진짜 해냈구나."

윗입술과 아랫입술이 딱 붙어 도저히 떨어지지 않았다. 아직 제대로 꺼내지도 않은 미래에 대한 확신이 초롬의 눈에서 반짝이며 빛났다.

같이 입학해서 나란히 대학 생활을 했을 거라는 그 말에 뭐라고
대답할 수 있을까. 내심 바라고 있었다는 그 기대감을 무너뜨릴 자
신이 없었다. 우리가 진짜 해냈다는 그 말에 해낸 건 자신뿐이었다
는 말을 뱉을 수 있을 정도로 지욱은 아무렇지 않을 수 없었다.

어른이 되면서 가장 자신 있게 터득한 것은 무언가를 회피하는
일이었다. 도망치거나 눈을 감아 버림으로써 견뎌야만 했던 많은
날들이 있었다.

적어도 열아홉의 자신은 초롬의 앞에서 언제나 곧은 시선을,
당찬 발걸음을 주춤거린 적이 없었다. 하지만 현재의 자신은 서른
둘의 또 다른 견지욱이다. 눈앞에 있는 그녀가 그 당시의 초롬이
라고 해서 여기에 있는 자신까지 그 당시의 견지욱일 수는 없는
일이다.

그때의 견지욱이 솔직함으로 그녀를 지켜 냈다면 현재의 자신
은 모든 걸 숨기고 눈을 감아야 했다. 그래야만 그녀를 지킬 수
있다는 생각이 들었다.

"왜 둘이 같이 입학했을 거라고 생각해?"

"설마……. 나 떨어졌어요? 설마 지욱이만 붙고 정작 내가 떨
어진 거예요?"

"다 먹었으면 저리 가 있어. 설거지는 내가 할게."

"말해 주면 안 돼요? 저 떨어졌어요?"

"……붙었어. 그러니까 가서 앉아 있으래도."

그제야 안도한 표정을 보는 그의 마음이 편치 않았다. 초롬을

그렇게 보낸 뒤에 합격 발표가 있었다. 한동안 잠잠한 것 같더니 겨우 참고 있던 눈물이 기어코 또 터지고 말았었다.

합격자 명단에 있던 그녀의 이름을 기억한다. 나란히 붙었음에도 입학식 날, 정문을 통해 홀로 들어서던 자신의 무거운 걸음조차 여전히 기억하고 있다.

지욱은 고무장갑도 끼지 않고 몇 개 되지 않는 그릇들을 씻기 시작했다. 흘끔 고개를 돌려 거실을 바라보자 초롬이 가느다란 다리를 천천히 내딛으며 집을 둘러보고 있었다.

커다랗고 얇은 텔레비전이 신기한지 한참 고개를 들이밀었고, 요상하게 생긴 에어컨도 신기하다는 듯 양손을 뻗어 보았다. 그러다가 소파 위에 가죽 스치는 소리를 내며 푹신하게 앉아 작은 등을 한껏 묻었다.

그 모습을 보면서도 지욱은 여전히 믿기지 않았다. 이 집에 초롬이 숨을 쉬며 움직이고 있다는 사실이.

"커피 마실래?"

"커피요?"

"아."

너무 아무렇지 않게 커피라고 해 버렸다.

어릴 적 그녀는 커피 같은 걸 마실 줄 몰랐다. 그때만 해도 커피를 마시려고 하면 아줌마며 아저씨며, 심지어 지욱의 부모님조차 매서운 눈을 하고는 했었다. 어린 것들이 무슨 커피냐면서 굳이 주스를 내주었고, 정 먹고 싶으면 먹으라면서 커피 없이 프림만 덜어 프림 차를 타 주기도 했었다. 그때는 그게 뭐라고 그토록 맛있게 마셨던 걸까.

그랬던 자신은 이제 초롬보다 13살이나 많은 남자가 되어 버렸다. 아직도 커피가 어울리지 않는 그녀에게 아무렇지도 않게 그것을 내오려고 했을 정도로, 서른둘이 익숙해져 버린 남자인 것이다.

"미안. 커피 못 마시지."

"못 마신다기보다는 엄마가 못 마시게 하셨던 거죠. 그래도 커피 주면 나 잘 먹을 수 있을 것 같은데."

"됐어. 키 안 커."

"……얼굴은 정말 나이 든 지욱이인데 이럴 때 보면 영락없이 '어른'이네요. 꼭 우리 아빠나 엄마 같아. 물론 13년 뒤니까 삼촌뻘인 게 맞기는 하지만요."

"날 보고 네가 '지욱이'라는 이름보다 '아저씨'라는 호칭이 더 자연스럽게 나오는 것처럼 어쩔 수 없는 거야."

"아……. 혹시 서운했어요?"

아니라고 하면 거짓말일 것이다. 꿈속의 초롬은 자신이 몇 살이든 상관없이 언제나 웃으며 '지욱아!' 하고 불러 주었었다. 손에 잡히고 온기로 느껴지는 초롬을 정말 거짓말처럼 앞에 두게 되었는데, 그 작은 입을 타고 '아저씨'라는 말이 흘러나오면 이상하게 자신은 견지욱이 아닌 그저 나이 많은 어느 아저씨가 되어 버리고 마는 느낌이다.

하지만 열아홉 살짜리에게 서른둘이나 먹은 남자를 이름으로 불러 달라 하는 것도 이상하다. 그게 둘에게 있어 좁힐 수 없는 갭이 되어 버렸다.

"서운하기는. 어쨌든 지금의 난 견지욱이기 전에 너보다 어른인데."

"그래도 억울하지는 않을 거예요. 대신 서른둘의 함초롬이 아저씨를 이름으로 불러 주고 있을……."

"나가자. 마실 거라도 사 와야겠어."

숨기지 못할 정도로 다급했다. 눈에 띌 정도로 어색하게 말을 잘라 버렸다. 금기어라도 드러난 것 같아 숨통이 막히는 기분이 들어 버린 탓이다.

지욱은 방으로 들어가 점퍼 하나를 꺼냈다. 어느 쪽 팔이 맞는 건지도 모르게 대충 걸치며 현관으로 걸음을 옮겼다.

서른둘의 함초롬 같은 건 없다. 서른둘은 고사하고 그녀가 스물의 함초롬이 어땠냐고 물어도 자신은 대답을 해 줄 수 없다.

함초롬은 지금의 네가 끝이라고, 스무 살의 너도, 스물한 살의 너도, 그리고 서른둘을 먹은 너도 존재하지 않는다고 말할 수 없다. 그 수많은 나이들의 너를 보고, 경험하고, 만나고 싶었지만 나는 결코 그럴 수 없었다고, 차마 그렇게 대답할 수 없다.

순간적으로나마 울컥하고 목울대를 뜨겁게 물들이며 치고 올라오는 감정에 표정을 전혀 관리할 수 없을 뻔했다.

그때였다. 초롬의 작은 손이 현관 앞에 선 지욱의 팔을 붙들었다. 약한 악력에 고개를 돌린 지욱과 올려다보는 초롬의 시선이 마주쳤다.

"같이 나가고 싶은데 입고 나갈 옷이…… 저거뿐이라서요."

초롬의 손가락이 가리킨 곳에는 어제 나타났을 때 입고 있던 노란 잠옷이 가지런히 개어져 있었다.

다시 시선을 돌려 그녀를 내려다본다. 지금 그녀가 입고 있는 옷은 큼지막한 자신의 티셔츠와 꽉 묶어 겨우 내려가지 않게 한 자신의 반바지였다.

난처한 표정이 허공에서 서로 엇갈렸다. 지욱은 결국 신다 만 신발을 다시 벗어 안으로 들어올 수밖에 없었다.

❖

"웃지 마요."

"안 웃었어."

"웃었잖아요. 아니, 지금 웃고 있잖아요."

"원래가 웃는 얼굴이야."

"거짓말. 아까까지는 무서운 얼굴을 하고 있었으면서."

"내가?"

정곡을 찔린 것 같아 지욱은 걸음을 멈췄다. 함께 걷다가 따라서 걸음을 멈춘 초롬이 그를 보며 고개를 끄덕였다. 미안함에 난처한 표정을 짓던 지욱은 그녀를 보고 다시 웃음이 터지는 바람에 빠르게 고개를 돌렸다. 초롬의 표정이 일그러진 건 말할 것도 없다.

"또!"

"아, 진짜 미치겠네."

190cm에 가까운 자신의 키에 맞춰진 옷들을 160cm도 채 안 되는 초롬에게 입히기란 무척 힘들었다. 뭘 가져다가 목에 끼워

넣어도 헐렁해서 아빠 옷을 훔쳐 입은 어린이 같아 보였다.

초롬은 십 대 후반에 이미 180cm였던 지욱의 키를 들먹이며 성인이 된 뒤에도 키가 이렇게까지 훌쩍 커 버릴 수 있는 거냐고 투덜거렸다. 대체 무얼 한 거냐는 말에 꼬마는 몰라도 된다고 일축시키자 또다시 씩씩거린다.

초롬의 생각에, 초롬의 부재로 인한 슬픔에, 스스로를 돌이키지 않고 살다 보니 어느덧 성장하지 못한 마음 대신 몸뚱이만 불쑥 커 버린 모양이었다. 그랬던 지욱이었기에 지금 성을 내는 초롬의 숨조차 따스하기만 했다.

지욱은 옷장을 뒤적이고 또 뒤적였다. 세탁을 잘못 맡긴 탓에 줄어들었던 니트 하나를 겨우 찾았다. 버리지 않기를 잘했다. 그 아래로는 고무줄로 된 트레이닝 바지를 입혔다. 조금 더 따뜻한 바지를 입혀 허리띠로 고정이라도 시키려고 했는데 허리띠의 가장 안쪽까지 채워도-남자 허리띠를 무시하면 안 될 모양인지-초롬의 허리보다 헐렁해서 아무 의미가 없었다.

게다가 지욱의 운동화는 거의 질질 끌다시피 신고 와서 몇 걸음 걷다가 벗겨지고 또 벗겨지고를 반복했다. 그렇다고 이 겨울에 슬리퍼를 신길 수는 없는 일 아니겠는가.

백화점까지 오는 길은 차를 이용했다지만 내부에서는 달리 방법이 없었다. 백화점 복도를 걷는 내내 이게 무슨 패션 테러리스트냐 싶어 지나가던 사람들이 휴대 전화를 들이밀어도 이상할 것 같지 않았다.

그래도 그 위에 지욱의 오리털 점퍼를 입혀 놓으니 못난 모습이 조금 가려지기는 했다. 그나마도 또 뒤뚱거리며 아빠 옷을 걸친 꼴이 되어 웃음을 사 버렸지만.

"……어디든 일단 들어가면 안 돼요?"

"다 왔어. 나도 여자 옷은 어머니 거 외엔 살 일이 없어서 좀 헤맨 거야. 어린 여자애들 옷 브랜드를 알아야 말이지."

"어서 오세요."

20대 초중반 여성들을 주 타깃으로 하는 여성복 매장 중 한 곳에 들어서자 유니폼을 갖춰 입은 직원이 정중하게 인사를 해 왔다. 초롬은 자신의 꼴이 부끄러운지 지욱의 뒤로 슬쩍 숨었다.

언제나 당찬 게 함초롬의 매력이라고는 하지만 고작해야 아직 열아홉이다. 백화점에 이런 모습으로 오는 것이 부끄럽지 않을 리 없을 것이다. 당차던 것도 동갑내기 견지욱의 앞에서나 가능한 일이었을 테니.

부담스러워하는 초롬을 느낀 지욱이 '죄송하지만 저희가 직접 골라 보고 말씀드려도 될까요.' 하며 직원에게 양해를 구했다. 직원은 등 뒤에 숨은 초롬의 작은 머리를 보더니 이내 웃는 얼굴로 '편히 둘러보세요.' 하고 자리를 비켜 주었다. 그제야 큼지막한 손으로 초롬의 머리를 꾸욱 누른 지욱이 그녀를 등 뒤에서 잡아당겼다.

"뭐라도 하나 골라 봐. 아니, 못해도 몇 벌은 골라 봐. 그렇다고 내내 같은 옷만 입고 살 수는 없잖아."

"한 벌이면 될 것 같……은데요……."

"전부 내가 고를까? 본인도 알겠지만 내가 여자 옷 고르는 센스가 말이지."

"제가 고릅니다. 네, 제가요."

재빠르게 옷들을 뒤적거리며 살피던 초롬은 지욱과 쇼핑하던 몇 번의 기억을 떠올리며 소리 죽여 웃었다.

어릴 적에도 생일 선물로 웬만하면 옷 종류는 선물하지 않는 지욱이었다. 함께 옷이라도 사러 가면 그가 '이거 어때?' 하고 추천하는 것마다 상상을 초월했다.

본인의 옷은 멋진 걸로 잘도 입으면서 어쩌면 그렇게 여자 친구 옷으로는 기겁할 만한 것들만 골라 주는 건지. 초롬은 그 센스를 도저히 이해할 수 없었다. 때로는 일부러 다른 남자들 붙지 말라고 이상한 걸로 골라 주나 생각했을 정도였다.

물론 초롬이 예쁜 옷을 입고 나오면 예쁘다고 솔직하게 표현도 할 줄 아는 남자였다. 지금에 와서 생각해 보면 그때 예쁘다고 했던 건 옷에 대한 칭찬이 아니라 그저 그녀를 보고 하는 말이었는지도 모르겠다.

처음이자 마지막으로 사 준 옷도 잠옷이어서 망정이지, 외출복이었다면 그 선물은 그저 초롬의 옷장 안에만 고이 모셔져 있었을 것이다.

"저기⋯⋯."

"왜?"

"아저씨. 갑자기 생각난 건데요."

"뭔데 뜸을 들여. 함초롬답지 않잖아, 질질 끄는 거."

"돈 많이 벌었어요?"

"뭐?"

"여기 옷들이 상당히 비싼 것 같아서요. 그것도 엄청, 엄청, 엄청……."

그 당시와 현재가 같을 리 없다. 그걸 감안하더라도 여기에 있는 옷들은-그 당시에도 비쌌겠지만- 결코 저렴한 축에 속하지만은 않았다.

하물며 물가가 달라진 현재는 보이는 숫자의 갭이 커 비싸게 느껴질 수밖에 없다. 아직 고등학생 티를 벗지도 못한 초롬의 눈에는 더욱이 그럴 것이다.

아무리 그래도 서른둘이나 먹어 옷 몇 벌도 못 사 줄 정도로 능력 없는 남자로 보이고 싶지는 않은 게 지욱의 마음이었다.

"못 벌었을 것 같아?"

"내가 아는 지욱이를 생각하면 잘 모르겠지만……. 지금의 아저씨를 보면 잘 벌 것 같아요. 내가 상상하던 완전한 어른 남자니까."

"제대로 봤어. 그리고 열아홉의 견지욱도 무시는 마. 그 나이에도 나중에 함초롬 먹여 살리겠다고 공부며 뭐며 뭐 하나 허투루 하는 법 없이 열심히 살고 있었으니까."

"그랬었어?"

이상하게 귀가 간지러웠다. '그랬어요?' 내지는 '저랬어요?' 하면서 아저씨 취급을 하던 초롬이 아무렇지 않게 '그랬었어?' 라고 말한 탓이다.

잠시 나이를 잊고 자신을 그저 견지욱으로만 봐 준 느낌이 들었다. 그래서 괜스레 귀가 간지럽고도 뜨거워졌다. 이게 뭐라고 이렇게나 좋은 걸까. 그 당시에는 그저 일상이었던 저 말투가 대체 뭐라고.

"그, 그래서 뭐, 다 골랐어?"

"얼굴 빨갛다."

"뭐?"

"견지욱 같아서 그래요. 내가 아는 열아홉 견지욱."

"콜록. 여, 여기 이거 입어 볼 수 있죠?"

지욱은 초롬을 보며 그렇게 따뜻하고 다정하게 웃지 말라고 하고 싶었다. 그 상냥한 미소에 얼마나 주체할 수 없을 정도로 너를 안고 싶은지 추호도 모르면서 그렇게 웃지 말라고 으름장이라도 놓고 싶었다.

그럴 때면 자신도 13년 전으로 돌아가고 싶어졌다. 초롬을 자신과 같은 곳으로 데려다 놓을 수 없다면 지금껏 쌓아온 모든 흔적들을 전부 잃어도 좋으니 그저 열아홉의 자신으로 돌아가 그녀를 있는 그대로 끌어안아 숨을 들이켜고 싶었다.

영문을 모르겠다는 표정으로 '지욱아, 왜 그래?'라고 물어 오는 초롬을 마주하게 된다고 해도, 그저 품에 잔뜩 안아 그때 제대로 못했던 사랑한다는 말을 쏟아 내고 싶었다.

나이를 먹어서야 알았다. 좋아한다는 말이 벅찼던 이유는 서툴렀던 마음이 사랑한다는 말에 가까워졌기 때문이었다는 것을.

지욱은 초롬이 보고 있던 옷 몇 벌을 들어 보이며 직원을 불렀다. 전부 사지는 않을 거라고 손사래 치는 그녀를 피팅룸으로 밀어 넣고 나서야 얼굴을 쓸어내릴 수 있었다.

아직도 지금 이 시간이 꿈만 같다. 현실성 없이 들리는 목소리와 표정들이 전부 꿈만 같아서 갑자기 깨 버려도 이상하지 않을 것 같았다. 초롬의 시간이 아닌, 자신의 시간이 꿈처럼 느껴져 불안했다.

그래, 이 감정의 이름은 불안이었다.

"이런 옷 입으니까 어른 같아요. 벌써 대학생이 된 기분이에요."

초롬은 피팅룸에서 나와 거울 앞에 섰다. 원피스를 입고 있는 자신의 모습을 바라보며 얼굴을 붉히는 그녀가 새삼스럽게도 또다시 사랑스러웠다.

그대로 스무 살, 스물한 살을 맞이했었다면 저런 원피스를 입고 캠퍼스를 활보했겠지. 지나가는 남자들이 시선을 뗄 수 없을 정도로 예뻤겠지. 찾아오지 않았었던 가상의 그 시절을 떠올리면서 지욱은 웃었다.

"예쁘네. 사이즈는 맞지? 다른 거 굳이 안 입어 봐도 되겠다. 저거 다 주세요."

"다섯 벌을 다 사요?"

"하루에 한 벌씩 입는다고 쳐도 일주일 중 이틀이나 남아. 잠옷 입고 돌아다닐 수는 없잖아."

그녀가 과연 일주일이나 이곳에 남아 있을지는 확신할 수 없었지만 곁에 잡아 둘 수만 있다면 그러고 싶은 기분이었다. 그래. 이제 확실하게 알겠다. 분명 불안이다.

초롬과 함께 있으면서 내내 느끼던 그 감격과 믿기지 않는 기쁨, 그리고 그와 동시에 마음 한구석에 계속해서 사라지지 않고 남아 있던 것은 불안이었다.

어느 날 갑자기 그녀가 사라져 버리면 어떻게 해야 하는지. 고작해야 하루의 행복으로 남아 또다시 앞으로 몇 년이 될지 모르는 나날들을 외로움 속에서, 그리움 속에서 보내게 된다면 과연 버틸 수 있을지. 그 모든 것들에 지욱은 겁이 났다.

그저 꿈속에서 마주하며 마음에 묻어 둔 채로 지내던 날들과는 이미 달라졌다. 언제나 텅 비어 있던 차가운 집에 따뜻하고 좋은 향기가 나게 만들어 버렸다.

꿈인지 현실인지 구분하지 못하고 멍하니 서 있던 자신에게 가까이 와 그 작은 손으로 이마를 짚어 주며 웃어 주었다.

이제는 이게 현실이어도 꿈이어도 상관없었다. 아무래도 좋았다. 또다시 초롬을 잃게 되는 것이, 초롬의 빈자리를 다시금 깨닫게 되는 것이 두려울 뿐이었다.

그녀가 그 꿈에서 영영 깨지 않고 자신의 현실로 들어와 함께 있어 주었으면 하는 욕심이 불안과 함께 그의 마음 안에서 비켜날 생각을 하지 않았다.

4.

호피

원피스, 스키니, 티셔츠, 구두부터 운동화까지. 종류별로 사지 않은 것이 없었다. 지욱의 손에는 여러 개의 쇼핑백이 들려 있었다.

이렇게 한꺼번에 많은 옷들을 산 것도 처음이었을뿐더러 양손에 쥐어도 부족할 정도의 무게감을 느낀 것 역시 처음이었다. 그 쇼핑백 중 지욱 본인의 것은 하나도 없었다. 그렇기에 그의 뒤를 따라 걷는 초롬의 표정이 더 난처할 수밖에.

"아저씨."

"······."

"아저씨, 잠깐만요."

"······."

"견지욱."

걸음이 멈췄다.

자신이 기억하는 그 시절의 목소리로 그때처럼 부르는 그 이름에 걸음이 저절로 멈춰 버렸다. 다정하게 부르는 이름이 아니어도, 때로는 퉁명스럽게 성을 붙여 부르는 세 글자라도, 지욱의 걸음을 그대로 바닥에 붙들기에는 충분했다.

걸음걸이에 차이가 나 한참이나 뒤에 있던 초롬이 몇 걸음 더 내딛어 겨우 그의 곁에 섰다.

"이제야 따라잡았다. 엄청 빨라요."

"아, 미안."

"13년 전 생각을 요만큼은 좀 해 줘요. 기억이 가물가물하겠지만 내가 아는 견지욱은 걸음을 1/2로 줄여서 느릿느릿 걸어 주기도 하는 그런 배려심 있는 못난이였으니까요."

칭찬인지 뭔지 모를 말의 끝에는 '못난이'라는 단어와 함께 맑은 웃음이 걸렸다. 지욱은 알고 있다. 그녀가 짓는 지금의 저 웃음이 서른둘인 현재의 자신이 아닌 열아홉의 견지욱을 떠올리며 지은 것이라는 사실을.

이상하게 속이 뒤틀렸다. 13년 전의 견지욱이 곧 자신인 건데, 과거의 스스로를 질투하게 되는 게 이상하고 또 이상했다.

"그 견지욱이 이 견지욱이야."

"알아요. 그래도 너무 오래전이라 가물가물 까먹은 건 아닌가 해서요."

"그때보다 다리가 더 길어서 어쩔 수 없어."

"……우엑."

혀를 쏙 내밀던 초롬은 지욱의 손에 들려 있던 쇼핑백들을 낚

아채며 아파트 엘리베이터 안으로 먼저 올랐다. 그리고 엘리베이터 벽에 등을 기대고 웃으며 고갯짓을 한다. '문 닫혀요. 얼른 타요.' 하고 말하는 그녀를 가만히 보고 있던 지욱의 속이 텅 빈 것처럼 허해졌다.

이대로 엘리베이터 문이 닫혔다가 열렸을 때 차라리 그녀가 사라져 있다면 좋겠다. 그럼 아차, 꿈이었구나, 하면서 쉽게 체념이 될 수도 있을 것 같은데.

그런 생각을 하고 있는 사이에 정말 엘리베이터 문이 닫혔다. 닫히는 틈으로 초롬이 당황하면서 열림 버튼을 누르려고 했다. 그 짧은 순간의 표정이 지욱의 시야를 스쳤다.

양손 가득 자신에게서 빼앗아 든 쇼핑백이 있어 손이 부족했던 탓인지 엘리베이터는 기다려 주지 않은 채 무심하게도 문을 닫아 버렸다.

'하나, 둘······.'

지욱은 속으로 숫자를 셌다. 아무것도 없는 엘리베이터에 그저 이 몸만 싣고 올라도 좋으니 차라리 이 불안감이 자신을 잠식하기 전에 꿈에서 깨기를. 차라리 그렇게 되기를.

'셋······.'

그러나 '셋'을 미처 속으로 세기도 전에 엘리베이터 문이 다시 열렸다.

"뭐 하고 있어요? 안 올라갈 거예요?"

바닥에 쇼핑백을 내려놓은 초롬이 열림 버튼을 누르며 지욱을 바라보고 있었다. 아까 자신이 사 준 짙은 초록색의 원피스를 입은 그대로였다.

문득 연두색 원피스를 입고 자신의 집 앞에 서 있던 어린 여자아이의 모습이 겹쳐지면서 지욱은 자신이 이 상황을 도저히 마음대로 이겨 낼 수 없음을 직감했다.

"아저씨?"

"타."

지욱은 걸음을 옮겨 엘리베이터에 탔다. 버튼을 누르고 가만히 서 있는 내내 옆에서 닿아 오며 코끝을 간질이는 초롬의 향이 좋았다.

좁은 엘리베이터 안에 초롬이 가득하게 채워졌다. 그녀를 끌어안고 싶었지만 참았다. 이 꿈이 결국 자신에게 현실이라는 것을 깨달으며 온몸이 저릿해 왔지만 내색할 수 없었다.

그는 바닥에 내려져 있던 쇼핑백을 다시 자신의 손으로 가져와 양쪽에 듬직하게 들었다. 손에 강한 힘이 들어갔다.

"돌아가면 지욱이한테 진짜 잘해야겠어요."

"왜?"

"나중에 네가 이만큼 나이를 먹어서 엄청 능력 있는 남자가 됐다고 알려 줄래요. 미래의 너에게 이만큼 많은 선물을 받고 신세를 졌다고 인사를 해야 될 것도 같아요."

"옆에 놔두고 굳이."

"열아홉 살 견지욱에게 지금의 일들을 말하면 분명 기고만장해서 큰소리 펑펑 치겠죠? 칭찬 한 번이면 하늘에 떠 있는 달에 깃발이라도 세울 기세로 날아오르는 애라서 칭찬도 함부로 못 해요."

"……견지욱 앞에서 견지욱을 욕하니까 기분이 이상하군."

복도를 지나치고, 현관문을 지나치고, 소파 위에 쇼핑백들을 내려놓으면서도 초롬은 방긋방긋 웃었다. 하지만 지욱은 그녀만큼이나 때 묻지 않게 솔직한 웃음을 지어 보일 수 없었다.

'돌아가면'이라는 그 당연한 가정이 이상하게도 자꾸 마음 언저리에 덜렁거리며 매달려 쉽사리 떨어지지 않았다.

자신은 이곳이 현실이지만 초롬에게 이곳은 그저 꿈의 한 장면일 뿐이다. 자신은 이곳에 이대로 머물러야 했지만 그녀에게는 '돌아갈 곳'이 있었다.

또 자신은 몇 번씩 눈을 감았다가 뜰 때마다 이 세상 곳곳에 남은 그녀의 흔적을 찾아야 한다. 하지만 그녀는 눈을 감았다 뜨면 어린 견지욱과 함께인 그 행복한 시절로 돌아갈 수 있다.

과거의 자신이 초롬으로 인해 행복했던 것을 떠올리면 보내야 하는 게 맞는데도 이상하게 이 어린 여자아이를 놓을 수가 없다.

"돌아가는 거 말인데."

"네?"

"돌아가는 방법이라는 게 따로 있기는 한 거야? 이게 너의 꿈이라며. 꿈에서 깨는 게 곧 돌아간다는 거겠지?"

"맞아요. 꿈에서 깨면 여기에선 사라지고, 난 아저씨에게 있어 13년 전인 내 현실에서 깨어날 거예요."

"어떻게 하면 꿈에서 깨는데?"

"음……."

무언가 걸린 것처럼 아리고도 건조하게 마른 목으로 침이 꿀꺽 넘어갔다. 입이 썼다. 1초 남짓 되는 그 망설임이 지욱에게는 몇 분처럼 느껴졌다. 마치 이별의 방법을 듣는 것과 같은 기분이 들었다. 물론 그와 크게 다르지도 않았다.

"울면 돼요."

"……울면 된다고?"

"그렇대요. 사실 저도 이 미신이 진짜 날 미래로 데려다줄지 몰라서 긴가민가했는데 아마 이게 이뤄진 걸 보면 그 방법도 맞을 거예요. 엉엉 울면 된대요. 그럼 그 괴로운 꿈에 더는 남아 있지 못하게 꿈에서 깨어나 현실로 돌아올 수 있다고 했어요."

"아."

"되게 좋은 방법이죠? 내가 원하지 않는 미래를 봤을 때 빠르게 깨어날 수 있는 좋은 방법인 것 같아요. '운다' 는 건."

"울면 깬다는 거지……."

"이거 아저씨 옷장 한쪽에 걸어 놔도 돼요? 옷걸이 몇 개만 빌릴게요."

지욱의 마음을 아는지 모르는지 초롬은 그를 거실에 홀로 둔 채 방으로 향했다. 그러고는 쇼핑백에서 옷들을 꺼내어 옷장 안에 걸기 시작했다.

지욱의 흰 와이셔츠와 어두운 재킷들이 한쪽으로 자리를 양보하자 초롬의 작고 보드라운 옷들이 딱 한 뼘 정도의 너비를 차지했다. 나란히 걸려 있는 옷들이 꼭 함께 사는 걸 의미하는 것 같아 옷장을 바라보던 초롬은 가슴이 뭉클해졌다.

나중에 나이를 먹으면 이렇게 같은 옷장 안에 지욱과 자신의 옷이 함께 걸리지 않을까 생각했다. 그 생각은 자신의 현실 속에 잠들어 있을 열아홉의 지욱과 결혼하는 상상까지 이어졌다.

초롬은 자신의 상상에 혼자 귀 끝까지 빨개져 방방 뛰었다. 그러다가 혹여 이 소리가 지욱에게까지 들릴까 싶어 방문을 살짝 닫았다.

짙은 초록의 어른스럽고도 예쁜 원피스를 벗으면서 거울 앞의 자신을 가만히 응시했다. 신데렐라 놀이를 하려고 13년 후로 온 건 아니었는데…….

생각해 보니 뭔가 이상했다. 13년 뒤의 지욱은 과거의 지욱과는 어딘지 모르게 달랐다. 지욱이 이토록 외로워 보이는 사람이었나? 그 13년의 갭까지는 알 수 없었던 초롬이 옷을 갈아입으면서 문득 닫힌 문을 응시했다.

그동안 지욱은 한참이나 소파에 앉아 엉덩이를 뗄 생각도 하지 못하고 있었다. 울면 된다는 그녀의 말이 몇 번씩 머릿속을 맴돌았다.

어쩌면 그렇게 해맑게 웃는 얼굴로 그런 말을 할 수 있는 걸까. 울면 잠에서 깨게 된다는 말을, 이곳에서 사라지게 된다는 그 말을, 어쩌면, 그렇게, 해맑게.

그 말을 듣자마자 가장 먼저 든 생각은 단 하나였다.

절대 울리지 않겠다.

울리고 싶지 않았다. 그대로 보내고 싶지 않았다. 자신의 현실이 이대로 내내 꿈같을 수 있도록 초롬을 곁에 두고 싶어졌다. 과연 울리지 않을 수 있을까. 어떤 방식으로든 한 번 정도는 울게 되고 말 텐데. 언제까지 자신이 그녀의 눈에서 눈물이 흐르지 않게 할 수 있을지 막연하고 막막했다.

사랑하는 사람의 손을 붙잡고 으레 하는 대사들이 이토록 실현하기 어려운 것임을 새삼스럽게 깨닫고 만다. '네 눈에서 눈물 나는 일 없게 할게.' 드라마 속 주인공들은 어떻게 그런 대사를 확신에 찬 목소리로 말하고, 또 다짐할 수 있었던 걸까.

혼자서 속으로 되뇌어 보아도 덜컥 겁부터 나는 각오였다. 그리고 지욱에게는 현실일 수밖에 없는 각오이기도 했다.

울리면 곧, 잃는다.

"……가능할까."

"뭐가요?"

"아, 깜짝이야."

소파에 앉아 두 손을 깍지 끼고 고민하던 지욱의 눈앞으로 초롬의 흰 얼굴이 불쑥 튀어나왔다. 놀란 가슴을 진정시켰다. 태연한 척 소파 등받이에 몸을 깊숙하게 기대고 뒤로 물러났다.

초롬은 어느덧 옷을 갈아입은 뒤였다. 드디어 제 몸에 딱 맞는 편한 바지와 소매가 조금 긴 티셔츠 차림이었다. 소매 밑으로 가지런한 손가락이 두 마디 정도 빠끔히 나와 있는데 그게 말할 수 없이 귀여워서 지욱은 아무런 생각 없이 그녀의 손을 잡았다.

"……옷도 안 벗고 뭐 해요?"

"그냥, 생각."

"무슨 생각이요?"

"네 생각."

지욱은 초롬의 손을 여전히 놓지 않고 있었다. 초롬은 잠시 의아해하면서도 그의 손안에서 자신의 손을 뺄 생각은 하지 않았다. 잠시 꼼지락거리기는 했으나 그저 그뿐이었다.

자꾸만 안에서 움직이는 그녀의 손에 결국 지욱이 먼저 잡은 손을 놓았다. 그러자 이번엔 반대로 초롬의 손이 그의 커다란 손안에 딱 알맞게 들어왔다. 그녀는 깍지를 껴 지욱의 손을 다시 잡았다. 놀란 그가 고개를 들어 눈을 마주치자 초롬이 웃는다.

"느끼한데, 기분 좋아요."

"느끼하다고?"

"내가 아는 지욱이는 좋아한다는 말 한 마디를 꺼내기까지도 시간이 엄청 걸려요. 온 얼굴에 좋아한다고 써 붙이고서도 입 밖으로 내기까지 시동을 거는 시간이 길거든요."

"아……."

잘 알고 있다. 그 당시의 자신은 그랬다. 그 한 마디가 쑥스러워 가끔은 말 대신 그저 끌어안는 걸로 대신할 때가 있었다.

"그랬던 견지욱이 이만큼 솔직해졌다는 게 기뻐요. 아무렇지 않게 내 생각을 한다고 숨 쉬는 것처럼 말하는 날이 오기는 온다는 사실이요."

초롬은 말을 하다가 잠시 멈추더니 지욱의 눈을 가만히 응시해왔다. 그녀의 눈이 반짝이며 빛났다.

그래, 함초롬은 이런 아이였다. 눈으로 말할 줄 아는 아이. '좋아해, 지욱아.'를 말로도 할 줄 알지만 이렇게 눈으로도 온몸이 느낄 수 있도록 만들어 주는 그런 아이.

"그러니까 이렇게 깍지 끼고 있어요. 이 감동을 전할 수 있는 방법까지는 모르겠어요."

"……그래. 그러자."

온 시야를 그녀가 차지하고 있었다. 그것으로도 부족해 머릿속에도 온통 함초롬뿐이었다.

초롬의 웃는 얼굴과 깍지 낀 손으로 전해지는 따스한 온기는 온몸의 감각이 이제야 막 새로 깨어나기 시작한 것 같은 기분이 들게 했다. 또한 그동안 자신이 제대로 된 감각이라는 것도 없이 살아왔음을 실감하게 했다.

그저 시간이 흐르는 대로 몸을 맡겨 숨을 쉬고, 살아지는 대로의 삶을 살아왔을 뿐이었다. 그런 지욱에게 제대로 쉬어지는 숨이라는 것과 손끝으로 느껴지는 간지러움, 그로 인해 참을 수 없는 벅참 같은 것들을 알 수 있게 해 줬다.

지욱은 여전히 소파에, 초롬은 바닥에 앉아 있었다. 그의 손에 깍지를 낀 채 그의 무릎에 얼굴을 기댔다.

아직도 뺨에 솜털이 희게 보일 정도로 앳된 얼굴. 지욱은 그 얼굴에서 시선을 뗄 수 없었다. 가만히 내려 감은 눈꺼풀 위로 긴 속눈썹이 아름다웠다.

그 당시에는 열아홉 먹은 여자아이들이 으레 그렇듯이 그녀도 그저 귀엽고 사랑스럽게만 느껴졌었다. 그러나 그간의 시간을 사이에 두고 한 걸음 정도 멀리 떨어진 위치에서 바라보자 그녀는 13년 전 자신이 느꼈던 것보다 훨씬, 아니 어쩌면 그보다 더 많이 예뻤다.

그때도 예뻤지만 지금은 더 예뻤다. 그때도 열아홉, 지금도 열아홉인데 이상하게 지금이 더 그랬다.

지금 느끼는 이 사랑스러움이 보고 싶어도 볼 수 없었던 지난 시간들이 불러온 그리움의 무게라고 해도 좋았다. 지욱은 손가락 끝에 힘을 주면 가만히 눈을 떠서 자신을 올려다보는 초롬의 그 맑은 눈이 더는 꿈이 아니라는 게 그저 기뻤다.

그 눈동자 속에 자신이 비치는 이 순간이 내가 살아가고 있는 어느 삶의 일부라는 게 행복했다.

"네가 잠든 그때가 언제야?"

"12월 30일에서 31일로 넘어가는 새벽이요. 음······. 새벽 2시 정도였나?"

"12월 31일······."

초롬이 죽은 그날이다. 실제 일어났던 일들로 비추어 따진다면 그녀는 잠에서 깨어나 오전과 이른 오후를 자신과 함께 보내고 저녁이 될 때쯤 수술대 위에 누워 있게 될 것이다. 13년 전 그날을 기억해 보자면 초롬은 그러니까, 잠이 든 지금으로부터 몇 시간 뒤에······.

죽게 된다.

"초롬아."

지욱은 내내 목 언저리를 맴돌며 입 밖으로 내뱉기도 힘들었던 그 이름을 나직하게 불렀다. 언제나 목구멍에 꽉 막혀서 가끔 숨 쉬기도 힘들 정도로 자신을 버겁게 만들던 이름이었다.

"응?"

올려다보며 웃는 그 얼굴이, 희고도 말랑거리는 뺨이, 깜빡임조차 없이 올곧게 자신만을 보며 마주쳐 오는 그 시선이, 그동안 미치도록 보고 싶었다.

"꿈에서 깨지 않았으면 좋겠어."

이게 현실이라면 다시 네가 없던 그 꿈으로 돌아가고 싶지 않다고 생각했다. 너에게 있어 이게 꿈이라면 영원히 이 행복한 꿈에서 깨지 않은 채 이대로 나와 함께 지금의 현재를 살아 줄 수 없겠냐고 부탁 아닌 부탁마저 하고 싶었다.

지욱은 알고 있었다. 초롬을 손끝으로 만지고 느낄 수 있게 된 지 아직 24시간이 채 지나지 않았음에도 벌써부터 이토록 불안함에 휩싸인 이유. 그녀가 결국은 이 꿈에서 깨어나 자신의 과거 속으로 추억이 되어 사라져 버릴 것임을 알고 있기 때문이었다.

자신은 왜 이토록 불가능을 가능케 하기 위해 의미 없는 노력을 하는 것일까. 지욱은 예전에도 지금도 자신의 그런 모습이 싫었다.

잊힐 수 없음을 알고 있으면서도 어떻게든 잊으려고 애쓰던 그 시절도 그랬고, 어떻게든 잊으려면 잊을 수 있는 것이 사람임에도 영영 잊을 수 없다고 체념한 것도 그랬고, 그로 인해 그녀를 가슴에 묻은 채 홀로 그 긴 시간 속을 외롭게 지내 온 것마저도 그랬다.

초롬의 조각 하나라도 자신의 삶에 연결이 되어 버리고 나면 지욱은 스스로가 참으로 무능하고 초라하게 느껴졌다.

사랑하는 사람을 영원히 내 곁에 둘 능력조차 없다는 것이.

"현실이라니까요."

"꿈이야."

"내 꿈은 잊어요. 이건 아저씨의 현실이니까. 견지욱의 현실이에요."

"함초롬."

"쓰읍. 열아홉의 견지욱은 이럴 때 잠자코 하는 말이 있어요."

"……그래. 네 말이 다 맞아."

"정답."

초롬의 눈에 비친 자신은 그 순간만큼은 더 이상 서른둘이 아니었다. 그 눈에 비친 불안하고도, 안타깝고도, 또 빠르게 안도하며 사랑스러운 눈을 하는 그 남자는 분명 열아홉의 견지욱이었다.

그래서일까. 초롬 역시 어른의 남자를 대하던 시선을 거두고 지욱을 있는 그대로의 견지욱으로 보며 웃었다. 때때로 아무렇지 않게 뱉는 익숙한 말투 속에서 동갑내기 견지욱을 대하는 모습들이 보여 그는 13년 전으로 돌아가는 기분을 느꼈다. 설레었다.

초롬이 웃으면 웃을수록 지욱에게는 단 한 가지 생각만이 남았다. 울리지 않겠다. 울리고 싶지 않다. 그래서 끝내 자신의 과거로 돌려보내는 일이 일어나지 않게 하고 싶다.

……그녀가 두 번이나 죽도록 내버려 둘 수 없다.

"울리지 않을게."

"응?"

"울리지 않을 거야. 그래서 네가 허무하게 여기에서 사라지지 않도록 할 거야."

"음……."

"역시 못 미더워?"

"전혀요."

"반응은 영 그게 아닌 것 같은데?"

그 순간 초롬의 표정이 짐짓 진지하게 바뀌었다. 내내 세상 걱정 하나 없는 얼굴로 맑게 웃기만 하던 얼굴이 입을 꾹 다문 채로 지욱을 응시했다. 그 표정에 따라 그가 함께 표정을 굳혔다.

하지만 이내 긴장하지 말라는 듯이 초롬이 표정을 풀었다. 또다시 따스해졌다. 내 긴장에 당신의 긴장을 함께 얹어 놓지 않아도 된다고 말하는 듯했다.

"우는 건 아저씨가 아니라 나한테 달려 있는 거예요."

"조금 더 알아듣기 쉽게 말해 봐."

"울려도 돼요. 그냥 마음껏 울려요. 내가 울지 않을 자신이 있으니까."

"너란 애는 진짜……."

"아무리 울리려고 해도 내가 울지 않을 자신이 있어요. 난 슬픔보다 행복에 더 익숙해요. 그러니까 마음껏 울려도 괜찮아요."

그렇게 말하며 웃는 초롬의 미소가 한없이 맑았다. 정말 그렇게 될 것만 같은 미소였다.

"어쩌면 열아홉의 나는 생각보다 널 더 어리게 봤는지도 모르겠어."

"왜요?"

"13년이나 흐른 지금에 와서 그때의 널 보니까 알겠어. 넌 그때에도 이만큼 어른스럽고 사랑스러웠다는 것을. 동갑이어서 그랬는지 몰라도 그 당시에는 네가 마냥 내 또래 같기만 하고, 그저 나처럼 애 같기만 했었는데."

"눈높이 몰라요? 지욱이한테 맞춰서 눈높이 연애를 하느라 고생 좀 하고 있어요."

"뭐야?"

"아! 이마 아직 아프다니까!"

지욱의 손가락이 딱! 소리를 내며 초롬의 이마에 닿았다. 작은 두 손이 이마를 가렸다. 저렇게 흘겨보는 얼굴이 여전히 익숙하다. 잊고 살았다고만 생각했는데 흘기는 시선부터 쭈욱 내밀어진 작은 입술까지 어느 것 하나 그때와 달라진 것이 없다.

그녀가 13년 후의 자신을 찾아온 게 아니라 어쩌면 자신이 13년 전으로 돌아간 것일지도 모르겠다는 착각마저 들 정도였다.

"아……."

초롬의 손을 맞잡아 이마에서 내렸다. 그리고 동그랗고 희게 드러난 예쁜 이마 위에 입을 맞췄다. 초롬은 그대로 굳어 눈만 깜빡였다. 예상하지 못하고 있던 행동이었다.

분홍색으로 물든 이마에 입을 맞추고 천천히 떨어졌다. 그리고 눈을 맞췄다. 시선이 마주쳐 엇갈리는 일 없이 그대로 서로에게 닿았다.

지욱은 초롬이 봤던 중 가장 따스한 표정을 했다. 그와 눈을 마주치고 있던 그녀의 얼굴이 점점 빨갛게 달아올랐다. 그저 시간이 조금 흘렀을 뿐인데 반대가 되어 버린 듯한 입장에 열이라도 나는 듯했다.

"너 얼굴 빨개."

"아니까 놀리지 마요."

"진짜 빨간데."

"아까 놀렸던 거 복수당하는 기분이에요."

붉어진 얼굴로 흘겨보는 초롬을 마주하며 지욱이 웃었다.

"난 안 빨개?"

"하나도요."

"어른이잖아. 억울하면 얼른 커."

"나도 이미 자랐을걸요. 아! 설마 난 13년이 지난 지금도 이 모습이에요? 키도 그대로인 건 아니겠죠? 여전히 견지욱에게 놀림받으며 살아요?"

13년 후의 너. 상상 속에서나 존재하던 그 모습을 묻자 지욱은 대답할 수 없었다. 그녀 자신이 상상하는 13년 후의 스스로와 지욱이 상상해 왔던 그녀의 모습이 그저 일치하기만을 바랄 뿐이었다.

그 모습을 보지 못한 건 둘 모두가 같았다. 초롬은 아직 과거에 머물러 있기 때문에. 그리고 지욱은 그 과거부터 미래까지, 지금의 현재까지를 살아와도 그저 꿈에서나 상상할 수밖에 없었기 때문에.

"궁금해?"

"당연하죠."

"안 알려 줘. 씻고 자자. 피곤하다."

"같이 자요?"

"뭐?"

지욱이 눈을 동그랗게 떴다.

"어제 나 소파에 쪼그려서 잤어요. 계속 귀신이라도 본 것처럼 없는 사람 취급을 하는 바람에."

"아, 그건……."

"그래서 나 오늘은 어디서 자요?"

"하아."

13년 전, 툭하면 초롬의 침대로 파고들던 자신의 모습을 기억하는 지욱이었다. 그땐 무슨 패기가 그리도 넘쳤는지.

부끄러움도 모른 채 그녀를 놀리고 약 올리면서 장난 반 진심 반으로 그 침대 위에 몇 번씩 올라 함께 눕고는 했다. 그랬던 자신이 이제는 반대로 놀리려 드는 '같이 자요?' 한마디에 손에 땀이 밸 정도로 난처해졌다.

이제는 아는 것이다. 어린 마음의 치기와 성인이 된 후의 그 어쩔 수 없는 욕망이라는 것이 얼마나 다른지를.

❖

"자요?"

"자."

"자면서 어떻게 대답을 해요?"

"난 자면서도 해."

"못됐어."

초롬은 침대에 누워 있다가 몸을 반 바퀴 정도 돌렸다. 두 손으로 침대 난간을 짚고 엎드리자 바닥에 이불을 덮고 누운 지욱이 보였다.

어두웠지만 창문을 통해 들어오는 달빛이 그의 윤곽 정도는 파악할 수 있게끔 도와주었다. 지욱은 가만히 누워 꼼짝도 하지 않은 채 눈만 감고 있었다.

이상하게도 잠이 오지 않았던 초롬은 한참이나 그를 내려다보았다. 하지만 그는 미동조차 없었다. 묘한 실망감에 다시 몸을 돌려 똑바로 누웠다.

베개며 이불이며 곳곳에서 지욱의 냄새가 났다. 자신이 알고 있던 그 냄새는 아니었다. 어딘지 모르게 어른이 되어 버린 이 남자의 냄새가 자신이 10년 내내 맡았던 그것과는 많이 다르다는 걸 생각하다가 새삼 무언가를 또 깨닫는다.

자신과 지욱이 함께한 건 10년이고, 지금은 그때로부터 13년이나 더 흐른 뒤라는 사실. 모든 것은 변한다. 아마 자신이 아는 견지욱도 그에 따라 변했을 것이다.

생각이 거기까지 미치자 초롬은 계속 속에만 담아 두었던 것을 꺼내지 않을 수 없겠다는 결론에 다다랐다.

"아저씨."

"……."

"안 자는 거 아니까 나 그냥 말할게요."

"……."

"지금의 나는 어디에 있어요?"

지욱은 태연하게 자는 척했지만 숨이 막히는 것 같았다. 그 질문을 받은 순간부터 자신의 호흡이 불규칙하게 흐트러지는 것을 느꼈다.

숨 쉬는 방법을 까먹었다. 가까스로 자신의 호흡을 인지하기 시작했다. 들이마시자, 그리고 내쉬자. 몇 번을 속으로 그렇게 생각하면서 의식적인 호흡을 시작했고, 침묵으로 가라앉아 있던 방 안의 공기는 달라졌다.

초롬은 여전히 누워서 천장을 바라보며 그의 대답을 기다렸다. 지욱은 차마 감은 눈을 뜰 수 없어 그대로 멈춰 있었다. 침대와 바닥에 나란히 누운 둘 사이로 깊은 밤의 공기만이 부유했다.

어쩌면 이곳에 오자마자 가장 먼저 궁금해했던 것도 같다. 13년이라는 세월을 앞서가 버린 지욱을 보면서 그 곁에 있을 서른둘의 자신은 또 어떤 모습일지 내내 묻고 싶었다.

그럼에도 초롬이 함부로 물을 수 없었던 것은 어딘지 모르게 외로워 보이는 지욱의 그늘 때문이었다. 멋대로 그 그늘을 걷어내면 안 될 것만 같았다.

현재의 자신으로 본다면 견지욱과 함초롬은 함께 있어야만 했다. 내내 상상했던 미래의 둘은 이미 결혼을 하고도 남았다. 13년 뒤로 오면서 지욱 혼자만을 만나게 될 거라는 생각은 사실상 하지 않았었다.

둘의 흔적이 있어야 하는 집에 그의 물건만이, 그 혼자만의 냄새가 남아 있었다. 하루 24시간을 지욱과 붙어 있었음에도 초롬은 그 시간 속에서 자신의 흔적을 찾을 수 없었다. 욕실에도, 침실에도, 옷장 문을 열어도 남자의 물건만 있을 뿐 여자의 것으로 보이는 물건은 하나도 없었다.

아직 결혼을 안 했을 수 있지. 그럴 수 있지. 그렇게 생각을 하면서도 내내 울리지 않는 지욱의 전화기를 보며 초롬은 무언가 이상하다는 생각을 지울 수 없었다.

휴대 전화로 인터넷 검색을 하고, 손가락으로 화면을 누를 수 있다는 새로운 사실들보다 그녀에게 의아하고 신기했던 것은 어째서 그 액정 위로 오늘 하루 내내 단 한 번도 자신의 이름이 뜨지 않았는가 하는 것이었다.

지욱의 불안감과는 또 다른 불안감이 어린 초롬을 잠식시키려 들고 있었고, 초롬은 그 불안에 빠지고 싶지 않았다.

"우리 헤어졌어요?"

"……."

"그래서 아저씨 곁에 서른둘의 내가 없는 거예요?"

"아니야."

"헤어진 거 아니에요?"

"……아니야. 그러니까 얼른 자."

"그럼 난 어디 있어요?"

"……."

"아저씨."

"자라고 했잖아!"

지욱이 결국 몸을 일으켰다. 느닷없이 뱉어진 큰 목소리에 초롬은 적잖이 놀랐다. 어둠 속에서도 보이는 듯한 그의 굳은 얼굴을 그저 동그랗게 뜬 눈으로 지켜보고 있었다.

눈은 말을 꺼내려 했지만 입은 움직이지 못했다. 둘의 침묵을 뚫고는 아무것도 들어올 수 없을 만큼 숨이 막히는 순간이었다.

그는 초롬이 어떤 표정을 하고 있을지 굳이 떠올리지 않으려고 했다. 방금 전 자신의 그 행동에 놀라 울음을 터뜨려 버린다고 해도 어쩔 수 없을 만큼 내내 참았던 괴로움이 틈을 비집고 튀어나왔다.

초롬은 입을 열 수 없었고, 지욱도 미안하다는 한 마디를 뱉기가 어려웠다. 이내 쾅! 소리를 내며 방문이 닫혔다. 그는 좁은 방에 초롬을 남겨 둔 채 거실로 나와 버렸다. 도망이기도 했고, 회피이기도 했다. 어떤 단어든지 상관없었다.

지욱은 닫힌 문 앞에 홀로 기대고 섰다. 입이 있어도 할 수 있는 말이 없었고, 눈이 있어도 아무렇지 않은 척 그 예쁜 눈을 마주쳐 줄 수 없었다.

생각해 보면 자신은 그때도 지금도 말도 안 되는 노력을 하거나, 도망을 치거나 둘 중 하나였다. 슬픔이나 괴로움으로부터 계속해서 도망치고 현실을 인정하려 들지 않았다. 결국은 조금도 성장하지 못한 것이다.

참으로 오랜만에 울고 싶어졌다.

5.

너와의 시간

괴로웠던 시간들을 보상받아야겠다는 생각을 한 적은 없었다. 그렇게 느꼈다면 혼자만의 시간을 구태여 고집하고만 있지는 않았을 것이다.

모든 것은 자신의 선택이었다. 삼십여 년을 살면서 온전하게 지옥의 선택이 아니었던 것은 초롬과의 이별뿐이었다. 예고도 없었고, 자신의 의견 따위는 중요하지 않았던, 타의로 인한 그 이별만이 그에게 있어 가장 분하고 억울한 일이었다.

적어도 그 외의 다른 것들은 선택하며 살 수 있는 자유를 누리지 않았느냐고 누군가 묻는다 해도 지욱에게 있어서 그 99개의 무언가가 단 하나의 그녀와 바꿀 수 있을 만큼 중요하지는 않았다.

돌아가고 싶었고, 되돌리고 싶었다. 바람이 있다면 그저 그뿐이었다.

"올해 출근은 오늘로 끝이네요? 이제 내년 초나 되어야 뵙겠어요, 팀장님."

"몇 년간 제대로 쉬지도 않고 일했는데 올 연말 정도는 마음 놓고 쉬어도 되겠죠?"

"당연하죠. 예정되어 있던 휴가잖아요. 연말에 휴가 내기 어려운데도 이번만큼은 꼭 그러시겠다고 여름부터 제대로 쉬지도 않으신 거 저희가 잘 알죠. 휴가도 반납하시고, 평일과 주말 없이 내내 일 삼매경이셨잖아요."

"전화기 꺼 놔도 됩니까?"

"팀장님, 그건……."

묘하게 난처한 표정으로 인상을 찌푸리는 그녀를 보며 지욱이 웃었다.

"농담입니다. 큰 건은 대충 틀 잡아 놓고 가니까 매뉴얼대로만 하시고, 문제 생기면 바로 연락해요. 몇 주 휴가 내려다가 영영 원치 않는 휴가를 받게 되는 것보다는 이편이 훨씬 나을 것 같네요."

"미리 인사드릴게요. 즐거운 크리스마스 보내시고, 새해 복 많이 받으세요. 팀장님."

"정연 씨도 미리 새해 복 많……. 아, 크리스마스입니까?"

"내일이잖아요, 팀장님."

"아."

"이렇게 애인 없는 티 자꾸 내실 거예요? 크리스마스 정도는 꼭 괜찮은 여자분 데리고 데이트라도 하세요. 저야 애들 뒤치다꺼리에 혼이 쏙 빠지는 크리스마스가 되겠지만요."

화장을 했어도 정연은 그 너머로 퀭한 표정을 지우지 못했다. 그런 그녀를 보던 지욱은 휴가가 끝나면 그녀를 위한 작은 선물이라도 해야겠다고 생각했다. 그녀가 없었다면 혼자서 매번 그 많은 일들을 해치우기란 쉽지 않았을 것이다. 지욱의 둘도 없을 오른팔이나 다름없었다.

그러고 보니 벌써 그 시기가 왔다. 12월 말이라고 해 봐야 지욱에게는 그저 초롬의 기일만이 모든 초점의 중심이었다. 바깥에 아무리 달콤한 색색의 불빛들이 반짝여도, 따뜻한 기운들이 곳곳에서 맴돌아도, 그에게는 그저 겨울의 어느 날에 지나지 않았었다. 하지만 이번 겨울은 조금 다를 것도 같았다.

사실 연말과 연초가 겹치는 가장 바쁜 시기에 2주의 휴가를 낸 것은 초롬의 기일을 위한, 그리고 스스로의 마음을 위한 안식 때문이었다. 오랜만에 예전에 살던 그 동네에도 가 보고, 초롬의 납골당에도 일찍 가 보려 했다.

그 외에는 아무 생각도 하고 싶지 않은 이유가 가장 컸다. 올해에도 그녀의 기일에 맞추어 그곳에 갈 수 있을지는 모르겠지만 적어도 그녀와 자신만의 시간을 위한 휴가임에는 틀림이 없다. 그녀가 곁에 있을 테니.

오전에 잠깐 출근해서 대략적인 마무리만 지은 지욱은 지하 주차장으로 내려가면서 무의식적으로 휴대 전화를 만졌다.

통화며 메시지며 그저 필요한 기본 애플리케이션만이 홈 화면에 떠 있었다. 그는 그중 통화 버튼을 눌러 키패드를 띄웠다가 멍하니 쳐다만 보고 다시 끄기를 반복했다.

초롬이 어쩌고 있는지 궁금했다. 하지만 연락할 방도가 없었다. 혼자 사는 자신의 집에 집 전화가 있을 리 만무했고, 초롬에게는 휴대 전화 같은 게 있지도 않았다. 그저 전화 한 통을 걸어 점심은 먹었냐고 묻고 싶은데 방법이 없으니 이상하게 불안하고 또 초조한 것이다.

바로 집으로 향하긴 하겠지만 떨어져 있는 오전의 시간이 유독 느리기만 했다. 잘 다녀오라고 배웅까지 하던 초롬이었지만 다시 집으로 돌아가면 사라지고 없을 것만 같았다.

그때였다. 기가 막힌 타이밍으로 손에 들린 휴대 전화에 진동이 울렸다. 처음 보는 번호라서 잠시 받을까 말까 고민하기는 했지만, 그래도 혹시나 싶은 마음이 그의 손을 움직였다.

"견지욱입니다."

– 아, 다행이다. 바쁘면 어떡하나 했어요. 점심 먹었어요?

초롬이었다. 지욱은 지하 주차장에 내려 자신의 차로 걸어가다가 잠시 그대로 멈춰 섰다.

어제 내내 들었던 목소리고, 또 오늘 아침에도 들었던 목소리이다. 익숙한 이 목소리가 이토록 자신을 안도시킬 수 있다는 사실이 이상할 정도로 신기했다. 지욱의 입가에 조용히 미소가 걸렸다.

"집에 전화기도 없는데 뭐로 전화 건 거야?"

– 공중전화요. 아저씨가 혹시라도 필요한 거 있으면 사라고 줬

던 지폐를 근처 가게에서 동전으로 바꿨거든요. 이 동네에는 공중 전화가 왜 이렇게 없어요? 한참 찾았어요.

"그 동네가 그런 게 아니라 요즘은 다 그래. 공중전화 쓰는 사람이 없으니까. 다들 휴대 전화를 사용하지."

– 학교에서 미래과학 글쓰기 대회 때 적었던 일들이 고스란히 일어나고 있는 기분이에요. 휴대 전화가 완전 걸어 다니는 컴퓨터라니.

전화 너머에서 가느다란 목소리가 종알대며 끊이지 않았다. 지욱은 이 순간이 좋았다. 그녀의 모든 것이 그를 웃게 만들었다.

천천히 걸음을 옮기면서 차에 타고, 벨트를 채우고, 시동을 거는 순간까지도 초롬은 단 하루 만에 자신이 겪은 모든 일들이 신기하다는 듯이 떠들고 있었다.

지금 자신에게는 이렇게 웃으면서 숨소리 하나까지 들려올 정도로 말하고 있는 네가 더 신기하다고 말하고 싶은 것을 지욱은 꾹 참았다.

"그래서 정확하게 거기가 어딘데?"

– 여기가 그러니까……. 아, 동전이 간당간당해요, 아저씨.

"그럼 집 근처 횡단보도 앞에 있어. 그쪽으로 가고 있으니까 점심이나 같이 먹자."

제대로 말이 전달되기는 한 걸까. 대답을 듣기도 전에 전화가 끊겼다. 초롬이 무어라 말을 하려는 것 같았지만 이미 통화는 종료된 후였고, 그에게로 다시 닿아 오지는 않았다. 지욱은 그녀가 이 추운 날씨에 밖에서 내내 떨며 기다릴까 싶어 액셀러레이터를 더 강하게 밟았다.

지난 밤, 지욱은 제대로 잠을 이루지 못했다. 그리고 아마 초롬도 그랬을 것이라 짐작했다. 그는 소파에 누운 채 내내 천장만 쳐다보며 새벽을 보냈다. 방에 들어가 그녀가 제대로 잠에 들었는지, 무사히 그곳에 있는지 확인하고 싶었지만 그러지 못했다. 망설이고, 한숨을 쉬고, 억지로 잠을 청해 보려 눈을 감고. 밤새 그 행위만이 반복되었다. 둘 사이에 갑작스레 생겨 버린 묘한 공간을, 그 무거운 공기를 어떻게 없앨 수 있을지 그는 알 수 없었다.

휴가 준비를 위해 짧은 출근을 해야만 했다. 얼마 자지도 못한 채 해가 뜨는 걸 보면서 몸을 일으켰다. 그저 가벼운 물 한 컵으로 식사를 대신하며 나름의 분주한 준비를 시작했다. 혼자 지낼 때 그러했듯 익숙한 움직임이었다.

그러나 혼자가 익숙한 탓이었을까. 소리가 컸던 모양이다. 그 소리를 듣고 수면이 부족해 작은 얼굴이 퉁퉁 부은 초롬이 방에서 나왔다.

밤톨만 한 게 머리는 붕 뜬 채로 거실을 누볐다. 그 모습이 귀여워 지욱은 새벽 내내 가슴에 품어야 했던 괴로운 고민을 잠시 잊었다. 눈이 마주치면 어색할 줄 알았는데 눈도 제대로 못 뜨고 자신을 보며 배시시 웃는 그녀를 보니 모든 마음이 다 풀려 버린 것이다.

어디 가냐고 묻는 잠긴 목소리에 대고 더 자라고, 금방 다녀오겠다고 머리를 쓰다듬자 마치 아빠에게 하듯 응석 아닌 응석을 부리며 품에 꼭 안긴다. 사랑스러웠다. 자신이 알고 있던 그 당시의 어른스러웠던 함초롬이 맞나 싶을 정도로 아이 같은 모습에 지욱은 새삼 감격스러웠다.

그 당시 그대로 지나가 버려 자신이 알지 못했던 그녀의 모습을 지금에 와서라도 발견할 수 있다는 사실이, 십여 년을 함께 있었다고 자만하던 자신이 사실은 그녀의 일부밖에 보지 못했던 것이라는 사실의 깨달음이, 지욱의 마음을 꽉 채워 왔다.

다정하게 머리를 쓰다듬으면 자신의 손가락 사이로 가느다랗고 부드럽게 흐트러지는 머리카락 한 올조차 아름다웠고, 넓은 손바닥으로 천천히 등을 쓸어 주면 세상 가장 평온한 호흡으로 가만히 안겨 있는 작은 체구도 사랑스러웠다.

태어나서 느끼는 매 순간의 사랑이 같은 인물을 상대로 한 것이라니, 그 어쩔 수 없음에 웃을 수밖에 없었다.

그렇게 초롬의 질문은, 끌어안은 둘 사이의 간격처럼 소멸되어 버리는 듯했다.

"뭐야. 어디 간 거야?"

지욱은 대로변에 차를 잠시 세우고 운전석에서 내렸다. 분명 횡단보도 근처에서 보자고 한 것 같은데 그녀가 보이지 않는다. 날이 좀 추웠던 탓인지 동네에 인적이 뜸해 더욱 확실하게 알 수 있었다.

주변을 두리번거리던 그의 머릿속으로 문득 무언가가 스쳤다. 13년 전 그날의 사고였다. 그때의 교통사고가 갑작스럽게 그의 생각을 잠식하기 시작하더니 겨우 잠재웠던 불안감을 증식시켰다.

지욱은 운전석 문을 완전히 닫고 인도 쪽으로 올라와 주변을 더 둘러보았다. 한동안은 도로 위에 시선을 둔 채 움직이지 않았다.

설마. 아니겠지. 그런 생각을 하면서도 또다시 도로 쪽으로 시선이 향하고 만다. 과거의 사고가 시간의 흐름을 그대로 타고 현재에도 벌어질 수 있는 것인가에 대해서는 생각해 보지 않았다는 것을 깨달았다.

초록이 이곳으로 온 게 13년 전의 시간으로 12월 31일 새벽이었다고 했다. 시간의 흐름이 얼마나 차이가 나는지, 혹은 얼마나 흡사한지, 그 시간이 그대로 멈춰 있을 수 있는 건지에 대한 가능성에 대해 처음으로 짚어 보게 만들었다.

그녀가 잠에서 깨지 않도록 이곳에 붙잡아 두면, 이곳에서 살게 된다면, 13년 전의 그때로 돌아가지 않아도 된다. 그러면 결국 들이닥치고 말 그 끔찍한 사고도 막을 수 있겠지. 그렇게 생각해 왔다.

하지만 만약 그게 자신의 생각처럼 되지 않는 일이라면 사정은 달라진다. 어떻게든 오고 마는 사고라면. 그녀의 꿈속, 자신의 현실에서도 결국 마주하게 될 사고라면…….

거기까지 생각이 닿자 지욱은 가만히 기다리기만 할 수 없었다. 근처 병원이라도 전부 돌아봐야겠다는 생각이 들었다. 급하게 다시 운전석 문을 여는데 마침 익숙한 목소리가 그의 걸음을 잡아 세웠다.

"왔어요?"

지욱은 얼이 빠졌다. 눈앞에 그녀가 나타났다. 예상치 못한 순간에 나타나 넋이 나가게 만들었던 그때처럼, 불안감에 몸서리치는 지욱의 앞에 불쑥 모습을 드러냈다.

그가 멍하니 초롬을 쳐다보았다. 그녀는 인도 쪽에 서서 한참이나 의아한 표정을 짓다가 그에게 가까이 다가왔다. 한 손에는 비닐봉지가 들려 있었고, 다른 한 손은 지욱의 얼굴 앞에서 흔들렸다.

"아저씨?"

"……."

"저기요. 왜 이렇게 넋이 나가 있어요."

"……."

"견지욱!"

자신의 이름 세 글자에 겨우 정신을 차린 지욱이 앞에 있는 게 진짜 초롬인지를 재차 확인했다. 얼굴을 보고, 팔을 붙잡고, 어깨를 매만졌다. 그녀가 맞다는 걸 확인하자마자 탁 풀리는 안도감에 절로 팔이 뻗어 나갔다. 다짜고짜 그녀를 품에 안았다.

그 안에서 멀뚱멀뚱 눈만 뜨고 있던 초롬은 영문을 몰라 눈동자를 이리저리 굴리기만 했다. 그러다가 가슴을 통해 전해져 오는 그의 빠른 심장 박동을 느꼈다. 뭔지는 모르겠지만 그를 다독여야겠다는 마음이 들었다. 등을 토닥이며 연신 '괜찮아, 괜찮아.' 하고 말했다.

초롬의 눈에 서른둘의 지욱은 열아홉의 그보다 훨씬 더 불안정했다. 마냥 성숙하기만 하고 모든 걸 갖춘 어른일 거라고만 생각한 건 아니었다. 그래도 이런 식으로 어딘지 모르게 자꾸만 걱정스러운 인물이 되어 있을 거라고 상상한 적은 없었다.

그는 초롬의 예상대로 어른스러운 남자로 성장했다. 단단하고, 또 듬직했다. 그러나 그만큼 휘어지기보다 부러질 듯했다. 쉽게 무너져 버릴 것도 같았다. 차라리 이리저리 휘어지더라도 쉽사리 무너질 것 같지는 않았던, 그랬기에 더 강했던 어린 시절이 나았을 정도로.

"아파요?"

"아니야. 안 아파."

"안색이 창백한데. 그럼 추워요?"

"걱정했어. 안 보이길래."

"근처 가게에 다녀왔어요. 날이 춥길래 따뜻한 거라도 마시면 괜찮을까 싶어서요. 이건 아저씨 마실 커피, 이건 내가 마실 유자차. 이렇게 병을 데워서 따뜻하게 팔더라구요."

"춥다. 일단 타."

지욱이 조수석 문을 열었다. 그녀가 자리에 편히 앉는 걸 확인한 뒤에야 운전석으로 돌아갔다.

차에 올라타 제일 먼저 하는 행동은 그녀의 안전벨트를 채워 주는 일이었다. 초롬은 아빠의 차 외에는 다른 사람의 차를 타 본 일이 별로 없었다. 특히나 조수석에 앉을 일은 더더욱 없었기 때문에 이렇게 지욱의 차에 탔을 때 그가 벨트를 신경 써 주면 이상하게 기분이 좋았다.

어른이 된 느낌. 아니, 그보다는 숙녀가 된 느낌이었다. 그의 앞에서 스스로가 소중한 '여자'로서의 대접을 받는 것 같아 괜스레 가슴에 힘이 들어갔다.

따뜻한 유자차를 한 모금 마신 초롬은 온몸이 풀리는 느낌에 부르르 떨었다. 그러고는 운전 중인 지욱의 입가로 병 입구를 가져갔다.

그가 앞만 보고 운전하다가 불쑥 내밀어지는 병을 힐끔 보았다. 때마침 차가 신호에 걸려 멈추어 선 탓에 한 모금 정도 넘길 수 있었다. 단 걸 별로 안 좋아하는 지욱의 미간에 주름이 잡혔다.

"달아."

"따뜻하고 단 거 먹으면 몸도 마음도 말랑말랑해져요."

"예나 지금이나 단 건 엄청 좋아해."

"아저씨의 그 '예'가 나한테는 '지금'인걸요?"

지욱은 다시 액셀러레이터를 밟아 신호를 넘어갔다. 오후의 도로를 느긋하게 달리며 그는 이 좁은 차내에 초롬의 향기가 가득 차는 것을 느꼈다.

뿌듯함도 함께 차올랐다. 이렇게 온전한 행복감과 불안감이 동시에 작용할 수 있다는 것이 못내 괴롭기도 하고 개탄스럽기도 했다.

아까 느끼고 있던 그 걱정을 떨치려면 하나의 단서라도, 안도의 조각이라도 그녀에게서 얻을 필요가 있었다.

"궁금한 게 있는데."

"뭔데요?"

"과거에서의 넌 지금 잠들어 있는 상태잖아."

"맞아요."

"그럼…… 여기에 이러고 있는 동안은 시간이 흐르지 않는 건가? 그곳의 시간은 멈춰 있는 거야?"

"거기까지는 잘 모르겠어요. 단순한 미신이 현실화될 거라고는 저도 생각지 못했던 일이거든요. 그치만 아마 멈춰 있지 않을까요? 시간이 똑같이 흐른다면 누가 그런 무모한 미신에 도전하겠어요. 게다가 그렇게 따지면 그곳에서의 전 벌써 스물이 되어 있을걸요. 이틀이 지나도록 잠에서 깨지 않는다고 난리가 났을지도 몰라요."

좋알거리면서도 그 작은 얼굴 위로 나타난 표정은 꽤 진지했다. 자신의 질문을 그저 미신이나 꿈속의 누군가가 묻는 가벼운 말로 듣고 있는 게 아니라는 것이 느껴졌다.

초롬은 미래의 지욱이 하는 모든 말들을 경청했고 진지하게 답했다. 후에 나이를 먹어 다시 마주하게 될 그에게 당당하고 싶어서. 그리고 사랑하는 이에게 사소한 것 하나까지도 진심을 담아 전하고 싶어서. 그게 이유였다.

초롬의 말이 사실일지 아닐지 확신할 수 없었음에도 지욱은 그 모든 말을 믿기로 했다. 이유가 어떻든 자신의 손이 닿는 곳과 닿지 않는 곳에서의 결말에는 많은 차이가 있을 테니까.

그때는 자신이 없었다. 그녀의 곁을 지키지 못했고, 그녀는 자신 없이 차가운 바닥에 홀로 누워 있었다. 마지막 모습도 보여 주지 못한 채 눈감게 해야 했던 안타까움이 지욱의 작은 세상을 무너지게 했었다.

그러나 지금은 24시간 내내 자신이 그녀의 곁에 붙어 있을 요량이었다. 절대로 혼자 사라지게 만들 수 없다. 그 '사라짐'이라는 게 꿈에서의 깸을 의미하든, 영원한 두 번째 안녕을 의미하든. 어느 것도 허용하지 않을 작정이었다.

　이별이라는 것에 익숙해지고 싶지 않았다.

❖

　"감사합니다. 또 오세요."

　식당을 나서는 지욱의 뒤에 바짝 붙어 섰던 초롬이 간격을 두었다. 어쩐지 걸음이 무거웠다. 고개를 돌려 뒤따라 나오는 초롬을 보던 그가 잠시 걸음을 멈췄다. 그녀의 이마가 그의 가슴팍에 부딪치고 나서야 제대로 눈이 마주쳤다.

　"왜 그래?"

　"그냥요. 돌아가면 지욱이에게 엄청 많은 걸 갚아 줘야겠구나……. 그런 생각이 들어서요."

　"뭘 갚아?"

　"옷도 그렇고, 방금 먹은 밥값만 해도 내 한 달 용돈 정도는 되고……."

　"……열아홉과 서른둘의 지출이 애초에 비슷할 수가 없는데?"

　"그래도요. 엄청 얻어먹었어요."

　"아까 편의점에서 커피랑 차도 사 왔잖아."

　"그것도 아저씨가 준 용돈이잖아요."

"벌써부터 이런 표정이면 지금부터 가는 곳에서는 더 죽을상을 하고 있을 것만 같아서 걱정되는데."

"어디 가는데요?"

"따라와 봐."

지욱은 주차장으로 향하지 않았다. 모처럼 사람들 틈을 비집고 걸음을 내디뎠다. 길이라도 잃을까, 손이라도 놓칠까 걱정하며 자신을 꼭 쥐고 있는 그녀의 작은 손에서 힘이 느껴졌다.

손에 실은 그 힘이 자신에게 의지하고 있는 그만큼의 감정을 가늠할 수 있게 만들어 주는 것도 같았다. 현재 그에게 있어 초롬으로부터 전해지는 것들에는 하나하나의 의미가 있었다.

그녀의 머리카락 끝에 내려앉은 작은 먼지 하나에도 의미를 부여할 만큼 모든 것을 쏟아 내고 있다고 해도 과언이 아니었다.

어디를 가는지 말해 주지 않고 몇 분 정도 묵묵히 걸어 도착한 곳은 휴대 전화 매장이었다. 온통 큼지막한 휴대 전화들이 놓여 있는 진열대 앞에 섰다. 지욱은 초롬을 더 가까이 이끌었다.

"하나 사자."

"다른 것도 아니고 휴대 전화를 사요?"

"밖에 있을 때는 연락할 수 있는 수단이 없잖아. 물론 웬만하면 내가 안 떨어지고 옆에 있을 거지만 그래도 혹시 모르니까 사야겠어. 너 때문이 아니더라도 내 심적 건강을 위해서."

"심적 건강이 왜요?"

"그런 게 있어. 굉장히 해로운 게."

갑작스레 어디로 사라질지 몰라 느끼게 되는 두려움 때문이라고는 말할 수 없었다. 최대한 티가 안 나게, 자신이 겁나기 때문이 아니라 그저 널 위해서, 네가 아주 약간 걱정될 뿐이라는 뉘앙스에서만 그쳐 말해야 했다.

자신이 불안하게 생각하면 할수록 초롬 역시 이유 없이 그 두려움에 전염되고 말 것이다. 그럴수록 지금의 스스로를 찾으려 들지도 모른다. 대체 뭐가 문제냐고 다그쳐도 할 말이 없다. 뻔뻔하게 거짓말을 지속할 자신도 없었다.

"그치만 이건 진짜 안 사는 게 좋을 것 같은데요……. 휴대 전화가 한두 푼 하는 것도 아니고……."

"……애초에 13년 전이랑 비교하는 것 자체가 무리라니까. 휴대 전화 처음 나왔을 땐 우리 아버지도 벌벌 떨면서 사셨어. 그때 나도 하나 갖게 해 달라고 얼마나 악을 썼게."

"아, 맞다. 기억나요. 아저씨 휴대 전화 몰래 들고 나왔다가 등짝이 빨갛게 물들도록 맞았던 견지욱."

"그 견지욱이 나니까 다른 사람 일 전해 주듯이 말하지 말아 줄래? 나 역시도 내 등짝을 보고 걱정하는 척, 뒤에서 엄청 웃었던 네 모습이 선명하게 기억나니까."

"헉. 어떻게 알았지. 몰래 웃었는데……."

공유 가능한 둘의 공통적 기억이 떠오르면서 마음이 따뜻하게 물들었다. 안 사도 된다면서 사양할 것처럼 굴던 초롬은 결국 제품 하나를 구입하는 지욱을 보며 고개를 절레절레 저었다.

아무리 봐도 견지욱이다. 결국은 자기 하고 싶은 대로 하고 마는 게 딱 견지욱이다. 그리고 그 앞에서 강하게 나가지 못하고 그저 절 위한 이유라면 마냥 좋아지고 마는 초롬도 어쩔 수 없는 열아홉 여자애였다.

그는 자신의 명의로 초롬의 휴대 전화를 개통하고 그 안에 단 하나의 번호만을 저장해 두었다. 그녀에게는 1번만 누르면 된다는 한 마디를 얹었을 뿐이었다.

초롬은 걷는 내내 휴대 전화를 이리저리 만져 보았다. 이 버튼도 눌러 보고 저 버튼도 눌러 보고. 하지만 사용법이 영 어려운지 1분을 못 넘기고 다시 가만히 손에 쥔다.

도전이 싱겁게 끝이 났나 싶어 지욱이 그녀를 힐끔 보았다. 그때 초롬이 쥐고 있던 휴대 전화를 다시 보더니 키패드에 몇 개의 번호를 눌렀다가 지웠다.

"전화 걸게? 어디로?"

"그냥 집 번호 눌러 봤어요. 혹시나 받을까 싶어서."

"……없는 번호일걸."

"역시 그렇겠죠? 우리 가족이 아직까지 그 집에 그대로 살고 있을 거란 보장도 없고."

"정 궁금하면 걸어 봐."

"안 걸어 볼래요. 그랬다가 서른둘의 내가 받기라도 하면 진짜 엄청 당황할 것 같아요. 거기에 대고 '사실은 내가 13년 전의 너예요.' 하고 말할 수도 없으니까."

"나한테는 당당하게 말하고서?"

"그거야……. 설마 그 밤중에 아저씨 집 거실에서 눈을 뜨게 될 줄은 몰랐으니까요. 경찰에 신고하겠다는데 달리 방법도 없구요."

"안 했을 거야. 내가 널 못 알아볼 리 없잖아."

무뚝뚝하게 굴다가도 예고 없이 이렇게 불쑥 나오는 솔직함과 다정함이 초롬을 두근거리게 만들었다. 애꿎은 휴대 전화만 만지작거리면서 고개를 푹 숙였다. 그 밑으로 흰 운동화를 신은 작은 발이 배배 꼬였다.

대체 왜 자신은 어린 지욱에게도, 어른이 된 지욱에게도 동시에 설레는 걸까. 같은 듯 다른 이 사람에게 몇 번씩 설렐 때마다 과거와 미래, 현재의 구분이 희미하게 사라지고는 했다.

"그리고 팔짱 끼고 붙으면서 자꾸 웃지 마. 원조 교제로 오해받기 십상이야. 물론 남들 눈에는 삼촌과 조카로 보이겠지만…….
도둑이 제 발 저리는 격이어도 어쩔 수 없어."

"누가 그렇게 봐요? 억울해요."

입술을 쭈욱 내밀고 걸음을 질질 끄는 초롬을 보았다. 못 참겠다. 지욱은 그 작은 어깨를 확 끌어안아 품에 가까이 붙였다.

눈을 동그랗게 뜨고 올려다보는 시선을 느꼈지만 아무래도 좋았다. 지금 이 순간만큼은 서로에게 현재를 기준으로 한 나이 같은 건 존재하지 않았다. 느닷없이 나타나 서로를 마주 보고 서게 된 그 순간부터 13년의 간격은 꿈이 되어 버렸고, 둘은 그저 견지욱과 함초롬으로만 온전하게 남았으니까.

"그래도 내가 생각보다 동안이라 어디 가서 몰매 맞지는 않을 거야."

"아, 진짜……."

초롬은 그의 능글거림에 백기를 들었다. 그러고는 이내 평소 지욱에게 하듯 손으로 등을 찰싹 때렸다.

몸에 배어 있는 일상 같은 사람과 또 습관이 되어 버린 모든 행동들 하나까지 의식할 수는 없는 일이었다. 비록 사람들이 저 버르장머리 없는 어린 여자애를 보라고 손가락질을 하더라도 말이다.

서른둘로 보이는 이 남자는 사실은 제가 기억하는 열아홉 남자 친구예요.

그렇게 말할 수는 없었다.

❖

"아저씨……."

"왜?"

"같은 집에 있는데 왜 자꾸 휴대 전화로 연락해요?"

"문자 쓰는 거 익숙해지라고."

"전화도 벌써 11번이나 걸었잖아요."

"사용법은 다 익혔어?"

"전화받는 것만 익힐 거예요. 이거 쓰다가 꿈에서 깨어났을 때의 삶이 불편하게 느껴지는 건 싫어요."

"……또 그 소리."

지욱에게는 지금의 초롬과의 사이에서 구태여 언급하고 싶지 않은 두 가지가 있었다.

하나는 그녀 스스로에 대한 것이었다. 지욱 자신에게 과거의 사고를 떠올리게 하고, 함초롬의 부재를 깨닫게 만드는 그녀의 질문이 싫었다. 자신은 어떻게 해서든지 거짓말을 해야만 할 것이고, 그렇게 해서라도 그녀가 상처 입지 않게 애쓸 것이다.

그녀에게 우리의 이별이 더 큰 상처가 될지, 아니면 스스로의 죽음이 더 큰 상처가 될지 지욱은 가늠할 수 없었다. 그저 피하고 싶을 뿐이었다.

둘은 그녀의 현실에 대한 것이었다. 현재의 시간이 지욱에게는 현실이라 말하면서도 초롬은 문득 이렇게 영원할 수 없는 순간을 깨우쳐 주고는 했다.

언젠가는 돌아갈 사람이라고 생각하고 싶지 않았다. 말도 안 된다고 생각하면서도 어쩌면 그는 이 시간 이대로 영원히 그녀와 함께 살아갈 방법이 있을지도 모른다는 희망을 가졌던 것도 같다.

그녀가 '깨어났을 때'를 말하는 것이 괴로웠다. 헤어질 것을 알면서 연애를 시작하고 마는 그런 이상한 기분이었다. 지금을 그저 온전하게 있는 그대로 느끼고 행복해하기에는 그녀가 잡힐 듯 결코 잡힐 수 없는 과거의 사람이라는 것이 가장 큰 벽이었다.

마음 놓고 사랑할 수는 없을까. 그녀가 어느 날 갑자기 사라진다든지, 사고로 죽는다든지 하는 것들에 대한 걱정 없이 처음부터 모든 마음을 내려놓은 채로.

"내가 울리지 않겠다고 했던 거 기억하지."

"그럼요."

"그럼 하나만 약속해 줄래?"

"약속이요?"

"울지만 않는다면 네가 잠에서 깨어나 그곳으로 돌아가는 일도 없을 거야. 그게 날 안도하게 해. 그러니 적어도 그곳의 시간이 멈춰 있다면 넌 그 사실을 위안 삼아 여기에서는 온전히 나에게만 집중해 줘."

"아……."

"내게는 지금이 현재니까, 그저 언젠가 다시 만나게 될 미래의 일부분이라고 여기지 말아 줘. 지금의 너는 나의 또 다른 미래에 다시 나타나지 않아. 나에게는 유일한 시간이야. 지금은 지금일 뿐이야. 그래서 지금 이 시간이, 현재가 중요해."

지욱의 검은 눈동자가 초롬을 향해 흔들림 없이 멈추어 있었다. 이토록 진지한 눈을 몇 번이나 봤을까. 익숙한 듯 익숙하지 않은 그 진지한 목소리에 초롬은 묘한 죄책감을 느꼈다. 그에게서 느꼈던 마음속 그늘들의 원인이 마치 자신이 된 듯한 기분.

"무슨 말인지 알겠어요. 미안해요. 언젠가는 떠날 사람처럼 굴었다는 거 알아요."

"그럼 됐어."

"아저씨도 약속해 주세요."

"무슨 약속?"

"곧 말해 줄 거죠? 서른둘의 내가 어디에 있는지요. 우리가 헤어졌다고 해도, 남이 되었다고 해도 좋아요. 그저 알고 싶어요. 어떤 대답이어도 괜찮으니까요. 기다릴게요."

"……그래. 곧."

답지 않게 어른 행세를 했다. 어른이지 못한 어른의 행세를 했다. 사실은 과거의 자신을 질투할 정도로 속 좁은 남자이면서. 그녀의 관심이 다른 곳으로 향하는 것조차 못 견딜 정도로 애 같은 남자이면서. 그녀의 웃는 얼굴을 보고자 반복된 장난을 즐기는 13년 전 그대로의 견지욱이면서. 아닌 척했다. 더욱 성장한 어른인 척을 했다.

사실 지욱은 알고 있었다. 자신이 그녀의 앞에서는 그때 그 시절만큼이나, 혹은 그 이상으로 감정을 우선하는 '애'가 되어 버리고 만다는 것을.

그녀를 두 번이나 잃고 결코 괜찮지 못할 것이라는 것도……무척이나 잘 알고 있었다.

6.

두 번째 크리스마스

휴가를 내고 온전히 쉬는 첫날이 찾아왔다. 그녀가 아니었더라면 집에 홀로 남아 있었을 크리스마스였다.

바람이 찼다. 하지만 나쁘지 않을 만큼의 날카로운 공기가 둘 사이를 에워쌌다. 그럴수록 지옥과 초롬은 더욱 가까이 붙어 설 수 있었다. 겨울이란 원래 좀처럼 느끼지 못했던 서로의 따스함을 깨닫게 만드는 계절인 법이다.

걸을 때마다 길거리에 줄을 선 다양한 가게에서 온갖 캐럴들이 쏟아져 나왔다. 아무거나 골라 들어도 설레기에 부족함이 없었다. 어느 하나 반짝이지 않는 것이 없었고, 어느 하나 따뜻하지 않은 것이 없었다.

추위에 홀로 창밖에 서 있던 성냥팔이 소녀의 곁에도 누군가를 세워 두고 싶은, 춥고도 따스한 어느 크리스마스. 그녀와 함께 있는, 그녀에게는 열아홉의 두 번째 크리스마스.

"며칠 만에 크리스마스를 두 번이나 보내니까 기분이 이상해요."

"아, 그렇겠네. 잠든 게 12월 31일이었다고 했으니."

"네. 일주일 전에 보냈던 크리스마스로 다시 돌아온 것 같아요. 그때도 지욱이와 함께였어요. 오늘은 또 다른 견지욱이 옆에 있으니까 기분이 더 오묘해요……."

마른 인도 위를 걷는 초롬의 발걸음이 날씨와 다르게 포근하고 느릿했다. 마치 꽃으로 둘러싸인 어느 흙 위를 거니는 걸음걸이처럼 한껏 가볍고 설렘으로 가득했다. 그 옆에서 긴 다리를 묵묵히 휘적휘적 내딛으며 걷는 지욱의 얼굴 위로 미소가 띄워지지 않을 수 없었다.

위에서, 그리고 옆에서 가만히 내려다보기만 해도 초롬의 입가에 머무는 웃음만큼이나 그의 얼굴도 12월의 봄을 맞이한 사람처럼 흐물거리며 녹아내렸다.

예정대로면 휴가 아닌 휴가를 즐기기 위해 여행 아닌 여행을 떠났을 날이었다. 초롬의 기일을 앞두고 마음을 추스르기 위해, 다시 정리를 하고 웃는 얼굴로 그녀에게 인사를 건네기 위해.

하지만 모든 것이 바뀌었다. 더는 대답 없는 그녀의 사진을 보며 인사를 나누지 않아도 된다. 이름을 부르면 대답을 해 오는 그녀가 있었다. 사진 속의 모습 그대로 눈을 마주쳐 오는, 진짜 함초롬.

"바람이라도 피우는 기분이야?"

"아……."

"……."

걸음은 멈추지 않았지만 둘의 사이에는 대화가 정지해 버렸다. 묘하게 찔린 탓이다. 초롬은 그의 말에 속을 들킨 듯한 기분이 들어 입을 다물어 버렸다.

태연하게 받아치며 아닌 척하는 기술은 아직 연마하지 못했다. 앞으로 살아가며 배우게 될 기술들 중 하나일 것이라고 생각했지만 이토록 빠르게 필요성을 느끼게 될 줄은 몰랐다.

초롬의 당황한 표정을 알아챈 지욱 역시 묘한 얼굴을 했다. 과거의 스스로를 다른 남자로 인식하고 알 수 없는 질투심을 가졌던 게 스스로 생각해도 이상할 정도였다.

하지만 초롬도 그때의 자신과 지금의 자신을 별개로 생각하고 있다면 그 질투심은 어쩌면 당연한 감정 중 하나일지도 모르겠다는 생각이 든 것이다.

좋아해야 하는 걸까. 지금의 나를 있는 그대로의 견지욱으로, 남자로 봐 주고 있다는 사실을. 아니면 싫어해야 하는 걸까. 내가 좋아하던 여자아이가 나이지만 내가 아닌 다른 남자를 남자로 느끼게 되었다는 사실을.

자아에 혼란이 오기 시작했다. 열아홉의 자신과 서른둘의 자신을 같은 인물로 봐야 하는 것일까, 다른 인물로 봐야 하는 것일까.

그녀는 열아홉의 함초롬 그대로 유일한 여자일 뿐인데. 한 명의 남자가 둘로 쪼개져 버렸다. 과거와 현실이 나눈 그 간격이 지욱을 그리고 누구보다 초롬을 헷갈리게 만들었다.

"분명 같은 견지욱인데 왜 이런 기분이 들까요?"

"견지욱은 하나야. 그렇게만 생각해."

답지 않게 또 어른 행세였다. 지욱은 말을 해 놓고도 가증스러운 놈이라며 스스로를 탓했다. 하지만 초롬이 웃었으니 아무래도 좋았다.

그녀가 웃으며 고개를 끄덕였다. '맞아요.' 하면서 자신의 말에 손뼉을 쳐 주었다. 정말 견지욱은 하나일 뿐이라고 생각하는 그 맑은 눈에 사실 난 13년 전의 날 질투한다고, 그런 머저리 같은 대답을 할 수는 없다.

초롬의 걸음이 조금 더 가벼워졌다. 지욱의 큼지막한 발이 한 걸음을 내디딜 때마다 그녀의 작은 발걸음이 두세 걸음 종종거리며 따라붙었다. 조금씩 어긋나다가도 다시 일정하게 딱 붙는 그 걸음마저 그녀와 함께인 이 시간을 재차 되새길 수 있게 만들었다.

"근데 우리 지금 어디 가요?"

"영화 보러."

"설마……. 또 액션 영화요? 그것도 아니면 스릴러?"

"너무 실망한 눈치인데."

눈에 띄게 실망한 표정이면서도 아닌 척 입을 꾹 다무는 얼굴이 귀여웠다. 내색하지 않고 힐끔 보니 태연한 척하려 애를 쓴다.

그때도 이런 표정 변화가 다 보였었던가? 이 사소한 토라짐들이 지금처럼 사랑스럽게 느껴졌었나? 물론 분명 그랬을 것이다.

지금처럼 계속 사랑스러웠을 것이다. 그럼에도 지금 이 순간의 감정들은 전부 처음인 것처럼 느껴졌다. 여전히 그녀가 첫사랑임을 깨닫는다.

"왜 시간이 그만큼이나 흘러도 취향은 바뀌질 않아요?"

"사람은 한결같은 게 좋은 거야."

그렇게 말하며 영화관으로 앞장서 들어가는 지욱의 뒷모습이 괜스레 원망스러웠다. 하지만 투덜거릴 수는 없는 노릇이었다. 이곳으로 온 뒤부터 뭐 하나 그의 신세를 지지 않은 것이 없었다. 먹는 것, 자는 것, 입는 것까지 모든 것에 그의 손길이, 그의 힘이 닿아 있었다.

이곳에서 자신은 혼자서 할 수 있는 것이 아무것도 없었다. 그의 아늑한 집이 없었다면 이 겨울 어디로 갔을까. 그의 따스한 품이 없었더라면 일주일 새에 두 번의 크리스마스를 맞이할 수 있었을까.

이미 진작 눈물을 이기지 못한 채 자신의 침대에서 눈뜨고 말았을 것이다. 그가 없었더라면. 서른둘이 되어 버린 견지욱을 만나지 못했더라면.

"……어?"

"이 정도 로맨스면 함초롬이 꿈꾸는 달콤한 크리스마스의 영화로 충분해?"

지욱이 내민 티켓 두 장. 눈을 깜빡이다가 티켓 박스에 떠오른 포스터를 보고 다시 티켓을 보았다. 처음 보는 영화 제목이었지만 포스터만 봐도 알겠다. 이게 현재 가장 흥행하는 멜로 영화라는 것을.

13년 전, 그러니까 자신에게 있어 일주일 전이었던 크리스마스를 떠올렸다.

지욱은 초롬이 보고 싶은 영화가 있다고 해도 계속 대답을 미루고 또 미루었다. 크리스마스가 되어서야 나름의 서프라이즈랍시고 같이 가자며 뒤늦게 영화관으로 향했다. 하지만 서프라이즈는 실패였다. 크리스마스이지 않은가. 미리 예매를 하지 않았던 탓에 붙어 있는 자리가 없어 따로 떨어져서 보았다.

어떻게 보았는지도 모를 영화가 끝이 나고 문을 나설 때, 눈물을 훔치며 나오는 지욱을 그 앞에서 마주쳤다. 눈도 빨갛고 코도 빨갛던 지욱과 심통이 나 있던 얼굴 위로 웃음이 한가득 터졌던 자신의 모습. 그 크리스마스도 나쁘지 않았다.

열아홉이 되어 맞는 첫 번째 크리스마스가 그랬던 것만큼, 아마 오늘 겪게 될 두 번째 크리스마스도 그러할 것이다.

"닭살 돋는다고 싫어하면서."

"좋아하잖아, 네가."

"나중에 재미없다고 하기 없어요. 정말이에요."

"13년 전 크리스마스를 기억해. 적어도 그때처럼 안 보겠다고 버티고 버티다가 뒤늦게 가서 따로 보게 되는 일은 없어야 하지 않겠어? 이래 봬도 오늘 아침에 눈 뜨자마자 예매했다고. 그래도 자리가 많이 없어서 꽤 앞쪽이야."

"……정말 기억하네요?"

"하루도 빼놓지 않고 전부 기억해."

어떻게 잊을 수 있을까. 그녀와 함께해 온 시간보다 그녀 없이 홀로 지내 온 시간이 더 길다고 할지라도 그 이상의 기억들이 모조리 그녀와의 추억에만 모여 있었다.

지난 13년간 어떻게 지내 왔냐고 묻는 물음에는 '글쎄요.' 라고 대답할 수밖에 없음에도, 까마득한 열 살 때의 일조차 바로 어제의 일처럼 기억했다.

그녀를 처음 마주하게 되었던 그날의 일도, 연두색 원피스와 희고 작은 손까지도.

지욱이 손을 내밀었다. 그녀가 망설임 없이 잡아 주기를 바라며 눈을 마주쳤다. 초롬의 손과 그의 손이 마침내 하나처럼 겹쳐지자 그는 그제야 만족한다는 표정으로 걸음을 내디뎠다.

상영관 안으로 향하는 내내 그는 자신의 손안에 쥐어진 그녀의 가는 손이 간지러워 견딜 수 없었다. 손을 뻗어 뺨이라도 매만지고 싶었을 정도로 손가락과 손바닥의 감각이 생경하게 살아났다.

자리를 찾아 앉는 과정에서 손이 떼어지지 않았더라면 그 자리에 멈추어 주변을 의식하지 않고 그녀의 뺨이며 입술 언저리를 매만졌을지 모를 일이다.

"보다가 자면 안 돼요."

"……날 대체 뭘로 보는 거지."

"지루하다며 보다가 잠들었던 전적이 있어요."

"집중을 못 한 적은 있어도 잔 적은 없었던 것 같은데."

"잔 게 아니라 졸았던 걸로 해 둘게요."

광고가 요란하게 스크린을 장식하는 동안 나직하게 오고 가는 대화에서 초롬은 웃었고, 지욱은 인상을 찌푸렸다.

아무리 생각해도 그 일에 대한 기억이 없다. 잔 적도, 존 적도 없는 것 같은데. 굳이 그랬던 적이 있다고 말하는 그녀를 보니 괜히 속아 넘어가는 기분이 든다. 설마 진짜 잠들어 기억을 못 하는 건가 재차 머리를 굴릴 때, 상영관 안이 어둠에 잠기며 영화가 시작되었다.

도입부가 꽤 서정적이었던 영화는 흘러가는 내내 꽤 무난한 대사와 무난한 장면들로 시간을 들이고 있었다. 어디가 감동적이고 어디가 재미있는 건지 지욱은 아무런 요소도 찾을 수 없었다. 영화의 내용 때문이 아니었다.

영화의 흐름 내내 지욱의 관심은 온통 초롬에게로 향해 있었다.

등받이에 몸을 기댄 채 스크린을 주시하다가도 가만히 고개를 돌리면 그녀의 옆모습이 시선 끝에 닿았다. 동그란 이마, 오똑한 콧날, 도톰하고 귀엽게 휘어지는 입술 선을 지나 작게 말리는 턱까지. 어느 것 하나 그의 시선을 잡아끌지 않는 것이 없었다. 영화보다 그녀의 모습을 관찰하는 게 지욱에게는 더 흥미롭고 즐거운 일이었다.

처음 보는 얼굴이 아니었다. 낯선 얼굴도 아니었다. 수없이 봐 왔고, 수없이 그려 왔던 얼굴임에도 고개를 돌리면 보이는 그곳에 그녀가 머물고 있다는 사실이 사람들의 마음을 울린다는 영화의 내용보다 더욱 감격스러웠다.

곳곳에서 작게 훌쩍이는 소리가 들려왔지만 지욱은 초롬의 얼굴에서 시선을 뗄 수 없었다. 내용이 점점 절정으로 치닫고 있음을 직감했지만 뒤늦게 집중이 될 리 만무했다.

모두에게 있어 지금의 이 영화가 잔잔하고 아름다운 사랑 이야기라고 해도 현재 자신에게 있어서는 이 시간이 세상 가장 달콤하고 황홀한 로맨스였다. 어느 하나 혀끝이 달지 않은 게 없을 정도였다.

그러던 중 무언가 그의 머리를 강하게 강타했다. 스스로의 무신경함이었다. 대체 어디까지 무신경할 수 있는 건가. 어디까지 머저리 같을 수 있는 건가. 갑작스레 머리를 파고드는 그런 자책들이 그가 머금고 있던 온갖 단것들을 뱉어 내게 만들었다.

주변에서 훌쩍거리는 소리가 커질수록 현실에 가까워졌다. 고개를 돌려 스크린을 보자 절정에 치닫는 내용은 남자 주인공의 눈물과 여자 주인공의 눈물로 범벅이 되었다.

상영관 안에 누구 하나 울지 않는 이가 없었다. 애틋한 멜로라고 적혀 있는 광고를 보았을 뿐이었다. 아름다운 사랑이라는 문구에 마음먹었을 뿐이었다. 누구도 이 영화가 슬픈 내용을 지니고 있다고는 말해 주지 않았다. 찾아보지 않은 스스로를 탓하는 수밖에 없었다.

그는 다시 고개를 돌려 초롬을 보았다. 촉촉하게 젖은 그녀의 눈이 영화 때문인지, 아니면 본디 그렇게 젖어 있었던 건지 가늠되지 않았다. 지욱은 점점 자신을 옭아매기 시작하는 두려움에 못 이겨 결국 초롬의 손을 잡았다.

영화를 보던 초롬이 고개를 돌려 의아한 눈으로 그를 보았지만 그 눈 속에는 이미 무엇도 담겨 있지 않았다. 그는 그녀의 손을 강하게 잡은 채 힘을 주어 일으켜 세웠다.

뒷자리에 앉은 사람들이 모두 술렁거렸다. 가장 극적인 장면으로 향해 가는 도중, 앞에서 커다란 덩치의 남자가 벌떡 일어섰으니 거슬리지 않을 수 없었다.

뒤에 앉은 관객 중 한 명이 '좀 앉아요!' 하고 기어코 소리를 질렀다. 초롬이 일어난 채로 얼떨떨하게 지욱을 보았다. 지욱은 한참이나 그대로 서 있었다. 그리고 무슨 마음이 들었는지 그녀의 팔을 잡아끌며 상영관 밖으로 성큼성큼 걸음을 옮겼다.

상영관 내부는 여전히 사람들의 웅성거리는 소리로 시끄러웠지만 지욱이 밖으로 나오며 문이 닫히자 곧 침묵으로 가라앉았다.

복도로 나온 초롬과 지욱의 주변에도 그 침묵이 함께했다. 지욱은 말이 없었고 초롬은 강한 힘에 잡혀 있는 자신의 손을 내려다보았다. 얼마나 세게 쥐었는지 피가 통하지 않아 손이 희게 질리고 있었다.

"아저씨."

"……."

멍하니 서서 한참이나 말이 없던 지욱은 그녀의 목소리에 겨우 눈을 마주쳤다. 초롬을 보고 있지만 보고 있지 않은 듯한 시선. 그 안에 자신의 모습이 비추어지는 걸 본 초롬이 쥐어져 있는 손을 눈짓으로 가리켰다.

그의 표정으로 아차 싶은 감정이 스쳤다. 세게 쥐고 있던 손을 놓자 찌릿할 정도로 전기가 통했다. 피가 돌기 시작하면서 손가락 끝의 감각도 얼얼해졌다.

초롬은 반대편 손으로 나머지 손을 주무르며 한숨을 내쉬었다. 그 한숨 소리 하나에 지욱의 기분이 롤러코스터처럼 바닥으로 강하게 내리 꽂혔다.

"미안하다."

"무슨 일이에요. 괜찮아요?"

초롬의 목소리가 귓가를 웅웅거리며 맴돌았다. 지욱은 그녀의 뺨을 두 손으로 감싸 쥐었다. 그 상태로 눈을 마주친 채 한참 동안이나 말이 없었다. 초롬은 그저 가만히 있었다. 그가 입을 열 때까지, 두 뺨을 그 큰 손에 내어 준 채 그의 말을 기다렸다.

그런 기다림을 알았는지 겨우 진정이 된 듯한 그가 입을 열었다.

"……안 울었지?"

"안 울었어요."

혹시라도 울었을까 봐, 눈물을 흘렸을까 봐 가슴이 철렁했다. 모두가 눈물을 훔치기 시작하던 그때, 아주 중요한 걸 잊었음을 깨달았다. 울면 잠에서 깬다던, 이곳에서 사라지게 될 거라던 그녀의 말이 그제야 생각나고 만 것이다.

이렇게 지켜보기만 하다가 그녀를 잃게 될 것 같아 두려웠다. 당장 그 자리에서 나오는 것 말고는 다른 방법이 떠오르지 않았다.

네가 울까 봐 그랬다고, 네가 사라질까 봐 그랬다고 어떻게 말할 수 있을까. 그저 울지 않았느냐고 확인하는 물음 외에는 아무런 말도 덧붙일 수 없었다.

그랬음에도 초롬은 그 물음이 무얼 의미하는지 알아챈 듯했다. 울지 않았다고 대답하면서 예쁘게도 눈을 접어 가며 웃는 그 모습이 지욱을 안도하게 만들었다.

나이만 먹었지, 머저리 같았다. 겁쟁이가 되어 버렸다. 그녀를 잃고 난 뒤로 온갖 불안과 두려움의 노예가 되어 버린 듯싶었다.

"말했잖아요. 안 울 거라니까요."

"……."

"기억 안 나요? 슬픈 영화를 보러 가도 항상 펑펑 울면서 나온 건 지욱이었어요. 놀리는 게 내 몫이었는데, 그건 까먹었어요?"

기억났다. 이제야 기억이 났다. 이런 게 뭐가 슬프다고 유난이냐고 큰소리를 쳐 놓고 정작 보러 갔던 영화들의 끝에는 언제나 눈이며 코며 빨갛게 익어 눈물을 훔치는 자신의 모습이 있었다.

마냥 여리게만 생긴 얼굴과는 다르게 오히려 소매로 눈물을 닦아 주던 초롬의 작은 체구도, 그 소매 끝에서 나던 향긋한 내음도, 모두 기억났다. 그녀는 좀처럼 우는 법이 없었다. 이상할 정도로 그랬다.

그래서 자신했던 걸까. 결코 우는 일 없을 테니 안심하라는 그 말이. 그 때문이었을까. 지욱은 그 말에도 마냥 안도할 수 없었다. 한 번 싹을 틔운 불안은 시들 수 있을지언정 다시 씨앗으로 되돌아갈 수 없는 법이다.

"놀랐어요? 영화 보다 말고 울며 사라져 버릴까 봐?"

"……."

"아저씨는 내가 진짜 반가운가 보다. 그렇죠. 보내기 싫어서 이렇게 신경 쓰고 염려할 정도로요."

"건수 잡았지, 함초롬."

초롬이 웃고 있었다. 장난 섞인 말들에 지욱이 무뚝뚝한 표정을 지어도 그녀는 웃음을 거두지 않았다. 그의 불안함이 이상하게도 싫지 않았던 탓이다.

그에게 드리워진 그늘이 자신 때문이라고 해도 좋았다. 돌아가기 전까지 그의 외로움을, 이유 모를 불안을 모두 따뜻한 볕에 말려 주고 싶었다. 많고 많은 나이 중 하필이면 서른둘의 그에게로 뚝 떨어져 버린 이유. 어쩌면 이것일지도 모르겠다.

불 꺼진 집 안에 홀로 앉아 있는 그를, 이렇게 무심한 척 바라보면서도 빨갛게 자국이 남은 손을 걱정해 주는 그를, 자신에게 얼마나 커다란 그늘이 드리워졌는지 모르고 있는 그를, 따뜻한 곳으로 이끌어 줘야 하기 때문일 것이다.

초롬은 그렇게 생각했다. 모든 만남에는 이유가 있는 법이다. 열 살, 그때의 지욱과 자신이 서로를 마음에 품기 위해 만나게 되었던 것처럼 말이다.

"열아홉의 크리스마스와 영화는 아무래도 상극이었던 모양이에요. 첫 크리스마스는 지욱이와 멀리 떨어져서 따로 보느라 의미가 없었고, 오늘은 중요한 엔딩을 못 보고 나와 버렸으니 말이에요."

"인터넷에 검색하면 스포일러가 널렸어. 엔딩이 궁금하거든 내가 검색해서 알려……."

"농담이에요, 농담. 영화가 뭐가 중요해요. 사실 말은 이렇게 해도 중간부터 내용에 집중하지도 못했어요."

"왜?"

"누가 자꾸 쳐다봐서요. 한쪽 뺨이 뚫어질 듯이 보는 바람에 시선이 뜨거워 내용이 들어와야 말이죠. 너무 노골적이라서 고개도 못 돌렸어요. 목이 뻐근한 것 같아요."

일정하게 내딛고 있던 지욱의 걸음이 순간 박자를 달리할 뻔했다. 오른발이 나갈 차례였던가? 아니면 왼발이 나갈 차례였던가? 걷는 방법을 잊어 그대로 그 자리에 멈추어 서 버렸다. 덕분에 종알거리며 함께 걷던 초롬의 걸음도 함께 정지해 버렸다.

고개를 돌려 올려다보자 지욱이 그걸 알고 있었냐는 듯 난처한 얼굴을 했다. 놀릴 때마다 이렇게 온 표정으로 드러내고 만다. 어릴 적 지욱이 왜 자꾸 자신을 짓궂게 놀려 댔던 건지 그 이유를 알 것도 같았다.

분명 열아홉 견지욱의 앞에선 자신도 저렇게 눈에 띄는 반응을 했을 것이다. 정작 그는 왜 반대가 되어 버렸을까. 때때로 보이는 어린 시절의 모습과 다르게 이토록 완전히 본래의 모습을 잃어버린 순간들이 스쳤다. 13년 사이에 그에게는 얼마나 많은 일이 있었던 걸까.

"아쉬웠던 거 없었어요?"

"아쉬웠던 거?"

"기억해 봐요. 열아홉 살, 우리가 같이 보냈던 그 크리스마스요. 그날의 기억 중 혹시 아쉬웠던 게 없나 해서요. 그렇다면 오늘 그 아쉬움을 보충해서 다시 좋은 기억으로 만들 수 있을 거예요."

원래 이런 아이였다. 입에 담는 단어 하나, 말 속에 숨어 있는 마음 하나까지 어느 것도 사랑스럽지 않은 것이 없는 아이였다.

그러니 아쉬운 게 있을 리 없다. 그래도 구태여 아쉬운 걸 따지라고 묻는다면 아마 끝도 없이 새어 나오고 말 것이다.

너와 있던 그 모습, 그 모든 시간이 지금에 와서 아쉬움이 되었다고. 그렇게 널 잃게 될 줄 알았더라면 난 아마 최선을 다해 네가 하고자 하는 모든 것을 해 주었을 것이라고. 그렇게 말하고 싶었다.

"넌?"

"나요?"

"넌 없냐고. 아쉬웠던 거."

"음⋯⋯."

그녀의 걸음이 천천히 움직이기 시작했다. 차갑게 얼어 있는 바닥으로 한 걸음씩 내딛으면서도 초롬은 내내 고민을 반복했다.

열아홉의 지욱과 함께 보냈던 크리스마스를 떠올렸다. 아쉬웠던 게 뭐가 있었을까 생각하고 또 생각하면서 있지도 않았던 아쉬움을 만들어 낼 기세로 그녀가 눈동자를 굴렸다.

그 뒤를 지욱의 긴 다리가 묵묵히 따랐다. 길도 모르면서 천천히 걷는 뒷모습이 귀여워 아쉬운 것의 유무는 어느덧 중요하지 않아졌다.

이대로 어디든 좋으니 뒤를 지켜 주며 계속 걷고 싶었다. 추위에 귀며 코가 빨갛게 얼어도 좋을 만큼 누구에게도 방해받고 싶지 않은 시간이었다.

크리스마스라는 것이 누군가와 함께 있다는 것만으로도 이토록 달콤하고 따뜻한 기념일이 될 수 있다는 것을 처음 느꼈다.

13년 전까지만 해도 아주 당연하게 함께해 왔던 것들이 서른둘에 와서야 당연하지 않았음을 알게 되었다. 그녀가 자신의 곁에 있는 것은 결코 당연한 것이 아니었다. 자신은 어떻게든 그녀를 지켜야 했고, 끊임없이 진심을 전해야 했다.

누구도 처음부터 마지막까지 그 자리에 머물 수는 없는 일이다. 그게 단순한 이별의 형태가 아니라고 해도 말이다.

그녀의 죽음이 그녀의 소중함을 깨닫게 해 주었다. 고맙지만 고맙지 않은 경험이었다. 두 번은 겪지 않아도 될 일이다. 얼마나 괴로운지, 그녀가 자신에게 있어 얼마나 소중한 사람인지 이미 끔찍할 정도로 배웠다.

"……어떡해요? 아무리 생각해도 없는 것 같아요."

"그러니 나라고 있을 리가."

"그저 함께 있다는 것만으로도 모든 게 만족스러웠거든요. 영화관에 나란히 앉아 있고 싶었다는 게 아주 약간의 아쉬움이었지만, 그건 방금 새롭게 채워 넣었으니 충분해요. 이제 모든 게 완벽한 크리스마스가 되었어요."

화사하게 웃는 그 미소에 하마터면 이미 봄이 온 게 아닐까 착각할 뻔했다. 낯선 시간, 낯선 장소, 모든 것이 낯선 미래에 와 있음에도 그녀는 두려워하지 않았다.

하물며 언제나 곁에 있던 이가 훌쩍 나이를 먹은 아저씨가 되어 서 있음에도 자연스럽게 받아들였다. 원래부터 이 곁에 있었다는 듯이, 처음부터 이곳에 자신과 함께 살아왔었던 것처럼 그녀는 모든 것을 익숙하게 흘려보내고 있었다. 경이로웠다.

잠들어 있는 또 다른 우주의 13년 전을 떠올리지 않으려고 했다. 하지만 그녀의 걱정이 고개를 내밀 때면 언제나 함께 따라붙었다.

그곳에서의 시간이 얼마나 흐를지 예감할 수 없는 만큼, 며칠의 시간이 흐르고 있는 이곳과의 괴리감이 그녀를 힘겹게 하진 않을지 염려스러웠다. 엄마나 아빠가 보고 싶진 않은지. 그곳에 있을 열아홉의 견지욱이 보고 싶진 않은지. 묻고 싶은 게 많았으나 물을 수 없었다.

난 그동안 네가 무척이나 보고 싶었다는 말을 함께 붙일 수 없기 때문이었다. 어린아이처럼 그녀를 옆에 붙들어 두기 위해 참아야 하는 말이 너무도 많았다. 하고픈 말을 전부 다 할 수는 없는 어른이었다. 현재의 나이가 아득하게 멀어질 만큼 실감 나지 않는 그런 어른이었다.

"혹시……."

"저기요."

물어서 좋을 것 없다고 생각하면서도 지욱의 입이 멋대로 열리려는 찰나. 둘 사이의 공기를 끊어 내며 누군가의 조심스러운 목소리가 파고들었다. 단둘의 공간이 세 조각으로 나뉘어졌다. 명백한 방해였다. 지욱의 표정이 일그러졌다.

지욱보다 한 뼘 정도 작아 보이는 남자가 지욱을 가리며 초롬의 앞에 섰다. 마치 없는 사람 취급이라도 하는 양 등을 내보인 채였다. 그로 인해 키가 작은 초롬이 가려졌다. 그녀를 막아섰다는 것도, 멋대로 이 가운데에 와 서 있다는 것도, 모조리 마음에 들지 않았다.

"죄송하지만……."

"죄송한 거 알면 좀 비키지. 일행이 있는데."

초롬을 향한 남자의 조심스러운 목소리를 끊어 낸 것은 지욱이었다. 남자에게서 나오는 한 마디의 단어도 용납하지 않겠다는 듯한 표정이었다. 굳이 듣지 않아도 알 수 있을 법했다. 죄송하다는 말의 끝에 따라올 내용을.

"아, 죄송합니다. 일행이 있는 줄은 몰랐어요."

"아니에요, 괜찮아요. 말씀하세요."

눈치가 없어도 수준급으로 없다. 이십 대 초반 정도로 보이는 저 남자가 죄송함을 무릅쓰며 초롬에게 말을 걸 이유가 대체 무엇이 있겠느냐 말이다.

자신이 버젓하게 옆에 있는데 겁 없이 도를 아느냐는 물음 따위를 건넬 리 없다. 하물며 스마트 폰을 손에 쥔 채로 길을 물어오는 거라면 스마트하지 못한 그 지식을 멱살로 깨우쳐 줄 생각도 있었다. 하지만 무엇도 아닐 것이다.

제 또래의 어리고 예쁜 여자아이를 보고 건네 올 말이 무엇일지 지욱은 이 순간 누구보다 잘 알았다. 그저 타인이라고 하기에는 '남자'로서의 표정을 지우지 못하는 저 남자의 의중을 파악했으니 말이다.

"번호 좀……."

"네?"

"……."

한 치의 오차도 없이 정확하게 예상과 맞아떨어지는 대사에 지욱은 저도 모르게 헛웃음을 쳤다. 둘의 시선이 잠시 그를 향했다. 태연하게 방관할 수 없을 듯했다. 아마 열아홉의 자신이었어도 이렇게 했을 것이다.

"가자."

"아아, 저기요. 잠시만요. 여기 계신 분은 혹시 아빠……."

뭐? 아빠?

"……는 아니신 것 같고, 그렇다고 오빠……."

듣고 보니 오빠란 호칭도 꽤 괜찮을 듯싶다. 아저씨보단 오빠라고 부르라고 할 것을.

"……도 아닌 것 같은데. 혹시 삼촌이신가요? 가족끼리의 시간을 방해하고 싶은 마음은 절대 없어요. 절대요. 그치만 너무 제 타입이셔서 도저히 그냥 지나칠 수가……."

결국은 다시 번호를 달라는 말이다. 그것도 초롬에게 직접 하지 않고 자신을 힐끔거리면서. 넌지시 이 정도까지 당신이 마음에 들었다는 티를 내 가면서.

이 젊은 여우 같은 남성이 마음에 들 리 없다. 애초에 초롬에게 관심을 보였다는 것부터가 그랬지만, 남자의 입에서 말이 길어질수록 지욱은 더욱 속이 뒤틀렸다.

하지만 타인의 눈에 비친 자신은 분명 초롬과는 다른 연령대의 어른일 것이다. 단순한 성인의 의미를 담은 어른이 아닌, 많은 나이 차이의, 더욱이 어른. 그렇기에 함부로 말을 꺼낼 수 없다.

뭐라고 설명할 수 있겠는가. 남자 친구라고? 남들의 눈에 열 몇 살 정도 차이 나는 남자가 남자 친구라는 단어로 이해될 수 있을까.

"죄송해요. 여기 제 남자 친구가 기분 나빠 할 거예요."

이해될 수 없다고 한들 그녀는 망설이지 않았다. 지욱을 가리키는 그녀의 희고 작은 손이 짧은 순간 심장을 들었다가 놓는 듯했다.

"아······? 남자 친구요?"

"네. 저희가 지금 크리스마스 데이트 중이었거든요. 죄송해요. 그럼 가 볼게요."

초롬은 지욱의 손을 잡아 이끌었다. 얼이 빠진 듯한 표정의 젊은 남자는 둘이 멀어질 때까지도 계속해서 시선으로 그 뒤를 좇았다.

어른의 냄새가 나는 저 남자, 190cm는 되어 보이는 저 남자가, 끽해야 여고생이나 여대생 정도로 보이는 저 어린 여자의 '남자 친구'라는 단어와 어울리는가에 대해 한참이나 생각하는 듯했다.

지욱의 큼지막한 손을 쥔 초롬은 성큼성큼 걷던 걸음에 속도를 조금 줄였다. 사람들에게 치이지 않을 정도로 한적한 인도에 다다랐을 때쯤, 한 마디도 하지 않던 지욱이 입을 열었다.

"남자 친구······."

그 짧은 단어가 초롬의 시선을 그에게로 돌렸다. 꼼지락거리던 손이 그의 손을 다시 한 번 다부지게 꼭 잡았다.

그가 읊조린 단어의 무게감이 오늘처럼 이토록 묵직하게 느껴진 적이 없었다. 자신에게는 아주 당연한 말이 그에게는 어쩌면 약간의 놀라움으로 다가왔는지도 모르겠다. 달라진 것은 그의 그늘, 그리고 그의 나이, 현재의 공간. 그 외에는 아무것도 없었음에도 말이다.

"맞잖아요. 남자 친구."

"열아홉의 견지욱이 아닌 서른둘의 견지욱인데도 해당이 되는 말인 건가?"

"뭐가 달라요? 같은 사람이잖아요. 나와 같은 과거를 공유하고 있는, 그리고 날 이렇게 아끼고 좋아해 주는 내 남자 친구 견지욱. 아니에요? 동명이인이에요?"

따박따박 내뱉는 말이 '내가 바로 함초롬'이라고 말하는 것 같아 웃음이 났다. 그리고 당당하게 그 앞에서 자신의 손을 잡아 주는 그 확신에 한 번 더 웃음이 나는 듯했다.

자신은 그 자리에서 할 수 있는 행동이 단 하나뿐이었다. 아무런 말없이 그저 그녀의 손을 잡고 남자를 뒤로한 채 도망치듯 그 공간을 빠져나오는 것. 두 번 이상 만날 리 없는 그 젊은 남자의 눈치를 보았다니, 자신답지 않았다. 언제부터 이렇게 남의 눈치를 보았을까.

몇 번을 더 생각해 보니 그 모든 것이 그녀 때문임을 알 것도 같았다.

그녀가 아닌 자신 혼자만의 세상에서 견지욱이라는 남자는 누구의 눈치도 보지 않았다. 아쉬울 것이 없었고, 지켜야 할 것도 없었으니 당연한 일이었다.

하지만 지금은 분명 다르다. 타인의 눈에 초롬을 나이 많은 남자 옆에 붙어 아양이나 떠는 어린 여자아이로 만들어 버릴 수는 없다. 아니라고 해도 모두의 눈이 그럴 터였다.

시간이 흐를수록 사람들이란 다른 이의 삶에, 관계에, 대화에 귀를 기울이며 흉을 보기 좋아했다. 나 자신을 중요시하면서 타인의 가치관에 흠집 내기를 좋아하는 세상이 되어 버렸다. 이러니 13년 전을 사는 열아홉의 그녀가 더욱 아름다워 보일 수밖에.

"콜록. 그래도 조심하는 게 좋겠어."

"또."

"뭐?"

"어쩜 습관도 여전하네요. 어릴 때부터 그랬어요. 거짓말을 하거나 마음에도 없는 말을 할 때면 항상 헛기침을 했잖아요."

"아, 내가?"

"설마 삼십여 년 동안 자기 버릇이 뭔지도 몰랐다고요?"

누구도 자신을 그렇게 유심히 지켜봐 주지 않았다. 말투 하나, 작은 습관 하나까지 모조리 캐치하고 있는 것은 아마 그녀가 유일할 것이다. 하물며 자신을 키워 준 부모님조차 이런 습관에 대해 이야기해 준 적이 없었다.

이 여자처럼 어린 자신도, 성장해 버린 자신도, 전부 있는 그대로 이해하고 세포 하나까지 곤두설 섬세함으로 바라봐 주는 사람이 과연 또 있을까. 지욱은 여태껏 없었듯이 아마 앞으로도 없을 것이라 장담할 수 있었다.

자기 자신을 몰라도 너무 모른다며 꺄르르 웃는 그녀의 손을 다시금 꽉 잡으려는 찰나였다. 초롬이 잡고 있던 자신의 손을 놓더니 어디론가 달렸다.

혹시라도 이대로 놓치면 사라지는 게 아닌가 싶은 마음이 들었다. 지욱이 그녀를 빠르게 뒤따랐다.

그녀가 선 곳은 베이커리 앞이었다. 그녀가 앞 유리 너머로 케이크가 진열된 곳을 보며 서 있었다. 하나의 벽처럼 쌓여 있는 케이크 상자들을 계속 힐끔거린다. 크리스마스와 케이크가 대체 무슨 상관관계가 있는지는 모르겠지만.

"우리 케이크 사요. 날도 추운데 남은 몇 시간의 크리스마스는 집에서 케이크 나눠 먹으며 보내는 게 좋을 것 같아요."

그녀가 그러자고 하니 분명 크리스마스와 케이크는 떼려야 뗄 수 없는 사이일 것이다.

빵집의 문을 열고 안으로 들어선 지욱이 골라 보라고 고개를 끄덕이자 초롬이 신이 나 케이크를 살폈다.

다른 때 같았으면 무언가를 사 준다고 해도 쭈뼛거리며 계속해서 신세를 진다는 사실에 미안해했을 것이다. 하지만 지금은 달랐다.

크리스마스의 선물이라고 생각하는 걸까. 그녀가 자신에게 쥐여 준 오늘 하루만큼의 벅찬 시간이 홀로 버텨 왔던 지난 열세 번의 크리스마스 중에 가장 행복하다는 것을 그녀가 알았으면 좋겠다.

더 큰 선물을 내놓으라고 큰소리를 쳐도 할 수 있는 모든 것을 해 줄 것이다. 자신은 이미 가장 큰 선물을 받았다.

딸기와 키위가 올려져 있는 하얀 생크림 케이크를 고른 초롬이 손짓을 했다. 직원을 불러 케이크를 꺼내게 하자 상자에 담으면서 폭죽이나 초가 필요한지를 묻는다.

괜찮다고 고개를 젓다가 문득 옆에 진열되어 있는 샴페인을 발견했다. Non-Alcoholic이라는 글자가 그의 시선을 잡아끌었다. 말 그대로 크리스마스 분위기를 잡기 위함이라면 나쁘지 않을 듯싶은데.

"이것도 파는 겁니까?"

"네. 하지만 오늘은 크리스마스 이벤트로 케이크를 구입하시면 함께 드리고 있어요. 원치 않으시면 빼 드릴까요?"

"아닙니다. 주세요."

지욱이 케이크를 결제하는 동안 초롬은 종류별로 다양한 빵들을 구경하다가 옆에 와서 슬쩍 섰다. 직원이 샴페인을 함께 챙기는 모습을 보며 안 그래도 큰 눈이 더 동그랗게 뜨였다.

"우리 술도 마셔요?"

"무알콜이야."

"……아쉽다."

진심으로 아쉬워하는 표정의 그녀를 보며 지욱이 굵은 손가락으로 작은 콧등을 건드렸다. 미간이 단번에 찌푸려지는 그녀의 얼굴을 보며 먼저 가게를 나섰다. 종종걸음으로 그녀가 그의 뒤를 따랐다.

천천히 걸을 때마다 같은 속도로 맞추어 옆에 와서 서는 그 움직임 하나조차 사랑스러웠다. 예나 지금이나 한 걸음씩 내딛는 모든 동작이 꼭 나비 같다. 사뿐사뿐. 초롬이 걸음을 내딛을 때마다 겨울의 찬 기운으로 딱딱하게 얼어 버린 거리가 초록빛으로 녹아 내리는 듯했다.

인도에 늘어선 가게들에서 흘러나오는 캐럴이 아니었다면 완연한 봄이 왔다고 생각되었을 따스한 그녀만의 공기들.

그리 많이 걷지 않았다고 생각했는데 걷다 보니 어느덧 단지 안으로 들어왔다. 저 멀리 보이는 높은 아파트에 지욱은 벌써부터 마음이 간지러워졌다.

단둘만 있는 공간으로 들어가 입가에 생크림을 잔뜩 묻히며 케이크를 한 입 가득 베어 무는 그녀를 지켜보고 싶다. 그렇게 아무것도 하지 않은 채, 그녀를 보기만 하며 오늘의 시간을 전부 소비해 버리고 싶었다. 뺨에 닿는 공기가 차가웠지만 거뜬히 이겨 낼 수 있을 만큼 속이 뜨겁게 번졌다.

"으……. 추워."

초롬의 작은 목소리가 아니었다면 그녀 역시 춥지 않을 것이라 속없이 단정해 버렸을지도 모르겠다. 지욱은 바람과 함께 귓가를 스친 그 한 마디를 놓치지 않았다. 성큼성큼 걸음을 옮겨 그녀의 앞에 섰다.

초롬은 갑작스레 앞을 막아선 지욱을 올려다보았다. 목이 뻐근할 정도로 키 차이가 꽤 많이 났다. 못해도 30cm 정도는 났으니 그가 꼬마라고 불러도 보이는 숫자상 이상할 건 없을 법도 했다.

그가 케이크를 손에 든 채 초롬의 등 뒤로 팔을 뻗었다. 꼭 끌어안자 그의 넓은 가슴 안으로 그녀가 폭 안겨 들었다. 조금만 힘을 주어도 바스러질 듯이 작은 체구가 그의 공간을 조금 부족하게 채웠다.

공간이 남지 않도록 하기 위해 지욱이 조금 더 강하게 초롬을 안았다. 이제 완전히 밀착되어 어느 것도 그녀를 시리게 만들 수 없을 것이다.

"추워?"

"……아니요. 따뜻해요."

지욱의 커다란 등이 초롬을 차가운 바람으로부터 막아 주었다. 안겼다기보다는 마치 그의 품 안에 숨었다는 것이 더 정확할 듯한 모양새였다. 그럼에도 그에게서 나는 따스한 어른의 향기가 좋아 초롬은 살며시 웃었다.

누군가 볼 수도 있는 동네였다. 아파트로 들어서기 전, 입구 앞에 선 두 사람은 그렇게 서로를 끌어안았다. 케이크가 기울어 망가질 것 같았지만 지욱에게 그런 것쯤은 아무것도 아니었다.

케이크를 사러 다시 같은 길을 몇 번씩 오가더라도 지금의 이 따스한 온기를 쉽사리 놓을 수 없다. 몇 시간이고 이대로 그녀를 품에 안은 채 서 있고 싶다고 생각했다.

초롬이 살짝 고개를 들자 지욱의 목 언저리로 몽글몽글 따뜻하게 뭉쳐진 숨들이 닿았다. 이대로 조금만 턱을 내리면 그녀의 이마에 입술이 닿을 것이다. 그걸 알면서도 고개를 조금 더 내렸다.

보드라운 입술이 초롬의 동그란 이마에 닿았다. 입술을 내밀어 꾹 찍어 누르자 그 간지러움에 초롬이 작게 웃었다.

이대로 조금만 더 얼굴을 내려 볼까. 그럼 콧등이 닿을 것이다.

거기서 조금 더 욕심을 내 볼까. 그러면 아마도 그 앙증맞은 입술까지 도달할 수 있을지도 모른다.

조금만. 조금만 더.

이래도 과연 좋은 걸까 싶을 정도의 걱정과 코끝을 간질이는 초롬의 향이 동시에 지욱의 머릿속을 지배했다. 어느 쪽에 진다고 해도 자신은 모두 받아들일 수 있었다. 마음이 어느 한쪽에 모르는 척 져 버리고 싶다고 말하고 있었다. 때로는 머리보다 몸이 먼저 움직일 때가 있는 법이다.

"함초롬."

그때, 누군가가 그녀의 이름을 불렀다. 잘못 들었다고 생각할 수도 없을 정도로 정확한 세 글자였다.

초롬이 느닷없이 품에서 떨어져 나갔다. 그녀의 시선이 옆을 향했다.

이 시간, 이곳에서, 그녀의 이름을 부를 수 있는 건 자신 외에 없었다. 그럼에도 불구하고 방금 전 들린 그 이름이, 그녀의 시선이, 지금의 현실을 현실 같지 않게 만들었다.

지욱이 그 짧은 순간의 당황을 감추지 못한 채 몸을 반 정도 돌려서 섰다. 초롬의 시선이 향하는 곳으로 함께 시선을 두었다.

나무 밑 그늘에 가려진 다리가 꽤 길었다. 키가 큰 편인 남자였다. 해가 저물며 점점 그들 주변을 감싼 공기가 어둡게 가라앉았다. 초롬은 맑은 눈을 빛내며 그쪽을 보았고, 지욱은 그런 초롬에게서 시선을 뗄 수 없었다.

"……지욱아."

바라보고 있는 그녀의 입술을 타고 자신의 이름이 흘러나왔다. 분명 자신을 불렀다. 하지만 그녀의 시선이 향한 곳에는 자신이 없었다.

대체 누굴 보며 내 이름을 부르는 거야. 지욱이 다시 고개를 돌리자 나무 아래에 서 있던 남자가 서서히 가까이 다가오며 모습을 드러냈다.

부스스하게 가라앉은 검은 머리카락, 날카롭게 빛나는 눈, 굳게 다문 입. 그리고 마치 초롬을 처음 마주했을 때와 같은 잠옷차림. 빨갛게 언 맨발.

어디에서 많이 봤던 모습이다. 굉장히 익숙했다. 저 눈빛도, 저 옷차림도. 모든 것이 지욱을 건드렸다. 모를 수가 없는 모습인데, 모르고 싶었다. 믿기지 않는다는 말이 더 정확할 것이다.

남자가 점점 더 가까이 다가왔다. 얼굴이 윤곽을 드러내며 완전해졌다. 앳된 얼굴을 한 큰 키의 소년. 소년이 입을 열어 말을 한다. 살아 있다.

"데리러 왔어."

13년 전, 그때로 돌아가 거울을 비춰 본 듯했다. 지욱은 믿을 수 없었다.

열아홉의 견지욱. 바로 자신이었다.

7.

또 다른 나

"그래서 이번 새벽에 시도해 볼 생각이야."

"그걸 믿냐?"

"어차피 미신인 거잖아. 재미로 하는 거야. 꿈에서 내 미래의 남편을 볼 수 있다는 그런 미신을 여자애들이 얼마나 좋아하는데."

"그게 왜 궁금해. 어차피 그때나 지금이나 나일 텐데."

"어휴, 바보야. 그러니까 내 말은 미래의 남편이 누구일지가 궁금한 게 아니라, 미래의 우리가 궁금하다는 거지."

초롬은 답지 않게 들떠 있었다. 이래서 여자애들의 설레발은 믿을 수가 없다고 지욱은 생각했다.

스무 살이 되기 전인 열아홉의 12월 31일. 누구의 소리도 들리지 않는 조용한 밤에 시도해 봄 직한 미신이라고 했다. 드디어 성인이 된다는 설렘과 더불어 이때 아니면 할 수 없을 거라는 조건

덕분에 더 흥미로웠을지도 모르겠다. 몇 시간 뒤면 정말 10대가 단 하루밖에 남지 않게 된다.

느닷없이 자신의 물건을 아무거나 하나만 가져오라기에 무슨 꿍꿍이인가 했다. 뭘 가져와야 할지 몰라 침대 위에 놓여 있던 베개를 들고 왔다. 베개를 가져오는 김에 겸사겸사 능청스럽게 초롬의 잠자리에 함께 누워 볼까 하는 장난기가 속에 숨어 있었다.

하지만 일말의 여지조차 받지 못했다. 이제 돌아가라며 등을 떠미는 바람에 고스란히 베개만 빼앗겨 버렸다. 그깟 미신이 뭐라고 남자 친구보다 남자 친구의 베개가 더 우선이 된단 말인가?

반항의 의미로 창틀에 발을 얹었다가 그대로 뒷덜미를 잡혔다. 창문으로 넘어 다니지 말라며 방문까지 친절하게도 질질 잡아서 끌어 준다.

아무리 투덜거려도 그녀에게 먹힐 리 없었다. 결국 소득 없이 자신의 방으로 돌아와야 했다. 맨발로 팔짝팔짝 뛰면서 말이다.

"……아무리 생각해도 께름칙한데."

지욱은 베개 없이 자신의 침대에 뒤통수를 대고 누워서 중얼거렸다.

지난번에는 분신사바를 한다며 여자애들끼리 교실에 모여 있는 것을 보았다. 그러다가 펜이 정말 제멋대로 움직였다며 분명 귀신이 있는 거라고 호들갑을 떨어 자신까지 등골이 오싹해졌다.

미신이라는 게 잘못하면 진짜 문제가 될 수도 있다는 생각을 하고 있었기에 지욱은 그런 것들이 전부 마음에 들지 않았다. 하물며 사주라는 것도 탐탁지 않게 생각했으니 말 다한 셈이었다.

고개를 돌려 벽에 걸린 시계를 응시했다. 벌써 새벽 2시가 다되었다.

도무지 잠이 오질 않았다. 설마 그 말도 안 되는 미신을 정말 시도해 보려는 건 아니겠지 싶은 의심이 들었다. 그러던 찰나 내내 불이 켜져 있던 초롬의 창문에서 빛이 사라졌다. 불이 꺼진 것으로 보아 아마 이제야 자려고 마음을 먹은 듯싶었다.

깜빡, 깜빡. 눈을 뜬 채 천장을 바라보다가 다시 잠을 청했다. 눈을 감고 있어도 모든 신경이 초롬의 방 쪽으로 향해 있었다.

오늘이 10대로서 보낼 수 있는 마지막 날이기 때문일까. 기대감이 문제일까. 그래서 자꾸 잠을 설치게 되는 걸까. 몇 가지의 의문들이 머릿속으로 떠오르다가 가라앉았다. 이상하게도 가슴이 답답했다.

1시간 정도 시간이 흘렀을까. 지욱은 결국 몸을 벌떡 일으켰다. 창문으로 다가가 커튼을 걷어 냈다.

잠이 들었을까, 아니면 아직 뒤척이고 있을까. 그냥 잠자코 순하디순한 그 얼굴로 곤하게 자고 있는 거라면 문제 될 게 없을 터였다. 하나의 문제는 그 미신 하나가 자꾸만 신경 쓰여 잠을 이루지 못하는 스스로에게 있었다.

이게 뭐라고 계속 신경이 쓰이는 거지. 이유가 뭐지. 몇 번의 생각을 거듭해도 이유 없이 눈이 감기지 않았다. 확인하는 수밖에는 없다는 결론에 다다랐다.

창을 열었다. 긴 다리를 뻗어 아슬아슬하게 초롬의 창문에 걸쳤다. 찬바람이 쌩하니 불어 순간적으로나마 휘청하는 듯싶었으나 바로 중심을 잡았다. 초롬이 봤다면 또 얼마나 천둥 같은 소릴 내며 혼내 왔을지. 지욱이 입가를 올리며 창문을 힘주어 열었다.

항상 들어오지 말라고 하면서도 이렇게 조심성 없이 창문을 잠 그지도 않은 채 잠을 청한다. 못 말리는 여자애. 그러니 제대로 문단속을 하지 않은 이의 잘못이지, 몰래 숨어드는 자신에겐 죄가 없는 것이다.

스스로의 행동에 정당성을 부여한 지욱이 창문을 안쪽으로 더 활짝 열며 안으로 들어갔다.

방 안으로 발을 내려놓자마자 초롬의 향이 혹 끼쳐 왔다. 몰래 숨어드는 순간마다 코끝을 간질이는 이 느낌이 좋았다.

책상 곳곳에, 옷이 걸려 있는 곳곳에, 이렇게 온 방 안의 구석 구석마다 그녀의 흔적이 남아 있었다. 초롬을 포함하여 이 작은 방을 통째로 갖고 싶었다.

지욱은 잠들어 있는 초롬을 확인했다. 불을 끄면 뒤척임 없이 곧바로 잠에 빠져 버리는 게 신기할 지경이었다.

하지만 그런 생각도 잠시. 우선은 팔을 뻗어 조용히 창문을 닫았다. 찬바람에 혹시나 그녀가 깰까, 감기라도 걸릴까 염려스러웠다. 커튼이 펄럭이며 찬 기운을 몰고 오다가 이내 잠잠하게 침묵으로 가라앉았다.

평온한 어느 새벽. 지욱은 초롬의 침대 한 쪽에 엉덩이를 걸쳐 앉았다. 얼마나 곤히 잠든 건지 깰 생각을 하지 못하는 게 못내 귀여웠다.

"온 김에 이대로 같은 침대에 누워서 자 볼까."

초롬의 작은 침대가 삐걱거렸다. 지욱이 벽 쪽으로 파고들어 초롬이 만든 작은 공간 안에 자신의 몸을 누였다. 누워서 옆을 힐끔 보니 웬걸. 그녀가 베고 있는 베개가 자신의 것이었다.

한참이나 눈을 깜빡이며 그녀를 지켜보았다. 설마? 에이……. 그래도 설마? 그런 생각들이 반복되었다.

살며시 손을 뻗어 뺨을 어루만진다. 눈꺼풀에 닿았다가 다시 콧등, 이내 입술까지 닿아도 약간의 표정 변화조차 없다.

지욱이 몸을 일으켰다. 초롬의 뺨을 손가락으로 쭈욱 잡아당겼다. 잠결에 찡그릴 법도 한데 그녀의 얼굴은 여전히 평온했다. 오르락내리락하며 천천히 호흡하고 있는 가슴이 아니라면 진짜 죽은 게 아닐까 의심했을지도 모르는 일이었다.

아프지 않게 뺨을 두어 번 톡톡 때리며 건드려 보았지만 깨지 않는다.

그때 문득 묘한 확신이 들었다. 잠귀가 밝아 웬만하면 두 번 이상 넘기지 않고 잠에서 깨는 초롬이 깨지 않고 있었다. 미동조차, 약간의 찡그림조차 없이 아무리 건드려 보아도 끝까지 평온했다. 그녀의 평온한 얼굴이 지욱에게는 묘한 불안감으로 닥쳤다.

옆에 덩그러니 놓인 초롬의 베개를 베었다. 그거로도 부족해 함초롬에게 의미 있는 것이 무얼까 생각하다가 그냥 조용히 그녀의 손을 잡았다. 눈을 감았다. 창문을 닫아 놓으니 바람도 불지 않아 방은 그야말로 정적이었다.

조용한 밤, 그 사람의 물건, 그리고 마음속으로 천천히 세는 100초. 초롬이 말했던 키워드들을 떠올렸다. 미신이라면 그저 이

상태로 잠들었다가 깨어나고 말 것이다. 이상한 꿈을 꾸었다고 말하면서, 내일 아침 한 침대에 있는 자신을 때리는 그녀를 마주 안아 버리면 그만이다.

97, 98, 99……, 100.

초롬의 손을 잡은 채 숫자를 셌다.

끝까지 잠은 쏟아지지 않았다. 결국 의미 없는 일이 되어 버리고 만 것이다. 미신은 그저 미신일 뿐이란 것을 새삼 실감하며 지욱이 감은 눈을 도로 떠 버렸다. 어차피 잠도 오지 않을 텐데 이대로 눈만 감고 있는다고 뭐가 달라지기나 하겠느냐는 것이다.

"……."

그런데, 달라졌다. 눈앞에 있는 모든 것들이.

눈을 떴는데 초롬의 방이 아니었다. 천장이 보여야 하는데 하늘 위로 별인지 인공위성인지 모를 것들이 반짝이고 있었다.

고개를 돌려 손을 보았다. 분명 초롬의 손을 잡고 있었는데 웬 나뭇가지 하나가 덩그러니 손에 붙들려 있었다. 지욱이 기겁을 하며 나뭇가지를 던져 버렸다. 벌떡 몸을 일으켰다. 어느 벤치였다.

그 순간 찬바람이 강하게 불어왔다. 온몸이 부르르 떨렸다. 자신은 맨발이었고, 이곳은 바깥이었다. 날씨로 보아 겨울이었고, 자신은……. 그래, 잠옷 차림이었다.

아파트 단지 내에 있는 벤치인 듯싶었다. 단지 사이를 지나가는 사람들이 지욱을 이상한 사람 보듯이 쳐다보며 멀어져 갔다.

발가락 끝이 벌써부터 빨갛게 얼기 시작했다. 한 걸음씩 내디딜 때마다 온몸이 저릿하게 떨려 왔다.

꿈인 게 분명한데, 아무리 생각해도 거지 같은 꿈이다. 추위가 명백하게 느껴지는 이런 꿈이라니.

하지만 꿈이라는 걸 자각하고 나니 아무래도 좋아졌다. 꿈에서 피를 보거나 죽는다는 건 현실에서 오히려 좋은 일이라고 하지 않던가. 미신은 믿지 않지만 기왕 이렇게 된 거 이대로 죽어 볼까 하는 골 때리는 생각마저 들었다.

하지만 눈앞에 보인 누군가의 모습이 그런 생각을 순식간에 앗아 갔다. 익숙한 인영이 보였다.

초롬의 말에 따른다면 자신은 초롬을 생각하며, 초롬의 물건을 지닌 채로 미신에 몸을 맡겼으니 이곳은 분명 그녀의 미래일 터였다. 아니, 그녀의 미래여야만 했다. 그 말인 즉, 이곳이 그녀의 미래가 아닌 모양이라는 뜻이다.

열아홉의 함초롬이었다. 바로 몇 시간 전까지 작은 방에서 자신과 투닥거리며 실랑이를 벌이던 그 함초롬이었다. 미래가 아닌가? 그 생각을 하며 그녀에게 가까이 가려는데 그 옆에 있는 큰 키의 어느 남자가 눈에 들어왔다. 직감적으로 알 수 있었다. 모르는 남자가 아니다.

그는, 곧 자신이었다.

그녀의 미래로 와야 하는데 자기 스스로의 미래로 와 버린 듯했다. 이게 대체 어떻게 된 일인지 알 수 없어 멍하니 시린 발을 딛고 앞만 보았다.

초롬이 자신으로 보이는 나이 많은 남자의 품에 안겼다. 그 순간 손에 힘이 들어갔다. 추위 때문에 손가락 끝이 빨갛게 얼어 주먹을 쥐어도 감각이 얼얼하게 와 닿지 않았다.

한 걸음을 내디뎠다. 그래도 그녀는 자신의 존재를 알아채지 못했다. 두 걸음 다가가자 더욱 가까이 보였다.

그녀의 입술 근처로 그가 가까워진다. 고개를 숙이고, 더 가까이, 더욱 가까이. 이러다가 입이라도 맞출 작정인가 싶어 언 다리를 내달리려고 할 때쯤 초롬과 눈이 마주쳤다. 그녀가 자신을 발견했다.

더 천천히 걸어갔다. 어둠 속에서 모습을 드러내자 초롬의 옆에 있던 남자가 놀란 눈으로 이쪽을 본다. 그도 분명 알아봤을 것이다. 어린 지욱이 미래를 단번에 알아봤듯이, 그도 과거의 자신을 몰라볼 리 없다.

둘의 시선이 허공에서 얽혔다. 하지만 지욱은 초롬에게로 시선을 멈춰 두었다. 차라리 자신의 미래로 와 버린 게 다행일지도 모르겠다. 꿈이어도 좋고 현실이어도 좋다. 깨어 버리면 그만이다.

"데리러 왔어."

어린 지욱의 눈에 자신을 똑 닮은 저 남자는 미래의 자신이 아니었다. 그저, 내 여자를 품에 안은 낯선 누군가일 뿐.

식탁 위에 놓인 케이크가 왠지 모르게 쓸쓸해 보였다. 누구도 케이크에 손을 뻗지 않았다. 케이크 가운데에 앉은 키위와 딸기가 먹음직스러웠으나 꼭 가짜처럼 보여 묘한 이질감이 들었다.

큰 지욱과 어린 지욱, 그리고 초롬은 케이크를 앞에 두고 식탁에 둘러앉았다. 초롬은 어린 지욱과 나란히 앉았고, 큰 지욱은 홀로 앉아 앞에 있는 두 아이들을 바라보았다.

원래도 꿈같은 현실이지만 13년 전의 자신을 이렇게 두 눈으로 보고 나니 이 현실이 정말로 꿈같아졌다.

그는 무알콜의 칵테일을 한입에 털어 넣었다. 알코올이 들어 있는 것으로 사 올 것을 그랬다고 뒤늦은 후회를 하는 중이었다. 자꾸만 목이 탔다. 정신이 어질해질 정도로 취하는 게 건강에 이로울 것 같았다.

앞에 있는 어린 자신과 초롬은 아까부터 아무런 말도 꺼내질 않았다. 뭐든 먼저 입을 열어 주기를 바라는 눈치이기도 했다. 하지만 입을 열자니 맞은편에서 불을 뿜을 듯이 자신을 노려보는 시선에 무슨 말을 먼저 꺼내야 할지 도무지 감이 잡히질 않았다.

"네가 누구인지는 굳이 묻지 않아도 충분히 알겠어. 너무도 익숙한 얼굴이거든."

"저 역시 소개까지는 듣지 않아도 될 것 같네요. 겪어 보지도 않은 내 미래를 이렇게 마주치게 될 줄이야."

빈정거리는 말투조차 빼도 박도 못하게 자신을 꼭 닮아 있다. 13년 전의 자신은 저랬었다. 초롬을 제외한 모두에게 괜한 모가 생겨서 누구든지 건드리기만 하면 찌르고도 남을 법했다.

그녀와 함께 있는 순간들이 달콤해서 하마터면 그때의 자신이 마냥 다정하고 따스했다고 착각할 뻔했다. 언제나 질투 앞에서는 저렇게 어린 맹수 같은 눈을 했던 기억이 난다.

"미래의 널 본 소감이 어때."

"기분이 더럽다고 하면 기대하시는 소감으로 충분할까요?"

"⋯⋯견지욱, 너 말 자꾸 그렇게 할래?"

그 사이에서 초조한 것은 초롬이었다. 닮은 얼굴을 한 두 사람 사이의 공기가 무척이나 팽팽했다. 타인이 보았을 때 큰형과 막내, 그도 아니라면 젊은 아빠와 아들로 보일 정도로 닮은 얼굴이었다.

서로를 마주한 두 사람은 더 이상 처음처럼 크게 놀란 기색도 보이지 않았다. 그게 초롬을 더 당황스럽게 했다. '네가 왜 거기에 있어.' 라고 말하는 시선을 제삼자인 자신까지 느낄 수 있었다.

어린 지욱은 계속해서 말끝에 가시를 세웠다. 데리러 왔다고 말하던 그는 다짜고짜 초롬을 어디론가 끌고 가려고 했다. 꿈에서 깨는 방법도 모르는 주제에, 일단 어디든 둘만 있을 수 있는 곳으로 가고 싶었던 것이다.

묘한 위기감이 들었을 것이다. 커 버린 자신의 품에 안겨 있는 그녀로 인해. 그리고 어른이 되어 자신이 넘어설 수 없을 만큼 강해 보이는 또 다른 견지욱으로 인해.

말이 좋게 나갈 수 있을 리 없었다. 제 물건을 빼앗긴 어린아이처럼 노려보며 서 있을 때, 그가 조금만 더 가까이 오면 다짜고짜 한 대 칠 수도 있겠다는 생각까지 했었다.

차디찬 바닥에 맨발로 서 있는 자신을 보자마자 놀란 얼굴로 달려와 발부터 감싸 쥐던 초롬의 작은 손이 아니었다면 정말 그랬을지도 모른다. 그 순간 그녀의 뒤에서 지켜보는 그의 눈이 무척 언짢아 보였다. 그가 곧 자신이라고 해도, 묘한 긴장감과 위기감이 떠나질 않았다.

"난 내가 어른이 되면 훨씬 더 멋진 남자가 되어 있을 줄 알았는데, 생각보다 영……. 그래서 실망했어요. 어차피 미래는 바뀌는 걸 테니까, 지금부터라도 노력을 더 해야겠는데요. 이 미래가 진짜 내 모습이 되지 않도록."

"지욱아, 하지 마."

"그냥 둬. 자극하려고 하는 말인데 전혀 자극이 되질 않고 있으니까. 열아홉 견지욱. 잘 들어. 넌 지금의 날 모르지만 난 널 아주 잘 알아. 내가 곧 너였고, 난 너의 그 시기를 이미 겪어 왔으니까. 네가 뱉는 말투 하나, 의도 하나까지 아주 잘 안다고."

"……."

"그러니까 괜한 수는 그만 써. 조금도 기분 상하지 않아. 오히려 아주 귀여울 정도야."

잠자코 듣고 있던 어린 지욱의 인상이 더 구겨졌다. 모든 걸 다 꿰뚫고 있다는 듯이 말하는 그 말투가 무척이나 거슬렸다.

그의 말이 전부 맞을 것이다. 그는 곧 자신이니까. 어린 견지욱이 무엇에 기분 상하고, 무엇에 자존심 구길지. 모든 것을 알고 있을 것이다. 그 때문에 입을 더 다물어 버렸다. 뭐라고 한들 그에게는 먹히지 않을 것이고, 옆에 앉은 초롬만이 이 기 싸움에 난처해질 것이다.

금방이라도 울 것 같은 얼굴을 하고 자신을 보고 있는 그녀와 눈이 마주쳤다. 또다시 패배의 감정을 느낀다. 저 얼굴에.

"데려갈 거예요."

"누구를."

"누굴 것 같은데요. 여기에 누가 또 있다고."

"데려갈 수 있는 방법은 알고?"

말문이 막혔다. 가장 중요한 방법을 모르고 있었다. 그나마 이 꿈속으로 오는 것도 초롬에게서 들었던 몇 가지 키워드들이 있었기에 가능한 일이었다. 애초에 가능할 것이라 생각지도 않았던 미신. 믿지 않았던 미신인데 그 뒤에 따르는 다른 것들까지 관심을 뒀을 리 만무했다.

어린 지욱의 시선이 초롬을 향했다. 어떻게 하면 이곳에서 너와 내가 떠날 수 있는 건지 말해 보라는 뜻이었다. 하지만 초롬은 그에게서 시선을 거뒀다. 먼저 회피해 버리는 그 작은 얼굴을 보며 어린 지욱이 적잖이 놀랐다. 너 설마.

"……가고 싶지 않아."

"야, 함초롬."

그 대답에 놀란 것은 열아홉의 지욱뿐만이 아니었다. 맞은편에 앉아 있던 서른둘의 지욱 역시 놀란 표정을 감출 수 없었다.

당장 함께 돌아가겠다고 해도 자신은 말릴 방법이 없었을 것이다. 홀로 남아 다시 수십 년을 그리워하며 괴로워해도 어쩔 수 없었을 것이다. 어찌 되었든 초롬은 현재 열아홉이고, 열아홉의 함초롬에게 가장 중요한 인물은 바로 며칠 전까지만 해도 함께 있었을 열아홉의 견지욱일 테니까.

그런데 초롬이 고개를 저었다. 그는 자신이 선택받은 묘한 기분마저 들어 이를 말로 형용할 수 없었다.

"제정신이야, 너? 너랑 내가 이 미신 속으로 와 버렸다는 것도 믿기질 않는데, 가고 싶지 않다고? 꿈에 홀렸어?"

"아직은 돌아가고 싶지 않아. 깨기 싫어, 지욱아."

"너 여기 온 지 이제 겨우 한 시간이야. 대체 그 짧은 사이에 저 사람이랑 무슨 일이 있었던 거야?"

"……한 시간?"

둘의 대화 사이로 큰 지욱이 끼어들었다. '한 시간'이라는 단어는 초롬과 그를 집중시키기에 충분했다. 생각은 해 보았지만 절대 가늠할 수는 없었던 그곳에서의 흐름. 열아홉의 지욱은 초롬과 자신이 함께 보낸 지난 이틀간의 시간을 고작 한 시간이라 말하고 있었다.

시간의 흐름을 알 수 있다면 초롬을 이곳에 머물게 할 수 있는 시간들에 대해 조금이나마 더 생각할 수 있게 된다.

덕분에 제약이 걸린 만남이라는 것에 확신이 들기 시작했다. 그 말은 곧 그녀를 영원히 곁에 둘 수 없다는 말과도 같았다. 아무리 이곳에 남겨 평온하게 살도록 만들려고 해도 그곳에서 시간이 느리게나마 흐르고 있다면 모든 노력은 또다시 아무런 의미를 갖지 못할 것이다.

불가능을 가능케 하는 일 따위……. 처음부터 그것 자체가 불가능인 것이다.

"반응이 왜 그래."

"……나 여기에 이틀 넘게 있었어."

"뭐?"

"……며칠이나 지났어."

어린 지욱과 초롬의 시선이 허공에서 얽혔다. 고작 꿈일 뿐인데 각기 다른 시간이 흐른다는 것이 실감 나지 않았다.

벌써 이틀이나 넘겼다는 사실에 지욱이 놀란 만큼 초롬 역시 시간의 흐름에 대해 놀랐다. 시간이 멈춰 있을 줄로만 알았던 자신의 현실에서 계속해서 시간이 흐르고 있었다는 것이 그녀를 당황케 했다.

현실에서도, 꿈에서도, 어째서 시간은 잡아 둘 수 없는 걸까. 영원히 멈춰 둘 수 있다면 좋을 텐데. 그런 생각을 해 버렸다. 바로 옆에 어린 지욱을 두고서도.

"됐어. 중요하지 않아. 난 널 깨울 거고, 나도 이 꿈에서 깰 거야. 말해. 어떻게 하면 깰 수 있어?"

"아직은 가고 싶지 않다니까. 말 안 해 줄……."

"울면 된다고 하던데."

"아저씨!"

오해할 수 있다. 빨리 보내 버리고 싶어서 방법을 말해 준 거라고 원망할 수도 있다. 하지만 아니었다. 자신은 견지욱이고, 눈앞에 있는 어린 견지욱을 누구보다 잘 알고 있다. 그렇기에 말할 수 있었다.

때때로 이렇게 곧은 직구를 날리면 있는 그대로 스트라이크를 외치며 단숨에 공을 잡아챌 줄 아는 놈이었다. 적어도 자신이 기억하는 어린 스스로는 그랬다.

"왜 알려 주는 거죠?"

"그렇다고 꿈에서 깨기 위해 네가 억지로 함초롬을 울리지 않을 거라는 걸 아니까."

자신이 기억하는 어린 견지욱에 대해 확신을 가질 수 있었다. 분하다는 눈으로 미래의 자신을 보던 어린 지욱은 그 말을 납득한 듯 고개를 끄덕였다.

"……약아빠졌네요, 당신."

맞는 말이었다. 아무렇지도 않게 널 데려가겠다며 초롬을 울릴 자신 같은 건 없었다. 대체 왜 하필 돌아가는 방법이 우는 거야? 어린 지욱은 입술을 잘근 씹었다.

"하나만 묻자, 함초롬."

"응?"

"왜 가고 싶지 않은 건지 이유를 말해 봐. 내가 이해할 수 있게."

초롬은 낯설었다. 자신이 알고 있는 견지욱은 이렇게 냉정하고 이성적이지 않았다. 하나씩 이유를 물으며 따지려 드는 성격도 아니었다. 하지만 지금 눈앞에 있는 지욱은 마치 어른이 된 견지욱의 축소판 같았다. 그동안 자신이 보아 왔던 견지욱이 전부가 아니었나 싶을 정도였다.

질투심에 사로잡힌 어린 남자아이가 때로는 얼마나 차가워질 수 있는지, 그녀 앞에서 뜨겁던 한 마디가 타인이 있는 곳에서 얼마나 딱딱해질 수 있는지, 초롬은 미처 겪어 보지 못했다. 질투란 본디 뜨겁게 불타오르는 것이라고만 생각해 왔을 뿐이었다.

두 남자의 시선이 그녀의 입술로 향했다. 무슨 말을 뱉을 듯, 그러나 뱉지 않을 듯 내내 오물거리는 그 입이 자꾸만 기다림을 종용했다. 말보다 먼저 나온 건 작은 한숨이었다. 그 한숨에 천장이라도 무너지는 기분을 느낀 두 남자가 동시에 침을 꿀꺽 삼켰다.

"알고 싶은 게 있어. 그치만 아직 알아내지 못했어."

"알고 싶은 거?"

그게 뭐냐는 표정으로 초롬을 바라보는 어린 지욱과 달리 큰 지욱은 그 의미를 단번에 알아차렸다.

서른둘의 함초롬. 자기 자신이 궁금한 것이 분명하다. 말하지 않고 입을 다물면 다물수록 그 궁금증이 더 크게 증폭되었을 것이다. 작았던 호기심을 저만큼 크게 만들어 버린 것이 바로 지욱 자신이었기에 누구보다 잘 알 수 있었다.

뭐라고 말을 해야 좋을까. 그에 대해서는 할 수 있는 말이 없었다. 곧 말해 주겠다고 약속을 해 놓고서도 정작 말을 꺼낼 생각은 조금도 하고 있지 않았다.

애초에 알려 줄 생각도 없으면서 무모한 약속을 해 버렸다. 하지만 초롬이 돌아가는 것까지 고사하며 그 대답을 기다린다면, 정말 어떻게 해야 되는 걸까.

"저기요."

"저기요?"

"그럼 그쪽이 곧 난데 형이라고 해요, 뭐라고 해요."

"각설하고. 하고 싶은 말이 뭐지?"

"잠깐 자리 좀 비켜 주죠. 저 애랑 둘이서 따로 할 얘기가 좀 있는데."

당돌하기 짝이 없다. 지욱은 미간을 찌푸렸다. '어린놈이?'라고 생각해도 결국은 그 어린놈이 과거의 자신이다. 건드려서 좋을 것 없는 성미인 것도 스스로 무척이나 잘 알고 있다.

하지만 쉽사리 자리를 비켜 주고 싶은 마음이 들지 않는다. 정말, 만약에라도, 혹시라도 초롬을 울려 버리기라도 한다면…….

"아저씨. 잠깐이요. 잠깐이면 돼요. 지욱이랑 둘이 얘기할게요."

답도 없다. 초롬이 그를 보며 난처한 기색으로 맑은 눈을 들었다. 지금 저 표정만으로도 충분히 울겠다 싶어진 지욱은 결국 자리에서 일어났다. 아주 잠시의 시간을 주기로 했다. 식탁 앞에 둘을 놔둔 채 침실로 걸음을 옮겼다.

문을 닫고 안으로 들어왔다. 침대 위에 걸터앉아 가장 먼저 생각한 것이 바로 '크리스마스의 악몽'이라는 단어였다.

오늘 하루가 더할 나위 없이 달콤했던 데에는 이유가 있었던 모양이다. 마무리가 엉망이었다. 방해받고 싶지 않았는데, 설마 그 방해 요소에 나 자신이 끼어 있을 줄 누가 알았겠는가.

적어도 방금 전 그 자리에서는 자신이 둘 사이에 낀 방해 요소처럼 느껴졌다. 여긴 내 집이고, 거긴 내 식탁이라는 유치한 말이라도 꺼내 볼까 하다가 관뒀다. 열아홉의 자신과 다를 게 무어냐 싶어진 것이다.

"이제 말해 봐."

"……."

"저 사람 때문에 말 안 하고 눈치 본 거잖아. 이제 말해 봐. 뭐 때문이야."

"……나를 찾고 싶어졌어."

무슨 말인지 모르겠으니 이어서 계속 말해 보라는 지욱의 시선에 초롬이 두 번째 한숨을 흘렸다. 처음에는 지욱의 미래가 궁금했을 뿐인데 어쩌다가 궁금증이 자신을 여기까지 데리고 와 버린 건지 모르겠다. 끝을 봐야만 할 것 같다.

자신을 찾고 싶어졌다. 그리고 자꾸만 어둡게 가라앉은 서른둘의 그를 화사한 봄으로 데려다주고 싶었다.

홀로 있던 그에게 이 시간의 나를 데려다 놓으면 돌아갈 수 있지 않을까. 자신을 보며 웃는 그 모습처럼, 다정한 그의 모습으로 계속 살아갈 수 있지 않을까. 그런 생각이 들었다.

하지만 뒤에 떠오른 생각들은 그저 묻어 두기로 했다. 미래의 네가 외롭고 어두운 사람처럼 느껴진다고, 어린 지욱에게 말할 수 없었다.

"네 미래로, 13년이나 지난 지금으로 왔는데 여기에 내가 없었어. 미래의 넌 있는데 네 곁에 내가 없어. 난 어디에 있냐고 물어도 말을 안 해 줘. 혹시라도 우리가 헤어진 걸까, 그래서 영영 남처럼 살게 되어 버린 걸까, 그런 생각이 자꾸 들어. 그래서 확인을 하고 싶어. 우리가 어떻게 된 건지, 서른둘의 난 어디에 있는 건지."

"……네가 없다고?"

"응. 없어. 어디에서도 내 흔적을 찾을 수가 없어."

"말이 돼? 네가 왜 없어. 내 곁에 내내 있어야 하는 게 당연한 건데."

초롬의 말에 어린 지욱이 열을 올렸다. 두 손으로 식탁을 내리치며 자리에서 일어났다. 성큼성큼 걸어 침실 쪽으로 향했다. 직접 묻고 확인을 받아야 할 필요성이 있다고 생각했다.

초롬이 뒤따르며 '지욱아!' 하고 이름을 불렀지만 멈추지 않았다. 대체 함초롬이 왜 없어. 헤어질 리 없는데. 몇 년이 지나도 함께여야 하는데.

쾅! 하는 소리와 함께 침실의 문이 열렸다. 침대에 가만히 앉아 생각을 거듭하던 지욱이 고개를 들었다. 자신을 닮은 어린 소년이 앞에 서 있다.

"말해요."

"뭘."

"함초롬 어디 있어요."

"……."

"지금의 함초롬 어디 있냐고요. 말해요, 어서."

침실로 따라 들어온 초롬이 어린 지욱의 팔을 붙잡으며 하지 말라고 고개를 저었다. 하지만 두 지욱의 시선은 오로지 서로를 향해 있었다.

당장 말하라며 으르렁거리는 그 낮은 숨에 지욱은 아무런 말도 할 수 없었다. 네가 아무리 어린 나라고 한들, 그 말을 할 수 있을 리가. 넌 곧 세상에서 가장 소중한 그녀를 잃게 될 거라는 그 말을, 할 수 있을 리가.

"……젠장. 됐어. 내가 찾으면 돼."

어린 지욱이 말했다.

"응?"

"내가 찾으면 된다고. 난 내 미래를 찾아온 게 아니라, 네 미래를 찾아온 거야. 나 역시 미래의 너를 보러 온 거라고. 어쩌다가 여기로 와 버렸지만 내가 여기로 오게 된 데는 이유가 있겠지. 분명 가까운 곳에 있을 거야. 서른둘의 네가."

어린 지욱이 그렇게 말하며 초롬의 머리를 쓰다듬었다. 안절부절못하던 초롬의 시선이 그를 향하며 아주 조금 안도하는 것처럼 보이기도 했다.

그 모습을 보며 속이 쓰린 건 어른이 되어 버린 지욱 한 명뿐이었다. 아무것도 모르는 둘을 지켜보기만 하는 것이 이렇게 괴로울 수 있다는 것을 새삼스럽게 깨닫고 만다.

지욱은 알 것 같았다. 어린 자신이 왜 여기로 왔는지. 미래의 초롬을 보고자 했지만 존재하지 않는 그녀 때문에 아마 자연스럽게 열아홉의 초롬이 있는 곳에서 눈뜨게 되었을 것이다.

초롬이 말하는 그 미신이라는 것은 모르겠지만, 예상컨대 분명 그랬을 것이다. 그렇지 않고서야 이곳까지 찾아올 수 있을 리 없다. 미래의 함초롬이 존재하지 않는 만큼 아예 처음부터 그 미신이 통하지 않거나 꿈에 빠지지 않는 것이 더 정확했을 것이다.

그럼에도 이곳으로 왔다는 건, 오직 하나의 이유. 과거의 함초롬이 이 미래에 와 있기 때문이겠지.

지욱은 끝까지 말을 아꼈다. 생각을 거듭할수록 꼬리가 길어졌다. 어릴 적 자신이 습관처럼 내뱉던 말이 떠올랐다. 또 하나의 우주. 그리고 여러 개의 우주.

생각해 보면 자신의 기억 속 12월 31일에는 저런 미신 같은 게 존재하지 않았다. 하지만 지금 그들이 말하는 12월 31일에는 이 미신이 존재한다. 분명 같은 과거일 텐데 다른 과거가 하나의 조각처럼 그곳에 존재했다.

단순히 과거와 미래가 아닐 수도 있다. 과거와 미래이기 전에, 만약 또 다른 우주인 거라면……? 그저 신기함에 입에 담고 다니던, 책에서 봤던 그 이야기가 정말 가능한 거라면……?

문득 영화를 보러 갔을 때 초롬이 했던 말이 떠올랐다. 그때 그녀는 자신이 과거에 영화를 보다가 잤다고 했다. 하지만 지욱이 기억하는 한 자신은 맹세코 잠든 적도, 존 적도 없었다.

어긋나 버린 기억. 그게 한 사람의 기억이 잘못되었기 때문이 아닐 수도 있다. 애초에 또 다른 과거가 존재한다면 이야기가 달라질 수 있다. 똑같이 흘러오던 시간들 사이에서 아마 그때의 자신은 또 다른 우주의 선택을 했는지도 모른다.

여기에 있는 견지욱이 과거 영화관에서 잠들지 않는 걸 선택했듯이, 그쪽 우주에서의 어린 견지욱이 같은 영화관에 앉아 잠드는 것을 선택했다면. 정말 그렇다면…….

희망이 생길 수도 있겠다는 생각이 들었다. 과거가 미래를 그대로 따라오지 않을 수도 있다는 희망. 다른 우주라면, 다른 과거의 조각이 서로에게 있듯 다른 미래를 만들 수도 있겠다는 희망. 그렇다면 초롬이 죽지 않게 되는 일이 저쪽의 우주에서는 생길 수도 있지 않을까.

"찾고 가자. 그럴 수 있게 내가 도와줄게. 며칠이면 충분해."

확신에 찬 목소리. 어린 지욱은 항상 그랬다. 내가 널 도울 수 있을 거라고, 내가 널 지키겠다고, 그런 확신에 차서 말을 꺼내면 초롬은 이상하게도 모든 게 그렇게 될 것만 같았다. 든든했다. 겁쟁이가 된 듯 내내 그늘에 감싸여 있는 서른둘의 지욱과는 확연한 차이가 있었다. 그래서 웃었다. 안도한 얼굴로 화사하게.

"……응, 그러자."

며칠이라는 시간이 주어졌다. 한 시간, 이틀. 두 시간, 나흘. 조금씩 계산이라는 걸 하게 되었다.

지욱은 어린 두 아이들을 보며 한숨을 속으로 삼켰다. 그곳에서 아침이 오면 과거의 저 아이들은 잠에서 깨게 될 터였다. 그건 즉, 돌려보내야만 한다는 뜻이다. 그녀가 이곳에서 사라지게 된다는 뜻이다. 자신과 단둘이 행복하게 머물 수 없다는 뜻이다.

그는 순식간에 제삼자가 되어 버렸다. 초롬은 동갑내기 남자 친구 앞에서 해사하게 웃었고, 열아홉의 자신은 13년 전에 그랬던 것처럼 온 세상이 함초롬이라는 듯이 다정한 눈으로 그녀를 담았다.

원래 저렇게 둘이 붙어 있어야만 했다. 하나가 아니라 둘일 때 가장 자연스러웠다. 짝을 잃어버린 것은 다 커 버린 견지욱 하나뿐이었다.

알고 있으면서도 인정하고 싶지 않았던 모양이다. 그녀를 보는 순간, 보내고 싶지 않았다. 이 미래에 내내 가둬 두고 싶었다. 과거의 자신이 그녀를 찾으러 오지 않았다면 분명 어떻게든 돌려보내지 않으려 애썼을 것이다. 지금의 자신에게는 지금 이 순간이 가장 중요했으니까.

"옷 좀 쓸게요. 어차피 그쪽 옷이 내 옷일 테니까."

버르장머리 없는 놈.

지욱은 어린 자신을 보며 그렇게 생각했다. 다짜고짜 옷장을 열더니 티셔츠 한 벌을 꺼내어 걸친다. 찬바람을 쐬며 밖에서부터 입고 있던 잠옷이 못내 거슬리고 창피했을 것이다.

옷장 문을 닫으려던 어린 지욱이 안에 걸려 있는 여자 옷 몇 벌을 보고 바로 인상을 찌푸렸다. 직감적으로 알았다. 초롬의 것이라는 사실을.

언짢은 기분을 고스란히 전부 표현하기에는 상대가 너무도 어른이었다. '나'였지만 '나'이지 않은 상대와 싸우는 방법을 터득하기까지는 아직 조금 더 시간이 필요할 듯싶었다.

어린 지욱이 가만히 옷장 문을 닫으며 큰 지욱을 향해 턱짓을 했다.

"……?"

"뭐 해요. 안 나와요?"

"어딜?"

"여기서 자게요? 나와요. 거실에서 자든지 하게."

"미안한 말이지만 여긴 내 침실인데."

"그걸 말이라고. 그럼 초롬이를 거실에서 재웠어요? 이틀 내내?"

"……아니, 나 여기서 같이 잤어."

어린 지욱이 그 말에 기겁했다. 동그랗게 뜨여진 눈이 초롬을

174

보다가 큰 지욱을 향했다. 일단 초롬의 손을 잡아 자신의 뒤로 숨겼다. 그가 큰 지욱을 바라보는 눈은 마치 짐승을 보는 듯했다. '나도 아직 같은 방에서 못 잤는데!' 하고 외치는 것도 같고.

"같이 잤다고? 이 방에서? 둘이? 서른둘이나 먹은 아저씨가 열아홉 여자애를 데리고?"

"열아홉 먹은 여자애가 아니라 나한테는 그저 '함초롬'일 뿐이야."

"알 바예요? 이 함초롬은 내 함초롬이에요."

"지욱아. 난 침대에서 자고 아저씨는 바닥에서 잤어."

초롬이 사이에 끼어들어 말렸다. 큰 지욱은 이글거리는 눈으로 노려보는 어린 자신을 보며 고개를 내저었다.

누구보다 잘 알고 있다. 함초롬에 관련된 일에 대해서는 뭐라고 한들 말려지지 않을 것이다. 지는 게 아니다. 져 주는 것이다. 그 당시의 자신은 대강 맞춰 줄 필요가 있는 철없는 소년이었다.

"함초롬. 혼자 잘 수 있지."

"네?"

"저 꼬맹이랑 거실에서 잘 테니까 침대 써."

큰 지욱의 말에 어린 지욱이 그제야 조금 표정을 풀었다.

미래의 자신을 보며 내심 '나 그래도 완전 개새끼로 자라진 않았구나.' 생각했다. 거슬리고 마음에 안 드는 인물이었지만 사람 자체로만 보면 나쁘지 않았다. 초롬과 관련된 일이 아니었다면 아마 태연하게 '헐, 나 완전 멋있게 자랐어. 미래의 나는 왜 나이를 먹어도 멋지냐?' 라고 감탄했을지도 모르겠다.

물론 지금은 그런 생각이 하나도 들지 않을 정도로 상황이 달랐다. 같은 남자가 하나의 여자를 두고 경쟁이라도 하는 듯 보였다.

두 지욱은 방문을 열어 거실로 향했다. 그때 뒤에서 초롬이 입을 열었다.

"견지욱."

그리고 두 남자가 동시에 고개를 돌렸다.

누구를 부른 것인지 명확하지 않았다. 닮은 얼굴, 같은 이름을 가진 두 남자가 서로를 보았다. 그리고 다시 초롬에게로 시선을 옮겼다. '나지?'라고 묻는 듯했다.

"아……."

초롬이 난처한 듯이 웃었다. 생각지 못한 장면이다. 내가 좋아하는 두 남자가 같은 공간에 있다. 이름을 부르면 똑같이 고개를 돌리고, 같은 표정을 지으며, 여전히 따뜻한 시선으로 자신을 사랑스럽게 바라봐 준다.

딱 두 배만큼의 사랑이 느껴져 초롬은 기분이 이상해졌다. 웃어도 좋을까. 잠시 망설이다가 결국 웃기로 했다.

"……둘 다 좋은 꿈."

큰 지욱의 고민도, 초롬의 궁금증도, 어린 지욱의 질투심도, 모두 내려놓은 두 번째 크리스마스가 세 사람의 시간을 타고 지나쳐 가는 중이었다.

8.

어느 절규

"……."

"……."

"……."

식탁에 둘러앉은 세 사람의 조용한 젓가락질만이 이 시간 집 안에 존재하는 유일한 소리였다. 누구도 먼저 입을 열 생각을 하지 않았다. 간혹 초롬이 '오늘따라 국이 좀 싱겁네…….' 라고 민망한 듯 중얼거리면 두 사람이 동시에 고개를 저어 오는 것이 전부였다.

"하나도 안 싱거워."

"원래 싱겁게 먹는 게 좋은 거야."

두 남자는 그녀의 말이 아니고서는 절대 눈도 마주치지 않겠다는 양 행동했다.

서로를 볼 때마다 기분이 이상했다. 나이를 먹어 더욱 남자다워진 미래의 자신을 보는 어린 지욱이나, 13년 전 그 앳된 얼굴을 다시 눈앞에 두고 보는 큰 지욱이나, 서로에 대한 묘한 감정은 두 남자 모두 마찬가지였다. 결코 태연할 수만은 없었다.

그 틈에서 초롬은 내내 돌을 씹어 먹는 것 같았다. 어느 한 사람과 단둘이 있을 때는 그토록 행복하고 포근하기만 하던 감정이, 그 두 사람을 동시에 놓고 보니 자꾸만 불편해졌다.

정말 바람이라도 피우는 듯한 기분이 들기도 했고, 졸지에 삼각관계에 휘말린 드라마 속 여주인공이 된 것 같기도 했다. 둘 다 한 사람인데, 견지욱인데, 이상하게도 다른 사람 같았다. 그들이 서로를 경쟁 상대로 보며 내내 으르렁거린 탓일 것이다.

젓가락을 내려놓은 서른둘의 지욱이 먼저 자리에서 일어났다.

"……다 먹었어요?"

"잠깐 외출할 거야. 오래는 안 걸려."

"오래 걸려도 될 것 같은데."

빈정거리는 말투. 지욱은 어차피 쟤가 곧 나인데 그냥 한 대 쳐 버릴까 곰곰이 생각했다. 하지만 일단은 신경을 끄기로 했다. 한 마디 한 마디에 전부 반응하기에는 지난밤부터 머릿속이 시끄러워 기력이 없었다. 모든 것을 그저 흘러가는 대로 두고 싶을 정도였다.

하지만 그녀를 보면 아무것도 하지 않은 채 잠자코 있을 수만은 없었다. 초롬을 향해 눈을 마주치자 그녀가 마주 보며 웃어 온다. 저렇게 눈을 마주쳐 오는 그녀를 두고 어떻게 가만히 있을 수 있겠는가. 지욱이 손을 뻗어 그녀의 보드라운 머리카락을 만졌다.

"늦지 않게 올게."

초롬의 머리에 닿는 커다란 손에 어린 지욱의 시선이 공격적으로 향했다.

어린 지욱은 지금 누구 머리를 만지는 거냐고 내지르려다가 참았다. 잔뜩 미간을 찌푸리며 마음에 안 든다는 분위기를 팍팍 풍겼지만 입은 여전히 다물린 채였다. 그녀가 난처해한다. 그 생각이 애꿎은 밥알만 꾹꾹 씹어 대게 만들었다.

가볍게 씻고 나온 그가 차려입고 현관문을 나설 때까지도 어린 지욱과 초롬은 다 끝난 식사를 계속 질질 끌고 있었다.

항상 달콤하기만 하던 둘 사이의 공기가 갑작스레 달라진 것은 전부 서른둘의 견지욱 때문이라고 어린 지욱은 생각했다. 하지만 그에 대해서 잔뜩 날을 세우기만 할 수는 없었다. 그럴수록 몰아 세워지는 건 그가 아니라 초롬일 터였다.

자신의 생각 조각들과 작은 세상은 모조리 그녀로 인해 돌아가고 있다고 해도 과언이 아니었다. 옥박지를 수도, 달래 볼 수도 없다. 바보 같지만 그녀의 앞에서는 웬만해서 그러자는 대답 외에 어느 것에도 'NO' 라는 대답을 건네고 싶지 않은 게 그의 솔직한 마음이었다.

"다 먹은 거지?"

"응."

"그럼 저기 소파에 가서 앉아 있어. 이거 정리하고 설거지는 내가 할게."

초롬은 식탁 위에 있는 것들을 냉장고에 정리해 넣고 빈 그릇들을 개수대로 옮겼다. 희고 작은 손이 수세미에 거품을 내어 달그락거리는 소리를 내기 시작했다.

지욱은 식탁 의자에 앉은 채로 미동이 없었다. 그녀의 작은 뒷모습을 보았다. 너는 내 미래가 왜 궁금했을까. 어차피 함께일 거라는 믿음으로는 부족했던 걸까. 어린 지욱의 머릿속에 그런 궁금증들이 떠다니기 시작했다.

애초에 미신이라 안 될 것이란 생각을 하기는 했겠지만 그래도, 혹시나, 지금처럼 이렇게 미래의 견지욱에게 함초롬이 없다는 사실을 마주하면 어떻게 하려고. 그런 원망이 잠시 들었다. 하지만 더는 초롬을 향할 수 없어 사그라졌다.

태연한 척했지만 지욱의 속은 말이 아니었다. 어째서 없을까. 자신이 분명 초롬의 미래로 온 거라면 어딘가에 있어야 할 텐데. 이 가까운 곳 어딘가에 있을 거라는 얘기인데. 왜 미래의 자신은 아무런 말도 하지 않는 걸까.

지욱은 스스로를 돌이켰다. 나이를 먹은 미래의 견지욱이라고 할지라도 결국은 나 자신이다. 입을 꾹 다물고 있는 데에는 분명 이유가 있을 것이다. 초롬과 무슨 일이 생겨도 생긴 게 분명하다.

솔직한 거 빼면 시체인 견지욱인데. 왜 자꾸 말을 아낄까. 생각을 거듭할수록 남는 것은 자꾸만 하나였다. 이유가 무엇이든 분명 초롬에게 상처가 되고 말 무언가라는 것.

고개를 내저었다. 생각이 멈추지 않을수록 속이 문드러지는 기분이었다. 잠에서 깨고 나면 모든 게 꿈일 줄 알았는데 아니었다. 잠들었다가 깨어나도 꿈은 깨어지지 않았다. 적응을 할 필요가 있었다. 초롬이 원하는 대로 해 주고 이 말도 안 되는 꿈에서 깨어나야 한다.

식탁 앞에 앉아 초롬의 뒷모습만 쳐다보던 어린 지욱이 몸을 일으켰다. 소리도 없이 조용히 그녀에게 가까이 다가가 살며시 뒤에서 끌어안았다.

"……응?"

"그냥."

어른이 된 지욱의 품에 안겨 있을 때와는 다른 느낌. 그럼에도 한 품에 초롬이 쏙 들어갔다.

설거지를 하던 초롬의 손이 거품을 묻힌 채 잠시 멈추었다. 귓가에서 들리는 지욱의 목소리에 청각이 곤두섰다. 아마 지금쯤 귓불조차 붉어졌을지 모른다는 생각을 하며 애써 다시 설거지에 집중해 본다. 둘 사이에 달그락, 달그락, 그릇 부딪치는 소리가 소음이 되어 흩어졌다.

"안고 있으니까 좋은 냄새 난다."

"그래 봤자 견지욱 냄새야. 견지욱의 집이잖아."

"……내가 아니잖아."

"너야. 그 사람이 곧 너야."

지욱이 초롬의 어깨에 턱을 얹었다. 두 손이 배 쪽으로 둘러져 그녀를 조금 더 꼬옥 끌어안았다.

이곳은 견지욱의 공간이었지만 자신의 공간은 아니었다. 그래서 계속 낯설었다. 타인의 공간에 가장 소중한 그녀와 함께 와 있다는 것 자체가 묘한 기분을 들게 했다. 이렇게 꼭 끌어안고 있으면 조금 나아질까 싶었다.

그녀의 옷에서는 좋지만 낯선 향이 났다. 자신이 입고 있는 옷에서도 그의 냄새가 났다. 서른둘의 견지욱. 모든 것에 그가 배어 있었다.

기분이 자꾸만 언짢아질 것 같았다. 지욱은 그럴수록 초롬을 안은 팔에 힘을 주었다. 설거지를 마친 그녀가 젖은 손의 물기를 대충 털어 내고 몸을 돌렸다.

지욱은 그래도 그녀를 놓아줄 생각이 없었다. 그의 팔이 이번에는 그녀의 등 뒤로 향했다. 허리에 힘을 주어 끌어안자 초롬이 그를 마주한 상태로 다시금 품에 쏙 안겼다. 다시 그녀의 작은 어깨 위에 턱을 얹었다. 한숨인지 뭔지 모를 숨을 내쉬고, 또 들이마셨다.

"지욱아."

"말해."

"미안해."

"뭐가 미안한지도 같이 말해."

"그냥……. 상황을 이렇게 만들어 버린 게, 전부 미안해."

"지금의 함초롬이 보이지 않는 게 네 탓은 아니잖아. 헤어진 건지, 아니면 어디 유학이라도 떠나서 연락이 안 되는 건지는 아무도 모르는 거야. 그 사람 빼고는."

'그 사람'이란 서른둘의 자신을 의미했다. 알면서도 끝까지 입을 다물고 있는, 속내를 모를 미래의 자신. 그 사람이 정말 미래의 견지욱이라면 아무리 다그쳐도 끝까지 입을 열지 않을 것이다. 스스로가 생각하는 나 견지욱은 그랬다.

그때였다. 어디선가 벨소리가 울리기 시작했다. 집 전화가 없는 집이었기에 초롬은 잠시 당황했다. 자신의 벨소리는 아니었다. 그렇다면 근원지는 단 하나. 지욱의 휴대 전화다.

그가 휴대 전화를 두고 갔음을 그제야 알아챈 초롬이 소파 주변을 뒤적이며 근원지를 찾았다. 벨은 계속 울리는데 형체가 보이질 않아 당황하고 있을 때, 어린 지욱이 먼저 휴대 전화를 발견했다. 소파 밑에 떨어져 계속해서 요란한 소리를 내고 있었다.

화면 위로 '어머니'라는 단어가 떴다. 지욱은 잠시 화면에서 눈을 떼지 못했다. 어떤 버튼을 눌러야 하는지 몰라 화면만 쳐다보다가 파란 버튼을 눌렀다. 그러자 바로 통화가 연결되었다.

– 여보세요?

익숙한 목소리. 놀란 지욱이 얼떨결에 스피커폰을 누르며 휴대 전화를 소파 위에 떨어뜨렸다. 거실을 울리며 '여보세요?' 한 마디가 재차 들려왔다.

엄마다. 자신이 알고 있는, 우리 엄마.

당황한 건 초롬 역시 마찬가지였다. 초롬에게도 익숙한 목소리였다. 아주 조금 가늘어지기는 했지만 구분할 수 있을 정도의 목소리. 초롬은 저도 모르게 '아줌마……' 하고 그녀를 부를 뻔했다.

– 지욱아. 엄마야.

알고 있다. 이 꿈속으로 빠지기 바로 몇 시간 전까지만 해도 듣고 있던 엄마의 목소리였다. 하지만 조금 다르다. 이렇게 세월의 흔적을 목소리에마저 담고 있을 것이라고는 생각지도 못했다. 13년 뒤의 엄마가 이런 목소리를 지녔구나. 어린 지욱은 그 생각에 빠졌다.

– 지난번에 선본 여자가 그렇게 마음에 안 들던? 엄마가 아무리 생각해도 계속 아깝더라. 그래도 네가 같은 얘기 반복하는 거 싫어하니까 일부러 말 안 꺼낸 거야.

선?

초롬과 지욱의 시선이 동시에 마주쳤다. 잘못 들은 게 아니라면 선이라고 했다. 선, 여자, 그런 단어들이 휴대 전화를 타고 흘러나왔다. 조용한 거실에는 어느덧 휴대 전화 너머에 있는 그녀의 목소리만이 남았다.

– 너 이렇게 아무도 안 만나고 평생 혼자 살 거야? 엄마는 이제 네가 전부 잊고 좋은 사람 만나서 결혼도 하고, 예쁜 아기도 낳고, 그렇게 살면 좋겠어. 엄마가 몇 살까지 살 줄 알고 이래. 엄마 속 문드러지는 꼴이 그렇게 보고 싶어?

어린 지욱의 표정은 점점 일그러졌고 초롬의 얼굴은 더욱 희게 질리기 시작했다. 그녀가 아무렇지 않은 척하려고 애쓰는 게 지욱의 눈에 보여 더욱 화가 났다.

13년 뒤의 엄마를 향한 애틋함이나 신기함, 그런 것들은 아주 잠시 뒤로 미뤄도 좋을 듯싶었다. 눈앞에 있는 초롬의 아주 작은 표정 변화가 지욱을 가만히 듣고만 있을 수는 없게 했다.

– 조만간 다른 아가씨라도 다시 주선할 테니까 잠자코 나와. 엄마가 이러는 거 지겹다고 했지? 그래도 엄마는 포기할 생각 없다. 네 마음에 드는 여자 만날 때까지 계속 이럴 거야. 서른둘이나 먹어서는 연애 한 번 안 하려는 아들 장가보내겠다고 여기저기 자리 알아보는 늙은 엄마 마음도 이해 좀 해. 다음 주나 그 다음 주 중으로 연락하마.

"……."

– 여보세요? 견지욱. 너 정말 끝까지 대답도 안 할 거야? 이제 엄마랑 통화도 하기 싫으니?

"알았어요. 끊어요."

– ……무뚝뚝한 놈. 그래도 어릴 땐 넉살 좋은 게 영 귀엽더니 갈수록 목석이야.

"……."

– 끊는다.

그녀는 지욱의 목소리가 미묘하게 다르다는 것까지는 알아채지 못한 듯했다. 퉁명스러운 말투에 서운함을 담아 중얼거리더니 이내 전화가 끊겼다.

휴대 전화의 주인공을 대신해 통화를 마친 어린 지욱이 다짜고짜 소파 위에 올려져 있던 전화기를 집어 들었다. 당장이라도 집어 던질 기세였다. 팔을 높이 치켜들었다. 하지만 이내 부들부들 떠는 것 외에는 움직임을 지속할 수 없었다. 어느덧 옆에 와 가까이 선 초롬이 지욱을 끌어안고 있었다.

"나 지금 엄청 화날 것 같아."

"알아. 그래도 물건에 화풀이하는 거 아니야."

"네가 있는데 왜 선을 봐? 엄마는 대체 왜 저러는 거야? 이게 다 무슨 소리야!"

거실 가득히 어린 지욱의 목소리가 울렸다. 초롬은 끌어안은 지욱을 놓을 수 없었다. 무슨 말인지 도통 모를 것 같다가도 또다시 무슨 말인지 알 것 같았다. 서른둘의 그가 자신에게 끝까지 입을 다문 채 말하지 않았던 이유가 조금씩 확실해지는 듯했다.

헤어진 것이다. 그와, 나는.

지욱은 순간 초롬이 우는 건 아닐까 싶어 얼굴을 살폈다. 생각보다 괜찮아 보였다. 오히려 자신보다 더욱 덤덤해 보이기까지 했다. 분하고 화가 나서 울어 버리는 건 오히려 자신이 될 수도 있겠다는 생각에 그는 주먹을 꽈악 쥐었다.

그럴 수는 없다. 그녀를 여기에 두고 홀로 잠에서 깨 버리는 끔찍한 일은 없어야만 한다.

"지욱아. 우리 그냥 같이 이 꿈에서 깰까?"

"아니, 그러고 싶지 않아."

"……"

"이건 내 미래이기도 해. 내가 어쩌다가 네 미래가 아닌 내 미래로 와 버렸는지는 모르겠지만, 차라리 잘 됐어. 나야말로 널 찾아야겠어. 찾아서 그 사람 앞에 데려다 놔야겠어. 헤어졌으면 어때. 어떻게든 다시 만나게 만들 거야. 내 미래에 네가 없도록 만들 수는 없어. 절대로."

초롬은 울고 싶어졌다. 하지만 울 수 없었다. 지욱의 말을 믿어 보기로 했다. 모든 걸 놓아 버리는 건 자신과도 지욱과도 어울리지 않았다.

미래를 바꾸면 그만인 것이다.

❖

"……이게 뭐야?"

"옷."

종일 어딜 다녀온다던 지욱이 며칠 전 그때처럼 쇼핑백을 한 아름 들고 나타났다. 그는 오자마자 다짜고짜 테이블 위에 여러 개의 쇼핑백을 턱 하니 올려두었다.

언짢은 표정을 풀지 않은 채로 건방지게 이게 뭐냐고 묻는 어린 지욱과 달리 옆에 있던 초롬이 먼저 손을 뻗었다. 주섬주섬 안에 있는 것들을 꺼내자 정말 옷이었다. 젊은 남자아이들이 입을 법한 옷들.

"웬 옷인데."

"네가 아무리 나라고 해도 사이즈가 다른데 언제까지 내 옷을 입으려고. 알아서 사 왔으니까 이걸로 입어. 내 옷은 가만 놔두고."

13년 전이라고 해도 바로 자신의 과거다. 어린 자신의 옷 취향을 지금이라고 모를 리 없다.

초롬이 옆에서 옷을 꺼내어 어린 지욱에게 가져다 대며 웃었다. 잘 어울리겠다는 그녀의 한마디에 어린 지욱이 억지로 표정을 풀었다. 분하다. 분하게도 자신의 취향이 맞았다. 말하지 않아도 알 수 있을 정도라니. '나'라는 건 이런 건가 보다.

"옷 사러 나갔던 거였어요?"

"필요할 것 같았거든."

"딱히 필요할 것 같지도 않은데 괜한 낭비는."

"근데……."

"……?"

"왜 아까부터 반말이지?"

공격적인 시선은 그대로였지만 미묘하게 뭔가 다르다고는 생각했다. 그게 말투임을 조금 늦게 알아차렸다. 그래도 꼬박꼬박 존대를 쓰던 어린 자신이 어느 순간부터 뻔뻔하게 말을 놓고 있었다.

어릴 적에도 건방졌던 스스로를 인정하지만 막상 그 건방짐을 자신이 마주하고 나니 영 기분이 좋지만은 않다. 뭘 믿고 저렇게 건방졌던 거야, 난?

"존대할 필요성을 못 느끼겠어서."

"뭐라고?"

"내 여자 하나도 제대로 못 지키는 머저리한테 꼬박꼬박 존대까지 쓰며 대할 필요성을 못 느끼겠다고."

"뭘…… 알아낸 건가?"

"알았으면?"

"뭘 알았는데."

"선은 왜 봐."

두 남자의 대화에 짧은 침묵이 생겼다. 큰 지욱이 입을 다문 채 대화를 더 이어 가지 않았다.

　어떻게 알았는가에 대한 궁금증이 생겼으나 그보다 초롬의 표정을 확인하는 것이 먼저였다. 그녀가 어색하게 웃는다. 그 순간 지욱은 두려워졌다. 이런 식이라면 어떻게든 숨기려고 하는 것들도 결국은 하나씩 조각나 그녀의 앞에 떨어지고 말 게 분명하다.

　"그럴 일이 있었어. 내 의지와는 무관했던 일이야."

　"뭐? 그럴 일이 있었다고?"

　"어린 네가 뭘 알아."

　헤어졌어도 상관없었다. 운명은 스스로 바꾸는 것이라고 생각해 오던 어린 지욱이었다. 하지만 눈앞에 서 있는 미래의 자신이 하는 말 한 마디 한 마디가 헛웃음을 짓게 만들었다.

　그럴 일이 있었다는 말도, 어린 네가 뭘 아냐는 말도. 눈앞의 자신은 스스로 그토록 싫어하던 어른의 모습이 되어 있었다. 어려도 우리의 감정은 치열했다. 그는 잊은 걸까.

　"그냥 솔직하게 말하는 게 어때?"

　"뭐?"

　"뭐든 솔직하게 말해 보라고. 당신 솔직한 생각을 말이야. 난 우리가 헤어졌다고 해도 내 힘으로 함초롬을 찾아서 당신 옆에 데려다 놓을 작정이었어. 미래를 바꾸려고 했어. 그런데 지금 생각하니 그게 초롬이를 위해서 과연 좋은 일일까 하는 생각이 들어. 다른 여자와 결혼이나 할 생각인 이런 머저리를 위해 내가 굳이 왜!"

화를 참으려고 했다. 초롬이 바로 곁에 있었다. 그 통화를 함께 들었고, 이 자리에 두 다리를 딛고 서서 태연한 척하려 애를 쓰고 있었다. 그래서 그녀를 생각해 분노를 참아야겠다고 생각했다.

하지만 한 마디씩 나누면 나눌수록 어린 지욱은 속에서 끓어 넘치는 배신감을 모르는 척할 수 없었다.

저 남자는 아무리 봐도 자신이 아니었다. 십여 년 뒤의 내가 저렇게 변한다고? 그걸 어떻게 믿으란 말인가. 초롬의 존재 따위는 처음부터 없었다는 듯이 다른 여자와 선을 보고 결혼을 이야기하는 저 남자가 어떻게 미래의 자신일 수 있을까.

"널 찾고 어쩌고 할 필요도 없어. 그럴 가치도 없는 남자야. 가자, 함초롬."

"지욱아."

"선을 봤고, 또 앞으로도 선을 보겠다잖아! 네가 아닌 다른 여자와 결혼을 할 사람이야. 너에 대해서는 한 마디 말도 없이 입을 꾹 다문 채로, 널 찾지 않고 다른 여자를 찾는 남자라고! 이리 와. 억지로라도 널 울려서 데리고 가야겠어."

"안 갈 거야. 싫어."

"함초롬!"

"같이 찾아 준다고 했잖아."

"……빌어먹을. 마음대로 해. 나 혼자 돌아갈 테니까."

어디든 당장 이 자리를 피하자는 듯이 초롬의 손을 잡아채던 어린 지욱이 끝내 작은 손을 놓아 버렸다.

초롬이 갑작스레 허전해진 자신의 손을 매만졌다. 어린 지욱은 그녀에게서 등을 돌렸다. 그와 동시에 앞에 서 있던 커 버린 자신과 눈이 마주쳤다. 할 말이 더 남은 것처럼 뜻을 아주 많이 담고 있는 시선이 자신을 향했다.

하지만 자신은 그 이야기들을 더 들어 주고 싶은 마음이 없었다. 달라질 게 무어란 말인가. 미래의 자신은 이제 함초롬이 아니어도 되는 모양인데. 결국은 그게 사실 아닌가.

어린 지욱이 그를 지나쳐 현관문을 열고 나가 버렸다. 어디로 가야 할지 갈피도 잡지 못하면서 마치 도망인 듯 아닌 듯 그렇게 그 자리를 벗어났다.

초롬이 그를 따라 나가려고 걸음을 내딛자 옆에 그저 서 있기만 하던 지욱이 그녀의 팔을 잡아챘다. 잡아야 하지 않겠냐고 올려다보는 시선에 그가 고개를 저었다. 팔은 여전히 놓지 않은 채였다.

"내가 갈게."

"……아저씨가요?"

"내가 곧 저 녀석이잖아. 지금 저 마음은 아마 너보다 내가 더 잘 이해할 거야. 걱정 마. 저렇게 뛰쳐나갔어도 이 꿈에서 깨지 않는 한 갈 곳도 없어. 더군다나 널 여기에 두고 혼자 돌아갈 녀석은 더더욱 아니야. 그 정도는 너도 알 테고."

"……알았어요. 그럼 기다리고 있을게요."

그가 초롬의 팔을 천천히 놓았다. 서서히 현관으로 걸음을 옮기는가 싶더니 다시 그녀의 앞으로 돌아온다. 의아한 눈으로 쳐다보자 아무런 말없이 품에 초롬을 가두었다. 마른 등 뒤로 그의 단단한 팔이 둘러졌다.

그는 숨을 한껏 내쉬었다가 들이마시면서 그녀의 체취를 함께 품었다. 하고 싶은 말이 많아 보였다. 자신의 귓가에 맞닿아 울려 오는 그의 심장 소리가 꼭 그렇게 말하는 듯싶었다.

초롬은 구태여 무언가를 더 묻지 않기로 했다. 아닐 것이다. 모든 게 오해일 게 분명하다. 그렇게 스스로를 다스리기 시작했다. 이 따스한 품과 두근거리는 심장 박동까지는 오해할 수 없을 테니까.

헤어진 것이라고 해도 좋았다. 이제는 어쩔 수 없었다. 헤어졌느냐, 아니냐의 문제는 더 이상 초롬에게 중요하지 않았다. 바꿀 수 있을 것이다. 어린 지욱이 말했던 것처럼 충분히 바꿀 수 있을 것이다.

"그럼, 데리고 올게."

품에서 자신을 놓아주고 현관문을 열어 사라지는 그의 뒷모습을 보았다. 아직까지도 가슴 언저리가 두근거리면서 따뜻하게 온기로 맴돌았다.

저렇게 따뜻한 손길로 자신을 잡아 주고, 사랑스럽다는 눈으로 바라봐 주는 남자다. 그런 것들이 초롬을 설득시켰다. 헤어졌다고 해도 그는 아직 서른둘의 자신을 잊지 않고 있을 게 분명했다. 그리워하고 있는 게 맞다고 스스로 확신을 내리기로 했다.

정말로 미래를 바꾸고 싶어졌다. 그가 아직 자신을 잊지 못하고 있는 게 맞다면, 이렇게 맞닥뜨린 미래를 흘러가게만 둘 수는 없는 일이다.

❖

'어딜 간 거야.'

지욱은 건물에서 나와 주변을 둘러보았다. 진짜로 잠에서 깨지는 않았을 것이다. 억지로 울려고 한다고 울 수도 없는 인물이었거니와 초롬을 자신의 곁에 두고 가지도 않았을 것이다.

그는 이 순간 그 어린 녀석이 과거의 자신이라는 사실에 감사했다. 머리를 열심히 굴리지 않아도 이미 몸과 마음이 완벽하게 그 당시의 자신을 이해하고 있었다.

어린 지욱을 찾으면서도 마음속으로는 스스로와 싸웠다. 말을 하지 않아도 지금의 이 위태로운 공기를 혼자서 버텨 낼 수 있을까. 말을 한다고 한들 열아홉의 자신이 그녀의 죽음을 미리 알고 과연 괜찮을 수 있을까.

13년 전, 초롬이 죽고 난 뒤 제대로 된 생활도 하지 못한 채 무너져 내렸던 자신을 기억했다. 무너져 내리는 건 그때의 나 하나로 족하지 않을까. 저 어린 자신에게 그 사실을 미리 알려 하루치의 괴로움을 더 선사하느니, 입 다물고 있는 게 낫지 않을까.

그럼 후에 초롬이 다시 죽게 되더라도 말을 하지 않고 침묵을 유지할 수밖에 없었던 지금의 나를 이해해 주지 않을까.

그런 생각이 머릿속을 좀먹고 있을 때 저 멀리 익숙한 인영이 모습을 드러냈다. 마르고 큰 키, 짧은 머리와 힘없는 걸음걸이. 넓은 어깨는 축 처진 채 답지 않은 모양새를 했다.

"간다더니."

"……."

"못 갈 거 알고 있었어. 함초롬을 두고 네가 혼자서 어디를 가."

"……이해할 수가 없어, 당신을."

"이해하지 않아도 돼."

"이해하고 싶어."

숙이고 있던 어린 지욱의 고개가 들렸다. 울 것 같은 얼굴로 울지 않은 채 자신에게 대답을 요구하고 있었다.

너는 곧 나니까 내 마음을 이해해야만 해. 그렇게 말하고 싶었지만 입이 또다시 굳게 다물렸다. 상처받은 건 나 하나로 족하다. 여러 명에게 나로 인한 상처를 입히고, 내가 가진 여러 개의 우주가 모조리 조각나 버리는 건 원하지 않는다.

"그러니까 어떻게 된 일인지 말해. 당신을 이해해야겠어. 내가 미래의 날 원망하면서 앞으로 이렇게 엉망진창 살게 될까 봐 두려워. 어차피 헤어지게 될 운명이라고 생각하면서 초롬이를 보게 될까 봐. 그게 무서워 죽을 것 같아."

"……바꿀 수 있을 거야, 넌."

"당신도 바꾸려고 했을 거 아냐. 내가 아는 난 그래. 절대 시간이나 운명 따위에 지지 않아. 초롬이를 잃지 않으려고 노력했을 거잖아. 헤어지지 않으려고 했을 거잖아! 노력을 했는데도 안 됐다는 거잖아! 아냐? 멋대로 초롬이를 그냥 놔 버린 거야? 대체 왜!"

"놓고 싶지 않았어, 나도! 차라리 내가 신이었으면 좋겠다는 생각을 수도 없이 했다고!"

"⋯⋯뭐?"

"⋯⋯."

"그게 무슨 소리야. 무슨 일이 있었던 건데."

말해도 좋을까. 모든 게 엉망이 될지도 모른다. 눈앞에 있는 저 어린 내가 무너져 버릴지도 모른다. 그래도 괜찮을까.

"묻잖아! 뭐냐고!"

말하면 뭔가 달라질까. 저 아이가, 13년 전의 나와는 달리 미래를 바꿀 수 있을까.

"⋯⋯죽었어."

"⋯⋯."

"⋯⋯다시 말해 줘? 죽었다고."

어린 지욱이 멍하니 선 채 눈을 깜빡였다.

"뭐라고 하는 거야, 지금. 알아듣게 얘길 해야지. 외국인 아니잖아. 한국말 몰라? 말을 말같이 안 하니까 무슨 소린지 못 알아먹겠잖아."

"죽었어. 열 번이고 다시 말해 줄 수 있어. 똑바로 들어. 함초롬이 죽었다고."

그 순간 어린 지욱의 단단한 주먹이 그의 안면으로 날아들었다. 마치 남의 일을 말하듯이 텅 빈 눈으로 초롬의 죽음을 읊던 그가 한순간에 뒤로 나가떨어졌다.

이렇게 쉽사리 엎어지거나 넘어갈 덩치가 아니었음에도 그는

온 힘을 풀어 놓은 채 그대로 바닥에 뒹굴었다. 웃기게도 전혀 아
프지 않았다.

지욱이 웃었다. 차가운 겨울 바닥 위에 앉은 채로 고개를 숙이
고서 한참을 웃었다. 숨을 속으로 삼키고 또 삼켰지만 웃음마저
삼켜지지는 못한 채 밖으로 새어 나왔다.

낄낄거리고 웃는 소리에 분노한 어린 지욱이 그의 멱살을 잡아
세웠다. 그리고 이내 입을 다물었다. 그가, 마냥 어른으로만 보였
던 13년 뒤의 자신이, 울고 있다.

"⋯⋯."

"기분이 어때. 세상이 무너지는 것 같지 않아?"

"⋯⋯."

"정확하게 스물을 앞두었던 12월 31일 밤. 내 세상도 완전히
무너졌어."

"⋯⋯거짓말."

"앞으로, 그것도 네 현실에서 바로 몇 시간 뒤에 함초롬이 죽
게 되고 말 거라는 이야기를 들으니 어때. 머릿속이 새하얘지지.
난 어땠겠어. 미리 알았다면 막을 방법이라도 찾았을지 모르지.
느닷없이 내 곁에서 사라졌어. 만나기로 해 놓고, 이따가 보자고
웃으며 인사까지 해 놓고, 갑자기 죽어서 왔어. 내가 봤던 그때
그 미소가 마지막이 되어 버렸다고."

"⋯⋯거짓말이겠지."

"어떻게 말할 수 있겠어. 서른둘의 넌 없다고. 넌 이미 죽어 버리
고 없다고. 그 말을 내가 어떻게 그 아이한테 해. 내가 어떻게⋯⋯."

우는 건지 웃는 건지 알 수 없었다. 얼굴이 온통 눈물로 적셔지면서도 그는 입술 끝을 올려 계속해서 웃었다. 웃음을 머금은 채 축축하게 젖은 목소리가 어린 지욱의 가슴을 강하게 압박했다.

　상상만 해도 끔찍한 일에, 하물며 그게 사실이라고 말하는 그의 목소리에, 눈물에, 어린 그의 마음에도 물기가 차오르기 시작했다.

　하지만 울 수 없다. 울면 그녀를 여기에 남겨 둔 채 나 홀로 그 침대에서 눈뜨게 되고 말 테니까.

　"……거짓말이라고 해. 차라리 질려서 헤어졌다고 말해. 내가 당신을 몇 대 더 패고서라도 다시 되찾아올 수 있게. 흔해 빠진 이별이었다고 말해, 어서."

　"죽었어. 되찾아올 수 없게 사라져 버렸어. 그 후로 내 13년을 송두리째 뽑아서 훔쳐 가 버렸어. 절대 잡을 수 없는 곳으로."

　"아니라고 말해. 제발……."

　멱살을 잡은 어린 지욱의 손에 점점 힘이 풀렸다. 마르고 단단한 그의 손이 옷을 놓은 채 그대로 바닥에 주저앉았다. 지나가던 사람이 바닥에 앉아 있는 두 명의 남자를 흘깃거리며 멀어져 갔다. 둘은 마치 다른 세상에 남겨진 것 같은 표정을 하고 있었다.

　큰 지욱이 먼저 고개를 들어 시선을 마주쳤다. 혹시라도 우는 건 아닐까 염려했지만 끝까지 입술을 깨문 채 울음을 참는 모습이 보였다.

　그 당시의 자신도 저토록 그녀를 지키고 싶었다. 지키고 싶었지만 지킬 수 없었던 그때의 모습이 떠올라 눈앞에 있는 어린 녀석이 안쓰러워졌다.

그때 저토록 무너지려던 나를 잡아 준 것은 누구였던가. 안아주고 보듬어 줬던 건 누구였지. 생각을 거듭해도 떠오르는 이는 오직 하나, 초롬뿐이었다.

사라진 초롬의 공간을 보며, 굳게 닫힌 그녀의 방 창문을 보며 홀로 일어섰다. 누구도 자신의 삶을 온전하게 돌려주지 못했다. 죽은 그녀만이 전부였다.

하지만 지금은 다를 것이다. 어른이 되어 버린 자신이 저 아이를 감싸 줄 수 있다면, 그러면 그 죽음이 조금이나마 덜 아플까. 슬픈 소식을 미리 알게 된다면, 덜 슬플 수 있을까. 미리 각오라는 걸 할 수 있을까.

넋이 나간 표정의 어린 지욱이 말했다.

"……믿기질 않아. 그러고도 잘 살아왔네, 난."

그럴 리 없다. 그렇지 않았다.

"초롬이가 죽었는데도 내가 멀쩡하게 살아왔다는 게 믿기질 않아. 그 애 없이 밥을 먹고, 잠을 자고, 학교를 다니고, 직장을 다니고. 그렇게 13년이나 더 살아왔다는 게, 믿기질 않아. 이렇게 얘기만 들어도 죽을 것 같은데. 죽지 않고 멀쩡하게 잘 살아왔다는 게……."

"멀쩡할 리 없잖아."

"……."

"살아도 산 것 같지 않았어. 알 거 아냐. 함초롬 없는 지난 내 삶이 얼마나 빛 한 점 없는 암흑 같았을지."

허탈한 웃음을 지으며 큰 지욱이 먼저 몸을 일으켰다.

내내 낮 없는 밤을 살아왔다. 눈을 떠도 세상이 어두웠고, 어느 하나 밝은 빛으로 자신의 길을 안내해 주지 못했다.

꿈이라고 생각하는 게 더 좋았을 법한 13년이었다. 매일 밤 잠들면 꿈속에서 초롬을 만났고, 그 꿈이 현실이라 착각하며 지내 왔다. 자신은 그렇게 살아왔다. 아니, 그렇게 버텨 왔다.

"잡아."

어린 지욱이 자신의 앞에 내밀어진 손을 보았다. 훌쩍 커 버린 손. 어른 남자의 손. 손금 하나까지 자신과 닮아 있는 그 손. 그녀 없이 홀로 세월을 지내 온 그의 손을 잡았다. 힘을 주어 일으키는 손길에 이끌리듯이 두 발을 딛고 일어섰다.

자신이 미래의 그를 만나러 오게 된 이유가 무얼까. 정말 초롬 때문일까. 이미 죽어 버린 그녀를 찾기 위해 온 걸까. 그게 아니라면, 홀로 남은 미래의 스스로를 위로하기 위함일까.

"넌…… 나처럼 살지 마라."

"……."

'넌 나처럼 그 아이를 마음에만 묻은 채로 홀로 외롭게 살지 마.'

그가 전하지 못한 말을 씹어 삼켰다.

일말의 희망을 믿고 싶어졌다. 어린 날의 자신이 여기로 오게 된 이유. 죽어 버렸던 그녀가 그토록 생생하게 내 앞에 나타난 이유. 지욱은 그 모든 것에 의미를 부여하기로 했다. 지나가는 바람에조차 의미를 부여하는 것은 이미 오래된 습관과도 같은 것이었다.

초롬이 죽었을 때, 이미 신 같은 건 없다고 생각했다. 그 많고 많은 이 중에서 왜 그녀였는지, 어째서 자신에게 조금의 예고도 없었는지, 왜 그 장난질에 놀아난 것이 우리여야만 했는지 묻고 싶었다. 하지만 정말 신이 있는 거라면, 지금 이 말도 안 되는 장난에 또다시 놀아나 볼 준비가 되어 있었다.

"죽지 않게 할 수 있을 거야. 넌 나지만, 또…… 내가 아니잖아?"

그 당시의 자신에게 지금의 나와 같은 인물이 있었다면 과거를 바꿀 수 있었을지 모른다. 31일이 오는 것을 막을 수는 없었겠지만 온종일 그녀의 옆에 붙어 그녀를 위험으로부터 보호하려고 했을지도 모른다. 적어도 내 노력이 그녀를 잃고 난 뒤의 나를 무력함에 빠뜨리지는 않을 수 있도록.

"……살려 줘. 내 지난 함초롬을, 그리고 네 함초롬을."

어린 지욱의 눈시울이 어느새 빨갛게 익었다. 눈물 한 방울 흘리지 않은 채로 그는 자신의 미간에 잔뜩 힘을 주었다.

버티고 더 버텼다. 남자는 쉽게 우는 게 아니라는 흔하디흔한 한마디를 머릿속에 떠올리며 고개를 끄덕였다. 때때로 신을 이기고 싶은 순간들이 오고는 했다. 말도 안 되는 생각이었지만 그 생각이 이토록 절실해진 적은 처음이었다.

서른둘의 너를 찾아 주겠다고 했던 초롬과의 약속을 지킬 수 없을 게 분명했다. 결국 자신도 어른이 되어 버린 지욱처럼 그녀에게 착한 거짓말로 일관하며, 끝내는 입을 다물게 되고 말 것이었다. 초롬에게 죽음을 알릴 자신이 없었다.

"살려 줘, 견지욱."

그가, 그를 보고 말했다. 지욱이, 지욱을 향해 애원했다.

자신을 살려 달라는 건지, 초롬을 살려 달라는 건지 알 수 없었다. 곧 죽게 될 그녀가, 그녀가 죽은 뒤 엉망이 되어 버린 그가, 그리고 엉망이 되어 버릴 자신이⋯⋯. 어린 지욱은 두려워지기 시작했다.

9.

밤을 걷다

'왜 아무도 안 오지……?'

집에 홀로 남은 초롬은 초조했다. 이미 늦어 버렸을까 봐. 어린 지욱이 혼자 과거로 돌아갔을까 봐. 꿈에서 깨어나 버렸을까 봐.

이곳에 남고 싶다고 말을 하면서도 어린 지욱을 보며 혼자가 아니라는 사실에 안도하고 있었다. 큰 지욱과는 별개로 열아홉의 시간을 똑같이 안고 있는 그에게서 느끼는 안도는 분명 남달랐다.

그러면서도 홀로 돌아올 서른둘의 지욱이 걱정되었다. 어린 날의 자신과의 다툼. 이해하지 못하는 서로를 보며 어떤 기분일지 초롬은 가늠조차 할 수 없었다. 그래서 쓸쓸함을 담고 눈을 마주쳐 올 그를 바라보지 못하면 어떡하나 작은 두려움을 품었다.

이 모든 게 자신 때문인 것만 같았다. 궁금증 같은 건 갖지도 말 것을 그랬다. 미래가 충분히 이렇게 될 수 있구나, 그렇게 생각만 할 것을 그랬다. 노력으로 미래 정도는 바꿀 수 있는 게 아니냐며 특유의 긍정적인 생각으로 현재를 덮어 버릴 것을 그랬다.

판도라의 상자에 손을 대어 버린 기분. 아직 내용물을 확인하지도 않았지만 더는 물러날 수도 멈출 수도 없게 되어 버린 듯했다.

그때 현관문이 열리는 소리가 났다. 초롬은 뭐 마려운 강아지처럼 거실을 돌아다니다가 빠르게 그 앞으로 다가섰다. 가장 먼저 큰 지욱이 보였고, 그 뒤로 따라 들어오는 어린 지욱이 보였다. 혼자가 아니었다. 두 사람이었다. 그 사실이 가장 큰 안도였다.

"······지욱아."

"······어."

"견지욱. 들어가서 씻어."

어린 지욱이 고개를 숙인 채 초롬과 눈을 마주치려 하지 않았다. 기색을 살피려던 초롬의 앞으로 큰 지욱의 손이 슥 튀어나왔다. 그러더니 어린 지욱의 어깨를 감싸듯이 당겨 욕실 쪽으로 밀었다.

충격으로 잔뜩 엉망이 되었을 얼굴을 초롬에게 보여 주고 싶지 않을 것이다. 초롬의 얼굴을 마주하면 금방이라도 눈물이 터질지 모르는 일이다.

어린 지욱은 등을 미는 그의 손길에 초롬과는 끝내 눈도 마주치지 않은 채로 욕실을 향했다. 문이 닫히고 나서야 다물려 있던 입술 사이로 한숨이 터졌다.

"지욱이는 괜찮아요?"

"괜찮아. 저 욱하는 성미는 나이를 먹어서도 못 버려. 날 보면 알 수 있잖아. 옆에서 잘 달래는 수밖에."

그는 다정하게 웃으며 초롬의 머리를 쓰다듬었다. 마치 자신이 할 수 있는 일은 이렇게 널 안심시키는 일 외에 없을 거라고 말하는 듯이 묘하게 따스하고 또 묘하게 가슴 아픈 목소리였다.

초롬이 천천히 고개를 들어 그와 눈을 마주쳤다. 그리고 이내 작은 얼굴이 찡그려졌다. 마치 따끔한 무언가에 찔리기라도 한 것처럼.

"왜 그래?"

"아저씨 얼굴은 왜 그래요."

"내 얼굴?"

그녀의 손이 위를 향했다. 그의 턱에 닿는가 싶더니 조금 더 가까이 가 그의 입술 언저리를 매만졌다. 순간 전기가 통한 듯이 그가 눈가를 움찔 떨었다.

그는 초롬과 똑같은 표정으로 인상을 쓰다가 눈을 마주쳤다. 그녀의 시선이 여전히 걱정에 물든 채로 자신의 입가를 향해 있었다. 어루만지면서 천천히 움직이는 다홍색의 입술이 사랑스럽다.

"여기 말이에요. 왜 다쳤어요. 싸웠어요?"

"아, 그게……."

"어린놈이 말 안 듣는다고 아저씨가 때리지는 못할망정 열아홉 살한테 맞고 다녀요?"

"……화내는 것 같은데, 꼭?"

"그럼 화가 안 나요?"

이상하게도 웃음이 터졌다. 아까는 전혀 아프지 않다고 느꼈던 상처가 웃음과 동시에 아려 왔다. 얼굴은 자꾸 찡그려졌지만 입가에 머금어지기 시작한 웃음은 쉽사리 떨어질 생각을 하지 않았다.

그녀의 작은 걱정이, 그로 인한 저 표정 변화가, 그럼에도 간지러운 손길이, 너무도 좋아 다른 생각을 할 수가 없다.

"내가 때렸으면 어른이 되어서 애를 때리느냐고 화냈을 거면서."

"……안 그래요."

말은 그렇게 하면서 묘하게 시선을 회피하는 게 거짓말에 서툰 어린아이의 모습 그대로다. 그럼에도 지욱은 그녀를 채근하며 더 놀리지 않기로 했다. 자신을 걱정하는 그녀의 모습이 사랑스러웠다. 그리고 어린 자신을 놓지 못하는 그 변치 않을 마음까지도 전부.

재차 입술 언저리를 매만지며 걱정스러워하는 그녀의 손을 부드럽게 잡았다. 초롬의 시선이 그와 마주쳤다. 웃는 얼굴로 고개를 내젓자 초롬이 이내 끄덕거렸다.

말하지 않아도 알 것 같은 말들이 두 사람의 시선을 타고 오고 갔다. 더 자세한 걸 알려 주지도, 또 묻지도 않을 것이라는 무언의 약속. 그것으로 충분했다.

"옷 갈아입을 테니 잠시 동안은 방에 들어오지 마."

"오라고 해도 안 갈 거거든요!"

장난스러운 목소리 끝에 작은 웃음이 걸렸다. 큰 지욱은 문을 닫으며 침실로 사라졌고, 어린 지욱은 아직도 욕실에서 나올 기미를 보이지 않고 있었다. 물줄기 떨어지는 소리만이 언뜻 들리는 듯했다.

초롬은 굳게 닫힌 욕실의 문을 한참이나 바라보고 서 있었다.

✧

"우리가 왜 같이 가야 되는지 모르겠군."

"혼자 가라고 해."

"……."

적당한 거리를 두고 나란히 서 있는 두 사람 앞에 초롬의 한숨이 놓였다. 눈을 깜빡거리며 큰 키의 둘을 올려다보던 그녀가 어깨를 으쓱였다.

"정 싫으면 어쩔 수 없죠, 뭐. 장 볼 거 많은데 그냥 내가 혼자 가서 무겁게 들고 오는 수밖에……."

"나랑 같이 가면 되잖아."

"내가 가 준대도."

대화는 계속해서 제자리였다. 초롬은 어제 두 사람 사이에 어떤 일이 있었는지, 어떤 이야기가 오고 갔는지 알지 못했지만 둘이 조금 더 가깝게 지냈으면 좋겠다는 마음에는 변함이 없었다.

주먹질까지 오고 갈 정도면 가벼운 일은 아닐 것이다. 어렴풋하게 자신의 이별을 확신하고 있으면서도 완전히 받아들이지는 않았다. 지금 이 순간, 서른둘의 자신은 잠시 잊고 같은 듯 다른 저 두 사람의 사이에서 과거와 현재의 시간을 좁힐 수 있으면 좋겠다고 생각할 뿐이었다. 형 동생 같고 좋기만 한데 저렇게 시선만 마주치면 으르렁거린다.

물론 그 전에 비해 조금 수그러든 느낌도 있었다. 그러나 날카로운 분위기가 사라진 대신 미묘하게 무거운 공기가 가라앉았다. 어느 쪽도 그녀에게 있어 달가운 느낌은 아니었다. 둘 사이에서 언제까지 난처한 표정을 지으며 앉아 있을 수도 없는 일이었다.

어떻게든 붙여 놓기 위해 생각한 것들 중 하나가 함께 장을 보게 만드는 일이었다. 집 안에서는 말도 섞지 않으려는 두 사람이 었지만 일단 붙여 놓으면 어떻게든 가까워지지 않을까. 꽤 단순한 생각이었지만 분명 효과가 있을 것이다.

두 사람이 싫다며 버티고 서 있는 것도 모두 그 때문이었다.

"갈 거면 꼭 두 사람이 같이 가야 돼요. 계속 싫다고 버티면 나혼자서 갈 거예요."

어느 쪽을 택하든 난 혼자 있을 거고, 당신들은 함께 있게 될 거라는 묘한 뉘앙스를 풍겼다. 초롬의 고집도 만만치 않음을 두 사람은 누구보다 잘 알고 있었다. 2:1의 싸움이어도 언제나 백기를 드는 것은 견지욱이었다. 과거에도, 현재에도.

"젠장. 그럼 선택의 여지가 없잖아. 혼자서 무거운 걸 들게 만들 순 없으니. 견지욱, 나와."

"아, 진짜 싫다니까. 함고집. 다녀와서 보자, 너."

다녀와서 보자고 해도 하나도 무섭지 않았다. 큰 지욱이 지갑을 챙겨 들며 먼저 현관을 나섰다. 어린 지욱이 그 뒤를 따르며 초롬을 보았다.

한숨을 절로 나왔다. 무서우라고 살짝 인상을 써 보지만 혀를 빠끔히 내미는 초롬의 얼굴만 마주하게 될 뿐이었다. 그 귀여운 모양새에 자신도 모르게 웃음이 살짝 새어 나왔지만 괜스레 아닌 척 입을 일자로 굳게 다물며 현관문을 닫았다.

두 명의 견지욱은 투닥거리면서도 함께 있으면 꽤 잘 어울리는 조합이었다. 어느 쪽을 보아도 왜 내가 이 사람에게 빠졌는지 알 수밖에 없을 정도로 솔직하게 구는, 그리고 솔직하지 못하게 구는 모든 행동 하나까지 전부 따사로웠다.

텅 빈 집 안으로 겨울의 볕이 쏟아져 들어왔다. 공기 중에 떠다니는 먼지마저 보일 듯한 밝은 빛에 초롬의 기분마저 봄처럼 물들기 시작했다.

청소기를 들고 거실이며 온 방을 한바탕 밀기 시작했다. 넓은 집 곳곳으로 퍼지는 청소기의 시끄러운 소음마저 어느 휴일의 일상인 것처럼 느껴져 기분이 좋았다.

걸레를 가져와 테이블을 닦고, 작은 소품들 하나까지 정리하면서 여러모로 복잡했던 자신의 마음까지도 평온하게 조금씩 정리되는 듯싶었다.

그러던 초롬의 시선이 지욱의 서랍 앞에서 멈추었다. 며칠간 이곳에서 생활하며 한 번도 신경 쓰고 지내지 않았던 서랍에 문득 시선이 멈추어 거두어지질 않았다.

작은 손에 꼭 쥐고 있던 걸레를 옆에 잠시 내려놓은 초롬이 천천히 서랍을 열었다. 온갖 졸업장이며 상장, 일과 관련한 것인지 어떤 것인지 모를 몇 가지 서류, 그리고 앨범이 있었다.

"어? 이건……."

앨범은 낯이 익었다. 가끔 지욱의 집에 갔을 때 펼쳐 보던 바로 그 앨범이었다. 한참이나 낡아 앨범의 모퉁이가 너덜너덜하게 떨어졌다. 테이프로 붙여 놓은 흔적조차도 묘하게 반가울 지경이라 초롬은 망설임 없이 앨범을 꺼내어 자신의 무릎 위에 올렸다.

때가 탄 앨범의 겉가죽을 손바닥으로 슥 훑었다. 보슬보슬한 낡은 감각이 손가락에 닿을 때마다 추억이 되살아나는 기분이 들었다.

한 장씩 넘겨 보자 어린 시절의 지욱이 그곳에 가득했다. 몇 번 본 적이 있는 사진들이었다. 떼쟁이, 울보, 심술쟁이. 온갖 어린 지욱이 그 안에 살아 숨 쉬고 있다. 초롬의 입가에 조용히 미소가 번졌다.

열 살 남짓의 시기를 지나치기 시작하니 앨범은 지욱의 것에서 지욱과 초롬의 것으로 변했다. 지욱의 모든 사진 속에 자신이 있었다.

초등학교 졸업 사진 속에는 울먹이는 지욱과 미소를 짓고 있는 자신이 있었고, 중학교 졸업식에는 개구지게 브이를 그리고 있는 지욱과 그의 꽃다발까지 두 개의 꽃을 한 아름 품에 안고 있는 자신이 있었다.

소풍을 떠났을 때의 사진, 야간 자율 학습 시간에 자고 있는 자신을 괴롭히며 몰래 찍은 우스운 사진까지. 어느 것 하나 기억나지 않는 순간이 없다. 초롬은 사진 속의 모든 순간들을 필름의 한 조각처럼 머릿속에 담았고 또 떠올려 냈다.

"귀여워, 견지욱……."

아무도 없는 집. 텅 빈 방 안에서 청소를 하다 말고 바닥에 앉은 초롬이 웃고 있었다. 지난 추억들이 바로 어제의 일처럼 그려졌다. 때때로 이렇게 과거를 되짚어 보는 것은 무척 설레고 흥미로운 일이다.

한 장, 두 장, 앨범은 점점 뒤를 향해 갔다. 그러다가 손이 멈추었다. 고등학교 졸업 사진이 이상했다. 자신은 온데간데없이 지욱 혼자만 남아 덩그러니 꽃다발을 들고 서 있었다.

같이 찍은 사진이 뒷장에 있을까 싶어 고개를 갸웃거린 초롬이 나머지 장들을 넘기기 시작했다. 교복을 벗고 어른이 된 지욱, 캠퍼스를 배경으로 찍은 몇 개의 사진, 그리고 대학교 졸업 사진. 그 뒤로는 아무런 사진이 남아 있지 않다.

"……뭐지?"

이상하다는 생각은 갑작스럽게 밀물처럼 밀려오며 마음속 깊숙한 곳까지 들어오기 시작했다.

자신은 사라진 채 지욱이 혼자 남은 것도 그렇고, 성인이 된 이후로 찍은 사진이 한 손에 꼽힌다는 것도 그랬다. 특히 사진 속 그의 표정. 어른이 되어 버린 견지욱을 볼 때마다 느꼈던 그 특유의 어둡고 외로운 그 표정이 그 안에 있었다. 고등학교 졸업 사진을 시작으로 사라져 버린 자신의 존재.

대체 이때 무슨 일이 있었던 걸까. 궁금증과 추측들은 몇 번씩 그녀의 머릿속을 돌고 돌아 한 가지 단어에 다다랐다. 바로 '이별'이었다.

예상은 했다. 그가 쉽사리 꺼내지 못했던 지나간 사연들. 느닷없이 걸려 온 전화에서 회자되던 '선'이라는 단어. 그리고 그의 앨범에서 사라져 버린 자신의 흔적들. 그 모든 것은 그와 자신이 이미 멀어진 사람이라는 것을 뜻하고 있었다. 예감하면서도 인정하고 싶지 않았던 것인지도 모른다.

서로를 믿고 있는 모든 연인들이 그렇듯 우리만큼은 결코 헤어지지 않을 줄 알았으니까. 헤어져도 어떻게든 다시 만나고 마는 특별한 관계라고 생각했으니까.

하지만 그게 아니었나 보다. 그와 자신은 이렇게 평범했다. 흔한 연애를 하다가 쉽게 헤어지고 말 수 있는 사람들이었던 것이다.

사랑한다는 말조차 담아 보지 못한 채 어린 날의 철없는 만남으로 지속하다가 끝나 버렸을 것이다. 감히 사랑이라는 단어 근처에도 다가서지 못한 채 쉽사리 시들어 버린 게 분명했다.

고작 그런 감정이라 치부당해도 괜찮았던 걸까. 나에게는 아직 찾아오지 못한, 그에게는 이미 지나가 버린 이별 당시의 함초롬은.

사연을 알고 싶었다. 무슨 일이 있었던 건지. 그 이별의 시기는 대체 언제쯤이었던 건지. 그에게서 자신이 앞으로 알게 될 모든 것들을 미리 전해 듣고 싶었다.

막을 수 있다면 막고 싶은 게 사실이었다. 혹시 자신의 잘못으로 헤어지게 된 거라면 미리 알고 조심할 수 있지 않을까. 싸우게 된 거라면 그 싸움이 커지지 않도록 꾹 참고 지욱을 헤아리며 만나면 될 일이었다.

이별을 미리 예감할 수 있다면 막는 것도 가능할 것이라는 생각이 들었다. 끝날 줄 알면서도 사랑하고 마는 그런 만남. 우리에게만큼은 비켜 가기를 바랐다.

"괜한 생각은 그만하자, 함초롬. 괜히 끈질기게 캐물어서 좋을 게 뭐야. 이미 지나간 일에 그 사람 상처만 더 후벼 파는 꼴이 되고 말 텐데."

초롬이 앨범을 덮었다. 원래 있던 그 자리에 고스란히 넣어둔 채로 서랍을 닫았다. 언뜻 앨범을 발견하기 전의 상황으로 돌아간 것 같았지만 이미 확인해 버린 그의 지난 시간들을 모르는 척하기란 분명 쉽지 않을 것이다. 그가 자신에게 입을 다물며 힘겨워했을 것처럼 아마 자신 역시 그럴 게 분명했다.

내려놓았던 걸레를 다시 쥐고 청소를 시작했다. 먼지가 닦이는가 싶더니 다시 저만큼 밀려나 물기에 달라붙는다. 뭐 하나 요령 있게 하는 법이 없는 스스로를 탓했다.

요즘 들어 부쩍 사소한 걱정들이, 별것도 아닌 일들이 그녀의 반짝이는 자신감을 자꾸만 잠재우려 들었다. 초롬이 고개를 내저었다. 마음이 약해지기 시작하면 끝도 없다.

거실로 걸음을 옮겨 집 안 정리를 끝내고 나니 그래도 기분이 한결 개운해졌다. 앨범을 확인하고 생각이 꼬리를 물기 시작한 것만 뺀다면 더할 나위 없이 좋았을 것이다.

이 생각은 또다시 얼마나 긴 시간 동안 자신을 따라다닐까. 그런 걱정을 하던 초롬이 고개를 들어 벽에 걸린 시계를 응시했다. 두 남자가 나가고도 적지 않은 시간이 흘렀다. 서툴더라도 열심히 손을 움직여 맛있는 저녁을 만들어 주고 싶은 기분이 들었다.

'제대로 장을 보고 있기는 한 건가?'

어린아이들을 내보낸 엄마의 심정이 이럴까. 형제 같은, 그리고 부자 같은 두 남자가 싸우지는 않을지. 문제를 일으키진 않을지. 몇 가지를 빼놓고 사 오는 건 아닐지. 온갖 걱정이 들었다. 하물며 큰 지욱은 자신보다 13살이나 많은 남자인데도 불구하고 이런 생각이 들다니. 웃음이 샜다.

그들의 생각에 아주 잠시 사로잡혔던 궁금증을 내려놓은 초롬이 쓰레기봉투를 집어 들었다. 이런 건 자신이 하게 놔두라고 인상을 쓸 지욱의 얼굴을 상상하니 슬쩍 미소가 떠올랐다.

모든 생각 끝에 그의 얼굴이 졸졸 따라다닌다. 웃음을 머금은 그녀가 조용히 현관문을 열었다. 그저 매일이 이렇게 평온하고 또 평온하기만 했으면 좋겠다.

대형 마트 안의 사람들이 두 남자를 힐끔거리며 계속 주시했다. 배우인가 모델인가 싶은 남자 하나, 아이돌 준비라도 하는 것처럼 보이는 어린 남자가 또 하나. 꽤 닮은 얼굴을 한 두 남자가 실랑이를 벌이며 채소 코너 앞에서 떠날 생각을 않고 있었다. 직원은 가서 조금만 조용히 해 달라고 언질을 줘야 하나 말아야 하나 망설이는 듯했다.

"이거라니까."

"아, 이걸 사야 한다니까."

"이렇게 밖에 나와 있는 걸 사야 질 좋은 걸 직접 만져 보고 살 수 있다고."

"이렇게 포장되어 있는 걸 사야 가장 깔끔하고 위생적인 거라니까."

종류가 두 가지였다. 하나는 포장된 상태로 진열되어 있는 3개짜리 묶음이었고, 하나는 박스에 담겨 있어 직접 만져 보고 골라낼 수 있게 되어 있었다.

계속해서 실랑이를 벌이는 그들의 목소리가 높아져 직원이 가까이 다가가려고 할 때쯤, 큰 지욱이 의미 없는 그 싸움을 일단락시켰다.

"내 돈으로 내가 사."

"……."

어린 지욱이 인상을 있는 대로 찌푸렸다. 분한데 표출할 길이 없다. 이곳에서 자신은 돈도 집도 없는 무능력한 열아홉 살짜리 어린애일 뿐이다. 그 사실이 온갖 자존심을 구겼다.

하루라도 빨리 이곳을 벗어나 초롬과 단둘이 우리만의 그 장소에 머물고 싶었다. 그녀의 죽음이거나, 우리의 이별이거나, 그런 것들은 모조리 잊은 채로.

마음이 제 것이 아닌 것 같았다. 지난 밤, 잠들지도 못한 채 멍하니 불 꺼진 천장을 바라보며 곧 닥치게 될 그 일들을 떠올려 보았다.

만약 자신이 아무리 막으려고 해도 결국은 닥치고 마는 일이라면 그 이후 얼마큼 강인하게 딛고 일어설 수 있을까. 생각을 거듭해 보았지만 답이 내려지지 않았다.

옆에 있는 저 남자가 곧 답이었다. 13년 후의 자신. 그가 바로 답이었다. 슬픔에 잠겨 속을 감추고 살 수밖에 없는 저 남자가 바로 정답이었기에 어린 지욱은 밀려오는 두려움을 한껏 몰아낼 수 없었다.

자신도 곧 저렇게 되고 말 것이라는 생각이 깨져 버린 벽의 작은 틈 사이로 조금씩 새어 들어오고 있었다. 그 벽은 곧 무너질 것처럼 어딘지 모르게 위태롭기만 했다.

"대체 이만큼이나 사 오라는 이유가 뭐야? 어차피 다 먹지도 못할 거."

"먹으면 되지."

"우리가 언제까지 여기에 있을 거란 보장이 있어? 어차피 우린 조만간 꿈에서 깨어나 돌아가게 될 거라고."

"다 포기해 버린 건가, 결국?"

큰 지욱과 어린 지욱은 커다란 봉지를 각자의 손에 나눠 들고 걷는 중이었다. 차를 가져 오기에는 짧은 거리, 걷기에는 조금 먼 듯도 싶은 거리. 택시를 탈 수도 있었지만 지욱은 걷기로 했다. 옆에 서 있는 이 어린 녀석과의 대화가 조금은 더 필요할 것도 같았다.

아무리 과거의 자신이라지만 보이고 싶지 않은 모습을 보여 버렸다. 살려 달라고, 그녀가 곧 죽게 될 거라고, 그 말을 하면서 끝내 눈물을 참지 못했다. 눈이 빨개지도록 참는 어린 시절의 자신을 보며 혼자서 모든 걸 놓아 버릴 기세로 잠시나마 무너지고 말았다.

무슨 생각을 했을까. 할 수만 있다면 그 머릿속을 들여다보고 싶었다.

"당신이 무슨 포기를 말하는 건지 모르겠는데."

"내 이야기를 들었잖아. 그러니 이제 어떻게 할 생각인지를 묻는 거야. 이 상태로 있어서는 결국 아무것도 달라지지 않아."

"내가 어떻게든 해 보겠다고 나서면 대체 뭐가 달라져?"

"뭐라고?"

어린 지욱의 말에 날이 섰다.

치열한 관계였다. 어렸지만 마음까지 어리지는 않았다. 그에게 있어 초롬은 그런 사람이었다. 스스로가 기억하는 어린 시절의 견지욱은 어떻게든 안 굴러가는 머리라도 굴리고 또 굴려야만 했다.

하지만 지금 저 말은 지욱이 기억하는 어린 시절의 자신과는 사뭇 다른 느낌이었다.

"며칠 뒤면 우리는 이 꿈에서 깨어나야 해. 이곳에서 시간이 흐를수록 그곳에서도 시간은 흘러. 그곳에서 해가 뜨고 아침이 오면 우리는 깰 수밖에 없어."

"······그 아이를 볼 수 있는 시간이 고작 며칠이군."

남은 시간을 되짚으며 중얼거리는 그의 말은 들리지 않는다는 양 어린 지욱이 계속해서 말을 이었다.

"시간은 막을 수 없어. 당신이 무능했듯이 그 앞에서 나 역시 무능해. 그렇다고 초롬이한테 그 말을 해? 당신이 할 수 없었던 것처럼 나도 그래. 못해. 오죽하면 내가 마지막을 기다리면서 그

216

아이와 행복할 수 있는 나머지 시간을 즐겨야 하나 생각했겠냐고. 할 수 있는 게 있다면 다 해 보고 싶어. 근데, 없어. 할 수 있는 게 없어. 시간이 흘러가는 걸 그냥 두고 보는 것 외에는 할 수 있는 게…… 아무것도 없다고, 우리는."

얼어 버린 땅. 그럼에도 멈추지 않고 내디뎌지는 네 개의 발. 둘의 입술 사이로 찬 기운을 머금은 흰 입김이 자꾸만 새어 나왔다.

한 마디를 뱉을 때마다 눈앞이 뿌옇게 흐려졌다. 이렇게 연기처럼 나타났다가 또다시 연기처럼 사라져 버릴 그녀를 조금이라도 곁에 더 붙잡아 두고 싶었다. 살릴 수 있는 방법. 그리고 알고 싶은 또 한 가지는 그녀를 지금의 내 곁에 더 머물게 할 수 있는 방법.

없을 것이다, 아마도.

점점 저녁 시간이 가까워 왔다. 떠 있던 해가 점차 모습을 감추면서 하늘을 붉게 물들였다. 완전히 사라질 때쯤이면 집에 도달할 것이다.

빠른 줄로만 알았던 걸음은 초롬이라는 이름을 담을 때마다 둘 모두에게 조금씩 느려지기 시작했다. 시간의 흐름을 늦추고 싶은 그들의 마음처럼.

"뭐 하나 물어도 돼?"

"내가 대답할 수 있는 질문이라면 대답하지."

"아쉬웠던 거 없어? 후회되는 거라든지."

어린 지욱의 물음에 그가 웃음을 삼켰다. 어쩜 이렇게 똑같은 질문을 할까. 지난 크리스마스 데이트 때 초롬이 했던 질문이 생각이 난 것이다.

그 당시의 자신이 그녀와 이토록 닮아 있었구나. 이토록 많은 것들이 하나처럼 옮아 있었구나. 그런 것들을 새삼스럽게 깨달았다. 어린 자신을 통해서 그녀를 보고 있었다.

"많았지. 큰 것부터 작은 것 하나까지 전부 내 탓인 것만 같았으니까."

"예를 들면?"

"같이 밥 먹다가 편식하면 왜 골라 먹냐고 잔소리하지 말고 그냥 내가 대신 먹어 줄걸. 연락이 늦으면 왜 늦냐고 화내지 말고 보고 싶었다고 말해 줄걸. 춥다고 하는 날엔 왜 그렇게 얇게 입었냐고 핀잔하지 말고 꼭 안아 주거나 할걸. 시답잖은 것들이지만 그 외에도 많아."

그의 말을 들으며 어린 지욱은 괜스레 손에 힘이 들어갔다. 쥐고 있는 봉지의 손잡이를 더 강하게 잡을수록 피가 통하지 않아 손바닥이 뻐근해졌다.

그가 하는 모든 말들이, 지나가 버린 후회들 모두가 어린 지욱에게는 익숙한 행동이었다. 자신에게는 현재인 모든 것들이 그에게는 후회로 남았다.

그녀에게 잔소리를 하고 화를 내면서 이후에 그 사실들을 후회하게 될 것이라고는 한 번도 생각한 적 없었다. 미안함에 사과를 한 적은 있었어도 후회로까지 이어질 거라고는 예상조차 할 수 없었다.

그녀가 줄곧 곁에 있었기 때문에. 또 줄곧 곁에 있어 줄 것이라고 믿었기 때문에.

"······그리고 또?"

"아. 그러고 보니 가장 큰 거 하나가 있었다."

"······?"

"사랑한다고 말해 볼걸."

그렇게 말하며 그가 웃었다. 고개를 돌려 걸으며 그가 어린 지욱과 눈을 마주쳤다. 눈이며 입이며 분명 웃고 있었음에도 어린 지욱은 그를 따라 웃을 수 없었다.

속을 그대로 간파당한 기분이었다. 최근 부쩍 생각해 왔던 한 가지였다. 좋아한다는 마음으로만 놔둘 수 없어 용기 내어 그녀를 '사랑한다' 고 고백해 보고 싶었다. 더는 철없는 마음으로 인한 치기 어린 사랑이 아니라는 것을 증명해 보이고 싶은 요즘이었다.

"몇 년 동안이나 만나 왔으면서 한 번도 사랑한다고 말한 적이 없었어. 물론 너도 알고 있겠지. 내게는 과거형이지만 지금 너에게는 현재 진행형일 테니까."

"······말해 보지도 못한 건가, 난."

"네가 아니라 '내가' 못한 거야. 온갖 계획 세우기에만 바빴지."

언제쯤이 되면 말해 줘야겠다. 기왕이면 스물로 넘어가는 그 밤이 좋겠다. 그 외에도 여러 가지 생각들이 많았다.

떠올려 보면 초롬에게 고백을 했던 것도 충동적이었고 입을 맞췄던 것도 스스로 예상하지 않았던 행위였다. 모든 것이 마음 가는 대로였는데 조금씩 나이를 먹으면서 괜한 생각들이 그런 충동들을 막아서기 시작했다.

사랑한다는 말 한 마디를 하는 것에도 그저 하고 싶으니까 하는 것이 아닌, 언제가 제일 좋을지를 스스로 골라 보게 되었으니 말이다.

나이만 먹으면 좋을 텐데, 나이를 먹게 되면 어째서 가슴보다 머리가 더 빨리 성장해 버리는 걸까? 가슴은 내내 그 자리에 머물러 있는 것 같은데 머리가 유달리 성큼성큼 앞을 향해 가고 만다.

그러다 보면 어느샌가 가슴이 아닌 머리로 모든 것을 생각하고 있는 스스로를 발견하게 되고는 했다. 지금 생각해 보면 말도 안 되는 우스운 일이다. 사랑을 말하는 데에 '적당한' 시간이라는 게 어디 있단 말인가? 사랑을 말하는 것은, 사랑을 느끼는 그 순간이 가장 적당할 뿐인데.

"스물이 되면 말하려고 했어. 이상하게 쑥스러웠거든. 그 아이에게 스물이 오지 않을 수도 있다는 생각을 전혀 못 하고서 말이지."

"……알아. 내가 계속 그 생각을 해 왔으니까."

"우리에게 당장 내일이 없을 것처럼 그렇게 사랑해야 된다는 걸 조금만 더 빨리 알았으면 좋았을 뻔했어. 죽기 직전에 가장 하고 싶은 게 뭐냐고 물었을 때 그 아이에게 제일 먼저 사랑한다는 말부터 전할 거라는, 그런 생각이 미리 들었더라면."

"……."

"오늘이 마지막인 것처럼 사랑하라는 말도 있잖아?"

어느 순간부터 그가 싫지 않았다. 어린 지욱은 그 순간 그걸 느끼고 있었다. 언제부터일까. 초롬의 죽음을 말하며 주저앉은 채

아이처럼 울던 그때부터였을까? 마냥 어른인 줄로만 알았던 미래의 자신이 아직도 열아홉에 머물러 있는 아이 같다는 걸 깨달은 바로 그때부터?

시기의 중요성을 차치하고서라도 어린 지욱은 우선 그를 향해 느끼는 연민이 지금 가장 중요한 감정이라는 것을 깨달을 수 있었다.

그는 곧 나 자신이었다. 나의 고민을, 슬픔을, 예견되는 모든 것들을 유일하게 뼛속까지 알고 있는, 이 세상에 또 다른 의미로 하나밖에 없을 인물.

아주 조금이나마 초롬이 이곳에 남으려고 한 이유를 알 듯도 싶었다. 아직 나타나지 않은 서른둘의 함초롬을 찾기 위함이기도 하면서 눈앞에 있는 이 남자, 미래의 자신을 지키기 위함일 수도 있겠다.

그 순간 초롬이 걱정하는 것이 타인이라고 느껴지지 않았다. 이 남자가 곧 자신이다. 그녀가 놓지 않으려는 것이 결국 견지욱, 바로 자신이라는 생각이 들자 그녀를 향한 안타까움이 다시금 고개를 드는 듯했다.

몇 미터 앞으로 건물이 보이기 시작했다. 고작 요 며칠 사이에 너무도 익숙해져 버렸다. 이제는 '내 집'이라는 생각마저 들 정도로.

그와 동시에 자신이 이곳에 처음 떨어졌을 때 서 있던 그 위치로 시선이 갔다. 차갑게 얼어 버린 맨발로 잠옷 차림을 한 채 딱 저기 저 자리에 서 있었다.

이 남자의 품에 안긴 초롬을 보며 피가 거꾸로 치미는 기분을 느끼기도 했었다. 그때만 해도 이 남자는 그냥 타인이었을 뿐, 미래의 자신으로는 보이지 않았었다. 그녀를 빼앗길지도 모른다는 두려움만 머리를 강하게 강타했을 뿐.

"이대로 영영 잠에서 깨지 않으면 죽지 않을 수 있을까."

서른둘의 지욱이 무척 덤덤한 목소리로 말을 꺼냈다. 저녁에 뭘 먹었으면 좋겠다고 메뉴를 말하는 것과 흡사한 말투로. 혹은 어제 무얼 했는지 일기 삼아 뱉기라도 하는 것처럼.

"뭐라고?"

"절대 울 수 없게 만드는 거야. 그래서 끝까지 여기에 남겨 두면 죽지 않을 수도 있지 않겠냐는 말이지."

생각해 보지 않은 것은 아니었다. 하지만 그 생각의 부질없음에 스스로를 몇 번이나 비웃었는지 모를 어린 지욱이었다. 대체 누구를 위함이지? 그녀를 위한 배려심? 날 위한 이기심?

"아무리 봐도 나이를 헛먹었어. 저게 13년 뒤의 나라는 게 믿을 수 없다고. 생각해 봐. 이 상태로 계속 지낼 수 있을 것 같아? 내가 걔 없이 어떻게 살아. 게다가 나 혼자 돌아가면 초롬이는 그곳에서 여전히 잠들어 있는 상태일 거야. 모든 사람들이 깨우려고 해도 결국 깨어나지 못한 채 영원히 잠들어 있는 거라고. 결국 그게 사고로 죽는 거랑 뭐가 달라. 내내 잠든 모습으로 살게 돼? 그게 살아 있는 거야?"

"잠깐."

"더 들어. 아직 내 말 안 끝났어."

"됐으니까 멈춰."

"아직 안 끝났……."

"함초롬."

어린 지욱을 발끈하게 만들었던 그 덤덤한 목소리. 이번에는 그 입술이 말도 안 되게 그녀의 이름을 담았다. 그리고 순간 저 표정이 무척이나 익숙하다는 것도 알 수 있었다.

그는 며칠 전 자신을 보고도 저런 표정을 지었었다. 네가 왜 여기에 있느냐는 표정. 믿기지 않는다는 바로 그 표정. 그 순간 등을 타고 싸늘한 기운이 번졌다. 어린 지욱이 천천히 고개를 돌렸다. 그의 입술 위로 그녀의 이름이 올랐던 이유가 바로 그곳에 있었다.

"초롬아."

"쓰레기 버리러 나왔어요."

"……들었어?"

두 남자가 동시에 마른 목으로 침을 삼켰다. 입안이 쓰디썼다. 감추려고 할수록 오히려 감추어지지 않고 수면 위로 떠오르고 마는 그 진실이 그들의 목구멍을 몇 번이고 턱하니 막히게 만들었다.

초롬의 흰 얼굴이, 맑은 눈이, 그들이 감추려 하는 진실 앞에 서 있었다. 가린다고 한들 가려질까. 이쯤 되니 손바닥으로 하늘을 가린다는 말이 무얼 의미하는 것인지 알 것도 같았다.

가리고 싶었다. 흔들리는 그녀의 짙은 눈동자를.

"뭘요?"

"못 들었어?"

"못 들었는데. 무슨 이야기 했어요? 설마 둘이 내 욕이라도 한 거예요? 견지욱, 말해 봐. 내 욕이야?"

"뭐, 뭐라는 거야. 내가 네 욕을 왜 해."

어린 지욱이 당황해서 말까지 더듬었지만 초롬은 그런 작은 변화까지 눈치채지는 못한 듯했다.

심장이 발목 언저리까지 쿵 하고 떨어졌다가 겨우 제자리를 찾아가기 시작했다. 고맙게도 그녀의 둔감함이 이럴 때 발휘해 주는구나 싶었다. 어린 지욱은 손에 든 봉지를 다시 꽈악 고쳐 잡았다.

"정말 많이 샀네? 무겁겠다. 두 사람은 그거 들고 얼른 먼저 올라가 있어요. 난 쓰레기만 버리고 바로 따라갈게요."

초롬이 작은 지욱을 보고 웃다가 고개를 돌려 큰 지욱을 향해 고갯짓을 했다. 또 괜히 따라붙어 자신이 대신 버려 주겠다고 할까 봐 미리 선수를 치는 것이었다.

두 남자는 그 자리에 가만히 선 채로 초롬의 말간 얼굴을 살폈다. 이렇게 조마조마하게 가슴을 졸이며 며칠이나 보내야 하는 걸까. 정말 말하지 않아도 괜찮은 걸까. 이대로 잠에서 깨어 그녀를 보내는 게 우리가 받아들여야 하는 엔딩의 전부인 걸까.

쓰레기봉투를 손에 들고 등을 돌려 몇 걸음 더 멀어지는 그녀의 뒷모습에 두 개의 시선이 따라붙었다. 두 사람은 장을 본 것들이 무거웠을 법한데도 누구 하나 건물 안으로 먼저 걸음을 옮길 수 없었다.

모든 것이 그녀의 뒷모습에 엉겨 붙은 것처럼 그들을 멈춰 세워 두었다. 왜 이렇게 아린 걸까. 작은 어깨, 가는 다리를 보는 것만으로도.

"……이상해."

"뭐?"

큰 지욱이 자신이 들고 있던 봉지를 다짜고짜 바닥에 내려놓았다. 그러고는 뒤도 돌아보지 않고 앞을 향해 달리기 시작했다. 그 자리에 덩그러니 남은 어린 지욱이 그의 뒷모습을 보고 섰다.

방금 전 보았던 초롬의 뒷모습과 굉장히 흡사하다는 생각을 했다. 그리고 뒤늦게 깨달았다. 그가 달려가는 곳의 끝에 쓰레기봉투를 들고 걸어가는 초롬이 있었다.

초롬은 종종걸음으로 걸으며 멈추지 않았고, 지욱은 긴 다리로 성큼성큼 달렸다. 속도가 다를 수밖에 없었다. 그녀의 가는 팔이 그의 큼지막한 손아귀에 잡혀 버리고 마는 건 한순간의 일이었다.

갑작스레 잡힌 팔로 인해 그녀의 작은 손에 들려 있던 쓰레기 봉투가 바닥으로 툭 떨어졌다. 마른 팔에는 아무런 힘도 들어가지 않았다.

"함초롬."

"……."

지욱의 시선이 한참이나 아래에 위치한 초롬의 얼굴로 향하고 있었지만 그녀의 숙여진 고개는 도통 들릴 생각을 하지 않았다. 가느다란 머리카락이 스르륵 내려와 초롬의 작은 얼굴을 가렸다.

세게 쥐어진 팔이 아플 법도 한데 아프다는 한 마디 말도 없이 그녀는 그저 침묵만을 유지했다. 작은 고개가 바닥에 떨어진 봉투를 보고 있었다.

이상하다고 생각했다. 못 들었다고 대답하는 그 얼굴 위로 비친 희미한 미소가. 내 욕을 했냐고 장난스럽게 말하는 힘없는 목소리가. 평소와 다름없이 굴지만 한 번도 보지 못했던, 겨우 버티고 서 있는 듯한 그 걸음이.

기우일 거라고 생각했지만 손에 잡힌 초롬의 팔에 아무런 힘이 들어가 있지 않다는 걸 깨달은 순간 불안한 기운이 들이닥쳤다. 갑작스러운 파도처럼 자신들을 덮치는 이유 모를 먹먹함에 지욱은 이 순간 그녀를 모른 체할 수 없어졌다.

천천히 손을 들어 초롬의 얼굴을 붙들고 고개를 들게 했다. 가느다란 머리카락들이 그녀의 얼굴을 가리고 있다가 한 가닥씩 바람에 흩어지며 사라졌다. 그리고 초롬의 시선이 겨우 지욱을 향했다.

"……함초롬."

"아저씨."

"……."

"……나 죽어요?"

끝까지 숨기려던 그녀의 표정이 지욱의 심장을 저 아래까지 떨어뜨렸다. 잔뜩 일그러진 얼굴. 붉게 충혈된 눈. 그럼에도 끝까지 뺨을 적시지 않으려 울음만은 참고 있는 괴로운 표정. 그녀가 묻고 있었다. 자신의 죽음을.

끝까지, 눈물을 그 맑은 눈 속에 가둬 둔 채로.

10.

누군가를 위하여

"이번에는 간을 봤는데 전혀 안 싱거워. 안심하고 드셔도 됩니다. 설마 반대로 짜다고 하는 건 아니겠지?"

초롬이 웃으면서 식탁 위에 된장찌개를 올렸다. 김이 모락모락나면서 구수한 냄새가 식탁 주변을 감쌌다. 흰 쌀밥에 된장찌개하나만 있어도 밥 한 그릇을 뚝딱 해치울 수 있을 것처럼 조촐하고도 한없이 입맛을 돋우는 냄새였다.

숟가락을 들고 밥을 한술 퍼 올린 초롬과 달리 두 남자의 얼굴에는 그늘이 가득했다. 마치 선고를 기다리는 사형수의 얼굴이 그랬을 것이다.

그녀의 눈치를 보고 또 서로의 눈치를 보았다. 어차피 닥쳐올일이라면 차라리 빠르게 스쳐 지나가는 게 좋으련만.

울 것 같은 얼굴로 '나 죽어요?' 하고 묻던 초롬은 자신이 언제 그랬냐는 듯이 웃는 얼굴로 종알거리고 있었다. 금방이라도 눈물을 뚝뚝 흘릴 것 같은 그녀를 보며 갑자기 사라질지 모른다는 두려움에 사로잡혔다.

지욱은 그 탓에 가느다란 팔을 꽉 잡고 놓을 수 없었다. 작은 그녀를 넓은 자신의 품에 끌어안고 내내 '아니야, 아니야.' 그 말 외에는 아무 말도 할 수 없었다.

그런 그의 마음을 알았는지 '아무것도 아니에요. 우리 들어가요.' 하며 쓰레기를 버리고 먼저 건물을 향해 앞장섰던 초롬이었다. 그 순간 그녀의 뒷모습이 부서질 것처럼 여리게 느껴졌다. 아마 그녀 자신은 모를 것이다.

오래 지난 일이 아님에도 초롬의 얼굴이 어찌나 태연자약이었는지 그 일은 마치 처음부터 없었던 일처럼 느껴지기까지 했다. 하지만 잊을 수 없을 것이다. 자신의 죽음을 묻던 그녀의 그 무너질 듯한 얼굴을.

"두 사람 다 표정 좀 풀고 밥 먹어요. 초상집에 온 것 같잖아."

"……!"

"……!"

사색이 된 두 남자가 초롬을 보며 기어코 다리를 덜덜 떨기 시작했다. 초조했다. 폭풍전야가 따로 없었다.

그녀를 보듬을 준비가 되어 있었지만 어떻게 보듬어야 할지 감이 잡히질 않았다. 이런 태도는 예상해 본 적 없었다.

차라리 아까처럼 자기가 죽는 거냐고 울먹이거나 왜 숨겼냐고 원망이라도 하면 달랠 수라도 있을 텐데 그녀는 그게 뭐 별거냐는 듯이 굴었다.

물론 그 모든 행동이 100% 진심이 아니라는 것쯤은 알 수 있었다. 울음을 참던 그 얼굴이 분명 그녀의 진심이었을 것이다.

입이 짧은 초롬이 얼마 되지도 않는 양을 깨끗하게 비우고 숟가락을 내려놓으며 물을 마셨다. 그녀의 작은 행동 하나까지 두 남자의 시선이 따라붙었다.

"뭐……. 다행이라고 생각해요."

초롬의 작은 입술이 달싹이며 한마디를 내놓았다. 다행이라는 단어에 '우리 지금 잘못 들은 거 아니지?' 하는 표정으로 큰 지욱과 어린 지욱의 시선이 잠시 동안 서로를 향했다. 죽음에 있어 다행이라는 단어가 쓰일 수 있는 건가.

"그래도 차인 건 아니잖아요. 난 또 견지욱한테 뻥 차여서 헤어진 줄 알았지."

그녀의 웃음을 차라리 막았으면 좋겠다고 생각했다. 웃어도 도저히 웃는 얼굴로 느껴지질 않아 마주하고 있는 것이 곤혹스러웠다. 처음이었다. 그녀의 웃는 모습을 보는 것이 이토록 괴롭게 느껴진 것은. 그녀의 웃음은 언제나 지욱에게 있어 봄날의 햇살이었다.

인내심이 부족한 것은 어린 지욱이 우선이었나 보다. 그가 잔뜩 인상을 쓴 채 초롬을 노려보다시피 했다.

"억지로 웃을 거면 차라리 웃지 마. 할 말이 고작 그거야? 그게 다야? 아니잖아."

올 것이 왔다는 느낌이 들었다. 내내 빙빙 돌리기만 하고 피하기만 하던 것이 드디어 끝자락에 와서 자리를 비워 두었다. 텅 빈 채로 가장 중요한 것을 놓친 채 시간을 흘려보낼 수만은 없었던 것이다. 세 사람은 그 순간 그걸 느꼈다.

"그럼……. 그럴까?"

초롬의 말투에는 변함이 없었다. 그녀는 줄곧 활기찼고, 맑았고, 화사했다. 웃었고, 장난을 쳤고, 깊은 숨을 내쉬었다.

모든 것이 함초롬이었다. 어느 하나 함초롬이지 않은 것이 없었다. 그녀의 입술 사이로 숨과 함께 터지는 것이 잔인한 물음이더라도 말이다. 모든 것이 그녀의 것이었고, 그녀의 권리였다.

"나 죽어요?"

초롬이 직구를 던졌다. 그건 그거대로 아찔한 속도였다.

그녀가 자신의 죽음에 대해 두 번이나 같은 질문을 했다. 한 번은 울 것 같은 얼굴로, 한 번은 생각보다 덤덤한 목소리로. '나 죽어요?' 라는 물음이 얼마나 평온했는지 저도 모르게 '응, 너 죽어.' 하고 대답해야 하는 건가 아주 잠시 헷갈리기까지 했다.

"초롬아."

"이럴 줄 알았어. 내가 이렇게 물으면 두 사람 다 죽을상을 하고 쳐다볼 거잖아."

"……."

"……."

'초상집' 이라느니, '죽을상' 이라느니, 쉽사리 쓰이는 그 단어들이 그녀의 입을 타고 나올 때마다 두 명의 지욱은 매순간 심장이 덜컹 또 덜컹했다.

태연하지 못한 건 그녀가 아니라 자신들이었다. 마치 죄를 지은 것처럼 초롬의 눈빛 하나, 목소리 톤 하나에 계속해서 눈치를 보았다.

"아저씨."

"……응."

"이렇게 됐으니까 다 말해 줘요. 나 언제쯤 죽어요?"

"……."

"어떻게 죽어요?"

"……."

아무렇지 않은 척이 힘겨워 차라리 뭐든 수면 위로 드러내기를 바랐다. 하지만 연이은 질문들에 아프지 않을 리는 없었다.

봇물 터지듯이 나오는 그녀의 질문에 문득 목구멍에 무언가 걸린 것처럼 숨이 막혔다. 큰 지욱은 굳게 다문 입을 쉽사리 열지 못했고, 어린 지욱은 차마 그 얼굴을 보고 있을 수 없어 아예 고개를 돌려 버렸다.

"말 안 해 주면 나 지금 엉엉 울어 버릴 거예요. 실컷 울고 사라져 버릴 거라구요. 그게 좋겠어요? 이대로 아무것도 모른 채 다시 돌아가서 예정대로, 언제일지도 모르는 어느 순간 갑자기 죽어 버리는 편이 나을까요?"

"……마치 협박을 하는 것 같은데."

"협박 맞아요."

남들이 들으면 그게 먹히기나 할 협박이냐고 물었을지도 모르겠으나, 적어도 지욱에게 있어 그토록 무서운 협박은 살아오며 겪은 적이 없었다.

죽음을 걸고 하는 그녀의 협박이 얼마나 사실적인 것인지 알고 있기 때문이었다. 이대로 허무하게 보내고 나면 자신은 또다시 혼자가 될 테고, 그녀는 또다시 두 번째 죽음을 맞이하게 될 것이다.

옆에 앉아 있는 어린 지욱 역시 지난 13년간 자신이 그래 왔던 것처럼 어둠 속을 거닐며 깜깜한 삶을 살아가게 될 게 분명했다. 아무것도 달라지는 게 없는, 결국은 똑같은 우주.

"12월 31일, 밤 11시 57분."

"……뭐 하는 거야. 그걸 왜 말하고 있어!"

"그렇구나. ……나 그때 죽는구나."

의사가 나와 '환자는 수술 중 사망하였습니다.' 라고 말했던 그때의 기억이 떠올랐다. 지욱은 그 순간 자신이 그때의 그 의사가 된 것처럼 최대한 덤덤하게 시간을 읊었다. 세상이 무너졌던 그때 그 시간. 몇 분도 채 지나지 않아 12시의 종이 울리고 모든 사람들이 새해를 축하하던, 그녀 없이 자신 홀로 스물에 도달했던 그 당시의 기억.

가물가물하다고 생각했는데 아니었다. 입 밖으로 내고 나니 바로 어제의 일처럼 생생하게 다가왔다.

눈앞에 있는 그녀가 금방이라도 사라질 것처럼 느껴졌다. 손을 뻗으면 언제나 느껴지던 온기가 어느 순간 갑자기 허상이 되어 버릴 것 같았다. 쉽사리 연기처럼 흩어질 것만 같았다. 그랬기에 지욱은 끝까지 그녀를 향한 시선을 거둘 수 없었다. 놓치고 싶지 않았다. 그녀의 잔상까지도.

'그렇구나.' 하고 말하는 덤덤한 목소리가 그 어떤 울음소리보다 슬프게 들렸다.

착각이라고 해도 좋았다. 눈물 없이도 슬픔이 덮쳐 올 수 있다는 것을 어린 지욱은 처음으로 알 수 있었다. 좀처럼 눈물을 보이는 일이 없었던 초롬이었기에 슬픔 같은 건 없는 줄로만 알았다. 하지만 아니었다. 지금에 와서 보니 그녀는 울지 않고도 슬퍼할 수 있었던 것이다. 자신이 몰라주었을 뿐이었다.

"더 말해 줘요."

"영화를 보기로 했었어. 네가 좋아하는 멜로 영화. 함께 영화를 보고, 저녁을 먹고, 12시에 맞춰 제야의 종소리를 듣기로 했지. 사람들 틈에 섞여 서로의 스물을 축하하면서."

"맞아요. 지금의 계획이 그래요. 이곳으로 오지 않았더라면 아마 잠에서 깨어 31일의 하루를 그렇게 보내고 있었을 거예요."

그가 하는 말들은 열아홉의 초롬과 지욱에게 무척이나 익숙한 계획이었다. 영화를 보기로 했고, 함께 종각에 가기로 했다. 다를 게 없었다. 하지만 그의 과거는 달라진 모양이었다. 그 계획이 흐트러졌다. 초롬이 사라지고 만 것이다.

"넌 먼저 도서관에 갔어. 영화를 보기 전까지 각자 할 일이 있었거든. 그사이에 난 병재를 만나러 갔고, 우린 영화관 앞에서 만나기로 했지."

병재를 만나 그녀의 자랑을 했다. 만날 때마다 초롬의 이야기를 빼면 허전할 지경이었다. 작작하라는 친구의 말을 들으며 배가

찢어지도록 웃던 시절이었다.

10대를 그녀와 함께 보냈다는 것과 앞으로 올 20대도 그녀와 함께일 것이라는 게 기뻤다. 핀잔 투성이지만 결국은 욕을 하면서 응원을 더해 주는 친구와 더할 나위 없이 사랑스러운 여자 친구. 모든 것이 완벽한 때였다.

"응. 그리고요?"

"내가 도서관으로 널 데리러 갔어. 영화관에서 만나기로 한 약속을 까먹고 멍청하게 도서관에서 널 기다렸던 거야."

덤덤하게 주고받는 두 사람의 대화에 어린 지욱만이 주먹을 꽉 쥐었다. 식탁 위의 쌀밥은 점점 미지근하게 식어 가는 중이었고, 식탁 아래로 놓인 그의 주먹만이 참을 수 없는 감정을 그 안에 모조리 집결시켜 주었다.

아직 찾아오지도 않은 미래의 자신을, 그 행동을 원망하기 시작했다. 멍청한 자식. 왜 도서관에서 기다려. 대체 왜.

"기다리다 보니 영화관 앞에서 만나기로 했던 게 생각났지. 그래서 뒤늦게 달렸어. 혹시라도 네가 추위에 떨고 있을까 봐. 오래 기다렸을까 봐."

이상한 불안감은 그때부터 있었다. 달려가서 그저 미안하다고, 약속 장소를 깜빡 착각하고 말았다고, 그렇게 사과하며 끌어안으면 될 일이었다. 평소에도 그런 실수는 몇 번 정도 있었다.

그런데 그날따라 유독 기분이 이상했다. 정말 그런 느낌이라는 게 존재했던 걸까. 왜 그땐 이유 없이 자꾸만 불안하고, 다급하고, 심장이 뛰었던 걸까.

마치 그녀의 죽음이 당연하게 예견되어 있던 것처럼 말이다.

"그랬는데 없었어. 기다리고 있을 줄 알았는데 말이야. 그래서 집으로 전화를 걸었지. 안 받더라고. 혹시나 싶어서 이번엔 집으로 달렸어. 하지만 문이 굳게 닫혀 있었지. 어디에도 네가 없었어. ……그래. 어디에도."

"……그리고요?"

"길이 엇갈렸을까 봐 우선 집으로 돌아갔어. 연락이 오지 않을까. 아니면 이곳으로 오지 않을까. 나름대로 머리를 쓴다고 쓴 거였어. 근데 오히려 머리가 딱딱하게 굳더라."

"……?"

"식탁 위에 놓인 쪽지를 봤거든."

"쪽지요?"

"엄마가 남기신 거였는데 네 사고에 대한 내용이었어. 네가 교통사고를 당했다더라. 어느 병원으로 와라."

"……."

"그게 전부였어."

머리부터 발끝까지 피가 전부 식어 버리는 기분은 그때가 처음이자 마지막이었다. 거짓말이었으면 좋겠다는 생각조차 들지 않을 정도로 모든 것이 멈춰 버렸다. 머리도 심장도 전부 작동하는 것을 포기해 버린 것처럼 느껴졌었다.

그때 병원까지 어떻게 갔는지조차 기억나지 않았다. 무얼 타고 갔는지. 어떤 정신으로 갔는지. 그저 정신을 차리고 보니 자신의 눈앞에 '수술 중' 세 글자만이 덩그러니 떠 있을 뿐이었다.

"······교통사고였구나, 나."

"······."

"그래서 고등학교 졸업 사진에도 내가 없었던 거고, 대학생이었을 때도 그랬던 거고."

"······."

"조금 아쉬워요. 스무 살도 되어 보지 못하고 죽었다는 사실이."

"그만하자."

그때의 일들을 꺼내 놓는 것은 쉬운 일이 아니었다. 마음이 점점 무거워졌다. 덤덤하게 대답하는 초롬의 목소리까지 짐의 무게를 더해 주었다.

지욱에게는 지금 이 시간이 조금, 아니, 많이 힘들었다. 그녀가 괴로워하는 모습이 자신을 더 힘겹게 만들 줄 알았다. 하지만 아니었다. 아무렇지 않은 얼굴로 고개를 끄덕이는 모습이라고 해서 자신을 편하게 만들어 주는 것은 아니었던 것이다. 어느 쪽이든 그녀의 죽음이라는 키워드는 지욱의 목을 졸랐다.

이 순간 두 남자 모두 어떻게 하면 초롬을 살릴 수 있을까에 대한 생각은 잠시 지웠다. 방법 같은 건 중요하게 여겨지지 않는 듯했다. 앞에 있는 초롬을 이렇게 보고, 듣고, 느낄 수 있다는 것이 제일 중요했다.

이상하게도 그녀가 사라지지 않을 것만 같았다. 신기루와 같은 느낌일까. 자신의 죽음에 대해 말하는 그녀가 꼭 함초롬 같지 않게 느껴져 다른 세상의 일인 것처럼 보였다.

"무서웠겠어요, 두 사람 다."

두 명의 지욱이 무얼 말하느냐는 얼굴을 했다. 말로 묻는 그 일이 뭐가 어려운 거라고 꼭 입만 다문 채 숨소리도 내지 않게 되는 건지 알 수 없었다.

"오늘처럼 내가 알게 되는 일이 생길까 봐 노심초사했을 거잖아요. 그리고 앞으로 찾아올 내 죽음도 무서웠을 것 같고. 아, 미묘하게 다르네요. 무서워하는 '중' 이죠? 여전히."

언제나 아이 같기만 하던 그 맑은 얼굴이 오늘따라 느닷없이 성숙해 보였다. 한없이 차분해진 초롬이 남의 일을 이야기하는 것처럼 한 단어씩 하고자 하는 말을 뱉었다.

망설임이 없었다. 더불어 두 사람을 염려하는 말까지 **빼놓지** 않았다. 무슨 생각인 걸까. 두 남자는 그 순간 그게 가장 궁금했다.

"죽기 전에 가장 하고 싶은 게 뭐냐는 질문을 항상 가볍게 넘기기만 했었는데, 지금은 조금 달라요. 내가 진정으로 마지막이라는 단어 앞에서 하고 싶은 게 뭐가 있을까 진지하게 생각해 보고 있어요."

"안 죽을 수도 있잖아!"

그녀의 말에 발끈한 어린 지욱이 속상함을 참지 못하고 언성을 높였다.

"믿기지 않겠지만 난 죽을 확률이 더 크다고 생각해."

하지만 그녀의 차분함이 그보다 강했다. 정말 하고 싶은 것들을 생각하고 있는 것인지 그녀의 행동이 조금 느려졌다. 지욱은 그녀를 향해 한껏 가라앉은 표정을 건넸다.

"세 가지가 있어요."

"······말해 봐."

"우선······. 엄마가 보고 싶어요."

의외의 대답이었다.

"우리 엄마가 나이를 먹으면 어떤 모습일까 궁금했거든요. 근데 내가 스물이 되기도 전에 죽는 거면 우리 엄마 늙는 걸 못 본다는 거잖아요. 내가 같이 나이 먹어 가며 볼 수 없는 모습일 테니까. 미리 봐 두고 싶어요. 13년 뒤의 우리 엄마."

그 이야기를 하는 그 순간 초롬은 가장 아이 같은 얼굴을 했다. 딱 열아홉 살짜리 어린 여자애의 얼굴.

"두 번째로는······. 학교에 가 보고 싶어요."

"학교?"

"지금은 방학 중이라서 못 가고 있거든요. 근데 내가 졸업하기도 전에 죽는다면 방학식이 내 마지막 등교가 되었을 거라는 소리니까. 생각났을 때 한 번 더 가 보고 싶어요. 시간이 지나 변했을 우리 학교."

교복을 입고 같은 등굣길에 올랐던 것이 몇 년이다. 모든 골목, 모든 교실의 추억 속에 지욱과 초롬이 함께 있었다.

초롬에게 있어 학교란 그런 공간이었다. 내 공간도 모두의 공간도 아닌 그저 '우리'의 공간으로서 작용했다. 남다른 의미를 지닐 수밖에 없었다.

"마지막으로······."

그녀가 입술을 떼면서 어린 지욱을 응시했다. 할 말이 있는 듯 보이는 눈이었다. 어린 지욱은 그게 무얼 의미하는 것인지 그녀의 말이 꺼내어진 다음에서야 알 수 있었다.

"아저씨와 단둘이서 시간을 보내고 싶어요."

그와 동시에 큰 지욱의 시선이 어린 지욱에게 닿았다. 눈치 아닌 눈치를 본 것은 말할 것도 없다.

"어느 날 갑자기 함초롬을 잃고 후회에 사로잡혔을 서른둘의 견지욱에게 선물로 주고 싶은 시간이 있어요. 아저씨가 13년 전에 하려고 했던 걸 해요. 죽지 않았다고 생각하고 그날 하려고 했던 모든 것들을 해요. 보내려고 했던 시간을 보내요."

그녀는 말하면서도 어린 지욱에게서 시선을 거두지 않았다. 그는 초롬과 계속해서 시선을 마주하다가 결국 낮은 한숨을 흘렸다. 그러고는 고개를 옆으로 돌려 버렸다. 마지못해 허락하는 끄덕임과 같은 것이었다.

초롬은 믿고 싶었다. 자신의 죽음이 그를 한층 더 성숙하게 만들 것이라고.

한참이나 전화를 피하던 지욱이 느닷없이 연락을 해 다짜고짜 초롬의 부모님에 대해 묻자 전화 너머의 그녀가 당황을 감추지 못했다.

화를 낼 타이밍조차 놓쳐 버렸다. 선 자리에 나갈 때마다 속을 뒤집어 놓는 소식을 전하더니 웬일로 먼저 전화를 하는가 했다. 내심 무언의 소식을 기대했던 그녀에게 던지는 말 한 마디 한 마디가 골을 울리게 했다.

– 초롬이 어머님이랑 아직 연락하죠.

그게 시작이었다. 연락처를 묻는 건가 싶었는데 어디 사는지만 알려 달란다. 그 말이 더 수상해서 입을 꾹 다물었더니 그는 '엄마……. 부탁해요.' 하며 간절한 한 마디로 모든 것을 녹다운시켜 버렸다.

이제 그만 초롬이를 잊고 새 출발을 하는 게 좋지 않겠느냐는 말 외에는 할 수 있는 말이 없었다. 13년째 입이 닳도록 하고 있는 말이었다. 어린아이들의 풋내기 사랑이 아들의 십여 년을 모조리 앗아 갈 정도였을 줄 그녀가 어떻게 알았겠는가.

가벼운 연애일 것이라고 생각했던 자신의 탓이었다. 하지만 그렇게 치부하지 않았다고 한들 달라지는 건 없었을 것이고, 그녀는 그 감정에 있어 아무런 영향력도 행사할 수 없었을 것이다. 정말 이렇게 될 수밖에 없었던 걸까. 그녀는 13년 전의 아들을 되찾고 싶었다.

그래서 알려 주고 말았다. 그들이 살고 있는 곳의 주소를.

어떻게든 될 것이다. 잊을 때가 되었다면 잊게 될 것이고, 괜찮아질 때가 되었다면 괜찮아질 것이다. 그렇게 생각했다.

적어도 지욱이 초롬과 관계된 무언가를 물은 것이 딱 13년 만이었다는 사실, 그것으로 충분했다. 적극적으로 무언가를 정리해 보려는 마음을 먹은 것일 거라고 생각하기로 했다.

초롬의 부모는 딸을 잃은 뒤 먼 지방으로 떠났다. 딸의 흔적이 없는 곳에서 가슴에만 묻은 채 그렇게 살고자 했다.

하지만 몇 년도 지나지 않아 다시 돌아왔다. 팔았던 집을 다시 사고 그곳에 재차 터를 잡았다. 똑같은 집 구조처럼 전화번호도 그대로 되살렸다. 이미 떠나 버린 딸의 방에는 여전히 작은 침대와 책상을 두었다. 초롬의 부재만 제외한다면 달라진 건 아무것도 없는 것처럼 보였다.

모든 것을 가슴에 묻었다. 그리고 흔적 속에도 묻었다. 그 사실을 알고 있는 것은 그들과 지욱의 부모뿐이었다.

"여기……라구요?"

건물을 십여 미터 앞에 두고 떨어져 선 초롬이 말했다. 믿기지 않는다는 표정이 그녀의 질문과 더불어 놀라움을 고스란히 드러내고 있었다. 그럴 만도 했다. 자신이 살고 있던 바로 그 집이었으니까.

서른둘이 되어 버린 지욱이 곁에 있지만 않았더라면 초롬과 어린 지욱은 지금 눈앞에 있는 두 채의 건물이 그저 지금 자신들이 살고 있는 곳이라 여겼을 것이다.

13년이 흘렀지만 모든 것이 그대로였다. 2층의 창이 1미터 남짓을 두고 딱 붙어 있는 것부터 주변 경관까지 모든 것이.

"……거짓말."

"나도 믿기지 않지만 사실이야. 13년이나 흘렀는데도 그대로라니. 게다가 지금도 저 집에 살고 계시다는 게 쉽게 믿겨질 리가."

"지금 저기 2층으로 올라가면 우리가 잠들어 있을 것만 같아."

세 사람은 똑같은 표정을 했다. 살짝 벌려진 입술 사이로 흰 입김이 새어 나왔다. 지금이 몇 년도인지 다시금 머리에 떠올려야만 했다. 감각이 아득해질 것 같았으므로.

"……아."

그때였다. 익숙한, 그리고 조금 낯설기도 한 어느 부부가 멀리서 걸어오고 있었다. 혹시라도 모습을 들킬까 걱정한 세 사람이 나무 뒤로 조금 더 몸을 숨겼다. 몸은 점점 뒤로 숨었지만 마음은 자꾸만 앞으로 내달릴 것 같았다.

머리가 벌써 희끗하게 물들어 버린, 13년이란 세월의 흐름을 맞아 버린 초롬의 부모였다.

초롬은 그 모습을 멀리서 지켜보기만 했는데도 울컥 눈물이 나와 버릴 것 같았다. 그런 그녀의 마음을 알았는지 양옆에서 두 남자가 그녀의 작은 손을 꼬옥 잡아 왔다.

이상하게도 의지가 되었다. 이대로 눈물에 못 이겨 사라져 버리지 않도록 자신을 지켜 주고 있는 두 사람의 온기가 손끝에서부터 전해졌다.

나 이 사람에게 이렇게 사랑받고 있었구나. 그런 생각이 들어 초롬은 그 순간 견지욱이라는 남자가 애달파졌다.

영영 보지 못하게 될 부모님의 나이 든 모습을 미리 보니 속이 말이 아니었다. 저렇게 흰머리가 많이 났다니. 저렇게 어깨가 움츠러들다니. 저렇게 힘없이 걷게 되다니……. 차라리 보지 말 것을 그랬나 싶을 정도로 미래의 부모는 그녀의 가슴을 아프게 내리쳤다.

꿈에서 깨고 만약 하루도 채 지나지 않아 죽음을 맞이하게 되는 게 정말 일어나고 말 사실이라면, 지금의 이 안타까운 마음이 사그라지기 전에 저 두 사람을 꼭 안아 줘야겠다고 초롬은 생각했다.

사춘기를 겪기 시작한 뒤, 닭살이 돋아 사랑한다고 한 번도 하지 않았던 자신을 떠올리며 그런 생각이 들었다. 왜 죽음을 앞둔다고 생각하니 사랑한다고 말해 주지 못했던 이들이 떠오르는 걸까.

엄마, 아빠, 그리고 지욱까지도.

"이제 가요."

봤으니까 됐다고 생각한 초롬이 웃으며 고개를 들었다. 그때 지욱이 주머니에서 휴대 전화를 꺼내어 내밀었다.

"……?"

"전화해 봐. 집 전화번호, 그대로라고 하니까."

"……."

"저번에 번호만 누르다가 포기했잖아."

"……아저씨."

"어서."

얼떨결에 휴대 전화를 건네받은 초롬이 지욱을 보았다. 그가 자상하게 웃고 있었다.

이번에는 어린 지욱을 보았다. 그가 어깨를 으쓱이며 개구지게 웃었다.

슬픔이 온전하게 사라진 순간. 초롬은 꿈에서 깨어나면 바로 만나게 될 엄마이면서도 13년이나 흘러야 만날 수 있는 미래의 엄마를 품에 차곡차곡 쌓았다.

지금은 궁금증에 불과하더라도 아마 시간이 흐른 뒤에는 그리움이 될 성질의 감정이다. 죽고 나서도 내가 이들을 그리워할 수 있게 된다면 좋을 것이다. 내가 사라져도 이 그리움은 내내 이곳에 남아 있으면 좋겠다. 초롬은 그렇게 생각했다.

부부가 현관문을 열고 집 안으로 모습을 감추고도 한참이나 지나서야 초롬은 집 전화번호를 누를 용기가 생겼다. 며칠 전만 해도 서른둘의 자신이 전화를 받아 누구냐고 물으면 뭐라고 해야 하나 고민 아닌 고민을 했었다.

하지만 지금은 다르다. 익숙한 저 집 안에, 함초롬은 없다.

– 여보세요?

집 내부를 가득히 울린 전화벨 소리에 부부 중 그녀의 엄마가 수화기를 들었다. 여전히 여성스럽고 온화한 목소리. 나이 들어 버린 지욱의 어머니를 전화 너머로 접했던 그때와 비슷한 기분이 들었다.

"……"

– 여보세요?

초롬은 아무런 말도 할 수 없었다. 당연했다. 자신을 누구라고 소개할 수 있겠는가.

전화 너머의 그녀는 말없이 침묵으로 일관하는 발신인을 향해 연신 '여보세요?'라는 말을 건넸다. 여보세요? 여보세요? 그 말이 네 번 정도 반복되었을 때, 그 목소리 끝에 한 가지의 이름이 따라붙었다.

– ……지욱이니?

휴대 전화를 손에 꼭 붙들고 귀를 기울이던 초롬이 지욱을 보았다. 휴대 전화를 내밀었다. 지욱이 받지 않으려는 양 고개를 저었다.

초롬이 낮게 한숨을 쉬는가 싶더니 무언가 떠올랐는지 휴대 전화를 작은 손 안에 다시금 고쳐 쥐었다. 그러고는 얼마 되지 않은 요전번의 기억을 떠올리며 스피커 버튼을 눌렀다.

어린 지욱도 그 소리를 함께 듣게 되었다. 그 순간 '지욱이 맞지?' 하는 목소리가 재차 들려왔다. 자신의 이름에 어린 지욱이 움찔 놀랐다.

– 지욱아.

"……."

"……."

"……."

– 언제 한 번은 전화가 올 것 같아 기다리고 있었어. 잘 지냈니?

세 사람은 숨소리를 죽이고 그녀의 목소리에 귀를 기울였다. 그녀는 지욱이 아무런 대답을 하지 않아도 마치 대답을 들은 사람처럼 차분하게 자신의 말을 이어 갔다.

그 차분함과 온화함은 초롬을 꼭 닮아 있었다. 초롬이 오래도록 살아 있을 수 있다면 분명 그녀처럼 아름답게 늙어 갈 게 분명

하다.

– 마지막 인사도 제대로 못 나눈 게 내심 마음에 걸렸었단다. 우리만큼이나 너도 많이 아팠을 텐데. 처음에는 원망도 많이 했어. 그래도 우리 초롬이가 제일 좋아했던 너인데. 초롬이 마지막 가는 길 배웅 정도는 해 주지. 너무하네. 그런 생각을 했었어.

"……."

– 그땐 너도 고작 열아홉이었는데……. 미안하다, 지욱아.

대답을 할까, 말까. 지욱은 그 순간 고민이 깊어졌다.

– 지금도 매년 납골당에 네가 다녀가는 걸 알고 있단다. 고맙게 생각해. 하지만 벌써 13년이야. 이제 그만하고 초롬이를 놓아 줘도 될 것 같구나.

"……."

– 이렇게 과거에 묶인 채 홀로 지내고 있는 널 알게 된다면 초롬이도 많이 속상해할 거야. 알잖니, 그 애. 주변 사람들의 행복이 우선이었던 아이인 거.

옆에 서 있던 초롬이 큰 지욱을 올려다보며 웃었다. 내내 무거운 얼굴을 하고 있던 그녀가 간만에 맑게 웃으며 고개를 끄덕였다.

입이 뻥긋거렸다. '맞아요.' 라고 말하는 듯했다. 그녀는 자신이 하고자 했던 이야기가 천천히 휴대 전화 너머에서 흘러나오기 시작하자 이상하게도 마음이 편안해지는 것을 느꼈다.

– 올해를 끝으로 이제는 그만 오는 게 좋겠어. ……정 와야겠다면 내년에는 차라리 예쁜 사람이라도 옆에 데리고 와서 오랜

친구였다며 소개라도 해 주려무나. 그럼 내 딸이 아주 환하게 웃어 줄 거야. 난 그렇게 믿는단다.

지욱은 참을 수 없었다.

"아줌마."

– ······그래, 지욱아.

끝까지 대답이 없을 줄로만 알았던 전화 너머 목소리에 그녀가 잠시 망설이다가 그의 이름을 불렀다. 13년 만에 듣게 된 딸 남자 친구의 목소리. 어느덧 어른이 되어 버린, 더는 아이가 아닌 목소리.

"······죄송해요."

아직까지 잊지 못해 마음의 짐을 더 얹어 드린 것. 그때 조금 더 그 아이를 챙기지 못한 것. 빨리 달려가 사고로부터 그 아이를 구해 내지 못한 것. 미련하게 스스로를 포기하며 지난 시간을 허비해 버린 것. 그 때문에 옆에서 자신을 올려다보는 이 아이에게 마음껏 웃어 줄 수 없었던 것. 모두 죄송합니다.

지욱의 짧은 사죄는 초롬과 어린 지욱의 귀에도 한동안 계속해서 머물러 있었다.

❖

초롬은 생각했다. 이곳에서 언제쯤 떠나면 좋을까. 언제쯤 이 잠에서 깨어나는 게 좋을까.

큰 지욱은 생각했다. 그녀를 계속 이곳에 붙잡아 둘 수 있는 방법이 정말 없는 걸까. 돌려보낼 수밖에 없는 걸까. 영영 다시 보지 못하게 되는 걸까.

어린 지욱은 생각했다. 함께 잠에서 깨어도 좋은 걸까. 정말 죽을 수도 있는데 그래도 괜찮은 걸까. 차라리 그녀를 이곳에 둔 채 혼자만 잠에서 깨어나는 게 최선은 아닐까. 두고 갈까. 그럴까.

같은 공간에서 그들은 각기 다른 생각들을 품었다. 정답이 없을 그들의 고민은 찬바람에 휩쓸려 가지도 않은 채 각자의 머릿속을 내내 부유했다. 흩어지지도, 사그라지지도 않았다. 영원히 계속될 것만 같은 고민의 순간.

"한 가지는 했어요. 그럼 이제……."

"어차피 여기까지 왔으니 두 번째의 소원도 들어줘 볼까. 가보자, 학교로."

세 사람은 익숙한 길을 걸었다.

초등학교도, 중학교도, 고등학교도, 모두 이 길을 통해 갔었다. 가방을 어깨에 멘 채로 양말에 운동화를 신은 단정한 발이 언제나 이 바닥 위를 딛고 있었다.

큰 지욱에게는 그때의 추억이 새록새록 떠올랐고, 초롬과 어린 지욱에게는 지금 여기가 미래라는 생각도 들지 않을 정도로 평소다운 익숙함이 차올랐다. 있는 그대로의 꿈같았다. 울지 않아도 잠에서 깰 때가 되면 깨고 말 꿈.

집이 그대로라 몇 블록 떨어진 동네도 전부 그대로일 것이라고 생각했다. 하지만 13년이라는 세월을 이기지 못하고 많은 것이 변화했다.

확장된 도로는 아늑한 동네를 조금 더 도시적으로 만들어 주었다. 풀잎만 무성하던 길가에는 어느덧 포장된 인도 위로 버스 정류장이 생겼다. 버스를 타러 저 멀리까지 뛰어가던 게 생각났다.

분식집이 있던 위치에는 24시간 편의점이 들어섰고, 작은 사진관이 있던 자리에는 어느 카페가 생겼다.

초롬과 어린 지욱은 익숙함을 등지고 다시 미래로 돌아와 버렸다. 이게 저 남자의 현실이구나. 그런 생각을 하며 서른둘의 지욱을 본다.

모든 것은 변할 것이다. 이 도로처럼. 저 가게들처럼. 모든 것은 결국 크고 작게 변하고 말 것이다. 하물며 우리의 감정이라고 그렇지 않을 거라 장담할 수 있을까. 우리도 언젠가는 변하게 될 텐데. 곁에 두고 서로의 소중함을 익숙함이라 여기며 변해 가게 될 텐데.

하지만 그럼에도 그 변화가 기분 좋을 것이다. 홀로 남아 십여 년을 외롭게 살아온 지욱을 보며 초롬은 생각했다.

곁에 있으면서 설렘이 습관이 되고, 소중함이 익숙함이 되어도 좋을 것이다. 서운할 수는 있을지언정 영영 볼 수 없는 부재에 슬프지는 않을 것이다. 열아홉의 지욱에게 같은 상처를 주고 싶지 않았다.

"아……. 여기도 그대로야."

"끔찍하다. 13년 뒤의 미래까지 와서도 학교라니."

초롬은 끔찍하다고 말하는 어린 지욱의 팔을 아프지 않게 살짝 꼬집었다. 지욱이 아프다는 시늉을 하며 팔을 문질렀다.

그래, 저렇게 한참이나 투닥거리는 게 일상이었지. 큰 지욱은 둘을 지켜보며 학창 시절을 떠올렸다. 학교 앞에 서니 더욱 그랬다.

오후의 학교는 방학이어서 그런지 텅 비어 있었다. 그때와 똑같은 모습을 한 채 누구도 품지 않고 운동장 한쪽에 떡하니 서 있었다.

운동장을 가로질러 걸어가면서 세 사람은 같은 시기를 머릿속에 떠올렸다. 석양이 지는 오후의 교실. 그곳에서 심장이 터질 듯이 두근거리던 입맞춤을 나눴던 우리. 그 일이 바로 어제의 일처럼 생생하게 입술 끝에 남아 있는 듯했다.

"지욱이랑 나는 바로 며칠 전의 일인데, 아저씨는 어때요?"

"뭐가?"

"학교를 보는 느낌이요. 사실 우리는 평소로 돌아온 것 같아요. 집에 있는 시간보다 학교에 있는 시간이 더 많았으니까요."

"…….'그때가 좋았지'라는 생각이 들면 내가 나이를 먹었다는 증거가 되나?"

"서른둘이면 늙기는 늙었지."

"견지욱, 너 또오?"

"한 대 쳐서 울리면 좋겠군. 먼저 돌려보내 버리게."

두 견지욱이 붙으면 매번 실랑이로 연결되었다. 그리고 초롬은 어느 순간부터 그 실랑이가 싫지 않았다. 둘을 사이좋게 만들어야겠다는 생각이 사라지면서부터 두 남자를 바라보는 시선에 여유가 생긴 것도 같았다.

결국은 자신을 가장 잘 아는 게 자신 아닌가. 누구보다 서로를 잘 이해하고 있을 것이다. 초롬 본인이 놓쳐 버린 감정들까지도 그들은 공유하고 있을 게 분명했다.

3학년 2반. 기억이 나는 교실을 향해 계단을 하나씩 밟아 올랐다. 그때 두 계단씩도 밟아 올랐던 것 같은데. 그러면서 힘에 겨워 숨을 몰아쉬었던 것도 같은데. 마냥 높게만 느껴졌던 계단이 이렇게 시간이 흐르고 보니 그다지 높지 않아 놀랐다.

그 당시에 크게 느껴졌던 것들이 지금 이렇게 작아지고, 그 당시에 작게 느꼈던 것들이 지금 생각해 보면 무척이나 거대했었다.

대체 어디부터 어디까지가 보는 그대로인 걸까. 시간의 흐름에 따라 모든 것이 변할수록 지욱은 또다시 초롬을 향해 건네지 못했던 그 크나큰 감정에 사로잡혔다.

사랑해.

그 한 마디를 하지 못했던 작고 작은 열아홉.

앞서가는 초롬. 그 뒤를 따르는 서른둘의 지욱. 그리고 가장 밑에서 천천히 걸음을 옮기는 열아홉의 지욱. 세 사람의 걸음이 각기 다르게 같은 곳을 향했다.

어린 지욱은 가장 뒤에 서서 시간의 흐름을 느리게 받고자 했다. 이곳을 떠날 것처럼 하나둘씩 하고픈 걸 시작하는 그녀를 보며 어지럽던 마음이 조금 정리되는 것도 같았다.

죽음을 위한 정리가 아니다. 서른둘의 자신, 외로움이 사무쳐 있던 견지욱을 위로하기 위함이다. 그렇게 생각하니 마음이 편해지기 시작했다.

자신을 보며 말하던 그녀의 마지막 바람 한 가지를 떠올렸다.

"저기에 3학년 2반이 보여요. 교실 위치가 그대로네요?"

복도를 종종걸음으로 거닐어 가는 그녀의 뒷모습을 보며, 어느덧 듬직해진 어른 견지욱의 뒷모습을 보며, 어린 지욱은 생각했다.

그녀를 위한, 그리고 외로웠던 나를 위한 하루를 선사하는 것도 나쁘지는 않겠구나.

"아아, 학교 지겨워."

먼저 꿈에서 깰 작정이었다.

11.

소년의 고백

어느 여름이었다. 창문을 활짝 열었음에도 뜨거운 볕에 방이 온도를 높여 가고 있었을 뿐 바람 한 점 불지 않았다.

지욱은 책상 의자를 빼내어 거꾸로 앉았다. 그러고는 지난 생일 선물로 초롬이 사 주었던 미니 게임기를 든 채 테트리스를 시작했다. 얼마나 집중을 했는지 눈 한 번을 깜빡이지 않는다.

그 맞은편 침대 위에는 초롬이 다리를 쭉 펴고 앉아 책을 읽고 있었다. 덜덜덜 소리를 내며 돌아가는 선풍기만이 그 방에 존재하는 유일한 소리였다.

유일한 소음을 깨뜨린 건 초롬의 목소리였다.

"지욱아."

"말해. 나 지금 완전 급해."

레벨이 올라갈수록 점점 더 빠르게 내려오는 조각들에 지욱의 눈과 손이 빨라졌다. 초롬이 책을 탁 덮으며 얼굴을 찡그렸다.

"성의 없어."

"뭐가."

"나 좀 보고 대답해."

"아니, 내가 지금 엄청 급하다니……. 악! 죽었어!"

게임기를 손에 쥐고 있던 지욱이 온몸에 힘을 쭉 빼며 의자 등받이에 턱을 괴고 늘어졌다. 그의 시선이 그제야 초롬을 향했다. 이미 심통이 가득하게 들어차 빵빵해진 볼을 본 지욱이 아차 싶었는지 책상 위에 게임기를 던져두고 침대 위로 올라왔다.

"아니, 그게 아니라."

"뭐가 아니야."

"아, 그러니까 왜 선물로 게임기를 사 줬어! 내가 요즘 저거에 아주 푹 빠져 가지고!"

"선물을 하필이면 게임기로 사 준 내 잘못이다 이거지?"

"……잘못했습니다. 저를 매우 때려 주세요."

자비가 사라진 초롬의 표정을 본 지욱이 침대 위에서 무릎을 꿇었다. 두 손을 딱 맞대고 용서를 구하는가 하면 '때릴래?' 라는 말과 함께 토실토실한 엉덩이를 쑥 내밀기도 했다.

초롬은 그럴 때마다 기겁을 하면서 '아, 저리 가!' 하고 지욱을 침대 아래로 밀어 버리기 일쑤였다.

아무것도 문제될 게 없었던 열아홉의 어느 여름. 땡볕에 몸이 녹을 것 같아도 딱 붙어 앉은 서로의 간격만큼은 결코 양보할 수 없었던 시절.

책을 옆으로 밀어 놓은 초롬이 흘깃 지욱을 보자 그가 마치 궁금증을 담은 강아지 같은 표정으로 시선을 마주했다.

"왜?"

"넌 사랑이 뭐라고 생각해?"

생각지도 못한 질문에 지욱이 넋이 나간 얼굴을 했다. 철부지 열아홉 소년에게 있어 그런 진지하고도 무거운 질문은 꽤나 어려운 것이었다.

한 번도 생각해 본 적 없었다. 사랑이라니? 첫사랑이나 뭐 그런 것들을 통틀어 묻는 건가? 잠시 동안 눈동자를 이쪽으로, 다시 저쪽으로 굴리며 생각을 하던 지욱이 조심스럽게 입을 열었다.

"……너?"

그 외에는 아무런 정답이 생각나질 않았다. 아니, 그보다 지욱에게는 그만큼 정확한 답이 없었다. 이상하게도 사랑한다는 말은 쉽사리 하기엔 무거웠지만 사랑이라는 단어에 부합하는 것을 찾을 때에는 언제나 초롬의 이름이 떠올랐다. 사랑이 뭐냐고 물으면 나는 그냥 '너' 라고밖에는.

"어휴, 바보!"

바보라는 단어는 꼭 핀잔처럼 들렸지만 초롬의 붉어진 얼굴이 그게 아님을 알렸다. 양쪽 뺨이 발갛게 복숭아처럼 물들 때마다 지욱은 그 뺨을 깨물고 싶었다.

"그럼 너는 사랑이 뭐라고 생각하는데."

"나? 음, 나는……."

질문을 던져 놓고 정작 본인은 그런 생각을 해 보지 않았던 모양이다. 초롬의 목소리가 한참이나 목 안에서 '으음…….' 하고 울렸다. 쉽사리 대답을 꺼내지 못했다.

처음에는 그저 아무 생각 없이 역으로 질문했을 뿐인데 망설이는 모습을 보고 있자니 지욱은 괜스레 그 대답이 궁금해졌다. 엉덩이를 떼어 그녀의 곁으로 바짝 가까이 붙어 앉았다. 그래서 뭔데? 사랑이?

"안고 싶고, 입 맞추고 싶은 거……?"

조금 의외였다. '설레는 것' 혹은 '두근거리는 것' 정도의 대답을 기대했었다. 꽤나 사실적으로 받아치는 그 대답에 지욱은 속에서 웃음 방울이 탁 터지는 것을 느꼈다.

배에 힘을 주어 새어 나올 뻔한 웃음을 참았다. 초롬이 그를 힐끔 보며 표정을 살폈다. 그가 느닷없이 씩 웃는다.

"너 안고 싶어."

지욱은 그렇게 말하며 그녀에게 반응할 시간도 주지 않고 손목을 잡아당겼다. 앉아 있던 상태에서 더 가까이 당겨진 초롬이 그의 품에 안겼다. 포옹 정도야 하루 이틀 한 사이가 아닌데도 이상하게 매순간 이렇게 얼굴이 빨갛게 달아올랐다.

"너……."

"그리고 입 맞추고 싶어."

그 말에 눈이 동그랗게 뜨여졌다. 대답을 하려 고개를 드는 순간 지욱의 입술이 먼저 찾아들었다.

마치 누나처럼 꾸중하는 소리는 듣고 싶지 않다는 듯이 그는 조금의 틈도 주지 않고 초롬을 모조리 집어삼킬 듯 굴었다. 여전히 손목을 꼭 쥔 채로, 이대로 움직이지 말라는 뜻을 전하면서 자신의 모든 온기를 그녀에게로 옮겼다.

도톰한 입술 사이를 말캉거리는 혀가 밀고 들어오는 순간 초롬은 발가락 끝이 자꾸만 간지러운 것을 느꼈다. 앙증맞은 다섯 발가락이 동그랗게 오므라들었다.

눈을 질끈 감아 버리자 뜨겁게 익은 지욱의 혓바닥이 더욱 적나라하게 느껴져 어째야 할 줄을 몰랐다. 눈을 감으면 촉각이 곤두섰고, 아무런 생각을 하지 않으려고 할 때면 청각이 뾰족하게 일어섰다. 귓가로 닿아 오는 작은 숨소리 하나까지 이 순간 전부 내 것이 된 것 같은 기분이 들었다.

덕분에 있는 줄도 몰랐던 소유욕 따위의 감정들이 하나둘 깨어나는 듯했다. 나와 같은 기분을, 나와 같은 설렘을, 이렇게 온전하게 공유해 주는 사람이 있다는 것은 기쁜 일이다.

천천히 입술이 떨어졌을 때, 문득 눈이 마주쳤다. 부끄러움으로 잔뜩 달아오른 초롬을 보는 지욱의 눈빛에서 꿀이 떨어졌다.

반들반들하게 잔뜩 침을 묻히고 있는 그 입술조차 마냥 달콤하게만 보여 그가 아쉽다는 듯이 초롬의 두 뺨을 잡았다. 그러고는 다시금 쪼옥 소리가 나도록 그녀의 입술을 빨아 당겼다. 그럴수록 귓불까지 잔뜩 빨개진 초롬이 말을 잃고 입가만 가늘게 떨었다.

그러다가 두 사람의 맨발이 닿았다. 간지러운 느낌에 발을 살짝 치우면 다시금 지욱의 발이 따라와 엄지발가락으로 초롬의 발바닥을 간질였다. 심장까지 간지러운 기분이 들어 초롬이 지욱의 팔을 몇 번 정도 때리자 그가 아프다는 시늉을 하며 그녀의 침대 위를 굴렸다.

"아, 아파. 멍들 것 같아."

"엄살은!"

사랑한다는 말 없이도 사랑을 표현할 수 있었다.

❖

교실을 둘러보았을 뿐인데도 지욱은 13년 전의 기억들이 하나
둘씩 새롭게 떠오르기 시작하는 것을 느꼈다.

함께 있었던 모든 공간들, 그리고 그에 따라 설레던 감정들은
그 외에도 공유되어진 여러 가지 기억들을 이 교실 안으로 불러
모았다.

"책상이 달라졌네. 우리가 쓰는 것보다 훨씬 좋아 보여. 바꾼
지 얼마 안 됐나? 낙서도 안 되어 있고. 벽도 완전 깨끗해."

초롬이 쫑알거리면서 교실을 한 바퀴 빙 돌았다. 그러다가 창
가 쪽 자리로 가서 냉큼 앉았다. 앞에 놓인 책상을 손바닥으로 슥
슥 매만져 보더니 고개를 돌려 두 남자를 보았다.

"내 자리는 여기."

그 당시의 기억을 떠올렸다. 저 정도쯤에 앉았던 것도 같다.

'그리고 내 자리는……'

과거를 되짚어 보고 있자 어린 지욱이 성큼성큼 걸어가 초롬의
바로 뒷자리에 풀썩 앉았다.

그 모습을 보니 기억이 났다. 초롬의 바로 뒷자리였다. 샤프 뒷

부분으로 수업에 열중하는 그녀의 등을 콕콕 건드리기도 하고, 가느다란 머리카락을 만지작거리기도 하면서 장난을 치고는 했었다. 13년 전이었어도 저 두 아이들을 보니 모든 것이 생생하게 살아났다.

"함초롬, 너 펜 있어?"

"펜?"

어린 지욱이 물었다. 초롬은 지욱이 사 주었던 자신의 작은 가방을 뒤적거렸다. 그리고 그 안에서 작은 펜 하나를 꺼냈다. 지욱은 초롬이 어릴 적부터 습관을 들여 가방에 펜과 종이를 하나씩 챙겨 다닌다는 사실을 잘 알고 있었다.

"그걸로 뭐 하게?"

"이런 교실에는 낙서가 좀 되어 있어야 진리야."

"뭐어? 너 펜 이리 내!"

책상에 낙서를 하려던 지욱은 초롬의 휘적이는 손을 피해 기어코 커튼 속으로 머리를 들이밀며 창문 옆 벽에 낙서를 했다.

낙서에 신중을 기하는 지욱을 보던 초롬이 자리에서 일어나 빠르게 펜을 빼앗았다. 고스란히 보존되어야 할 이 예쁜 교실이 기어코 훼손되고 말았다. 어디까지 어린애 같을 작정인지. 초롬이 한껏 인상을 찌푸렸다.

교실에 오니 둘은 정말 꿈에서 깨어 현실로 돌아가기라도 한 듯했다. 초롬이 지욱의 등을 때리자 그가 손으로 닿지 않는 등을 매만지면서 제자리를 빙글빙글 돌았다. 큰 지욱은 그 모습을 보며 과거를 떠올렸다. 그래. 매일을 저렇게 지냈었다.

둘을 통해 추억에 잠기던 지욱이 천천히 걸어 교탁 앞에 섰다. 교탁의 높이가 원래 이 정도였나. 그때보다 고작해야 십 센티미터 정도밖에 성장하지 않았는데도 기억과는 다르게 교탁이 한없이 작아 보였다.

기억 속의 모든 것들이 현실과는 조금씩 다르게 조작되어 있는 것만 같았다. 그러고 보니 이 교실이 그때는 왜 그토록 넓어 보였던 걸까. 긴 다리를 휘적거리면서 이 작은 교실을 몇 바퀴씩 돌고, 뛰고, 헤집어 놓았었는데.

"아저씨 거기에 그러고 서 있으니까 꼭 선생님 같아요."

"고릴라 생각난다."

"어? 고릴라도 기억해요?"

고릴라는 수학Ⅱ 선생님의 이름이었다. 이용복이라는—그것도 얼굴과 무척이나 잘 어울리는— 이름을 두고도 학생들은 모두 그를 고릴라라고 불렀다.

이름에 못지않게 처음부터 그의 것이었던 것같이 몸에 딱 알맞은 별명이었다. 그는 언제나 드럼 스틱 같은 매를 들고 다니며 교탁을 요란스럽게도 내리쳤다.

학생들이 집중하지 않을 때면 그 스틱은 칠판을 탕! 하고 치며 큰 울림을 냈다. 단언컨대 그를 좋아하는 학생은 한 명도 없었을 것이다.

"고릴라 얼마 전에 복도에서 넘어져서 팔에 깁스했어요."

"알아."

"그것도 기억해요?"

"복도 청소를 대충해서 물기가 남아 있던 탓이라고 마침 당번이었던 내가 질질 끌려갔거든. 엉덩이를 못해도 열 대는 족히 맞았을 거야. 눈물이 찔끔 나왔었지."

"……울었다고요? 뭐야, 견지욱. 내가 물어봤을 땐 안 울었다며. 그까짓 게 뭐가 아프냐더니."

"그럼 창피하게 아파 죽겠다고 그러냐? 여자 친구 앞에서? 아, 그런 얘기는 군이 왜 꺼내 가지고, 진짜."

서로에게 남은 같은 기억들이 마치 다른 기억들처럼 각자의 입을 타고 흘렀다.

아파도 아프다고 말하지 못했던 나이였다. 어떻게든지 멋지게 보이고 싶었던 어린 자신의 마음을 누구보다 잘 이해했다. 자신도 13년이나 지났으니 '사실은 그때 그랬어.' 하고 말할 수 있게 된 게 아닌가. 눈앞에 있는 열아홉의 견지욱에게는 비록 현재의 일이라고 해도 말이다.

신기했다. 추억을 이야기할 수 있다는 게. '그때 우리 그랬잖아.' 라든지 혹은 '그 사람 기억나?' 라든지. 그런 모든 것들이 자신에게도 가능할 수 있다는 게 한없이 신기하게 받아들여졌다.

그러면서 동시에 또다시 함초롬의 부재가 현실적으로 다가왔다. 언젠가는 떠나보내고 말 그때의 그녀. 그리고 현재는 곁에 없는 서른둘의, 자신의 현실에 살아 주길 바랐던 그녀.

만약 죽지 않고 내내 살아 자신과 같은 세월을 맞아 왔다면 지금쯤 '맞아, 그때 그랬었어.' 하면서 웃어 주고 있었을 것이다. 앞에 있는 저기 저 열아홉의 함초롬처럼.

지욱은 그 순간 깨달았다. 자신이 이미 초롬을 보내 주려 마음 먹고 있었다는 것을.

과거를 함께 추억하고, 현재를 함께 보내고, 그러면서 또 다른 추억들을 미련 없이 쌓으려 하고 있었다. 그녀가 바라는 것들을 하나씩 들어 주고 싶었다. 더는 눈앞에 있는 열아홉의 함초롬을 내 것으로 붙잡아 둘 생각이 들지 않았다.

어린 시절의 자신을 위해 온전하게 맡겨 두고 싶은 마음이었다. 너라면 지킬 수 있을 거라고. 넌 분명 나와 다른 우주를 좋은 방향으로 다르게 조각내어 살 수 있을 거라고. 그래 주었으면 좋겠다고…… 생각했다.

모든 것은 욕심이었다. 어쩌다가 우연처럼 그리고 꿈처럼 자신의 앞에 나타난 그녀를 영원히 곁에 붙잡아 두는 것은 전부 자신의 철없는 욕심에 불과했다.

그녀 없이 외로웠던 나의 십수 년을 보상받기 위해 그녀를 곁에 둔다면 또 다른 어린 나는 그 힘겨운 세월을 다시 반복할 수밖에 없을 것이다.

누구를 위해서? 그렇게 질문을 던지고 나면 답은 한 가지였다. 그래 봤자 그녀도 자신도 결국 행복할 수 없다. 열아홉의 함초롬이고, 서른둘의 견지욱이니까. 13년 전의 그녀와 13년이 흘러 버린 현재의 나라서.

그녀가 알아주었으면 그걸로 충분했다. 내가 널 얼마나 오래도록 마음에 품고 살아왔는지. 얼마나 긴 시간 동안 잊지 못한 채 그리워했는지. 그리고 널 얼마나 사랑해 왔고, 그 큰마음들을 전부 표현하지 못해 얼마나 안타까워했는지.

초롬이 자신의 앞에 나타나 지금이라도 그걸 알아주었다면 그 것으로 더는 바랄 게 없었다. 욕심을 내려놓고 나니 오히려 마음 이 가벼워졌다.

그녀는 자신의 모든 것이면서 동시에 오랜 시간 과거에 얽매어 있던 마음속의 짐이었을 것이다. 주변에서 무거우면 잠시 내려놓 고 쉬어 가라고 해도 끝까지 놓고 싶지 않았던, 한없이 사랑스러 운 나의 짐.

"어? 저 나무."

다시 자리에 앉아 그 시간을 즐기던 초롬이 느닷없이 벌떡 일 어났다. 두 손으로 책상을 짚고 창밖을 바라보다가 몸을 아예 돌 려 창문 쪽에 붙었다.

어린 지욱이 '뭔데?' 하고 그녀의 옆에 붙어 섰다. 큰 지욱이 천천히 걸음을 옮겨 그들의 곁에 섰을 때 초롬의 희고 가는 검지 가 운동장 구석에 있는 어느 메마른 나무를 가리켰다.

"저 나무. 그 벚나무잖아. 아까 들어올 때 왜 못 봤지?"

학교에는 무척이나 커다란 벚나무 한 그루가 있었다. 벚나무가 이렇게까지 클 수도 있나 싶었을 정도로 교내의 모든 아이들이 신기해하고 또 좋아해서 한참을 머물기도 하던 그 시절 이 학교 의 상징이었다.

겨울이라 가지가 앙상하기는 했지만 분명 그 나무였다. 쉽사리 시들어 버리고 마는 한 송이의 꽃과 달리 내내 저 자리를 지키고 서 있던 나무를 보니 이상하게도 가슴이 벅차오르는 초롬이었다.

"아, 기억이 나는군. 저기서 두 번째 고백을 했었어."

"13년이 지나면 전부 좋은 기억으로 바뀌는 건가? 좋았던 기억만은 아닌 것 같은데. 나 그때도 꽤 많이 맞았, 아! 또 때려, 또."

어린 지욱이 팔을 문질렀다. 하지만 아프다고 엄살을 부리면서도 끝내는 웃고 만다. 온 얼굴로 네가 좋다고, 너무 좋다고, 그렇게 말하고 있는데 어떻게 그 마음을 모를 수 있을까.

온몸으로 네가 좋아 견딜 수 없다고 말하던 순간들이, 생각해보면 너무도 많았다.

월요일, 운동장 조회 시간이었다. 금방 끝날 것처럼 굴던 교장선생님의 훈화는 끊이질 않았고 기어코 1교시 수업 시간까지 잡아먹으며 한 시간을 채우고 나서야 끝이 났다.

지친 아이들이 운동장 가장자리부터 차례대로 교실을 향해 들어가려고 할 때, 갑자기 무리에 껴 있던 지욱이 어디론가 달려갔다.

'선생님, 견지욱 도망가요!'

반 아이 중 한 명의 고자질에 담임이 지욱을 불렀지만 그는 달음질을 멈추지 않았다. 전교생이 이동을 하다 말고 지욱을 보며 멈추어 섰다. 계속 달려가 멈춰 선 곳은 벚꽃 잎이 흩날려 운동장바닥을 희게 물들인 벚나무 아래였다.

초롬 역시 그를 보고 있었다. '쟤가 또 뭘 하려고 저래…….' 하며 중얼거렸다. 괜스레 불안해졌다. 전교생의 의아한 시선을 한번에 받은 지욱이 다리를 어깨 넓이만큼 벌리더니 크게 심호흡을 했다. 그리고 그녀의 불안은 현실이 되었다.

'함! 초! 롬!'

갑자기 튀어나온 자신의 이름에 초롬의 얼굴이 빨갛게 익었다. 같은 반, 그리고 옆 반, 아니 운동장에 있는 모든 사람들의 시선이 한곳으로 몰리기 시작했다.

초롬이 인상을 쓰며 너 뭐하는 거냐고, 빨리 이리 안 오냐고 눈치를 줬지만 너무 멀어서 그 표정까지는 미처 보이지 않는 모양이었다.

'네가 너무 좋아! 완전 좋아한다, 함초롬!'

운동장에는 곧이어 '우오오오오!' 하는 함성인지 야유인지 모를 소리가 울려 퍼졌다. 전교생의 놀림거리가 된 기분이 들었다.

초롬의 얼굴이 더는 붉어질 수 없을 정도로 붉어졌다. 이미지 관리 확실한 나름의 모범생이었는데……. 그녀가 결국 참지 못하고 지욱이 있는 나무를 향해 달렸다.

'너 죽었어!'

잔뜩 화가 난 얼굴로 달려오는 초롬을 발견한 지욱이 화들짝 놀라며 다시 내달리기 시작했다. 도망을 가면서 '아, 왜! 좋아하는 게 죄냐고!' 라는 말을 곁들여 초롬의 속을 몇 번이나 더 뒤집었다.

자발적으로 운동장을 몇 바퀴나 빙빙 돌았다. 담임선생님의 불호령으로 인해 지욱과 세트로 붙잡혀 복도에서 벌도 섰다. 초롬에게는 그때가 처음이었다. 마음 가는 대로 굴어 꼼짝 없이 혼나 버리는 경험.

"다른 장소에도 분명 많은 기억들이 있을 텐데 이상하게 학교에 더 많이 남아 있는 것 같아."

"학생이니까요. 먹고, 자고, 놀고, 공부하고, 또……. 연애하는 것 말고는 딱히 할 것도 없는 어린 시절이잖아요."

초롬은 현실로 돌아온 듯이 감상에 빠졌고, 큰 지욱은 과거로 돌아간 듯이 추억에 잠겼다.

두 사람이 나른한 표정으로 서로의 이야기에 귀를 기울이고 서로의 목소리에 웃었다. 어린 지욱은 그들의 얼굴을 통해 자신만큼은 겪고 싶지 않은, 곧 찾아오고 말 두려운 미래를 떠올렸다. 잘 견딜 수 있을까. 그럴 수 있을까.

그녀가 지욱과의 추억 이야기에 잠겨 있다가 문득 시선을 옮겼다. 한 치의 깜빡임도 없이 자신을 바라보고 있는 어린 지욱과 눈이 마주쳤다.

그 순간 그 시선이 서른둘의 견지욱과 무척이나 흡사하다는 것을 깨달았다. 언제부터 이런 눈을 하고 있었던 걸까. 눈동자가 흔들렸다.

어린 지욱이 느닷없이 자신의 손을 내밀었다. 하지만 초롬은 그걸 잡지 않았다. 자꾸 이상한 느낌이 들어 계속 그의 얼굴만을 응시하고 있을 뿐이었다.

멍하니 못 볼 것을 본 사람처럼 지욱을 마주하다가 이내 의아한 표정을 띄웠다. 초롬을 살피던 어린 그가 씨익 웃었다. 그러고는 그녀의 손을 잡아당겨 한껏 쥐었다. 손가락 끝이 찌릿할 정도로 강한 힘에 초롬이 인상을 썼다.

항상 꿍꿍이가 있을 때마다 저렇게 웃었던 것도 같다. 그 생각을 뒤로하고 지욱이 한 발자국 초롬에게서 떨어져 섰다. 바람이 불어 커튼이 정신없이 휘날렸다. 펄럭이는 소리에 아무런 것도 들리지 않는 듯했다.

멀찍이 선 큰 지욱은 어린 날의 자신들을 보며 입을 다물기로 했다. 녀석의 눈이 지금의 자신과 꼭 닮아 있었다.

"여기에 그대로 있어."

"응?"

그렇게 말한 어린 지욱이 미래의 자신에게 가서 섰다. 서로에게 할 말이 많은 눈이었지만 굳이 말로 다 하지 않아도 알 것만 같은 기분이었다. 큰 지욱이 먼저 팔을 뻗어 조용히 어린 날의 자신을 끌어안았다. 초롬에게는 들리지 않을, 아주 작은 목소리로 말했다.

"무사히 돌려보내 줄게."

알아챈 것이다. 이 어린 녀석이 어떤 생각을 하고 있는지.

어린 지욱이 피식 웃었다. 말로 하지 않아도 알아챈다는 게 이렇게 말도 안 되게 뿌듯한 일인 줄 미리 알았더라면 좋았을 것을. 그렇게 생각하며 그는 미래의 자신에게 안긴 채 낮게 숨을 흘렸다.

"나머지는 나한테 맡겨. 당신처럼 머저리같이 살지는 않을 테니까."

지나가 버린 시간은 돌아오지 않는다. 하지만 아직 다가올 미래는 충분히 바꿀 수 있을 것이다. 두 남자는 그렇게 믿었고, 어린 지욱은 그에 대해 장담할 수 있었다.

몰랐더라면 그냥 지나쳐 버렸겠지만 이미 알게 된 이상 같은 실수를 두 번이나 할 수는 없는 일이다. 그래서 뭐든, 어떻게든 해 보고 싶어졌다.

눈앞에 있는 이 남자의 모습이, 이 남자의 상처가, 정말 13년 뒤의 자신의 모습이 되지 않을 수 있도록.

두 남자가 무슨 이야기를 나누는 건지 초롬은 궁금했다. 하지만 묻지도, 다가서지도 않았다. 그저 둘을 바라보고 서 있을 뿐이었다. 이상한 기분이 들었지만 그 이상한 기분이 무엇인지까지는 정확히 알 수 없었다.

어린 지욱이 그 품에 떨어져 나왔다. 그러고는 초롬을 지나쳐 빠르게 교실을 나갔다. 천천히 걷는가 싶더니 조금씩 다리에 속도를 실었고 곧 빠르게 달리기 시작했다. 복도를 쿵쿵 울리는 달음질 소리가 교실까지 들려왔다.

열린 교실의 문을 멍하니 쳐다보기만 하던 초롬이 뒤늦게 그를 따라가려고 한 걸음을 내디뎠을 때, 옆에 서 있던 지욱이 그녀의 팔을 붙잡았다.

달리는 발소리가 점점 더 멀어졌다. 그러다가 이내 끊겨 버렸다.

그제야 강한 의구심 하나가 그녀의 머릿속을 파고들었다. 설마 진짜 사라져 버린 걸까. 정말로 홀로 꿈에서 깨어나 버리는 걸까. 그런 생각이 들어 마음속이 텅 빈 것처럼 허전해질 때쯤 창밖에서 아득하게 어린 지욱의 목소리가 들렸다.

"함! 초! 롬!"

그 소리에 초롬이 창문에 매달렸다. 창틀에 두 손을 짚은 채로 창밖을 향해 고개를 쑤욱 내밀었다. 어디에서 들리는 소리인지 몰라 한참이나 두리번거렸다.

그리고 찾았다. 저 멀리 아까 보았던 벚나무 아래에 지욱이 서 있었다. 그때처럼 벚꽃이 휘날리지는 않았지만 앙상한 나무 아래에서도 지욱은 그때처럼 당차게 다리를 벌린 채로 이곳을 보고 있었다.

"저 바보가……"

학교는 텅 비어 있었고 그 공간에는 지욱의 목소리만이 남아 있었다. 어린 지욱은 그럼에도 불구하고 혹시나 거리가 멀어 초롬에게까지 자신의 목소리가 닿지 않는 건 아닐까 목청껏 소리를 질렀다. 그녀가 못 들었을까 다시금 그녀의 이름을 외친다. 목소리 끝이 갈라지도록.

"함! 초! 롬!"

초롬은 당장이라도 저 운동장으로 내려가 그를 말리고 싶었다. 하지만 그럴 수 없었다. 저 철부지 남자 친구가 그때와는 달라 보였다. 아니, 분명히 달랐다.

대체 무슨 말이 하고 싶은 걸까. 초롬은 그 짧은 시간 혼자서 열심히 머리를 굴렸다. 옆에 서 있는 서른둘의 지욱 역시 아무것도 알려 주지 않았다.

어쩌다가 힐끔 눈이 마주치면 다정하게 웃는 게 그만이었는데 이상하게도 전부 들은 기분이었다. 저기 저 벚나무 아래에 선 이유.

"사랑한다!"

창틀을 붙잡은 초롬의 손에 힘이 들어갔다. 손가락 끝이 희게 번졌다. 주먹이라도 쥘 듯이 창틀을 세게 부여잡은 그녀가 미간에 힘을 주었다.

"완전! 많이! 사랑한다, 함초롬!"

지욱은 그때와 같았지만 그때와 달랐다. 그때와 같은 장소, 같은 목소리, 같은 자세로 서서 다른 고백을 하고 있었다. 한 번도 들어 본 적 없는 사랑한다는 고백이 초롬의 몸에 바짝 힘이 들어가도록 만들었다. 참지 않으면 울어 버릴 것 같았다.

무작정 입부터 맞추며 우리가 다른 우주에서는 이런 사이일 수도 있다는 능청스러운 고백을 해 왔던 그때와는 또 다른 설렘이, 또 다른 박동이 심장을 흔들어 놓았다. 그 어린 입을 타고는 절대 나오지 않을 것만 같았던, 아주 무거운 언어였다. 사랑한다는 말은.

"사랑해!"

한 번으로는 부족하다는 듯 지욱은 여러 번에 걸쳐 사랑을 말했다. 초롬은 그에 대고 어떤 대답이든 전해 주고 싶었다. 하지만 입을 열 수가 없었다. 입을 열면 그에 대한 대답보다 먼저 눈물이 터져 버릴 것 같았다.

이상했다. 꿈에서 깨면 다시 만나게 될 텐데 왜 자꾸 마음이 먹먹한 걸까. 우린 아직 지나가지 못한 우리의 열아홉 12월 31일을 함께 보내게 될 텐데. 아직 하루가 남아 있는데. 왜 이렇게 가슴이 따끔거리는 걸까.

"나⋯⋯."

'나도.' 라는 한 마디를 겨우 뱉으려고 입을 열었을 때 지욱의 모습이 흐릿해졌다. 순간 내가 지금 울고 있는 건가 착각했을 정도로 흐리고 뿌옇게 번졌다. 지욱은 그 와중에도 '사랑해!'를 외치며 초롬을 향한 몇 번째인지 모를 고백을 멈추지 않고 있었다.

흐려지는 것이 이상해 초롬이 자신의 눈을 비볐다. 감았던 눈을 다시 떴다. 하지만 그때는 더 이상 뿌옇지도 않았다. 흐리게나마 남아 있던 지욱이 모습을 감춰 버렸다. 그 자리에는 앙상한 가지를 든 벚나무만이 덩그러니 서 있을 뿐이었다. 지욱의 고백도 처음부터 들리지 않았던 환청이었던 것처럼 공기 중으로 사라져 버렸다.

초롬은 창틀을 붙잡은 채 그대로 주저앉았다. 그 상태로 한참이나 말이 없었다. 곁에 서 있던 지욱이 조금 더 가까이 다가와 손을 내밀었다.

그녀가 그의 손을 붙잡았다. 그러나 일어설 생각은 없는 듯 보였다. 고개가 푹 숙여진 채 바닥을 향했다. 바닥으로 한두 방울씩 눈물이 떨어진다고 해도 이상할 것이 없었다.

하지만 초롬은 곁에 선 지욱이 더 외롭지 않도록 잡은 손에 힘을 주었다. 여전히 고개를 숙인 채였지만 더 이상 침묵으로 일관하지는 않기로 했다.

"⋯⋯나 안 울어요."

"알아."

지욱이 그녀의 동그란 정수리를 내려다보며 대답했다.

'아저씨와 단둘이서 시간을 보내고 싶어요.'

그녀의 마지막 바람이 남아 있었다.

❖

어두운 밤이었다. 사방이 깜깜하고 아무것도 보이지 않을 것만
같은 칠흑이었다.

지욱은 침대 위에 누운 채로 눈을 두어 번 깜빡였다. 뺨을 타고
귓가를 향해 눈물이 흘렀다. 그곳에서 울었을 뿐인데, 그저 사랑
을 말했을 뿐인데, 잠에서 깨어나도 흐르는 눈물은 멈추지를 않았
다.

이상하다. 나 왜 아직도 울고 있지. 스스로에게 물어도 머릿속
이 텅 비었다.

가만히 눈을 내리감았다. 떴을 때와 감았을 때의 시야가 크게
다르지 않았다. 단지 눈을 감으면 물속에 잠긴 것처럼 몸이 붕 떠
있는 느낌이 들었을 뿐이다. 이대로 푸욱 잠겨 가라앉고 싶었다.
잠들고 싶었다.

다시금 눈을 떴다. 그렇게 몇 초가 지나자 시야가 조금씩 밝아
지기 시작했다. 암흑이 걷히는 착각이 일면서 천장 벽의 윤곽이
드러났다. 불이 꺼진 전등의 모양이 보였고, 달빛이 들어오며 간
혹 밝아졌다가 어두워지는 방 안의 모습이 느껴졌다. 여전히 깊은
밤이었다.

바스락거리며 조금 뒤척이자 팔이 닿았다. 잠깐이었지만 따스

한 온기가 느껴졌다. 지욱이 가만히 고개를 옆으로 돌렸다. 곤히 잠들어 있는 초롬의 얼굴이 보였다.

그저 바라보기만 한 채 아무것도 하지 않았다. 아무런 행동도, 아무런 생각도 하지 않기로 했다.

시간은 똑같이 흐르고 있었지만 어둠이 내려앉은 이 작은 방만큼은 시간이 멈춰 버린 듯했다. 시간도 공간도 모든 것이 흐르기를 거부한 채 머물러 있었다.

자신은 계속 이대로 있고 싶었다. 그토록 기다리고 기다리던 12월 31일의 밤이, 1월 1일의 새벽이, 영영 오지 않기를 바라고 있었다.

잠들어 있는 초롬의 얼굴에는 변화가 없었다. 웃지도, 울지도, 찡그리지도 않은 채 죽은 듯이 살아 있었다. 이 방으로 넘어왔을 때만 해도 저 얼굴이 낯설고 이상하게도 두려워서 그녀를 깨우려 했었다. 하지만 지금은 그녀가 깨어나는 것이 더 두려웠다.

아직도 깊은 새벽. 아침이 오기까지는 몇 시간이 남아 있었고, 꿈속의 그녀는 못해도 며칠은 더 버틸 수 있을 터였다. 하지만 버티려고 생각하지 않을 게 분명했다. 자신을 보러 이 새벽으로 다시 찾아오고 말 것이었다.

초롬에게 온갖 걱정을 남겨 둔 채로 도망치듯이 꿈에서 깨어났다.

'사랑해!'

운동장 구석, 나무 아래에 선 채로 목이 터져라 소리를 지르던 스스로를 돌이켜 보았다. 평소에는 좀처럼 용기가 나지 않았던 말이었다. 서른둘의 지욱이 말했던 것처럼 하루 정도 후에, 스물을 맞이하며 하려고 했던 고백이었다.

하지만 몰라도 되었을 것을 알게 된 이상 마음에 여유를 가지고 있을 필요가 없어졌다. 하루 뒤라니. 만약 우리에게 그 하루가 주어지지 않는다면 대체 어떻게 하려고 그 말 한 마디를 미뤄 뒀던 걸까.

너무 멀어서 초롬의 표정이 보이지 않았다. 사랑한다는 자신의 외침에 무슨 표정을 지었을까. 궁금했지만 확인하지 않았던 것이 차라리 다행일지도 모른다는 생각을 했다.

창문 앞에 선 채로 아무 말 없이 한참이나 자신을 바라보고만 서 있던 초롬의 모습을 떠올리며 지욱은 손을 뻗었다.

잠들어 있는 그녀의 뺨을 매만지고, 코를 매만지고, 입술을 매만진다. 모든 것이 따뜻하게 살아 있었다.

어느 날 갑자기 이 온기가 사라져 버린다면 견딜 수 있을까. 꿈에서 깨고 나니 모든 것이 현실로 받아들여지기 시작하면서 그런 생각이 머릿속에 싹을 틔웠다. 말 그대로 꿈인 것만 같았다.

기분 나쁜, 말도 안 되는, 어이없는 꿈을 하나 꾸었다. 그녀가 죽는다는 예언을 들은 꿈. 미래의 자신이 홀로 나타나는 꿈. 그래. 모든 것은 꿈이 분명했다.

"……네가 정말 죽게 될까?"

꿈이었지만 꿈이 아니었다. 미동도 없이 잠들어 있는 초롬의 옆모습을 보고 있자면 그게 실감이 났다. 언제쯤 깨어날까. 언제쯤 내가 모르는 곳에서 펑펑 울며 눈을 뜨게 될까.

감겨 있는 그녀의 눈꺼풀 사이로 맺히게 될 눈물을 기다리고 있었다. 울지 말라고 할 거면서. 우는 그녀를 보면 안달이 나 어째야 할지 모를 거면서. 그래도 기다렸다. 울게 될 그녀를. 그로 인해 깨게 될 그녀를.

처음에는 아무 소리가 들리지 않는 것 같더니 시간이 흐를수록 똑딱, 똑딱, 벽시계의 초침 흘러가는 소리가 들려오기 시작했다. 시간이 멈춰 있지 않았다. 너무 빠르지 않게, 너무 느리지도 않게, 게을러지지 않고 시간은 그렇게 부지런히도 흘러가는 중이었다.

잠시 옆에 붙잡아 두고 싶었다. 그녀를 붙잡아 두고 싶은 만큼 저 시간조차 우리의 사이에 꼼짝 못하게 앉혀 둔 채로 끌어안고 싶었다.

"정말로……. 네가 정말로……. 죽는 걸까?"

지욱이 그녀의 손을 잡으며 가만히 깍지를 꼈다. 손가락 마디마디로 파고드는 온기에 이대로 다시 잠이 든다고 해도 좋을 것만 같았다. 지욱은 눈을 감았다. 그녀를 기다려 보기로 한다.

그리고 잠든 초롬은 여전히 말이 없었다.

12.

유리 너머의 나

"아저씨."

"왜 안 자고 나와."

소파 위에 누워 뒤척이던 지욱이 때마침 들린 초롬의 목소리에 몸을 일으켰다. 소파의 가죽이 구겨지며 요란한 소리를 냈다. 일어나서 불을 켜려고 하자 어둠 속에서도 그 움직임을 알아챈 초롬이 고개를 저었다.

"아니요, 불 켜지 마요."

"……?"

지욱이 거실에 그대로 선 채 동작을 멈추었다. 아직 방 앞에 서 있는 초롬의 모습이 보일 듯 말 듯 했다. 작고 가녀린 윤곽이 눈에 들어왔으나 그 표정까지는 알 수 없다는 것이 아쉽기도 또 내심 다행이기도 했다.

어느 정도 예상이 되고 있었다. 아마 자신과 비슷한 얼굴을 하고 있을 것이다. 그리고 자신처럼 내내 잠들지 못해 뒤척였을 게 분명했다.

"같이 자면 안 돼요?"

작은 목소리가 또렷하게 자신의 바람을 이야기했다. 성큼성큼 걸음을 내딛은 지욱이 두 팔 가득 초롬을 안았다. 문 앞에 선 두 사람은 한참 동안 그렇게 서로를 품은 채 서 있었다. 이렇게 안아 볼 수 있는 시간이 얼마 남지 않았음을 실감했다.

"같이 잘까?"

지욱이 팔에 힘을 풀며 초롬에게 질문 같은 대답을 했다. 그리고 그녀의 작은 손을 잡아 방으로 이끌었다.

한 번도 같은 침대에 누워 본 적이 없었다. 어린 시절을 제외하고 초롬이 이곳에 나타난 이후로는 내내 어울리지도 않는 내외를 했었다. 그랬던 탓에 침대에 나란히 누운 지금이 이상하게도 낯설고 어색했다.

하지만 그래도 좋았다. 자꾸만 두근거리는 게, 이런 긴장감이 싫지 않았다. 침대 위에 두 사람의 온기가 몽글몽글 아지랑이처럼 피어오르는 기분이었다.

"왜 그렇게 떨어져 있어."

"……그냥요."

"가까이 붙어서 누워. 침대 밑으로 구를 거야?"

"아니, 그냥……."

같이 자자고는 했는데 막상 한 침대에 누우니 더욱 잠이 오지 않았다. 기분 좋게 두근거리던 심장은 그의 목소리가 들려오는 순간 강하게 쿵쾅거리며 뛰어 대기 시작했다.

슬금슬금 몸을 움직여 침대 가장자리에 딱 붙었다. 조금만 더 움직이면 떨어질 것 같은 위치였지만 지금의 심장 소리가 그에게 들린다는 게 더욱 창피할 듯싶었다.

그동안 그토록 태연한 모습을 보여 왔으면서 대체 이게 뭐라고. 어린 지욱과 한 침대에 누워 장난치던 지난날들을 생각하면 이 정도는 아무것도 아닌데, 대체 왜? 초롬은 스스로에게 질문을 던졌다.

그때 지욱의 단단한 팔이 슥 뻗어 오는가 싶더니 초롬의 어깨를 감쌌다. 그리고 힘을 주어 자신의 품으로 당겨 안았다. 어둠 속에서 초롬이 눈을 동그랗게 뜨고 뻣뻣하게 굳었다.

"내 심장 소리가 들릴 것 같아서 창피하기는 한데……. 그래도 좋으니까 이러고 있자."

"……."

같은 마음이었던 모양이다. 지욱이 조용한 목소리로 초롬의 귓가에 부드러운 흔적을 남겼다. 귀 언저리가 자꾸만 간지러웠다. 그의 숨소리가 닿았다. 따뜻하고, 간지럽고, 간혹 뜨겁다 싶을 정도의 온기가 닿았다.

"듣기 좋아요, 아저씨 심장 소리."

"듣기 좋다고?"

"네. 살아 있다는 증거가 되는 것 같아요. 이 두근거림이."

초롬의 모든 말이 이미 증거였다. 그녀가 말하는 '살아 있다는 증거' 말이다. 자신의 팔에 닿아 오는 그녀의 긴 머리카락도, 샤워를 한 지 얼마 되지 않아 향긋하게 풍겨 오는 좋은 향기도, 침대를 따뜻하게 만드는 작은 온기도. 모든 것이 증거였다.

손을 조금 위로 올려 자신의 한쪽 팔을 베고 누워 있는 그녀의 머리를 쓰다듬었다. 결 좋은 머리카락이 보드랍게 넘어갔다. 가느다란 머리카락을 그녀의 작은 귀 뒤로 넘기면서 말랑한 귓불을 한 번 정도 만지고, 보드라운 뺨도 만지고. 그렇게 손가락 끝에 그녀의 촉감들을 남기기 시작했다.

'살아 있지 않니. 여기, 이렇게.'

지욱의 손길이 기분 좋았던 모양이다. 초롬이 입가를 당겨 웃으며 조금 더 편안하게 그의 품에 안겼다. 불순한 모든 생각들을 걸러 낸 시간이었다. 서로에게 닿는 피부가 그저 좋았을 뿐이다. 아무것도 욕심 내지 않아도 좋은, 그런 새벽이었다.

"살아 있어. 그리고 살아 있을 거야."

앞으로도.

끝에 대롱대롱 매달려 있던 한 마디는 그의 목소리에 쉽사리 따라붙지 못했다. 아쉽게도 목구멍으로 꿀꺽 넘어가 버렸다. 자신하고 싶었는데 그러지 못했다.

"열아홉 살 지욱이가 이 자리에 있었다면 아마 우리 사이에 끼어들어 냉큼 누워 버렸겠죠?"

"끼어들기만 한다고? 그럴 리가. 날 발로 차서 굴려 버리고도 남았을 싸가지인데."

"못살아."

어린 지욱을 먼저 보낸 뒤 두 사람 사이에는 딱 그만큼의 공간이 남았다.

처음부터 없었던 사람처럼 아무렇지 않을 수는 없었다. 지욱은 과거의 자신을 조금 더 위로하지 못함이 안타까웠고, 초롬은 돌아가 마주하게 될 그 얼굴이 아플 것만 같아 걱정되었다.

오롯하게 둘만이 남아 시간을 보내기 시작한 지도 벌써 사흘이나 되었다. 초롬이 꿈속으로 온 시간은 통틀어 아직 열흘도 채 되지 않았다.

따지고 보면 얼마 안 되는 시간인데도 마치 열 달은 된 듯 그렇게 애달프고 익숙해졌다. 또다시 13년 전의 그 시절로 돌아간 것처럼 그녀의 모든 것이 습관이 되어 버릴 듯했다.

쇼핑을 하고, 함께 밥을 먹고, 거리를 걷고, 같은 음악을 들었다. 눈을 마주쳤고, 팔을 뻗으면 안겼으며, 웃었고, 서로를 간질였다. 눈을 뜨면 서로가 있었고, 감을 때도 서로에게 '잘 자.' 한마디를 달콤하게 건넬 수 있었다.

그렇게 반복될 것만 같은 단 며칠의 시간. 둘은 아무런 걱정 없이 온전하게 서로만을 보며 둘만의 시간을 품었다.

그 시간들이 영원히 지속되면 좋았을 것을. 무심하게도 시계는 움직였고, 덧없는 시간은 계속 흘러 두 사람을 시간의 끄트머리에 데려다 놓았다. 함께였지만 이상하게도 다가올 미래가 벌써부터 외로운 기분이 들었다.

"이제 그만 잘까?"

"그럴까요? 자요, 우리."

"······잘 자."

"아저씨도 잘 자요."

유난스럽게도 어린 지욱의 빈자리가 느껴졌다. 이 가운데에 정말 그가 있었다면 남은 시간을 무어라 말해 주었을까. 이 새벽을 뭐라고 정의 내려 주었을까.

두 사람 다 잠을 이룰 수 없었다.

12월 31일이 되었다.

'갈 곳이 있어.'

두 사람의 이동은 아침 식사를 하다 말고 나온 그의 말로 시작되었다.

초롬은 그에게 어딜 가는 거냐고 구태여 묻지 않았다. 그저 말없이 따라 주었으면 좋겠다는 그의 속을 읽었다. 시간이 흐르는 대로 몸을 맡겼듯이 그가 움직이는 대로 또다시 몸을 맡겨 보면 될 일이다.

그가 인도하는 대로 그렇게 그의 발자국을 따라 걷다 보면 그가 말하는 어느 행복에, 어느 봄에 도달해 있을 것만 같았다.

지욱은 이동하는 내내 좀처럼 초롬의 얼굴을 보지 않았다. 운전에만 집중하며 앞을 보거나 간혹 사이드 미러를 보는 게 전부였다.

그럼에도 초롬은 그의 그런 행동이 전혀 서운하지 않았다. 같은 공간에 있는 탓이었다. 같은 차 안에서 같은 공기를 맡고 있다는 것만으로도 그녀는 이미 그와 함께였다. 무엇을 더 바라겠는가.

– 일어나서 달력을 보는데 오늘이 기일이더구나. 가지 말라고 해도 갈 거 아니까 말리지는 않으마. 대신 오늘을 마지막으로 해. 정말이야. 안 그래도 어제 초롬이 엄마에게 전화 왔었어. 통화도 했다며? 네가 그만 왔으면 좋겠대. 네가 계속 찾아갈수록 초롬이도 못 떠나고 미련 남아 여기에 머물 것 같다잖니. 이제 너만 정리하면 돼. 너만 괜찮아지면 된다고, 아들. 견지욱. 듣고 있어?

아침에 어머니와 나눴던 통화를 떠올렸다. 지욱은 그 생각이 나 괜히 더 액셀러레이터를 세게 밟았다. 묵직한 엔진 음과 함께 차가 속도를 높였지만 이내 옆에 초롬이 앉아 있다는 것을 의식하고 다시 제 속도로 돌아왔다. 표출할 곳이 없었다, 이 마음을.

한 손에는 휴대 전화를 들고, 다른 한 손으로는 잠이 든 초롬의 머리를 쓰다듬었다. 아침이 되었지만 전혀 기쁘지 않았다. 흘러가는 시간이 원망스러웠다.

잠에서 깨자마자 전화를 걸어 초롬의 기일을 말하는 어머니의 목소리를 시작으로 하여 모든 것이 그에게는 원망일 뿐이었다. 지난 13년간 12월 31일은 원래 그런 날이었다.

'듣고 있어요.'

최대한 죽인 목소리가 조용한 방을 울렸지만 초롬은 곤히 잠들어 깨지 않았다.

잠든 얼굴을 한참이나 눈에 담아 둘 생각이었다. 원래도 잊을 수 없는 얼굴이었지만 앞으로도 끝까지 잊는 일 없도록. 이토록 세상일 모르고 평온하게 잠든 사랑스러운 모습을 스스로의 가슴에 각인시킬 수 있게. 원망스러웠던 아침이 따스하게 물들었다.

서른둘의 12월 31일은 사랑스러운 미소로 시작되었다고 기억할 것이다.

"내려."

운전석에서 먼저 내린 지욱이 조수석의 문을 열 때까지도 초롬은 주변 경관에 넋이 나가 있었다. 어디서도 본 적 없는 아름다운 숲이 그곳에 있었다. 겨울이라 나무들이 앙상할 법한데도 사시사철 푸른 것들로만 심어 놓은 탓에 마치 여름에 와 있는 듯 그 푸름이 그녀를 숨 가쁘게 만들었다.

조수석에서 바닥에 천천히 발을 내디디며 일어섰다. 차가운 바람이 일순간 그녀의 몸을 감싸 자신도 모르게 상체를 부르르 떨었다.

지욱이 추위에 떠는 초롬을 힐끗 보았다. 그러다가 눈이 마주쳤다. 옷이라도 벗어 줄 생각은 아니겠지 싶어 초롬이 눈치를 보던 찰나 그가 가까이 다가왔다.

그러고는 느닷없이 그녀를 품에 꼭 안아 버렸다. 초롬은 또다시 경직되었다. 예상 못할 행동들에 어린 지욱이 겹쳐졌다. 어쩐지 과거로 돌아간 듯한 느낌이 들었다. 더는 '어른' 견지욱이 아닌 것만 같았다.

"추워 보여서."

"더워요."

"이번엔 더워?"

"심장에 불나겠어요."

그렇게 말하는 초롬의 목소리에 지욱은 심장이 간지러웠다. 진짜 머리 아플 정도로 깜찍한 소리를 아무렇지도 않게 한다.

오늘이 마지막이라는 생각 때문일까. 내뱉는 한 마디 한 마디가 평소보다 더 사랑스러워 견딜 수가 없다. 일부러 이러는 거라면 좀 잔인하다는 생각이 들 정도였다.

할 수 있는 모든 것을 하고 싶었다. 안고 싶으면 안고, 웃고 싶으면 웃고, 손잡고 싶으면 손을 잡는, 그 모든 행위를 마음 가는 대로 하고 싶었다. 그래서 자신이 하고 싶은 대로 이끌려 와 주는 그녀가 고마웠다. 안으면 그대로 안겨 오는 그녀가 더욱 애틋해졌다.

"겨울이라 다행이다."

"왜요?"

"이렇게 꼭 끌어안을 수 있으니까."

이 순간 그들에게는 명분도 이유도 중요하지 않았다. 나이 같은 것도, 현재의 시간도, 그 모든 사실들은 지욱과 초롬을 비켜 가고 있었다. 한순간이라도 시간의 흐름을 거스른 채 존재하고 싶었다.

한참을 그 상태로 있으면 좋았겠지만 마냥 그러고 있을 수만도 없는 일이다. 지욱이 품에서 초롬을 떼어 냈다. 그가 허리를 숙인 채 초롬과 눈을 마주쳤다.

"내가 조금 잔인하게 느껴질 수도 있어."

"······네?"

"하지만 이건 내가 내 현재를 살아가는 방법이야."

"······?"

영문을 모르겠다는 표정의 초롬에게 그가 할 수 있는 것은 그녀의 머리를 부드럽게 쓰다듬는 것, 그리고 작은 손을 꼭 쥐어 같은 길을 안내하며 걷는 것이었다.

초롬은 마른 겨울의 땅 위로 한 걸음씩 그를 따라 걸었다. 정면으로 커다란 건물이 모습을 드러냈다. 점점 가까워질수록 그녀는 알 것 같았다. 이 건물의 정체. 그리고 그가 왜 오늘 이곳에 올 수밖에 없었는지를.

추모 공원.

잘못 읽은 게 아니라면 그 단어가 맞았다. 초롬은 그렇게 쓰여 있는 곳을 한참이나 멍하니 올려다보았다. 추모 공원. 추모 공원. 속으로 같은 단어를 몇 번이나 읊었다.

여기에 왜 왔는지, 여기가 어디인지, 이곳에 누가 있는지, 그 어느 질문을 하지 않고도 초롬은 이미 모든 대답을 알 수 있었다.

건물을 가만히 쳐다보고 있다가 자신과 눈을 마주쳤을 때, 그의 얼굴이 이미 그 질문들에 대한 대답을 해 주었다. 어떻게 모를 수가 있을까. 그의 웃음을 보고도.

"들어가자."

입구에서 가만히 생각에 잠길 뻔한 것을 끌어내 준 지욱이 여전히 잡은 손을 놓지 않은 채 앞만 보고 걸었다.

건물 안에 가득 찬 유리들이 빛에 반짝여 눈이 부셨다. 정말 납골당이 맞나 싶을 정도로 화사하게 빛나는 건물의 내부에 초롬이 입을 벌렸다.

어린 나이에 머릿속으로만 상상했던 것과는 너무도 달랐다. 언젠가 가 보게 될 이곳에 대한 막연했던 두려움이 차츰 그 빛 속으로 사라지고 있었다.

"여기."

걸음을 멈춘 지욱이 짧게 입을 열었다. 그에 대한 대답이 필요할 것 같지는 않아 초롬은 그저 그의 옆에 가만히 선 채 고개를 들었다.

작은 유리문 너머에 자신이 있다. 사진 속에서도 무척이나 화사하게. 며칠 전까지만 해도 입고 있었던 그 남색의 교복을 입고서.

"……정말 나네요."

함초롬이라고 적힌 이름 세 글자가, 13년 전을 끝으로 살아 있던 그 짧은 시간이 그 안에 새겨져 있었다. 초롬은 다른 사람을 찾아온 것만 같은 기분이 들었다. 난 여기 있는데, 또 다른 내가 저기 저 안에 사진 속 인물이 되어 웃고 있다는 것이 이상했다.

이야기로 듣기만 했을 때와는 또 다른 느낌이다. 내내 실감 나지 않은 채로 슬프게만 남아 있던 사실이 눈앞에 펼쳐졌을 때, 초롬은 그제야 이 현실이 마냥 슬프기만 한 것은 아니라는 걸 깨달았다.

사진 속에 남겨진 내가 저렇게 예쁘게 웃고 있지 않은가. 그리고 옆에 서 있는 남자가 이토록 안도한 표정이지 않은가.

"여기에 올 때면 항상 그런 표정이에요?"

"내 표정이 왜?"

"슬픔에 젖어 있을 것 같았는데 오히려 한결 홀가분한 얼굴이라서 조금 놀랐어요."

원래 죽은 이를 찾아간다는 것은, 납골당이라는 장소는, 전부 그런 게 아니냐고 생각할 법했다.

하지만 우습게도 지욱이 초롬의 사진 앞에서 이렇게 따스한 웃음을 띠어 본 것은 오늘이 처음이었다. 작년까지만 해도 그리움에 사무쳐 시간을 되돌리고 싶다는 바람만 안은 채 몇 시간씩 이곳에 머물렀었다.

그래도 그녀에게는 말하지 않기로 한다. 미안해할 것만 같았다. 자신에게, 또 다른 견지욱에게.

"네가 있으니까."

"……."

"이 유리 안에 말고, 내 옆에 이렇게."

어차피 곧 사라질 허상 같은 이다. 시간은 흐르고, 그녀는 그 흐름에 휩쓸리듯이 사라지고 말 것이다. 자신은 그녀를 보내야만 하고, 또다시 혼자 남을 것이다.

모든 것은 그렇게 정해진 대로 흘러가겠지만 적어도 그녀의 시간만큼은 정해진 대로 흘러가지 않기만을 바라고 있었다.

초롬이 천천히 손을 뻗더니 유리를 매만졌다.

"나 가고 난 뒤에도 계속 올 거예요?"

"……어?"

"엄마가 그랬잖아요. 이제 그만 왔으면 좋겠다고. 나도 그걸 더 좋아할 거라고."

"……."

"난 아직 여기에 있으니까 이 안에 있는 다른 내가 어떻게 생각하고 있는지는 정확하게 모르겠지만요. 그냥……. 만약에 내가 정말 죽어서 13년을 아저씨 곁에 머물러 이곳에 숨 쉬고 있을 거라고 생각하면……."

"……생각하면?"

"그만 왔으면 좋겠다고 할 것 같아요. 더는 만질 수도, 말할 수도, 볼 수도 없는 나를 평생 그리워하며 산다고 해도, 하나도 고맙지 않을 것 같아요."

"초롬아."

"만질 수 있고, 말할 수 있고, 볼 수 있는 누군가와 사랑하는 게 가장 행복한 일이잖아요. 꼭 그게 내가 아니어도 좋으니까. 난 견지욱이 그렇게 내가 정의한 방법대로 누군가와 사랑을 했으면 좋겠어요."

"사랑을 하고 싶어서 사랑을 하는 게 아니야. 내가 사랑하는 사람이기 때문에 사랑을 하는 거지."

"가끔은 사랑을 위한 사랑도 좋지 않겠어요? 나를 위해서도, 아저씨를 위해서도, 그 누구를 위해서도 하지 않고 있는 사랑보다는. 적어도, 사랑을 위한 사랑이라고 해도 말이에요."

"……."

"사랑을 너무 오래 안 하면 다 까먹는대요."

사랑하는 방법은 전부 까먹었을지언정 한 번도 너를 까먹은 적은 없다고 지욱은 생각했다. 내 머릿속에서 완전히 사라져 달라고, 날 살 수 있게 해 달라고 원망한 적도 있다고 말하면 어떤 표정을 지을까.

마주하게 될 그 얼굴이 두려워 지욱은 어린 날 괴로워하던 자신의 모습을 다시는 떠올리지 않기로 했다.

사랑을 위한 사랑 같은 건 없다. 애초에 사랑이 무어냐고 물었을 때 '너'라고 대답했던 그때의 그 마음이 여전했다.

처음부터 네가 아닌 것에는 사랑이라는 단어를, 그 이름을 붙일 생각조차 하지 않았다. 그러니 사랑을 위한 사랑은 이내 너를 위한 것이 되어 버리고 만다. 지욱에게 있어 초롬은 곧 사랑이었다. 언제까지도 그의 대답은 '너'일 것이었다.

두 사람은 해맑게 웃고 있는 그녀의 사진으로부터 등을 돌렸다. 좀처럼 떨어지지 않아 몇 번이고 힘겹게 떼어 냈던 걸음이 오늘따라 유난히도 가볍게 느껴져 신기했다. 옆에서 한 걸음씩 함께 걸어 주는 작은 발의 힘이 무척이나 컸다.

건물 내부를 천천히 걷기 시작하면서 초롬은 또다시 자신을 향해 유리창 너머로부터 쏟아져 내려오는 따스한 빛에 잠겼다. 나 아무래도 천국에 간 게 아닐까. 그런 생각이 맴돌았다.

"커피 마실래?"

한쪽 벽면에 붙어 있는 자판기로 다가간 지욱이 동전을 꺼내 보이며 말했다.

"커피 절대 안 된다고 했으면서요?"

"······뭘 또 절대까지."

300원을 넣고 밀크 커피를 누른 지욱이 떨어지는 종이컵을 보다가 그녀에게 고개를 돌렸다. 자판기 옆 의자에 앉아 있던 초롬이 의아한 시선으로 올려다보았다.

"생각이 좀 바뀌었지. 이거 한 잔 안 마신다고 어차피 안 클 키가 갑자기 크지도 않을 것 같고."

"뭐라구요?"

눈으로 그를 흘기는 초롬의 앞에 그가 방금 막 꺼낸 종이컵을 내밀었다. 종이컵의 반 정도를 채운 커피에 초롬이 저도 모르게 침을 꿀꺽 삼켰다. 별거 아닌 자판기 커피에도 마치 신문물을 접한 사람처럼 긴장하는 표정이 무척이나 귀엽다.

"나 커피 처음 마셔 봐요."

"······얼굴만 보면 커피가 아니라 사약을 받는 것 같은데."

초롬의 작은 다홍색 입술에 종이컵이 닿았다. 조심스럽게 한 모금을 머금는가 싶더니 이내 목울대가 움직였다. 커피를 넘기자마자 그녀가 반색했다.

"완전 달아요. 맛있어, 이거."

"자판기 커피는 원래 그 맛에 마시는 거야. 아메리카노를 마시고도 그런 표정일지는 모르겠지만."

그가 초롬의 곁에 선 채로 커피를 마시며 웃음을 삼켰다.

어른의 문턱 앞에 선 그녀에게 조금의 어른 흉내를 선물로 주고 싶었다. 저렇게 예쁜 구두, 예쁜 원피스, 조수석에 앉아 달리는 드라이브와 한 잔의 커피. 별거 아닌 것처럼 보이는 몇 가지의 키워드가 모이고 나면 그녀는 마주한 적 없었던 스물의 분위기에 어느새 흠뻑 가까워져 있을 터였다.

지욱은 그것들을 통해 맞이하게 될 그녀의 첫 스물을 축하하기로 했다. 아직 몇 시간이 더 남았고, 해는 지지 않았고, 자신은 지금 그녀와 함께였다.

"어릴 때만 해도 말이야."

"……?"

"이렇게 커피를 마실 줄만 알아도 어른인 줄 알았어."

오후가 짧았다. 해가 지지 않았다는 이유를 들어 여유를 부리고 있던 그들의 머리 위로 빨간 빛이 내려앉았다. 건물의 커다란 창 너머로는 뉘엿뉘엿 해가 저물고 있었다.

어둠이 가라앉으려고 할 때마다 하루가 이만큼 짧아졌음을 깨닫고, 밤이 찾아오는 것에 대한 두려움이 극대화되었다. 똑같은 스물네 시간이 주어졌는데도 불구하고 억울할 정도로 하루가 짧게 느껴졌다. 겨울은 지욱에게 있어 언제나 그렇게 이기적인 계절이었다.

"운동화가 아닌 구두를 신으면 어른인 줄 알았고, 지폐가 아닌 카드를 쓰기 시작하면 어른인 줄 알았지."

"……."

"누군가에게 '지욱아.'가 아닌 '지욱 씨.'라고 불리게 되면 어른인 줄 알았어. 술을 마시게 되면 어른인 줄 알았고, 홀로 간섭 없이 여행을 떠날 수 있게 되면 어른인 줄 알았어."

하지만 아니었다.

"지금에 와서 생각하면 모든 것이 내 착각으로 만들어졌던 거야."

"······."

"난 구두를 신은 어린애였고, 카드를 쓰는 어린애였어. '지욱 씨.' 라고 불리는 어린애였고, 술을 마시는 어린애, 그리고 혼자서 훌쩍 떠나곤 하는 그냥, 그런 어린애였던 거야."

서른둘의 나이를 먹고 190cm에 달하는 키로 자랐어도 여전히 어린애였다. 세월이 흘러도 그녀가 여전히 사진 속에 열아홉으로 남아 있는 것처럼, 지욱은 스스로도 여전히 그때 그 시절에 머물러 있다고 생각했다.

조금도 성장하지 못했는데 어디에 가서 누구에게 나를 소개하고 누구에게 나를 내맡길 수 있을까.

누군가를 지켜 줄 자신도, 보듬을 각오도 되어 있지 않았다. 혼자서 완벽하게 일어설 수 있을 거라는 용기를 얻기 전까지 자신은 여전히 먼저 떠난 그녀의 사진 뒤에 숨어서 쉬어야만 했다.

태어나 처음으로 지키고 싶었고 보듬고 싶었던 그녀를 계속해서 떠올려야만 그래도 내가 조금이나마 쓸모 있는 사람이라고 생각할 수 있었다. 덕분에 이렇게 오랜 시간이 흘러 그녀를 만나게 된 것이 아니겠냐고 지욱은 생각했다.

"고마워요."

"······뭐가 고마워."

"열아홉의 마음 그대로 남아 준 덕분에 나도 지금 이렇게 내 모습 그대로 아저씨를 마주할 수 있게 되었잖아요."

"……."

"혼자 어른이 되어 버리지 않아 줘서."

"……."

"고마워요."

초롬이 웃으며 말했다.

"이제 날 기다리지 않아도 괜찮아요. 어른이 되어도 좋아요."

그러니까 우리 이제, 어른이 되러 갈래요?

그녀가 반짝였다.

13.

사랑해

12월 31일이라는 날짜의 특수성 때문일까. 종각에는 벌써부터 사람이 많았다.

해가 뉘엿뉘엿 지기 시작한 늦은 오후, 혹은 이른 저녁. 붐비는 사람들 사이를 걸으면서도 오히려 부대껴 느껴지는 그 온기가 따뜻했을지언정 언짢지는 않았다. 지금 이 순간 두 사람에게는 모든 것이 감사함으로 남아 있었다.

"해가 졌는데도 밝아요."

"온 건물에서 저렇게 불이 반짝이는데 그럴 만도 하지."

13년 전의 이 시간. 자신은 초롬을 찾아 헤매었고 초롬은 사고를 당했다. 혹시라도 그때와 같은 시간이 되면 똑같은 사고가 들이닥치는 것이 아닐까 염려했다.

그녀의 곁에서 조금도 떨어지지 않으려고 애썼다. 옆으로 자동 차가 조금만 스쳐 지나가도 기겁을 하며 그녀를 품에 안았다. 영문을 모르겠다는 얼굴로 눈을 깜빡이는 초롬을 보며 지욱은 그저 그녀의 등 뒤에 대고 낮은 한숨을 쉬었을 뿐이었다.

안절부절못하는 시간은 그렇게 흘렀다. 그리고 사고의 위험을 뛰어넘었다. 미래까지 침범하여 들이닥치는 운명은 아니었던 모양이다.

해가 저물었지만 초롬은 여전히 자신의 곁에 있었다. 그녀가 병원에 있다는 연락을 들었던 그때의 그 시간이 되었지만 아무런 사고도 일어나지 않았다. 그게 지욱을 안도하게 했다.

시간이 늦어질수록 찬바람이 더욱 매섭게 불었다. 지욱과 초롬은 서로의 손을 더욱 꽉 잡았다. 웃는 낯을 지우지 못한 채 주변에 있는 포장마차 주변을 기웃거렸고, 꼬치를 손에 들며 여느 연인과 다름없이 거리를 걸었다.

초롬이 자신의 꼬치를 한 입 먹여 주려고 손을 내밀자 지욱이 그 큰 입을 이용해 반이나 물었다. 고개를 들어 내용물을 스윽 빼 오자 꼬치가 앙상한 뼈대를 반이나 드러냈다.

금방 울상을 지으며 자신의 팔을 때려 오는 그녀를 본다. 가물가물해도 괜찮을 그 오래 전의 일이 오버랩 되면서 초롬은 자신을 추억 속으로 데려다 놓았다.

"이렇게 나이를 먹었는데 조금도 변하질 않아!"

"나이가 무슨 상관이야. 어차피 난 지금 견지욱일 뿐인데."

"꼬치 돌려 내요, 내 꼬치!"

처음 고백했던 그날의 일이 떠올랐다. 그때도 이렇게 장난으로 시작했었다. 조금은 충동적이었지만 아주 오래 전부터 계획해 왔던 고백. 평소와 같은 장난, 평소와 같은 투닥임, 평소와 같은 군것질, 그리고 평소와 같지 않았던 그들의 첫 입맞춤. 그 시작이 지욱과 초롬을 이곳으로 이끌었다.

누군가를 사랑하면서 부끄럽기도 하고 떨리기도 하게끔. 때로는 한없이 그립고 슬퍼서 내가 나답지 않게끔. 두 사람은 처음 느꼈던 그 모든 감정이 서로로 인한 것이라고 생각했다. 절대 잊을 수 없을 것이다. 사랑해 주고, 사랑을 받았던 그 모든 시간들을.

"꼬치 대신 다른 건 안 돼?"

"다른 거요?"

반 정도 남은 꼬치를 물어뜯으면서 오물거리던 초롬이 지욱을 올려다보았다. 지욱이 그녀의 머리를 쓰다듬었다.

"잠시만 여기에 있어."

어디 가냐고 물을 새도 없이 그가 달렸다. 따라가야 되는 건가 아주 잠시 생각했지만 이미 놓친 뒤였다. 휴대 전화를 꺼내어 그에게 걸어 볼까 하다가 관두었다. 괜히 길이 더 엇갈릴 것 같아 이곳에서 기다려 보기로 했다.

이렇게 남아서 누군가를 기다리는 기분은 지욱이 아니었다면 알지 못했을 것이다. 언제 올지 모르는 이에 대한 기다림이었다면 견딜 수 없었을 게 분명하다. 하지만 이렇게 가만히 기다리다 보면 이 눈앞에 나타나 줄 것이라 확신할 수 있는 기다림이라는 것은 어쩐지 설레는 일이었다.

지욱은 확신 없는 그 기다림을 13년이나 해 왔다. 영영 오지 않을 사람을, 기다리라는 말조차 하지 않고 가 버린 사람을, 홀로 그 오랜 시간 기다렸다. 그 사실을 떠올리면 그가 얼마나 외로웠을지 가늠해 보게 된다.

물론 그런 이야기를 들어도 그는 웃으며 말할 게 분명했다. 기다렸더니 네가 진짜 오지 않았느냐고.

"안녕하세요."

"네?"

지욱의 반응을 떠올리며 웃던 초롬이 근처 쓰레기통에 꼬치를 버리다가 깜짝 놀랐다. 예고 없이 불쑥 나타난 남자가 말을 걸었다.

그를 향해 어색하게 웃었다. 슬림하게 붙는 진과 운동화, 야구모자를 푹 눌러쓴 이십대 초반의 어린 남자가 초롬의 미소에 짐짓 얼굴을 붉혔다.

"혼자 오셨어요?"

마치 나이트클럽에서 말을 붙이는 느낌이 이런 걸까. 가 본 적은 없으나 짐작을 해 본다. 어린 초롬은 좀처럼 접해 보지 못한 인사에 눈만 깜빡였다. 그걸 쑥스러움 때문이라고 생각했는지 남자가 조금 기대에 찬 얼굴을 했다.

풋내기 같은 분위기를 풍기며 그가 조심스럽게 말을 덧붙였다. 어딘지 모르게 익숙한 장면이다.

"너무 제 타입이라서요. 괜찮으시면 번호 좀 주세요."

"아, 번호요?"

"그게 정 부담스러우시면 오늘 제야의 종소리라도 같이 들으실래요? 일단 같이 있으면서 생각해 보셔도 되는데. 저기 친구 놈들이랑 같이 왔는데 전 따로 빠져나와도 돼요. 31일인데 남자들끼리 종소리 듣는 것도 영 칙칙하고……."

지욱과 영화를 보러 갔던 크리스마스의 일이 떠올랐다. 앞에 서 있는 사람은 그때와 달랐지만 상황이, 그리고 그의 대사가 그때와 비슷했다.

초롬이 새어 나오는 웃음을 참지 못했다. 그 역시 긍정의 의미로 받아들인 건지 남자의 얼굴에 화색이 돌았다.

"여기서 잠깐만 기다리시면 제가 친구들에게 말……."

"죄송해요."

"네?"

"남편 있어요."

"나, 남편……이요?"

남자가 넋이 나간 듯 눈을 깜빡였다. 아무리 봐도 고등학생, 그도 아니면 대학생 정도로밖에 보이지 않으니 당연했다.

정말이냐고 반문하는 듯한 얼굴에도 초롬은 만족했다. 장난이라면 장난이었지만 그 장난에 그저 심술만 담겨 있는 것은 아니었다.

남자 친구라고 말했던 그날의 일을 떠올렸다. 그리고 그날의 일은 짐짓 기쁜 표정을 짓던 지욱의 얼굴도 함께 불러왔다. 남자 친구란 단어에도 그토록 기뻐하는데 남편이라고 말하면 얼마나 더 놀란 표정을 지을까 궁금했다.

그리고 그와 동시에 자신의 욕심을 담았다. 영영 오지 않을지도 모르는 미래를 조금이나마 꿈꿔 보고 싶었다. 그와 더 오래 보지 못한 채, 결혼도 해 보지 못한 채, 함께 사는 기쁨을 누려 보지도 못한 채 죽고 마는 게 자신의 운명이라면 이 정도 꿈꿔 보는 건 괜찮지 않을까.

그런 기분이라도, 그에게 한 번도 느끼게 해 준 적 없던 그 기분이라도 몰래 가져 와 볼 수 있는 게 아닐까.

"그러니까 꺼지라고. 내 와이프한테 추파 던지지 말고."

"어?"

초롬이 고개를 들었다. 등 뒤에서 지욱이 나타났다. 지욱은 초롬의 등 뒤에 든든하게 선 채로 한쪽 팔을 그녀의 배에 둘러 끌어안았다. 뒤에서 끌어안은 자세를 유지하며 지욱이 자신보다 작은 남자를 응시했다.

꺼지라는 말 외에 딱히 욕을 한 것도 아니었는데 남자는 못 들을 소리라도 들은 표정을 지었다. 지욱이 인상을 찌푸리자 그가 급하게 사과 한 마디를 던져 놓고 부리나케 무리가 있는 곳으로 뛰어가 버렸다.

끝에 보았던 경악한 표정이 꼭 초롬과 자신이 어울리지 않는다고 말하는 것만 같았다. 그 탓에 지욱의 기분이 더욱 언짢아졌다. 하지만 자신의 턱 아래에서 '어디 갔다 왔어요?' 하고 묻는 초롬을 보니 그마저도 금세 사라지고 만다.

"남편이라고?"

"왜요? 장난이 지나쳐요?"

"장난이라는 방금 그 말이 더 지나쳐."

"……귀여워."

"서른둘 먹은 남자한테 귀엽다는 말 말고는 칭찬할 게 없나?"

"귀여운 걸 어떡해요."

'네가 더 귀여워.'

지욱은 하고 싶던 말을 그냥 속으로 삼켰다. 입 밖으로 내지 않고 속으로 삼키는 그 순간의 달콤함이 좋았다. 귀엽다는 말보다 더 확실한 방법이 있는데. 확 입 맞춰 버리면 안 되나? 삼켰던 그 사랑스러움을 함께 맛보여 줄 수 있을 텐데. 아주 잠시 그런 고민을 했다.

"근데 진짜 어디 갔다가 온 거예요?"

그에게 등을 맡기고 서 있던 초롬이 몸을 돌려 지욱을 마주 올려다보았다. 지욱이 등 뒤에 숨겨 놓았던 한쪽 팔을 꺼냈다.

"……어?"

초롬의 시야를 가득 채운 것은 꽃다발이었다. 흰 안개꽃, 그리고 붉은 장미꽃. 안개꽃이 꼭 이 겨울날 내리는 눈처럼, 장미꽃이 그 가운데 유일한 온기인 두 사람처럼 보였다.

"예뻐요."

"기왕이면 그 예쁜 손에 꼬치보다 꽃을 들고 있는 편이 나을 것 같아서."

"아, 향도 좋다."

"길거리 포장마차에서 꼬치밖에 못 사 주던 어린 견지욱이 이만큼 성장했어. 이런 꽃다발 정도는 얼마든지 사 줄 수 있단 말이지."

"나도 진짜 여자이긴 했나 봐요. 꽃이 이렇게까지 좋을 줄은 몰랐는데."

동그란 코끝을 꽃에 가져다 댄 초롬이 화사하게 웃었다.

2,000원짜리 꽃 한 송이라도 사다가 쥐어 주어 볼걸. 길가에 핀 들꽃이라도 꺾어다가 내밀어 볼걸. 어린 날의 후회가 또다시 조그맣게 고개를 내민다.

하지만 모든 후회의 형태로 남을 과거는 묻어 두기로 한다. 지금 그녀가 곁에 있다는 게 가장 중요했다.

"다시 말해 봐."

"뭐를요?"

"남편."

꽃에 얼굴을 한껏 묻고 걷는 초롬을 보며 지욱이 넌지시 말했다. 고개를 든 그녀의 얼굴이 점점 웃음으로 번지기 시작했다. 이 남자, 왜 이렇게 귀여울까.

"그게 그렇게 좋았어요?"

"남자 친구라는 말의 몇 배는 더."

"남자 친구라고 하기에는 나이 차이가 너무 많아 보이더라구요. 그래서 이번엔 남편이라고 했죠."

"나이 차이가 너무 많, 뭐……? 그래……. 현명해……."

"근데 아까 그 남자 표정을 보니까 그것도 이상하게 보기는 하더라고요."

"……그거야 네가 유부녀라고 하기에도 너무 어린 외모라."

"어린 신부 같고 좋은데, 난."

그 이야기를 듣다 보니 초롬의 손에 들린 꽃다발이 꼭 부케처럼 느껴졌다. 지욱은 그녀를 보며 저 여린 몸에 딱 알맞게 입혀진 순백의 드레스를 떠올렸다.

아름다운 꽃과 드레스, 저렇게 수줍게 웃고 있는 맑은 얼굴까지 더한다면 상상할 수 있는 최고의 장면이 완성된다. 그게 현실로 이루어지지 않았다는 아쉬움을 뺀다면 상상 속의 초롬은 세상 가장 아름다운 신부였다.

"여보."

"아, 깜짝이야."

"아저씨 얼굴 빨개졌다! 완전 홍당무!"

"이런 식으로 놀린다 이거지?"

"부끄러웠어요? 네?"

"하암초오로옴."

"겨언지이우욱."

남편이란 단어에 입가 가득 웃음기를 지우지 못하는 지욱을 보며 초롬은 이후로도 '여보' 소리를 덧붙이며 장난을 걸었다.

장난인 걸 알면서도 언젠가 상상했던 그 호칭을 직접 듣고 나니 지욱은 기분이 이상해졌다. 얼굴이 빨개졌다고 놀리는 초롬에게 반박도 할 수 없었다. 지금이 '현재'도 아닌 '미래' 같기만 했다. 초롬의 미래가 아닌 자신의 미래.

열아홉 살로 돌아갔다. 그때의 모습 그대로, 그때의 말투와 그때의 표정으로 초롬과의 시간을 보냈다. 그때처럼 이름을 늘어뜨리며 장난을 걸고 괜스레 팔을 잡거나 개구진 표정을 짓기도 하면서 몇 시간 남지 않은 '지금'을 보내고 있었다.

사람들의 시선이 '다 큰 남자가 왜 저래?'라고 할지라도 지욱은 초롬의 앞에서 어린 견지욱이고 싶었다.

"남편, 여보, 또 뭐가 있지? 함초롬을 유부녀로 만들어 온갖 닭살스러운 애칭은 다 부르게 해 보고 싶은데."

"신혼일 땐 모르겠지만 아이가 생기고 난 뒤에는 보통 '누구 아빠'라고 부르지 않아요? 엄마도 '초롬 아빠'라고 아빠를 부르던걸요."

아이. 그 한 단어가 마치 사랑한다고 외치던 어린 지욱의 고백만큼이나 무겁게 와 닿았다. 쉽게 입에 올릴 수 있는 무척 가벼운 단어였음에도 그에게는 생각해 본 적 없던 미래로의 상상을 끄집어낼 수 있게 했다.

한 손에는 초롬을 닮은 딸, 다른 한 손에는 자신을 닮은 아들. 그들의 고사리 같은 손을 쥐고서 푸른 봄날을 거니는 상상 속에 빠진다. 세상 가장 단란한 가족의 모습이 그곳에 있다.

"아…… '누구 아빠'란 말이지."

"그렇죠. 누구 아빠, 누구 엄마, 이렇게요. 그 호칭을 쓰기 시작하면서부터는 내 이름이 없어지는 기분이라고도 하던데 이상하게 전 그게 좋더라구요. 엄마와 아빠가 초롬 엄마, 초롬 아빠, 이렇게 서로를 부르면 매순간 내가 두 분 사이에 사이좋게 꼭 껴 있는 기분이거든요. 나로 인해 묶인 묘한 기분도 들고."

"그럼 날 부르는 '누구 아빠'에서 그 '누구'에는 어떤 이름이 들어가면 좋겠는데?"

"생각은 안 해 봤는데. 으음⋯⋯."

연인 사이에 얼마든지 오고 갈 수 있는 정말 흔한 대화인데 이게 전부 처음이라는 게 신기했다. 미래를 꿈꾸고 훗날을 그리는 건 연인들이 때때로 해 보는 가장 사랑스럽고 터무니없는 행동인데 말이다.

몇 년 뒤엔 어딜 가자, 언제쯤에는 같이 살고 있을까, 아이는 몇 명이었으면 좋겠다, 널 닮으면 어떨 것이다 등등.

"한글 이름이나 외자였으면 좋겠어요."

"예를 들면?"

"봄이나, 여름, 아니면 하늘이나 바다 같은 이름이요. 별이란 이름도 좋구요. 이름만 보아도 그 단어 따라 예쁠 수 있게요."

"함초롬 같군."

"맞아요. 함초롬도 한글이니까."

한글 이름으로 지으면 아들이어도 딸이어도 분명 잘 어울릴 것이다. 지욱은 그렇게 생각했다.

아직 오지도 않은 어느 미래의 일을, 아니, 자신에게는 영영 오지 않을지도 모르는 그 미래의 일을 떠올렸다. 계절을 닮은, 자연을 닮은, 우리 아이의 그 이름을 자신이 불러 보게 되는 일이 생긴다면 좋을 것이다. 욕심이어도 좋았다. 상상 속의 모든 것은 자신의 것이었다.

"기왕이면 겨울이 좋겠어."

"겨울이요?"

"네 소중함을 깨달은 것도, 네가 이렇게 내 앞에 나타나게 된 것도 모두 겨울이었으니까. 잘 어울릴 거야."

"겨울 아빠."

"……생각했던 것보다 더 괜찮은데?"

"이상한데요……?"

"이상해?"

"견겨울이라니……. 아무리 생각해도 이상해요……."

"……젠장."

견겨울이 이상하면 가을은 어떻냐고 물으니 '견가을은 잘못 들으면 꼭 견과류 같아요.' 하면서 또다시 가슴에 비수를 꽂는다. 아무리 생각해도 내 성씨가 문제인 것 같다고 연신 투덜거리는 지욱의 곁에 서서 초롬이 농담이라며 그의 넓은 등을 매만졌다.

주변 사람들의 시선이 전혀 신경 쓰이지 않는 저녁이었다. 많은 사람들 틈에 섞여 있다 보면 둘은 열아홉도, 서른둘도 아니었다. 어린애도, 어른도 아니었다.

그저 그 사람들과 다름없이 사랑하는 누군가. 그리고 그 사랑하는 누군가와 꼭 붙어 걷는 행복한 얼굴의 누군가. 그저 그뿐이었다. 사람들은 이런 구성을 보고 '연인'이라 불렀다.

삶이나 죽음에 관한 것을 논하지 않고도 그녀와 평범한 시간을 보낼 수 있다는 게 지욱에게는 기적과도 같았다.

초롬이 이곳에 온 뒤 그의 머릿속은 온통 그녀의 죽음, 그녀의 미래, 그녀와의 관계, 불안, 외로움, 인내, 눈물로 가득했다. 하지만 시간이 흐를수록 오히려 마음이 가벼워졌다. 그녀로 인해 더 무거워졌던 마음들이 우습게도 그녀로 인해 다시 가벼워진다는 사실이 허무할 정도로 신기했다.

혹시 이토록 무겁게 가라앉은 채 꼭꼭 잠가 두었던 마음을 수면 위로 꺼내기 위해서, 따스한 볕을 쫼 수 있도록 문을 열어 주기 위해서 그녀가 온 것은 아닐까. 지욱은 초롬이 느닷없이 이 시간으로 오게 된 이유를 그렇게 납득하기로 했다.

자신을 위로하기 위함이었을 것이다. 언제나 스스로보다 사랑하는 사람이 우선이었던 이 작은 소녀는 앞으로도 그럴 게 분명했다. 하늘 위에서 13년이란 세월을 함께 자라 주었을 서른둘의 함초롬 역시 말이다.

"아저씨, 우리 저기 가요."

"저기?"

"네. 저기요."

초롬의 손가락 끝에 머문 것은 '사주·궁합'이라고 적혀 있는 작은 공간이었다. 내부에 들어가면 앉는 것 외에는 몇 걸음도 채 걷지 못할 것처럼 아주 협소했다. 유리문 너머로 그 안을 힐끔 본 지욱이 대체 왜 여자들은 이런 걸 좋아하는가에 대해 아주 잠시 생각했다.

"얼른요."

하지만 그녀의 앙증맞은 손이 자신의 옷깃을 붙잡아 당기는 걸 보며 그저 그대로 이끌려 가 주는 수밖에는 없었다. 하고 싶다지 않은가. 하고 싶은 걸 전부 하게 해 주는 것이 오늘 지욱이 그녀와의 시간을 보내는 가장 큰 이유였다.

지욱은 그녀의 작은 손을 옷깃에서 떼어 제 손에 쥐었다. 그것으로도 부족해 다정하게 깍지를 끼자 초롬이 수줍고 기쁘게 웃었다. 저 웃음을 볼 수 있다는 것만으로도 충분했다.

"어서 오세요."

"……안녕하세요."

문을 열고 들어서자 자리에 앉아 있던 여자가 인사를 하며 두 사람을 올려다보았다. 점쟁이들이 있는 집의 그 묘한 기운을 상상했는데 생각 외로 밝은 분위기였다.

옆 테이블에는 카드 같은 것들도 놓여 있었는데 아마 사주나 궁합 외에 타로 점 같은 것도 봐 주는 모양이었다.

"어머, 커플이신가 보네? 궁합 보시려고요?"

"커플인 거 어떻게 아셨어요?"

초롬이 눈을 동그랗게 뜨고 그녀를 보았다. '여기 엄청 용한 것 같아!'라는 눈빛이었다. 지욱은 초롬의 그런 모습을 보고 웃음을 머금으며 고개를 절레절레 내저었다.

그녀의 마음이 이해되지 않는 것은 아니었다. 오래되지 않은 요 며칠, 함께 다니면서 느낀 것이 있다. 타인의 눈에 자신과 초롬이 '연인 사이'로는 보이지 않는다는 것이었다. 오빠 동생 사이가 아니라면 삼촌과 조카 사이냐는 물음도 받았다.

하물며 '아빠' 소리도 듣지 않았었는가? 지욱은 초롬에게 연락처를 물으며 자신에게 '아빠'라는 단어를 뱉었던 그 여우 같은 어린 남성을 떠올리며 욕을 삼켰다.

"그렇게 다정하게 깍지를 끼고서 들어오는데 어떻게 모르겠어요."

여자의 말에 두 사람은 그제야 자신들이 잡고 있는 손을 내려다보았다. 조금의 틈도 주지 않겠다는 듯이 손바닥이 꼬옥 맞닿아 있었다. 서로에 대한 애틋하고 설레는 마음까지 들킨 것 같아 괜히 가슴이 더 두근거렸다.

누군가가 알아준다는 것이 이토록 기쁠 줄은 몰랐다. 아직 서로에게 말로써 사랑을 말한 적은 없지만 이렇게 행동으로나마 '저희 사랑하는 사이예요.' 자랑하고 싶었다.

"우선 앉으세요. 궁합 보시는 거 맞죠?"

"으음……. 사주랑 궁합이랑 같이 볼 수도 있어요?"

"당연하죠. 대신 두 분 다 사주 보신다고 하면 궁합은 그냥 공짜로 봐 드릴게요. 두 분이 워낙 선남선녀인 데다 같이 있는 모습도 너무 예뻐 보여서 내가 그래 주고 싶네요."

"감사합니다아……."

부끄러움에 초롬이 몸을 배배 꼬며 말꼬리를 늘였다. '당신 예뻐요.' 라는 말보다 '두 사람 예뻐 보여요.' 라는 말이 더 기분 좋다는 걸 처음으로 깨달았다. 그가 없이는 마치 나도 없다는 것처럼, 하나처럼 묶여 보여질 때 묘한 뿌듯함이 몸을 감쌌다.

초롬과 지욱은 자신들의 생년월일이며 어렴풋이 알고 있던 시간 같은 것들을 이름과 함께 적었다. 앞에 있는 여자는 책자를 뒤적거리기도 하다가 두 사람의 이름과 숫자를 손끝으로 가만히 짚어 보기도 했다. 그러다가 힐끔, 지욱을 보다가 다시 시선을 옮겨 초롬을 살폈다.

"근데…… 동갑이실 거라고는 생각도 못 했는데, 여자분이 굉장히 동안이시네요."

생년월일을 적고 나니 뒤늦게 깨달은 그 사실에 두 사람이 적잖이 당황했다. 열아홉과 서른둘이지만 두 사람의 태어난 연도가 같다는 중요한 사실을 간과한 것이다.

하지만 흔들리는 시선은 보지 못한 채 다시 고개를 숙인 여자가 '남자분부터 볼까요?' 하며 자신의 일에 집중했다. 지욱과 초롬이 나직하게 한숨을 내쉬었다.

애초에 미신 같은 걸 안 믿었던 지욱은 전 같았다면 심드렁하니 불신의 눈으로 그녀를 보았을지 모르겠다. 그러나 초롬의 미신이 이미 벌어진 뒤였다. 믿을 수 없는 일들이 존재한다는 것을 알게 된 지금, 그는 혹시나 싶은 마음으로 여자를 힐끔거렸다.

사실 걱정이 없다고 하면 거짓말일 것이다. 혹시라도 초롬의 사주에 그녀의 이른 죽음이 나와 있는 것은 아닐지. 그런 사소한 것들이 두려웠다. 더는 그녀의 죽음을 본인에게 확인시켜 주고 싶지 않았다. 남은 것은 그저 행복한 몇 시간이어야 했다.

"어디 보자. 여기 남자분은……."

초롬이 침을 꿀꺽 삼켰다.

"여러 가지로 복이 아주 많은 사주네요."

느닷없는 그 말에 지욱은 '이 사람 사이비 아니야?' 라는 생각을 했다. 딱 한 시간만 이 종각 주변을 걸어도 자신을 붙잡으며 저 여자와 똑같이 '복이 많아 보여요.' 라는 말을 할 사람이 서너 명은 될 것이다. 어쩐지 익숙한 대사라고 생각했다.

대충 복채나 주고 일어날까 생각할 때쯤 여자가 아주 여유 있는 목소리로 말을 이었다.

"그중에서도 특히 가족 복이랑 배우자 복이 제일 좋아요."

"……배우자?"

지욱이 의심스러운 눈으로 여자를 보았다. 그의 왼쪽 눈썹이 꿈틀거렸다. 전혀 생각해 본 적도 없는 배우자가 대체 왜 내 사주에 들어가 있는 거냐고 묻고 싶었다.

어차피 자신의 미래에 초롬은 없을 것이고, 자신은 그녀를 과거로 돌려보낸 뒤 또다시 혼자 남아 추억 속에 살 게 분명했다. 그녀가 아닌 누구도 사랑할 자신이 없었다. 그런데 퍽이나 배우자 복이 있겠다.

하지만 그런 지욱과 달리 초롬은 눈을 빛냈다. '그리고요?'라고 말하는 그 맑은 눈에 아무리 생각해도 순진하다고밖에는 답을 내릴 수 없다.

"뭘 해도 운이 따라 주는 사주예요. 남의 밑에 있어도 거뜬히 치고 올라갈 거고, 사업을 해도 승승장구할 거예요."

"와, 견지욱 사주 최고. 이런 사주는 어디 가서 돈 주고도 못 사요!"

오히려 자신의 것처럼 기뻐하는 초롬을 보며 지욱은 '이거 다 사기야.'라고 차마 말할 수 없었다. 그저 입을 다물었다.

"그리고 여자분은……."

기대하는 표정의 초롬과 달리 지욱은 그 순간 묘한 긴장감을 느꼈다. 차라리 듣지 않는 편이 나을지도 모르는, 확인 사실과도 같은 대답이 돌아올까 봐. 겨우 되찾은 웃음을 별거 아닌 일에 잃어버릴까 봐.

그러면서도 괜찮을 것이라 다짐한다. 자신의 유골함 앞에서도 웃어 보였던 초롬이 아니었는가. 이제 그만 와도 된다고, 사랑을 하라고, 그렇게 말하면서 말이다.

"사주가 꽤 무난한 편인데 특히 노년에 운이 트이네요."

"……네?"

생각지도 못한 노년이라는 단어에 초롬과 지욱이 자신들의 귀를 의심했다.

"나이를 먹어도 아주 건강할 거예요. 노년이 제일 중요한데, 크게 아픈 곳 없이 무탈하다는 것처럼 좋은 사주는 없죠. 게다가 자식 복이 굉장히 많아요. 자식 덕을 많이 보겠어요."

노년 운에 대해 듣고 있는 것도 얼떨떨한데 심지어 자식 복이 많아 그 덕을 보게 될 거라고 하니 웃음이 나올 지경이었다. 사이비라고 내심 욕을 하던 지욱의 입가에 웃음이 걸렸다.

이렇게 마음에 드는 사이비라니. 하나도 맞지 않는 사주를 들으면서 그게 이상하게 말도 안 되는 위로가 되는 것 같아 기분이 좋았다. 지욱은 어느샌가 속으로 '그리고 또?' 하고 묻고 있는 자신을 발견했다.

그녀의 미래에 대해 더 듣고 싶었다. 건강하게 늙어 가는 초롬 말고도, 자식들의 덕을 보며 황혼을 보내게 될 그 미래 말고도, 또 다른 미래를 듣고 싶었다. 내가 상상해 보지도 못한, 애초에 기대조차 하지 못했던 그녀의 미래를.

"그리고…… 조만간 결혼수가 들어와 있네요?"

하나가 터지면 또 하나가 뒤집혔고, 그 하나에 감탄하고 있으면 또 다른 하나가 넋을 쏙 빼놓는다. 지금이 딱 그 꼴이었다. 대체 어디까지 예상치 못할 대답을 내놓을 작정일까? 지욱과 초롬이 눈을 동그랗게 떴다.

"결혼이라고요?"

지욱이 재차 물었다.

"네. 특히 남자분 사주에 내후년이 최적의 시기라고 떡하니 나와 있네요."

"세상에. 우리 결혼하라는데요?"

초롬이 웃으며 지욱의 팔을 꾸욱 눌렀다. 이걸 좋아해야 하나, 어째야 하나. 아주 잠시 생각이 깊어졌다. 하지만 그녀가 웃으며 결혼 이야기를 들먹이니 아무래도 좋아해야 하는 일인가 보다. 현실과 이상의 괴리라는 것이 지욱의 가벼워진 마음 위로 슥 올라와 자리를 잡았다.

눈앞에 있는 여자의 말대로 내후년쯤에 결혼을 하고, 아까 말했듯이―성씨를 붙이면 비록 이상해질지라도― 겨울이라는 예쁘장한 이름의 아이를 낳고, 훗날 건강하게 늙어 그 아이들을 바라보면서 눈감으면 좋겠다. 지욱은 그런 꿈같은 미래를 그리며 잠시 동안 그 속에 푹 빠져 있었다.

아무래도 이 사이비가 문제다. 한없이 기분을 둥둥 뜨게 만들었다. 그녀에게 영영 오지 않을 수도 있는 미래를 선물해 버리면서.

"어? 조금 있으면 12시예요."

상상 속의 행복에 취해 있던 지욱을 현실로 끄집어낸 건 다름 아닌 초롬의 목소리였다. 벽에 걸린 시계를 쳐다보자 십여 분도 채 남지 않은 시간이 마음속의 카운트다운을 시작하게 만들었다.

그때의 그 시간이었다. 지욱은 과거를 떠올렸다. '환자는 수술 중 사망하였습니다.' 라는 믿을 수 없는 이야기를 두 귀로 듣게 되었던 그 복도에서의 시간. 초롬의 사망.

하지만 모든 것은 달라질 것이다. 초롬은 사고를 피해 갔다. 그 때의 그 시간이 되었어도 이렇게 자신의 곁에 그녀가 있었다. 그 녀가 과거의 함초롬이라는 것을 빼고 모든 것이 달라졌다. 그게 지욱의 희망이었다. 그녀가 살아 있지 않은가.

지욱이 지갑에서 현금을 꺼내어 여자에게 건넸다. 그 모습을 지켜보며 곁에 서 있던 초롬이 허리를 숙여 가며 예의 바른 인사 를 전했다.

"고맙습니다."

"사주와 궁합이 이렇게 좋게 나와서 저 역시도 기분이 좋네요. 제가 다 고맙죠."

"아니에요. 저희에게는 남다른 의미가 있는 얘기였어요. 벌써 부터 행복해지는 거 있죠. 정말 고맙습니다."

그저 아무 생각 없이 웃기만 하고 즐거워하는 줄만 알았다. 그 작은 공간을 나서기 직전에 초롬이 뱉은 말이 지욱의 걸음을 잡 아 세웠다.

문을 열려고 하던 그의 커다란 손이 움직임을 아주 잠시 멈추었다. 초롬이 그 이야기를 들으며 왜 그토록 밝게 웃었는지, 왜 그토록 기뻐했는지 누구보다 잘 알고 있는 자신이었다. 이 짧은 시간이 그녀에게는 잊을 수 없는 마지막 선물이 되었을 것이다.

"이제 우리 종소리 들으러 가요."

"잠시만요."

지욱이 문을 반 정도 열어 찬바람이 내부로 훅 들어온 순간, 여자가 초롬을 불러 세웠다. 밖으로 발을 내딛기 직전이었다. 고개를 돌리자 여자가 초롬의 앞으로 빨간 장미꽃의 다발을 내밀었다. 테이블 위에 깜빡 놓고 일어선 모양이었다.

초롬은 놀란 눈을 하며 꽃다발을 받아 들었다. 지욱에게 난생처음 받은 꽃다발을 하마터면 잃어버릴 뻔했다.

"두 분 다 오래오래 서로 보듬으면서 행복하게 사세요."

그녀의 말에 초롬이 꽃다발에 얼굴을 살며시 묻은 채로 눈을 깜빡였다.

"고맙습니다."

인사는 초롬이 아닌 지욱의 몫이었다. 초롬이 그의 목소리에 고개를 들어 옆을 올려다보았다. 그는 불신이나 지루함 같은 것들을 얼굴에서 지워 낸 지 오래였다.

여자를 향해 고개를 가볍게 끄덕인 그가 초롬이 있는 방향을 내려다보았다. 눈을 깜빡이는 초롬을 다정스럽게 바라본 그가 이상할 정도로 따스하게 웃었다.

지욱이 잡고 있던 손에 힘을 놓자 내부로 흘러들던 찬바람이 끊기며 문이 닫혔다. 다시 들어가면 이번에는 방금 전과 다른 결과를 내놓을 것만 같았다. 두 번은 들어가고 싶지 않았다. 처음 들었던 그 미래를, 그 결과를, 현실이 될 것이라 꼭 믿은 채로 살고 싶었다.

바깥으로 나와 걸음을 옮기기 시작했는데도 이상하게 춥다는 느낌이 들지 않았다. 분명 살갗으로 느껴지는 바람은 차디찼지만 어딘지 모를 속 안에서 따뜻한 바람이 따로 불고 있었다. 메말랐던 가슴을 따뜻한 온기로 데워 주고 있었다.

초롬은 이제야 안다. 작은 가슴 속에 꾸준히 불고 있던 그 바람이 사랑이었음을.

12시가 가까워질수록 보신각 주변에는 더 많은 사람이 모였다. 각 방송사 취재진들이 카메라를 들고 온 탓에 가까이 가는 건 힘겨워 보였다. 하지만 조금 멀찍이 떨어져 서 있어도 충분히 보이고 충분히 들릴 것이다. 가까운 정도는 중요하지 않았다. 둘은 사람들 틈에 그렇게 서 있었다.

"텔레비전으로 볼 때보다 사람이 더 많은 것 같아요."

"……사람 많은 건 질색인데. 13년 전의 그 계획이 아니었더라면 오지 않았을 거야."

"이렇게 사람이 많은데 왜 텔레비전에는 전부 다 안 보이는 걸까요?"

"이 밤에 카메라가 아무리 열심히 찍는다고 한들 이 사람들을 전부 담아낼 순 없겠지. 콩알만 하게 나오려나."

"그럼 우리도 지금쯤 방송 어딘가에 콩알만 하게라도 나오고 있을까요?"

"쪼끄만 게 방송 욕심도 내네? 넌 다른 콩알보다 더 작아서 보이지도 않을 거야."

"……너무해!"

시간은 흘렀고 장난은 멈추지 않았다. 모든 게 평소 같아야 했다. 이뤄 내지 못했던 13년 전의 그날이 되어야 했다.

이 순간 우리 둘은 열아홉 살이어야 했고, 그 당시의 12월 31일 밤으로 돌아간 것이어야만 했다. 초롬의 웃음을 보고 있자면 실제로 지욱은 열아홉이 되어 버린 듯했다.

"네! 여기는 보신각입니다. 곧 있으면 새해가 밝을 예정인데요……."

어느 카메라 앞에 선 리포터가 마이크를 손에 꼭 쥔 채로 추위에 떨면서 말을 이어 가고 있었다. 카운트다운이 가까워지자 주변에 서 있는 사람들이 웅성거리기 시작했다.

지욱은 마른침을 삼켰다. 자신도 모르게 두려워하고 있었다. 오지 말라고. 12시가 영영 오지 않았으면 좋겠다고. 도망가야 했던 신데렐라의 기분이 이랬을까. 졸지에 남겨지는 신데렐라가 되어 버릴 것 같아 지욱의 손에 힘이 들어갔다.

그때 초롬이 그의 손을 꼬옥 잡아 왔다. 그녀와 눈을 마주쳤다. 그녀가 한 손은 자신의 손을 꼭 쥔 채로, 다른 한 손에는 자신이 준 꽃다발을 든 채로 해맑게 웃고 있었다.

그럼에도 이상하게 슬픔이 몰려왔다. 초롬이 저렇게 화사하게, 아름답게 웃고 있는데도 자꾸만 가슴 언저리가 시린 것은 찬바람 때문이 아닐 것이다. 그저, 이별이 가까워졌음을 알고 있기 때문이었다.

"외롭지 않을 거예요."

"……당연하지."

"나는 그곳에서 무사히 성장할 거고, 어른이 될 거고, 건강할 거예요."

"……당연히 그래야만 해."

"말했잖아요. 다른 우주에서는 우리가 지금과 다를 수 있을 거라고. 아저씨가, 견지욱이 그렇게 말했잖아요."

"……알아."

"난 졸업을 할 거고, 대학교에도 갈 거예요."

"……."

"취직도 할 거고, 결혼도 할 거고, 아이도 아들 하나, 딸 하나, 이렇게 둘 정도 낳아 계절과 자연을 닮은 이름을 붙여 주며 살 거예요."

"……."

"걱정 말아요. 서른둘의 견지욱의 곁에는 분명 서른둘의 함초롬이 있을 거예요."

"……당연해."

"견지욱의 또 다른 우주는……. 망가지지 않게 내가 소중히 지킬게요."

"……."

"그러니까 아저씨도 지금의 자신을 조금만 더 사랑해 줘요. 다른 사람도 사랑해 줘요. ……다시 사랑할 수 있어요."

초롬의 말이 길어질수록, 그녀의 말이 많아질수록, 점점 더 시간이 흘러가고 있음을 직감한다. 굳이 시계를 보지 않아도 알 수 있다.

그녀의 눈시울이 붉어져 올수록, 그녀가 눈물을 참고 있다는 것을 이렇게 직접 눈앞에서 확인할수록, 지욱은 그녀를 보내야만 한다는 것을 깨닫는다.

마음속으로 각오만 하던 것과 다르게 막상 닥쳐오는 이별의 시간을 자신이 잘 견뎌 낼 수 있을까. 그녀의 말처럼 그렇게 될 수 있을까. 머릿속이 시끄러웠다.

"……사랑해."

13년을, 아니, 그 이전의 몇 년을 더해 20년 가까이 참고 있던 그 마음을 겨우 토해 냈다. 영영 꺼내지 못할 것만 같았던 말. 끝까지 혼자만의 가슴에 묻어 둔 채로 눈감았을지 모르는 말. 아무리 외쳐도 절대 그녀가 들을 수 없을 것 같았던 말. 그 말을 공기 중으로 뱉어 내고 나서야 지욱은 과거의 감정에서 벗어나는 기분이 들었다.

"자, 그럼 카운트다운을 시작합니다!"

리포터의 목소리를 시작으로 하여 주변에 있는 수많은 사람들이 한 가지 목소리를 냈다. 12시가 빠른 속도로 달려오기 시작한다.

10!

"사랑해, 초롬아."

사랑한다는 말이 한 번으로는 부족했다. 마음이 점점 더 조급해지고 있었다.

9!

"사랑해."

어떻게 해야 할까. 사랑한다는 말을 이렇게 해도 부족할 때는 대체 어떻게 해야 이 감정을 백 퍼센트 전부 전할 수 있을까. 지욱이 고민을 거듭하다가 두 팔을 뻗어 초롬을 꼭 끌어안았다. 작은 체구가 품에 따스하게 안겨 들었다.

8!

"아프지 말고, 감기도 조심하고……. 잘 때는 이불 잘 덮어야 돼. 걸어 다닐 때도 꼭 차가 오는지 안 오는지 조심해서 보고."

지욱이 초롬의 귓가에 몇 개의 당부일지 모를 말들을 빠르게 늘어놓기 시작했다.

하고 싶은 말이 아주 많았다. 그동안 해 주지 못했던 말들이, 해 주지 못한 행동들이 아직도 많이 남아 있었다는 걸 지금에 와서 깨닫는다. 시간이 조금만 더 많았으면 좋겠다. 아직도 해 주지 못한 것들이 너무도 많았다.

7!

"보고 싶은 영화가 있으면 전부 봐. 먹고 싶은 게 있으면 전부 먹자고 해. 때리고 싶을 땐 때리고, 놀리고 싶을 땐 놀리고, 울고 싶을 땐 마음껏 울면서, 그렇게 살아."

함께 보고 싶은 영화들이 뒤늦게 떠오르기 시작했다. 보여 주고 싶은 영화가 많았다. 먹이고 싶은 것도 많았고, 만들어 주고 싶은 요리도 있었다. 실력 없는 요리라도 해 줄 것을 그랬다. 식탁 앞에 앉혀 두고 공주님처럼 그렇게 예쁘장한 웃음을 띨 수 있게 만들어 볼 것을 그랬다.

때릴 땐 더 많이 맞아 줄 것을. 놀림 당하는 얼굴이 아무리 예뻐도 조금만 덜 놀릴 것을. 찡그린 얼굴보다 웃는 얼굴을 더 많이 지을 수 있게 해 줄 것을. 철없이 그녀의 앞에서 혼자 울지 말고 그녀가 더 많이 울 수 있게 품을 몇 번이고 더 빌려줄 것을.

남는 것은 모조리 후회였다.

6!

"그리고, 그리고, 또……."

더 많은 말들을 해야 했다. 그녀에게 하고 싶었던 말이 또 뭐가 있었더라. 한 마디라도 더, 그녀에게 내 목소리를 들려줄 수 있게, 한 가지라도 더…….

지욱의 얼굴이 점점 일그러졌다. 목소리가 축축하게 젖었다. 그때서야 알았다. 끌어안은 그녀의 작은 어깨 위로 옷이 젖어 들어 갔다. 바보같이 그녀를 안은 채 울고 있었다.

5!

"사랑해. 사랑해, 초롬아. 이 말밖에는 아무것도 떠오르질 않아. 사랑해."

잔뜩 물기에 젖은 목소리가 그녀의 이름만을, 사랑한다는 고백만을 연신 중얼거렸다. 이젠 아무래도 좋았다. 이렇게 끌어안고 있다는 게, 자신의 사랑한다는 고백을 그녀가 들어 준다는 게, 직접 말을 할 수 있다는 게, 그저 고마울 뿐이었다.

4!

"아저씨."

한참이나 그 품에 안겨 있던 그녀가 그를 부르며 아주 살짝 떨어져 나왔다. 그의 얼굴을 확인해야겠다는 듯이, 그에게 자신의 얼굴을 보여 줘야겠다는 듯이, 그녀가 웃으면서 눈을 마주쳤다.

지욱은 이미 울고 있었고, 초롬은 잔뜩 빨개진 눈으로 입을 앙 다물었다가 다시금 천천히 떼었다.

3!

"울지 마요."

그녀가 어리고 맑은 특유의 목소리로 자신을 위로하고 있었다. 멍하니 초롬의 얼굴만 바라보았다. 초롬이 한 손을 뻗어 지욱의 뺨을 어루만졌다.

어른이 되어서 왜 우냐고 핀잔이라도 하는 듯 뺨을 매만졌다. 그녀의 손가락 끝에서 달큰한 향이 번졌다. 이렇게 작은 향기조차, 작은 온기조차 느껴질 정도로 그녀가 지금 눈앞에 살아 있다.

2!

"고마워요. 그렇게 오랜 시간 동안 잊지 않고 사랑해 줘서. 나조차도 몰랐던 그 긴 시간 동안 줄곧 내 곁에 있어 줘서……. 고마워요."

붉게 충혈된 그녀의 눈으로 물기가 차올랐다. 그와 동시에 자신의 눈에도 눈물이 재차 차올랐지만 깜빡할 사이에 그녀가 사라져 버릴 것만 같아서 지욱은 눈을 깜빡일 수조차 없었다. 눈물이 흘러내렸고, 뺨을 어루만지는 그녀의 손가락 마디 사이사이로 스며들었다.

그 말과 동시에 초롬의 입술이 자신의 입술에 닿았다. 달콤하게 코끝을 자극하는 체향과 입술 끝으로 느껴지는 그 맛에 지욱이 조금 더 가까이 다가섰다.

초롬을 다시금 끌어안았다. 입술 사이로 잔뜩 뜨겁게 달아오른 혀를 비집어 넣자 초롬이 붉게 충혈되어 있던 눈을 감았다. 그녀를 더 깊숙하게 맛보고 싶었다. 더 느끼고, 더 헤집고, 그렇게 작은 입 구석구석에 자신의 흔적을 남겨 놓고 싶었다.

지금의 이 뜨거운 입맞춤을 영영 잊지 말라고 말하고 싶었다. 하지만 말을 할 시간조차 너무도 아깝기만 했다. 지욱은 말을 아낀 채로 더욱 더 초롬을 깊숙하게 탐했다. 혀를 옭아맬수록 살며시 벌려진 입술 사이로 그녀의 뜨거운 숨이 터졌다.

이대로 시간이 멈추기를 바랐다. 그러나 너무도 빠르게 흘러갔다. 지금의 이 1초를 조금만 더 잡아 둘 수 있다면…….

지욱은 눈앞에 어린 물기가 자신의 눈물 때문인지 그녀의 눈물 때문인지 알 수 없었다. 어느 순간 입술 사이로 짭조름한 눈물이 닿았다. 자신의 것이 아니었다. 눈앞에서 초롬이 울 것 같은 얼굴로 내내 웃으며 입을 맞추다가 기어코 눈물을 토해 내기 시작했다.

시간이 오고 있다.

1!

"사랑해요."

입술을 마주 댄 채로 작게 속삭이는 고백. 초롬은 자신의 말 한마디에 스스로 무너질 것처럼 울었다.

온 얼굴을 일그러뜨리면서 입술을 깨물지도 못한 채로 그렇게 운다. 결코 경험하고 싶지 않았던 그녀의 우는 얼굴에 지욱은 그대로 무너져 내릴 것만 같았다. 그녀의 눈물을 닦아 주고 싶었지만 그럴 수 없었다.

입술에 닿은 초롬의 온기가 서서히 사라지기 시작했다. 마지막으로 한 번이라도 더 끌어안으려고 두 팔을 뻗었지만 그녀의 온기가 더는 느껴지지 않았다. 허공 속을 휘젓는 그의 팔에 희미해지는 초롬이 더욱 흐느꼈다.

해피 뉴 이어!

'사랑해, 견지욱.'

주변에 있던 이들이 서로를 끌어안으면서 기쁘게 웃었다. 사람들은 인파 속에 서 있던 어느 여자아이가 소리 없이 사라져 버렸다는 것도 눈치채지 못하고 있었다.

새해를 축하하는 그 들뜬 목소리들 사이로 초롬의 말이 사그라졌다. 13년 전, 병원 복도에서 엉엉 울며 맞이했던 그날의 새해가 떠올랐고, 귓가를 울리던 병원 사람들의 새해 축하 메시지들도 떠오르기 시작했다. 딱 지금처럼 사람들은 새해를 기뻐했고, 자신은 울었다.

'사랑해.'

사라져 버린 초롬의 목소리가 계속해서 그 자리에 남아 맴도는 것 같았다.

"……사랑해, 초롬아."

지욱은 더 이상 눈물을 참고 싶지 않았다. 그녀의 이름을 불렀고, 사랑을 말했다. 그리고 마음속에서는 그녀가 듣지 못할 몇 번의 고백이 터졌다. 고마워, 초롬아. 다시 날 찾아와 줘서. 날 사랑해 주어서…….

"……고마워."

초롬이 서 있던 자리에는 방금 전까지 그녀가 들고 있던 꽃다발만이 덩그러니 놓여져 있었다. 그것만이 그녀가 이곳에 있었다는 유일한 흔적이었다.

14.

또, 12월 31일

초롬은 잠에서 깨었을 때 가장 먼저 보인 어린 지욱의 모습에 더 오열했다. 그녀가 깨어나기 전부터 내내 잠든 곁을 지켰던 지욱은 말없이 팔을 뻗었다.

곤히 잠들어 있던 초롬의 얼굴이 일그러지기 시작하면서 어느 순간 눈물을 흘렸을 때, 지욱은 그녀가 잠에서 깨어나고 있음을 알 수 있었다.

"……괜찮아, 괜찮아."

지욱의 그 말은 초롬을 더욱 울리기에 충분했다. 태어났을 때도 이렇게까지 울었을까 싶을 정도로 초롬은 목을 놓아 울었다.

눈앞에 지욱이 있다는 것이, 자신이 이렇게 살아서 그와 끌어안을 수 있다는 사실이 기뻤다.

초롬은 지욱의 목에 팔을 두른 채 꼭 안겨서 '사랑해, 사랑해.'

하고 말했다. 지욱은 자신이 그 꿈에서 깨어나기 직전 벚나무 아래에서 외쳤던 고백을 떠올리며 웃었다. 여린 초롬의 등을 매만져 주면서 '나도 사랑해.' 하고 대답하는 게 그가 할 수 있는 전부였다.

열아홉. 자신들의 12월 31일 아침이 밝았다.

❖

오늘 하루의 일정이 조금 변경되었다. 도서관도, 병재와의 만남도, 자신들이 각자 하기로 했던 모든 것들의 일정을 둘이서 함께하기로 했다.

종각에 가기로 했던 일정을 아예 빼 버릴까 고민했지만 초롬이 고개를 저었다. 그렇게 겁을 낼 바에야 차라리 종일 집에 숨어 있는 게 낫겠다고 핀잔했다. 꿈속에서 보았던 그때의 종각을 떠올리며 자신과 꼭 가야겠다고 말하는 목소리에 지욱이 고개를 끄덕였다.

피한다고 될 일은 아니다. 모든 것은 바뀔 것이다. 이곳은 함초롬과 견지욱이 사는 또 다른 우주였다.

"그거 입고 가게? 추워 죽겠는데 그냥 바지로 입지?"

"깜짝이야!"

느닷없이 들려온 지욱의 목소리에 초롬이 손에 들고 있던 원피스를 던져 버렸다. 창틀에 걸터앉아 있던 지욱은 자신의 얼굴을 때리고 떨어지는 원피스를 잡았다. 뺨이며 이마에 차지게 달라붙는 게 아주 고급 소재인 모양이다.

"너 왜 거기 있어?"

"느리게 준비할까 봐 부지런한 준비를 도울 겸 해서, 뭐⋯⋯ 겸사겸사?"

"맞을래? 얼른 나가. 나 옷 갈아입어야 돼, 얼른."

"진짜 안 볼게. 이렇게 눈 감고 있을 거라니까? 아! 아파. 알았어, 간다고, 가!"

지욱은 초롬에게서 쫓겨나다시피 하며 몸을 일으켰다. 넘어왔던 그대로 창문을 통해 가려고 하니 초롬이 다가와 뒷덜미를 잡아챘다. 하루 이틀이 아니라지만 그래도 그때마다 목이 턱하니 걸려 사레에 들리고 마는 것이 그리 좋은 느낌만은 아니다.

초롬의 손에 의해 친히 방문 앞까지 끌려간 지욱이 갑자기 방을 나서지 않으려 했다. 초롬이 왜 안 나가냐는 눈으로 보자 지욱이 갑자기 그녀를 꼬옥 끌어안았다.

"⋯⋯너 뭐 해?"

"안아."

"⋯⋯그러니까 갑자기 왜 안아."

"안고 싶으니까."

"⋯⋯."

"안고 싶으면 안고, 입 맞추고 싶으면 입 맞추고, 사랑한다고 말하고 싶으면 마음껏 사랑한다고 말할 건데?"

한참이나 머물다가 왔던 그 깊은 꿈에서 배운 것이 그곳에 있었다.

하고 싶은 모든 것들을 지금 바로 해야만 했다. 하고 싶은 말,

하고 싶은 행동, 어느 것 하나 후일로 미루지 않고 지금 이 순간을 살아야 했다. 그래야 흘러가는 시간을 붙들고 싶을 만큼 억울하지 않을 것이다.

우리에게는 내일도 모레도 있겠지만, 오늘의, 지금의 이 순간이 또 찾아오지는 않는 법이다.

"……사랑해."

지욱의 낮은 목소리가 초롬의 귓가를 간질였다. 초롬은 그의 품에 가만히 안겨 미소를 지었다.

처음부터 이렇게 하고 싶었던 것도 같다. 그 도둑 같은 입맞춤에 넋을 놓았던 열일곱 살 때부터. 아니, 어쩌면 연두색 원피스와 그 아래로 떨어지던 팥고물이 생생한 어린 시절의 어느 여름 날부터였을까.

"나도 사랑해. ……그러니까 이제 그만 좀 나갈래?"

"요거 안 먹히네."

초롬이 웃으며 지욱을 방 밖으로 밀었다. 등을 떠밀린 지욱이 다시 뒤를 돌려고 하자 무심하게도 방문이 닫혔다. 가끔 보면 물렁한 게 솜 벽 같으면서도 꼭 이렇게 응큼한 시선을 장난스레 건네면 굳건한 철벽으로 변하고 만다. 물론 그게 그토록 귀여워 문제지만.

"어머, 지욱이니?"

2층에서 내려와 현관문으로 나가려던 지욱의 발걸음이 그대로 멈췄다. 부엌에 있다가 나오던 초롬의 어머니와 눈이 제대로 마주쳐 버렸다.

"들어오는 거 못 봤는데. 언제 왔어?"

초롬의 방에서 내려오는 걸 봤을 텐데 어떻게 설명을 해야 할까. 등줄기가 서늘했다. 창문을 통해 넘나드는 건 끝까지 비밀로 해야 했다. 들키게 된다면 초롬의 창문에 자물쇠를 달아 버릴지도 모를 일이다.

"아, 어, 그러니까, 어⋯⋯. 하, 한참 전에요. 초롬이가 문 열어 줬어요. 바, 바쁘시길래 조용히 올라갔어요."

"온 거 알았으면 먹을 거라도 좀 올려 보내 주는 건데."

능청스러운 게 지욱의 강점이라면 강점이었지만 이 순간 난처함에 휩싸인 그는 답지 않게 말까지 더듬었다. 나쁜 짓을 한 것도 아닌데. 그저 보고 싶어서 빠른 길을 택했을 뿐인데. 왜 이렇게 누군가 콕콕 찌르는 것처럼 한 구석이 찔리는 건지 모르겠다.

"오늘 밤에 초롬이랑 종각에 간다고 했지?"

"네. 보신각 종 치는 거 보러요."

"사람이 많기는 하겠지만 워낙에 늦은 시간이라 위험할 수도 있어. 둘이 즐겁게 놀고 집에 올 때는 아줌마한테 전화하렴. 아저씨랑 둘이 종각으로 차 가지고 데리러 갈 테니까."

"그럴게요."

외박이 하고 싶었지만 아직 열아홉 살의 딱지를 떼지 못한 그들에게는 분명 무리일 꿈이었다.

지욱은 초롬의 어머니에게 고개 숙여 인사를 한 뒤에 서둘러 그 집을 빠져나왔다. 밖으로 나오자 찬바람이 온몸을 휘감았다. '왜 이렇게 춥지?' 하고 생각하니 맨발이었다. 차가운 바깥 바닥의 냉기가 고스란히 발을 타고 올라왔다. 방에 있다가 그대로 창문을 타고 넘어왔으니 신발이 없는 건 당연한 일이었다.

서둘러 자신의 집을 향해 맨발로 달리던 지욱이 문득 어느 장면을 떠올렸다. 지금처럼 이렇게 추웠던 겨울의 어느 저녁. 맨발로 잠옷 차림을 한 채 덩그러니 나무들 사이에 서 있던 자신. 그리고 초롬과 그런 그녀를 끌어안고 있던 커다란 덩치의, 나이를 먹은, 또 다른 나.

서른둘의 견지욱이 떠올랐다. 초롬을 다시 돌려보내고 지금쯤 그가 어떤 표정으로 어쩌고 있을지 문득 궁금해졌다.

"세상에. 너 맨발로 어딜 나갔다 오는 거야?"

"그럴 일이 있었어…….."

"견지욱! 너 그 발로 어딜 올라가. 바로 욕실로 가, 얼른! 어휴, 내 아들이지만 진짜 가끔씩 저렇게 정신 빼고 다닐 때면 머리가 아파."

집 안으로 들어서자마자 자신을 향해 잔소리를 퍼붓는 어머니를 보며 지욱은 또다시 그 꿈속을 떠올렸다. 선을 보라며 입이 아프도록 이야기하던 통화 속의 그 주인공. 지금 저렇게 젊고 고운 이가 그토록 쉽게 늙어 버린다는 사실이 못내 슬픈 것 같기도 했다.

욕실로 가려던 지욱이 걸음을 돌려 그녀에게로 다시 걸어갔다. 그러고는 무작정 그녀를 꼭 안았다. 자신보다 훨씬 커 버린 아들에게 안긴 그녀가 얼이 빠진 얼굴을 했다.

"……너 지금 뭐 하니?"

"엄마, 사랑해."

"……너 무슨 일 있어? 어디 아파?"

"아들이 엄마한테 사랑한다고 하는 게 이상해?"

"이상해. 그것도 아주 많이 이상한데……?"

자신은 그와 같은 미래를 만들지 않을 것이다. 초롬을 잃지도 않을 것이고, 초롬 없이 홀로 외로운 시간을 보내며 이렇게 자신을 지켜봐 주는 가족을 상처 입히지도 않을 것이다.

미래에서 보고 왔던 그 외롭던 시간들을 떠올리며 재차 다짐을 한다. 이 말은 그 다짐 자체로 힘을 얻게 될 것이다. 어느새 자신보다 더 작아진 어머니를 끌어안으며 지욱이 낮은 한숨을 쉬었다.

"엄마. 더 늙지 마요."

"뭐야? 너 지금 엄마 놀리니? 엄마 아직 젊거든?"

길길이 날뛰는 그녀를 보며 지욱이 '어이쿠!' 하면서 냉큼 욕실로 달렸다. 한 살씩 나이를 더 먹게 된다. 그래도 좋은 12월의 31일이다.

도서관 안에 있던 사람들의 시선이 힐끔거리며 누군가를 살폈다. 다름 아닌 지욱이었다. 빚쟁이도 아니고 초롬의 뒤에 딱 붙어 끝까지 떨어지지 않는다.

책을 반납한 뒤 읽을 만한 게 뭐가 있을까 싶어 한 걸음씩 내딛던 초롬이 자신의 뒤를 졸졸 쫓는 지욱을 흘깃 보았다. 평소라면 방해가 된다고 좀 떨어지라고 했겠지만 그냥 지욱이 하고 싶은 대로 놔두기로 했다. 오늘은 그런 날이다. 아, 물론 내일도 모레도 말이다.

"다 골랐어?"

지욱이 속삭이며 물어 왔다. 초롬은 고개를 들지 않고 책 한 권을 꺼내 들어 내용을 대충 훑었다. 재미있어 보이는 책이 꽤 많았지만 가방이 무거우니 두어 권만 골라 가려고 생각 중이었다.

"함초롬. 다 골랐냐니까?"

다시 한 번 속삭이는 낮은 목소리. 혹시라도 다른 사람이 들을까 싶어 최대한 볼륨을 조절했다. 하지만 초롬의 시선이 이쪽으로 와 닿질 않으니 조금씩 뿔이 나기 시작하는 지욱이다. 그녀의 손에 들려 있던 책을 스윽 빼앗아 그녀의 키가 닿지 않는 책장 위로 번쩍 올려 버렸다.

"견지욱. 안 내려?"

초롬이 소리를 죽여 속삭이며 지욱을 흘겨보았다. 키가 더 자랐나? 시선이 훨씬 높다.

서른둘의 지욱이 생각났다. 지금의 지욱보다 10cm는 족히 더 높았던 위치. 올려다볼 때마다 목이 아파 왔던 그와의 키 차이를 떠올리고, 자신을 보며 허리 숙여 웃어 주던 그 얼굴을 떠올린다.

지금쯤 잘 지내고 있을까? 그곳에서의 시간은 대체 얼마나 흐른 걸까? 대답해 주는 이 없는 물음이었다.

"그러니까 왜 사람이 말을 거는데도 대꾸를 안 해. 다 골랐냐니까."

이 철부지 견지욱이 그렇게 성장할 수 있다는 게, 그런 어른이 될 거라는 게 믿기지 않는다. 닮은 얼굴이 아니었다면 동일 인물이라는 생각이 들지 않았을지도 모르겠다.

초롬은 자신의 말을 듣지 않고 고집부리는 지욱을 응징하고자 짐짓 무서운 척을 했다.

"셋 센다? 하나."

"누구 고집이 센지 겨뤄 보자는 거지?"

"둘."

"너 후회하게 될 거야."

그의 말은 선전 포고와도 같았다.

"셋……."

구석진 위치. 사람들이 잘 오지 않는 서적들의 사이. 초롬은 벌써 몇 번째인지 모를 지욱의 단독 행동에 또다시 패배하고 말았다. 먹혀 들어가 그 입술 사이로 종적을 감추어 버린 마지막 말은 분명 지욱의 혀 끝 어딘가에 머물고 있을 것이었다.

지욱은 초롬을 책장에 기대어 세워 둔 채로 조금 더 가까이 붙었다. 고개를 조금만 틀어도 입술이 무척이나 가깝게 닿아 입술뿐만 아니라 서로의 숨소리까지도 모조리 삼켜 버릴 수 있을 것 같았다.

입천장이며 타액으로 샘이 모인 혀 아랫부분의 이음새까지도 지욱은 쉽게 지나치지 않았다. 혀끝이 자신의 입속 곳곳을 간질일 때마다 초롬은 머리가 찔해졌다. 이곳이 도서관이라는 사실조차 잊고 그대로 이 모든 감각에 자신을 맡기고 싶어졌다.

반대편에서 이쪽 책장으로 걸어오는 누군가의 발걸음 소리가 들렸다. 영영 입술을 떼고 싶지 않았던 둘의 귓가를 정확하게 파고드는 그 소리에 아쉬운 듯이 아주 천천히 서로의 입술이 떨어졌다.

더 감질맛이 나서 죽겠다는 얼굴을 한 지욱이 아쉬움을 떨쳐 내지 못하고 다시금 입술에 찾아들었다. 초롬의 입술을 가볍게 '쪽!' 하고 빨아 당긴 지욱이 그제야 겨우 웃었다.

지욱이 손을 올려 높이 두었던 책을 잡았다. 그리고 그녀의 희고 작은 손에 곱게 쥐어 품에 안겨 주었다.

"후회하게 될 거랬지?"

개구지게 웃는 지욱의 표정을 보던 초롬이 새치름하게 웃었다. 그리고 지욱과 눈을 마주쳤다. 지욱은 그것이 깊은 입맞춤으로 인한 부끄러움인 줄로만 알았다. 미소 끝에 촉촉하게 젖은 초롬의 입술이 달싹였다.

"후회는 네 몫이야."

"악!"

조용한 도서관 내부로 지욱의 목소리가 크게 울렸다. 차분하던 공간이 순식간에 술렁였다.

지욱은 초롬에게 밟힌 발을 붙들고 한 다리로 방방 뛰었다. 키도 작고 발도 작은데 대체 이런 힘이 어디에서 나오는지 모르겠다. 몸무게도 별로 안 나가는 여자애가 얼마나 온 힘을 다 싣고 밟았으면 이렇게까지 아픈 건지.

초롬은 복수다운 복수를 했다는 표정으로 의기양양하게 지욱을 올려다보았다. 지욱은 자신이 함초롬을 얼마나 여리게만 보았는지 스스로를 돌이켰다. 아무래도 그 며칠의 꿈속 이후로 미묘한 강단이 더 생긴 느낌이랄까.

"아, 찾았다."

그때 둘의 사이로 누군가가 불쑥 얼굴을 들이밀었다. 병재였다.

"다짜고짜 도서관으로 오라고 하면 나보고 어쩌라는 거야? 5층짜리 건물을 다 찾아다닐 판이었잖아. 방금 전 네 소리 아니었으면 한 층 더 위로 올라갈 뻔했다, 나."

"기왕 올 거 조금만 더 빨리 와서 날 좀 구해 주지 그랬냐, 친구야."

"함초롬, 얘 지금 뭐라는 거야?"

"헛소리하는 거야."

초롬은 그렇게 말하면서 먼저 걸음을 옮겼다. 아무렇지 않은 척했지만 긴 머리카락 사이로 감추어진 귀가 빨갛게 달아올라 있었다. 예상치 않은 순간의 입맞춤이든, 예감한 입맞춤이든, 그와 닿는 모든 행위가 초롬을 더는 소녀가 아니게 만들었다.

총 두 권의 책을 빌린 초롬이 자신의 작은 가방 안에 그것들을 넣었다. 병재와 문 앞에서 투덕거리며 기다리던 지욱이 그녀의 모습을 보자마자 바로 옆에 와 딱 붙어 섰다. 방금 전 지욱에게 게임팩을 돌려받아 자신의 가방 안에 넣던 병재가 고개를 절레절레 저었다.

"너네 뭐 하냐?"

"뭐가?"

"엄마한테 젖 달라는 애도 아니고, 뭘 그렇게 함초롬한테 딱 붙어 다니냐고. 껌딱지야?"

조금도 떨어지고 싶지 않은 지욱의 마음을 이해하고, 또 자신 역시 그런 마음인 초롬이었지만 병재의 시선에는 그게 유별나 보일 수도 있었을 것이다.

초롬이 걸음을 조금 빨리하여 지욱과의 거리를 넓혔다. 하지만 지욱이 빠르게 걸어와 또다시 바짝 붙어 선다. 조금의 간격도 허락하지 않겠다는 듯이.

오히려 보란 듯이 초롬의 손을 꽉 잡은 지욱이 병재를 보며 어깨를 으쓱였다.

"좋을 때니까 놔둬, 인마."

"……2년 넘게 만났는데 대체 언제까지 좋을 때냐?"

"20년은 채운 뒤에 생각해 볼게."

병재는 그 자리에 선 채로 멀어지는 지욱과 초롬의 뒷모습을 응시했다. 꼭 잡은 두 사람의 손이 이상하게도 낯설었고, 자신까지 간지러워지는 기분이 들었다.

잘 가라는 인사 한 마디를 대충 건넨 지욱이 병재에게서 완전히 등을 돌려 버렸다. 계속 초롬의 옆모습만 응시하며 멀어져 가는 친구를 보던 병재가 깊은 한숨을 내쉬었다.

"잠깐. 근데 저 자식……. 자기 데이트 시간 아끼려고 나한테 도서관으로 오라고 한 거야, 설마?"

병재가 찬바람 속에 멍하니 홀로 서 있었다.

❖

하루 만에 온 종각이었다. 지금의 지욱에게는 없는 기억이 초롬에게는 있었다. 그녀는 어제도 분명 이 종각에 왔었다. 서른둘의 그와 함께.

장소는 같았지만 모든 것이 달랐다. 열아홉으로서 현재를 함께 살고 있는 지욱이 곁에 있었고, 모든 가게의 위치와 이름이 어제의 기억과는 달랐다. 어제 지욱과 함께 사주를 보았던 그 가게의 위치를 흘끔 살펴보았으나 가게는커녕 앙상한 나무 몇 그루만이 그곳에 위치해 있었다.

미래를 미리 보고 온다는 것은 무척 긴장되는 일이었다. 그 미래가 실제와 얼마나 일치할지는 알 수 없는 일이라고 해도 말이다.

"먼저 보았던 보신각에 대한 감상평 좀 듣자?"

"질투해?"

"내가 나를 질투해? 말이 돼?"

"질투하는구나."

확신하는 초롬의 반응에 지욱이 얼굴 가득 심통을 담았다. 초롬이 손을 뻗어 그의 볼을 쭈욱 늘리자 '놔라? 어? 놔라?' 하면서도 직접 손을 떼어 내지는 않는다.

이 어리고 못 말리는 남자아이가 무척이나 좋다. 영영 보지 못할 수도 있다는 상상만 해도 슬픔에 빠져 버릴 것처럼 좋아서 견딜 수가 없다.

미래의 너를 지켜야겠다고 생각한다. 다시는 홀로 나이 먹어 가지 않도록. 슬픔에 빠진 채로 그리움에 살지 않도록. 그렇게 만들어야겠다고 다짐한다.

초롬은 자신이 그의 미래를 바꿀 수 있을 것이라고 생각했다. 꿈속의 그를 위로하고 온 직후부터 이상하게도 그럴 수 있을 것만 같은 예감이 들었다. 비록 눈물로 인사를 나눴던 슬픈 입맞춤이 자꾸만 마음 한구석을 아리게 만들었을지라도.

그곳에서의 견지욱도 분명 행복할 것이다. 잊은 줄로만 알았던 사랑의 감정을 다시 꺼내 놓을 수 있게 되었으니. 그에게도 곧 봄이 올 터였다.

"지욱아."

"왜?"

"무서워?"

느닷없는 초롬의 말에 지욱이 걸음을 멈추었다. 사람들이 두 사람의 곁을 지나쳐 가며 팔이나 어깨를 부딪쳤지만 신경 쓰이지 않았다.

그녀의 무섭냐는 물음 하나가 무얼 의미하는지 누구보다 잘 알고 있기 때문이었다. 하지만 무섭다는 것을 말로 인정하게 되어 버리면 진짜 공포가 되어 다가올 것 같아 지욱은 모르는 척하기로 했다.

"뭐가 무서워."

"꿈속의 일처럼, 미래의 일처럼, 정말 내가……."

"내가 그렇게 안 놔둘 거야."

그녀의 입술을 타고 결코 그 단어가, 그 문장이 나오게 하지 않겠다는 듯 지욱의 목소리는 단호했다. 말이 끝맺음을 하지도 못하고 싹둑 잘려 나갔다.

"네 스물, 내가 가장 먼저 축하해 줄 거야."

지욱의 다짐이, 그의 약속이, 초롬을 웃게 했다. 현재여도, 미래여도, 그는 언제나 이렇게 자신을 안도시킬 것이다. 마음속에 있는 불안함을 지우지 못한 채여도 최소한 자신의 앞에서는 저렇게 굳건할 것이다. 그 사실이 초롬을 밝아지게 했고 그를 품고 싶게 했다.

"지욱아. 우린 언제쯤 어른이 될까?"

"뭐?"

"스물이 된다고 해서 어른이 되는 건 아니잖아. 서른둘이 되어도 어쩌면 내내 어린아이 같을 수도 있고. 그곳에서의 너처럼 말이야."

"······이거 지금 날 욕하는 건가?"

"그냥 궁금해졌어. 내가 '진짜' 어른이 되는 순간이."

어딘지 모르게 초롬은 더욱 성장한 듯한 기분이 들었다. 그리고 이런 질문을 받았을 때 그저 마음 가는 대로, 머리가 굴려지는 대로 대답하던 지욱 역시 고민을 시작했다.

손톱만큼이라도 분명 성장을 했을 것이다. 어떤 삶을 살게 될지 영영 알 수 없었을 미래의 자신이 스스로를 그렇게 만들었다. 그녀를 지킬 수 있게. 모든 것에 조금 더 최선을 다하도록 말이다.

"적어도 내가 나 스스로를 어른이라고 생각하고 있는 이상은 아닐 거야."

진짜 어른은 적어도 자신의 성숙에 대해 자만하지 않을 것이다. 열아홉, 어린 그들의 시선에서 보는 어른이란 그랬다. 결코 그런 '가짜 어른'은 되지 말아야겠다고 생각했다. 차라리 영영 어린 채 살고 싶었다. 이렇게 서툴고 시행착오가 많은 사랑을 반복하면서.

이런 저런 감정에 휩쓸리는 아이여도 좋았다. 별거 아닌 슬픔이나 별거 아닌 불안으로 인해 의지와는 상관없이 흔들리고 말아도 다시금 제자리를 찾고 이겨 내려 하는 스스로가 기특했다. 사랑이라는 단어의 무게감을 거뜬하게 이겨 낸 둘에게 더 무서운 것은 이제 없을 것이다.

"늦었다, 빨리 가자. 지금쯤 사람들이 바글바글할 거야."

"응. 엄마는 언제쯤 데리러 오신대?"

"종 치는 거 보고 나서 천천히 연락드리면 돼. 저쪽에 공중전화도 있더라."

"그러자. 추우니까 가는 길에 마실 거라도 좀 사서……. 어?"

"왜?"

"나 목도리 없어졌어. 엄마가 짜 주신 건데……."

초롬이 걸음을 멈추었다. 골목 사이사이에서 나오는 사람들이 그녀를 지나쳐 걸어갔다. 지욱이 그녀의 앞에 조금 더 가까이 다가섰다.

그제야 알아챘다. 집에서 나올 때만 해도, 아까 도서관에서만 해도, 아니, 아까 그녀와 사랑스러운 실랑이를 할 때만 해도 목에 둘러져 있던 흰 목도리가 모습을 감추었다는 것을.

지욱이 주변을 둘러보았다. 오는 길에 흘렸다 해도 목도리 같은 걸 누군가 주워 가지는 않았을 것이다.

"너 여기 잠깐만 있어. 내가 왔던 길 다시 보고 올게."

"어? 나 여기에 있으라고?"

걸음을 내디디려던 지욱이 문득 멈칫했다. 그러다가 다시 등을 돌리더니 주변을 살폈다.

도로는 저 멀리 떨어져 있었다. 못해도 교통사고 같은 건 면할 것이다. 근처에 들어서는 차가 없다는 것까지 확인한 지욱이 그제야 안도했다. 확신과 불안은 아무래도 다른 법이지 않겠는가.

"먼저 가지 말고 그냥 여기에 딱 서 있어. 어? 움직이지 말고, 이 자리에 그대로, 딱."

"……알았으니까 얼른 갔다 와."

지욱은 한 걸음 내딛다가 뒤를 돌아보고, 또 한 걸음을 내딛다가 뒤를 돌아보았다. 자꾸 불안한 모양이었다.

초롬의 손을 잡고 같이 가는 게 나을까 생각하다가도 그녀를 도로 쪽으로 이끄는 게 더 큰 불안을 불러올 것 같아 그만두었다. 사람들이 많이 다니는 골목에 그녀를 세워 두고서 열심히 달렸다. '차'만 피하면 된다는 생각이었다. 모든 불행은 전부 그녀의 교통사고로부터 시작되었으니까.

왔던 길을 되짚으며 거꾸로 달린 지 얼마나 되었을까. 지나쳐 온 횡단보도 쪽에 떨어져 있는 초롬의 흰 목도리를 발견했다. 지욱이 다행이란 생각과 함께 목도리를 집어 들었다.

바닥에 떨어져 묻은 먼지나 흙 같은 것을 털어 내면서 문득 생각했다. 자신들에게 들이닥치지 않았던 미래의 그날, 그녀는 혹시 이렇게 떨어뜨린 목도리를 주우러 왔다가 사고를 당한 게 아니었을까.

어쩌면 그녀가 사고를 당했다던 위치가 바로 여기일 수도 있겠다는 생각이 드는 순간 오싹해졌다. 그러면서 스스로를 다독였다. 잘했어, 견지욱. 그녀를 말리고 네가 직접 움직인 건 아주 잘한 일이야.

목도리를 속에 꼬옥 쥐었다. 모든 운명이 바뀌고 있었다. 그녀가, 그리고 자신이 그렇게 만들고 있었다. 절대 지난 이야기처럼 두지 않겠다던 바람 그대로였다.

초롬을 기다리게 하고 싶지 않았다. 지욱이 다시 속도를 싣고 달렸다.

모든 것이 우리들의 뜻대로 되고 있다는 게 기뻤다. 그녀에게 이 목도리를 둘러 주고 무작정 입 맞추고 싶은 기분이 들었다. 그리고 그녀를 세워 두었던 골목까지 다다랐을 때쯤, 끼익! 하는 날카로운 굉음이 지욱의 귀에 꽂혀 들었다.

걸음이 멈추었다. 멍하니 서 있다가 다시 천천히 발을 떼었다.

아무리 생각해도 급정지를 하며 생기는 타이어의 마찰음 외에는 떠오르는 게 없었다. 에이, 설마. 아니겠지. 설마, 아니겠지. 그렇게 생각을 하면서 지욱은 점점 더 빠르게 달렸다.

확인하고 싶지 않은 마음과 빨리 확인부터 하여 어떻게든 지금의 이 두려움을 해소하고 싶은 마음이 한꺼번에 밀려왔다.

"하아, 하아. 함초롬, 어디 있어. 함초롬."

초롬이 온데간데없이 사라졌다. 끔찍한 상상은 설마 차에 부딪쳤나, 혹시 차 밑에 깔리기라도 한 건가, 온갖 생각을 더해 지욱을 더욱 잔인함 속으로 내몰았다.

목도리를 쥐고 있는 지욱의 손이 덜덜 떨렸다. 초롬의 이름을 크게 내지르며 찾으려고 했지만 목구멍에 무언가 꽉 막힌 것처럼 소리가 나오지 않았다. 절대 아니어야 하는데. 꿈속과, 미래와, 이곳은 달라야만 하는데.

두려움에 사로잡혀 겨우 서 있던 지욱의 손에서 목도리가 스윽 빠져나갔다. 화들짝 놀라 고개를 돌렸다. 어디서 나타난 건지 초롬이 자신의 목도리를 잡아 지욱의 목에 둘러 주고 있었다.

지욱이 얼떨떨한 표정을 지었다. 목이며 턱 밑에 감기는 목도리를 인지하지도 못하고 초롬만을 바라보았다.

"왜 그렇게 떨어. 나보다 더 추워 보여."

"……어디 갔었어."

"나 계속 여기에 있었는데?"

"……없던데."

지욱이 미약하게 인상을 썼다. 하지만 화가 났다는 표시는 아니었다. 갑작스러운 불안감. 그리고 또다시 갑작스러운 안도. 그 모든 것들을 표출할 수 있는 방법을 잠시나마 잊어버린 것뿐이었다. 화를 낼 리 없지 않은가. 그녀가 이렇게 살아 있는데. 그것만으로 이렇게도 고마운데.

"아아. 저기 저 차 두 대가 각자 다른 골목에서 나오다가 부딪칠 뻔했거든. 접촉 사고 나는 줄 알았어. 운전자끼리 나와서 막 욕하며 싸우길래 슬쩍 옆으로 피했지. 어른들 싸움은 엄청 무섭……. 응?"

초롬이 눈을 깜빡였다. 갑작스럽게 자신을 끌어당겨 안은 지욱의 단단한 팔 때문이었다.

그의 품에 안겨 있자 방금 전 자신이 둘러 준 목도리가 보드랍게 뺨에 와 닿았다. 폭신하고도 간지러운 그 감각에 초롬이 지금의 따스함을 가슴 속에 새겼다. 지욱의 향이, 자신의 것과 섞인 그 오묘한 기운이, 온 후각을 감싸고 있었다.

가느다란 두 팔을 뻗어 지욱의 등을 감쌌다. 힘을 주지는 않았지만 은근하게 느껴질 정도로 꼭 끌어안자 지욱이 초롬의 머리카락에 입을 맞췄다. 낮고 뜨거운 숨이 느껴졌다. 그것이 안도의 한숨이라는 것을 알았다.

"완전 겁쟁이네, 견지욱?"

"……."

"하나도 두렵지 않다고 했으면서."

"……거짓말이야."

거짓말이었다. 그녀의 존재를 두고, 그녀 없이 어떻게 살았는지를 이미 두 눈으로 확인하고서, 태연할 수 있을 리 없다. 아무렇지 않은 척하는 것만이 최선이었다.

서른둘의 자신도 분명 그랬을 것이다. 아무렇지 않은 게 아니면서도 끝내 아무렇지 않은 척 살 수밖에 없었을 그 이유. 자신은 미래의 견지욱을 이 순간 누구보다 잘 이해하고 있었다.

"……고마워."

"응?"

"살아 있어 줘서…… 고맙다고."

계속해서 뱉는 고맙다는 말. 지욱의 그 말을 어디선가 또 들어 본 적이 있는 것만 같아 초롬은 마음이 뭉클해졌다.

누군가로부터 어느 대가 같은 것도 없이 그저 나의 '살아 있음'이 고마울 수 있다는 게 얼마나 기쁜 일인지 새삼 실감하고 있었다.

나를 사랑해 주지 않아도, 그저 나와 같은 하늘 아래에 살아 있기만 해도 고마운 것을. 하물며 나와 같은 공간에 함께 땅을 딛고 서서 이토록 맑은 시선 속에 날 담으며 사랑해 주고 있으니 이게 얼마나 고마운 일인지.

"지욱아. 나도 고마워."

"……뭐가."

이렇게 바보 같기만 한 자신에게 대체 고마울 게 뭐가 있냐는 표정으로 지욱이 초롬을 보았다.

"앞으로 쭉 나와 함께 있어 줄 거잖아. 나와 함께 오랜 시간을 살아 줄 거고."

"그건 당연한 거지."

"그 당연한 게, 당연하지 않을 수도 있다는 걸 이젠 아니까. 그래서 고마워. 너와 하는 모든 게 당연하게 느껴질 수 있도록 해 주어서. 앞으로도 당연할 수 있게 해 줄 너라서."

태어나서 처음 느낀 감정이었다. 누군가를 향해 두근거리고 설레는 그 낯선 감정이 사랑이라는 것을 처음 깨달았다.

가장 위대한 감정이라는 사랑 앞에서 인간이 얼마나 겁쟁이가 될 수 있는지, 얼마나 나약해질 수 있는지, 그 모든 것들도 태어나 처음 알게 되었다.

이토록 사랑하지 않았더라면 알 수 있었을까. 누군가가 내 곁에 있어 준다는 것만으로도, 그저 살아 숨 쉬고 있다는 것만으로도 이토록 고마울 수 있다는 것을. 그저 웃어 주는 것만으로도 모든 것을 다 가진 기분을 느낄 수 있다는 것을. 영영 보지 못할 수 있다는 사실 하나에 온 세상이 무너질 수 있다는 것을. 나 자신을 걷잡을 수 없어진다는 것을. 매순간, 1분, 1초, 그 짧은 시간들이 흘러가는 것이 이토록 아쉬울 수 있다는 것을 말이다.

사람이니까. 언젠가 예고 없이 닥쳐올 죽음이라는 것이 너무도 자연스러운 사람이니까. 그렇기에 모든 것은 영원할 수 없을 것이다.

하지만 사랑은 아닐 것이다. 정말 영원하지 않은 건 사람으로만 남겨야 했다. 사람이 사라져도 그 사랑만큼은 영원히 그 자리에 머물러 있기를. 두 사람은 열아홉의 끝에 서서 바라고 또 바랐다.

"지욱아. 지금 몇 시게?"

"……몇 신데?"

"11시 58분."

"아."

'12월 31일. 밤 11시 57분.'

나직하게 말하던 그가 떠올랐다. 두려움의 시간이 훌쩍 지났다. 어쩌면 정말 또다시 현실이 될지도 모른다고 생각했던 것들이 고스란히 시간의 흐름을 타고 지나쳐 가 버렸다.

두려워했던 시간은 아주 잠시 눈을 질끈 감으면 언제 오기로 했냐는 듯이 사라져 버리고 없는 것이다. 두 사람의 두려움이, 성숙해진 그 감정이, 모든 것을 뛰어넘고 이겨 냈을 것이다.

"저 함초롬, 오늘도 무사합니다."

"앞으로도 무사할 거야."

초롬이 웃으면서 한 손을 들어 손바닥을 보였다. 그가 그 맑은 웃음에 응답하듯이 그녀와 손바닥을 마주 대어 꼬옥 깍지를 꼈다. 손바닥으로, 손가락 사이사이로 전해 오는 온기가 모두 자신이 사랑하는 그녀의 것이라 행복했다.

두 사람은 천천히 걸음을 옮겨 사람들이 모여 있는 보신각 주변에 자리하고 섰다.

사람들에 치일 때마다 지욱이 초롬을 끌어당겨 품에 안다시피 보호했다. 그의 품이 완전한 보호막이 된 것 같은 기분에 초롬 역시 지욱을 마주 안아 놓지 않았다.

"함초롬."

"왜?"

"내가 지금부터 뭐 할 건지 알아?"

강한 두 팔이 초롬의 허리를 꼭 끌어안았다. 내려다보는 그의 시선에 웃음기가 가득이었다. 걱정과 불안을 내려놓고 말 그대로 스물을 향한 설렘을 담은 눈. 그의 눈 속에는 함초롬 외에 무엇도 비추어 보이지 않았다. 초롬은 그걸 보고 있었다.

"알아."

"그럼 맞혀 봐."

지욱이 설레는 얼굴로 웃고 있었다. 기대에 찬 것처럼 보이기도 했다. 초롬은 그의 기대에 제대로 부응해 줄 생각이었다.

"이거."

보드라운 입술이 겹쳐지는 순간 지욱은 정답에 대한 칭찬이라도 해 주겠다는 듯이 더 강하게 초롬을 끌어안았다.

고개를 숙여 조금 더 깊숙하게 그녀의 입술 사이로 파고들었다. 말캉한 혀가 서로의 끝에 닿아 꿀물이라도 전하듯이 달콤하게 배어들었다. 아쉬움에 계속해서 파고들면 파고들수록 그 달콤함이 진하게 번져 나와 더욱더 갈증이 났다.

언제든지 맛볼 수 있는 서로임에도 그들은 지금 이 순간이 마지막인 것처럼 서로를 바라고 또 사랑했다.

"그럼 카운트다운을 시작합니다!"

사람들이 웅성거리는 소리와 어느덧 귓가에서 멍하니 멀어지는 듯한 숫자 세는 소리, 모두의 설렘과 모두의 기쁨, 그리고 몇몇의 긴장과 아쉬움, 그 모든 것들이 초롬과 지욱의 주변으로 흩어졌다.

'사랑해.'

입술을 통해 전한 그 감정을 두 사람은 끝까지 포기하지 않겠다는 듯이 더 깊게, 더 진하게 파고들었다. 10초 뒤, 어른이 되지 않고 그저 어린아이로 남는다고 해도 좋았다. 지금의 이 어린 사랑에 모든 것을 걸고 싶었다.

오늘은 그들의 마지막일 수도 있는 날이자, 또 언제나처럼 사랑하기 시작한 '처음 그대로의' 날이었다.

— *The end*

에필로그 1.

13년 후

"그거 이리 조."

"시러."

"아, 주라고오오오오."

"바다 거야아아."

"시끄러워, 이놈들아. 아빠 운전하잖아!"

어린 목소리 둘, 나이 든 목소리 하나. 하지만 어린아이와 어른의 구분이 없는 그 모양새에 조수석에 앉은 초롬이 고개를 내저었다.

뒷자리 유아용 카시트에 앉아 있는 여자아이와 남자아이는 핸들을 잡은 지욱의 외침에도 주눅 드는 법이 없었다. 아무리 생각해도 애가 셋이다.

"하늘아, 바다야. 엄마가 차 안에서 싸우면 뭐라고 했지?"

"……끄응."

"엄마, 그치만 바다가 먼저……!"

"아니야, 누나가!"

"혼날까?"

나직한 목소리였지만 시끄럽다고 외치던 지욱의 말보다는 더 강한 힘이 있었다. 두 아이의 입이 심통으로 가득 찬 채 꾸욱 다물렸다.

부드럽게 핸들을 움직여 골목으로 빠지던 지욱이 감탄스러운 표정을 지으며 옆에 앉은 초롬을 보았다.

"대체 뭘 어쨌기에 저러는 거야?"

"뭐가?"

"협박이 워낙에 잘 먹혀서."

"협박이라고?"

가늘게 떠진 초롬의 시선을 알아챈 지욱이 골목을 막고 서서 비키지 않는 앞차를 향해 괜히 짧은 클랙슨을 울렸다. 언제부터였을까. 마냥 약하기만 한 것 같던 이 여자가 이토록 무섭고 강하게 느껴진 게.

"지난번에 싸웠을 때 텔레비전을 금지시켜 버렸거든. 울고불고 난리를 치더라. 그래도 끝까지 안 보여 줬지. 보고 싶은 만화를 못 보니 속이 오죽 탔겠어? 그 이후로는 말 잘 듣더라고."

"……나 금주하게 만들었던 그 방법이랑 굉장히 흡사한데."

"애들 다루는 방법이 거기서 거기지, 뭐."

"뭐? 내가 애냐?"

결혼한 지 벌써 6년이 되었다. 그럼에도 둘 사이는 크게 달라진 게 없는 것만 같았다. 스물여섯에 결혼을 하여 벌써 서른둘이라는 나이가 되었음에도 둘은 언제까지나 열아홉의 모습 그대로 머물렀다.

어른이 된다는 게 무어냐는 질문을 주고받던 함초롬과 견지욱은 아마 그 물음에 대해 '적어도 우리는 아닐 거야.' 라는 대답 외에 다른 답을 꺼낼 수 없을 것이었다.

같은 대학교에 입학해서 CC로 이름을 날리던 그 시기도 지금과 크게 다르지는 않았다. 오죽하면 교수님들까지 '너희 웬만하면 헤어지지 그러냐?' 라고 말했을 정도이니 동기들이며 선후배들의 입장은 말할 것도 없다.

정작 둘은 나름 좋아 죽는다고 지내는 건데도 서로에게 익숙한 장난들이 타인의 눈에는 꽤 살벌했을지도 모르겠다는 생각이 지금에 와서야 든다.

"……엄마랑 아빠도 싸워?"

"아니야. 엄마랑 아빠는 싸우는 게 아니라 그냥 대화를 나누는 거야."

"아닌데……. 싸우는 거 맞는 것 같은데……."

"엄마가 아니라고 하잖아!"

"넌 조용히 해!"

"……이것들이 또?"

아이들의 평화를 위해서 차라리 자신이 침묵하는 편이 좋겠다고 결론 내린 초롬이 아예 창밖으로 고개를 돌려 버렸다.

나이를 먹고, 결혼을 하고, 시간이 흘러가는 대로 살다가 문득 현재를 보니 한 살 차이가 나는 딸과 아들이 생겨 있었다.

연년생이라서 그런지 하루가 멀다 하고 투닥거리는 게 가끔 남매라기보다 친구 같았다. 딱 제 엄마와 아빠를 닮았다.

하늘과 바다. 어느 머나먼 시기의 일. 계절과 자연을 닮은 이름으로 아이들을 부르고 싶다던 그때의 바람을 그대로 담고 있는 아이들이었다.

"어? 엄마 나와 계시네. 날도 추운데."

집 앞에 차를 세운 지욱이 운전석에서 먼저 내리자 지욱의 어머니가 가까이 걸어왔다. 아들 내외가 온다고 하니 설레는 마음에 미리 마중을 나온 모양이었다. 하지만 오랜만에 보는 아들보다 더 중요한 건 따로 있었다.

"아이구, 내 강아지들."

"함모니!"

뒷좌석 문부터 열어 시트에서 아이들을 내려 주는 그녀의 손길이 무척이나 능숙했다.

과거에는 못해도 2주에 한 번씩 아이들을 데리고 왔었다. 아무리 바빠도 둘만의 시간을 포기할 수 없었던 탓이다. 아이들을 맡겨 놓고 서너 시간이라도 둘만의 식사 자리를 만들거나 했던 초롬과 지욱이었다. 그나마도 최근 들어서는 못 했지만 말이다.

지욱의 어머니는 아이들을 못 본 지 몇 년은 된 사람처럼 몹시 반가워하며 맞이해 주었다. 미세한 주름 위로 함박웃음이 번졌다.

"엄마. 아들보다 손자들이 먼저야?"

"……앤 뭐 이렇게 당연한 질문을 하고 그런다니?"

언제 보아도 아들에 대한 태도에 한 치의 차별도 없는, 아니, 오히려 너무도 객관적이고 냉정하기까지 한 평가에 초롬이 웃었다. 아마 지욱도 자신의 웃음이 무얼 의미하는지 잘 알고 있을 것이다.

13년 전, 꿈속으로 찾아갔던 그날의 일은 수없이 많은 시간이 흘러도 자신들의 기억 속에서 떠난 적이 없었다. 단 며칠의 일이었지만 그 시간의 모든 감정들이 이후의 십여 년을 바꾸어 주었으므로.

때때로 꿈속에서의 그녀를 떠올리기도 했다. 선을 보라며, 홀로 외로워하던 아들의 걱정으로 밤낮없이 힘겨워했을 그곳에서의 그녀를.

"죄송해요, 어머님. 자꾸 애들을 맡기고 가는 것 같아서요."

"무슨 말을 그렇게 해. 너도 참. 오히려 저번에는 나한테 연락도 안 하고 사돈한테 애들 맡겼다길래 내심 서운했어, 애. 내가 내 새끼들 데리고 있는 게 뭐가 힘들다고 그래. 너희들이 아주 들어와서 살아도 괜찮은데, 나는?"

"……아냐, 엄마. 그건 아니야. 그건 내가 거절할게."

나서서 손사래 치는 아들의 귀를 쭈욱 잡아당기며 그녀가 얄미움에 대한 응징을 망설이지 않았다.

"아, 엄마. 아파, 아프다니까."

"너 나이가 몇이야. 서른둘이야, 서른둘. 언제까지 애처럼 굴래, 어?"

"안 그래도 제가 요즘 애를 셋이나 키우는 기분이에요."

"하늘 엄마가 고생이 많다, 에휴."

자신을 빼놓고 고부간에 나누는 대화에 지욱이 기댈 곳은 없었다. 하물며 저 어린 녀석들까지 아빠보다는 엄마가 좋다고 하는 판국에, 아니, 심지어는 아빠보다 할머니가 더 좋다고 하는데 어디에 마음을 기댈 수 있겠는가. 어디선가 열아홉의 함초롬이 서른둘의 자신을 위로하러 오지는 않을까 헛된 꿈을 꾸기도 했다.

"그럼 다녀올게요."

"저녁은 이따가 집에 와서 먹어. 모처럼 가족들 전부 모여서 식사나 하자꾸나."

"그럴게요, 어머님. 견하늘, 견바다. 할머니 말씀 잘 듣고 있어야 돼."

"네에."

뭘 알고나 대답하는 건지. 할머니의 치마를 붙들고 나란히 선 아이들이 초롬에게 고개를 끄덕였다. 두고 가도 전혀 걱정스럽지 않은, 너무도 익숙해져 버린 어느 주말의 오후였다.

더불어 결혼 6주년 기념일을 맞이하고도 따로 여행을 가기가 어려워 겨우 시간을 뺀 주말이기도 했다. 그저 함께 드라이브를 하고, 식사만 마쳐도 충분한 기념일이 될 것이라 생각했다. 둘 다 서로의 시간을 쪼개어 둘만을 위한 휴식을 챙겨도 부족할 정도로 바쁜 생활들을 해 왔다.

신기하게도 지욱은 꿈속에서 보았던 그때 그 견지욱의 모습 그대로 외국계 모 회사에 취직하여 팀장 자리까지 올랐다. 초롬 역시 국내에서도 꽤 규모 있는 기업에 들어갔으나 둘째가 생기면서부터는 아이들의 육아를 위해 전업 주부로 전향했다. 몇 달 전부터는 프리랜서로 재택근무까지 시작하여 결코 한가하지 않은 일상을 보내고 있었다.

덕분에 최근 들어서는 각자의 일들로 한집에 살면서도 잠들 때와 막 깨어날 때 보는 게 전부였다. 그 외에 개인 시간이 생겨도 언제나 아이들을 위주로 한 생활로 인해 오붓하기 힘들 때가 많았다.

어쩌면 둘 모두 이런 시간을 내내 바라 왔었는지도 모르겠다. 한 끼의 식사가, 잠깐의 산책이 이토록 소중할 줄이야.

"아, 바람 시원해."

"시원하다고? 살이 뚫릴 것 같은데. 안 추워?"

"계속 히터만 쐬면 답답해. 이게 훨씬 좋아. 그쪽 창문도 열어 봐. 얼마나 시원한데."

외곽 쪽으로 빠진 그들의 차가 한적한 도로 위를 달렸다. 주말이었지만 날이 한참이나 추웠던 탓인지 교외로 나온 차가 많지는 않았다.

차가운 바람을 만끽하던 초롬이 창밖으로 팔을 뻗고 싶었지만 꾹 참았다. 가느다란 잔머리들이 뺨이며 이마 위를 간질였다. 숨을 한껏 들이마시면 폐부 깊숙한 곳까지 파고드는 그 자연스러움이 그녀를 기쁘게 했다.

차가운 공기가 있고, 따스한 볕이 있고, 곁에는 그토록 사랑해 마지않는 견지욱이 있다.

초롬의 말에 따라 지욱은 운전석의 창문도 열었다. 틀어 놓았던 히터를 끄고 창문 틈으로 들어와 차 내부에 휘몰아치는 바람을 온몸으로 맞았다.

갑갑하던 공기가 순식간에 환기되기 시작했다. 찬 바람결 사이로 초롬의 달콤한 향이 코끝을 스쳤다. 언제나 자신의 주변을 맴도는 그녀만의 향기였다.

아침에 눈을 떴을 때 잠든 그녀를 볼 수 있다는 게, 다정하게 머리를 쓰다듬어 주면 기분 좋게 품 안에서 잠드는 그녀가 존재한다는 게, 언제든지 '초롬아.' 하고 부르면 돌아봐 주는 그녀가 가까이에 함께한다는 게 매순간 지욱에게는 무척이나 기쁜 일이었다.

나이를 먹고 내 아이의 엄마가 되어 준 것부터 '하늘 엄마'라고 부를 수 있는 그녀가 되었다는 것까지 전부 말이다.

"하늘 엄마, 이제 일어나. 다 왔어."

"……나 잤어?"

"그냥 잔 것도 아니야. 제대로 숙면을 취하시던데요."

"깨우지 그랬어. 운전할 때 웬만하면 옆에서 안 자려고 하는데. 깜빡 잠들었어."

"자면 어때. 애 보는 게 쉬운가? 얼굴이 반쪽이 다 됐어."

"그래도 이젠 애들이 좀 커서 괜찮아. 바다 어린이집에도 가기 전에는 이 쪼끄만 게 언제 커서 엄마 좀 쉬게 해 주나 했는데."

차를 주차장에 댄 채로 나누던 대화의 끝에는 지욱의 웃음이 걸렸다. 그가 소리를 참지 못한 채 핸들에 기대어 웃고 있자 초롬이 눈썹을 들썩였다. 저 웃음이 꽤 묘하다. 이번에도 결투 신청인가 하는 생각으로 그녀가 입을 쭈욱 내밀며 가자미눈을 했다.

"뭐야?"

"뭐가?"

"왜 웃는 건데?"

"웃겨서."

"그러니까 뭐가 웃긴 건데."

"아줌마 같아."

따지고 보면 틀린 단어는 아니었다. 하늘이 친구들만 해도 초롬을 보면 '아줌마, 안녕하세요!' 하고 인사를 하는데. 지나가던 여고생들만 해도 초롬을 보면서 '아줌마, 길 좀 알려 주세요.' 하는데. 그게 아줌마가 아니라면 무어란 말인가. 그럼에도 자기 남편이라는 남자가 말하는 아줌마라는 단어는 그리 달갑지 않은 게 사실이다.

"아줌마아?"

"아니, 아니. 나쁜 뜻으로 말한 게 아니고."

나이를 먹을수록 지욱은 초롬의 앞에서 더 나약해지는 기분이 들었다. 원래도 초롬에게 져 주는 게 습관이었지만 이제는 '져 주는' 게 아니라 '지는' 기분이랄까. 이상하게 자꾸만 눈치를 보게 된다.

세상 모든 남편이 다 이럴 거라 믿는 게 가장 좋은 위로법이었다. 분명 나만 이러고 사는 게 아닐 것이다.

"그럼 뭔데?"

"천하의 함초롬이 애들 보느라 화장도 제대로 못 하고, 소파에 누워 쪽잠을 자고, 그러면서도 모든 이유 끝에 '그래도 애들이…….' 라고 말하는 모습이 말이야. 내 여자가 정말 아줌마가 다 됐구나 하고……. 아! 아파, 이 여자야."

"그러니까 결론이 아줌마라는 거잖아. 더 맞아, 더."

찰싹거리는 손바닥에는 전혀 힘이 들어가 있지 않았지만 지욱은 더 엄살을 부리며 아프다는 시늉을 했다. 오히려 때리는 초롬의 손이 더 아플 지경이었다.

나이를 먹을수록 관리를 해야 된다고 했던가. 최근 들어 야근을 끝내고도 꼬박꼬박 운동을 하고 다니더니 몸이 전보다 더 커진 느낌이다. 이상하게 팔이 더 단단해진 기분도 들고.

정작 자신은 꾸미지도 못하고 집에서 애들이나 보는데 그가 혼자 이렇게 몸을 키워 관리를 하고 있었다는 사실이 초롬을 더욱 분노케 했다. 조금 더 힘을 실으려는 찰나 지욱이 그녀의 손목을 잡았다.

"요즘 남편한테 불만이 많으신가 봐요? 손에 점점 더 힘이 실리는데?"

"몸 좀 그만 키워."

"어?"

"운동 그만하라고. 누구 좋으라고 자꾸 운동해?"

"아니, 뭐 그렇게 뻔한 질문을……."

"뭐라구?"

"내가 운동해서 좋을 사람이 한 사람밖에 더 있……. 악! 이번 건 진짜 아팠어! 때린 데를 또 때리는 건 반칙이야!"

저도 모르게 손바닥으로 그의 팔뚝을 세게 내려친 초롬이 얼굴을 붉히며 차에서 먼저 내렸다. 단단한 팔뚝을 연신 문지르던 지욱이 안전벨트를 풀어내고 빠르게 그녀를 따라 나왔다.

뒤에서 초롬을 따라 걸으며 뒷모습을 감상했다. 잔머리가 삐져 나온 귀여운 정수리부터 천천히 훑어 내려간 작은 발까지. 성큼성 큼 걸음을 내딛는 그녀의 작은 운동화가 사랑스러웠다. 굽 있는 구두를 신지 않아도, 몸에 붙는 스커트를 입지 않아도 그녀는 언 제나 이렇게 아름다웠다.

작은 운동화에 가벼운 블라우스, 두꺼운 점퍼 하나가 그녀를 더욱 함초롬답게 만들었다. 열아홉이었을 때도, 지금도.

"······왜 그렇게 뒤에서 와? 이리 와서 서."

"아이구, 마나님이 허락해 주신다면야 저야 감사하게······."

"으, 정말 얄미워."

몸서리치는 초롬을 보며 웃은 지욱이 가까이 와서 그녀의 손을 잡았다. 내내 핀잔을 늘어놓던 초롬을 조용하게 만드는 방법 중 하나였다.

지욱의 커다란 손이 온기를 내뿜으며 자신을 이렇게 감싸 줄 때면 묘한 안도감이 들었다. 초롬은 그 따스함을 느끼고자 모든 생각을 멈추었다.

하지만 오늘은 생각을 하지 않으려고 해도 불쑥 많은 생각들이 연달아 꼬리를 물고 튀어나올 수밖에 없는 날이었다.

"아, 정말 그대로네?"

두 사람은 교문 앞에 서서 넓은 운동장을, 그리고 예전보다 훨 씬 더 작아진-정확하게 말해 작아 보이는- 학교 건물을 바라보았다.

"13년 전인데도 어쩌면 이렇게 기억이 생생하지?"

"교실에 들어갔는데 그때 그 견지욱이 떡하니 서서 우릴 보고 있는 거 아니야?"

"바보야, 말이 되는 소리를 해."

"그럼 난 또 운동장으로 달려가겠지. 기꺼이 내가 사라져 주겠다!"

"……정말 나이를 어디로 먹은 건지. 휴."

벚나무로 달려가 다시 외칠 수도 있다고 하는 지욱을 겨우 말렸다. 두 번이면 충분했다. 풋풋했던 그때, 그리고 애틋했던 그때. 그렇게 두 번이면 말이다.

초롬과 지욱은 교실을 향해 걸으면서 함께 뛰놀던 어린 날을, 그리고 이곳에 한 사람을 더해 셋이서 왔던 그날의 일을 떠올렸다. 그땐 이 계단 하나를 오르는 것조차 무척이나 힘에 겨웠었다. 미래가 두렵기만 했었다.

"같은 생각 중이지?"

"아마도."

그는 그 이후로도 이 교실에 와 보았을까. 자신들이 없는 이곳에 홀로 와서 그때를 추억했을까. 우리가 남기고 온 그 흔적을 통해 단 며칠간의 꿈같았던 그 순간들을 품고 살아갔을까. 지금쯤 행복하게 살고 있을까.

둘만의 추억 속에 어느 순간부터 다른 한 사람이 함께 살고 있었다. 그마저도 같은 사람이기는 했지만 이상하게도 때때로 또 다른 지욱의 생각이 났다.

초롬에게도, 지욱 본인에게도 꽤 큰 자리를 차지하는 인물이었다. 몰랐더라면 지금 이런 생활을 하고 있을 수 있을까 스스로를 돌이켜 보게 만드는 사람이기도 했다. 그의 슬픔이 어렸던 두 사람을 더욱이 성장시켰다는 것을 13년이나 지나 그와 같은 나이가 된 지금에 와서 깨닫는다.

교실로 들어서자마자 향한 곳은 그때와 같은 자리였다. 창가 쪽에 서서 창문을 열자 딱 그때처럼 커튼이 휘날리며 찬바람이 교실을 가득하게 채웠다. 그러다가 문득 무언가 생각이 났는지 초롬이 손을 뻗어 커튼을 잡았다.

"……?"

"확인해 보려고."

지욱이 의아한 표정으로 쳐다보자 초롬이 창문 옆 벽에 있을 낙서를 찾으며 말했다.

"그곳에서 남긴 낙서가 이곳에도 남아 있을지 궁금했거든. 혹시라도 공간을 공유한다는 느낌이 들지 모르……."

"……."

의자에 걸터앉아 있던 지욱과 커튼을 쥔 초롬이 벽을 함께 확인하고는 입을 벌렸다. 도저히 믿기질 않는다는 얼굴이었다. 벽에 새겨진 그때의 그 낙서가 이곳에서도 그대로 존재하고 있었다.

살아 줘서 고마워.

혹여나 초롬이 죽을까 봐, 정말 그 일이 그대로 일어날까 봐 내심 불안했던 그때의 마음이 담겨 있었다. 그리고 그녀가 절대 죽지 않을 거라는, 꼭 살게 될 거라는 바람을 담아 그게 마치 확신인 양 남겼던 메시지이기도 했다.

그 낙서를 보며 초롬이 웃었다. 설마 싶었는데 정말 그대로 남아 있을 줄이야. 그 메시지에 담겨 있는 그의 뜻이 '살아 있어 줘서 고맙다.'라는 말로 들리기도 했고, '나와 함께 살아 주어서 고맙다.'라는 말로 들리기도 했다.

그의 우주에도 자신의 우주에도 함께 추억할 수 있는 흔적이 남았다. 다른 우주라 해도 때때로 정말 같은 공간에 존재하고 있는 건지도 모르겠다는 생각이 들었다. 그렇다면 그에게 전해질지도 모르겠다. 우리가 만끽하고 있는 지금의 이 행복이, 이 기쁨이.

사랑한다는 그 흔한 말이 이렇게까지 벅차게 다가올 수 있다는 것을 알려 준 한 남자, 아니, 두 남자에게 해맑게 웃는 얼굴로 살아감으로써 보답할 수 있다는 것을 초롬은 알고 있었다.

"지욱아."

"하늘 아빠라고 부르다가 갑자기 이름 부르니까 이상하다."

"견지욱."

"왜, 함초롬. 불렀으면 말을 해."

그때로 돌아갔다. 누구의 아빠도, 누구의 엄마도 아닌 서로가 되어서 서로의 이름을 불렀다.

초롬은 여전히 창가에 서 있었고, 지욱은 의자에 앉은 채였다. 항상 위에서 내려다보던 그가 앉은 채로 자신을 올려다보는 게 문득 귀엽게 느껴졌다.

누군가의 아빠이기 전에 자신의 남자였던 견지욱은 언제나 이랬던 것도 같다. 한없이 약하고 한없이 아이 같을 수 있는 사람.

찬바람이 불었다. 커튼과 함께 초롬의 머리카락이 흔들거렸다. 초롬이 가닥가닥 흐트러지는 자신의 머리카락을 귀 뒤로 넘기면서 지욱을 보았다.

"넌 내가 왜 좋았어?"

연애 초기에나 물을 법한 말에 지욱이 눈을 깜빡였다. 정말 저게 궁금한 걸까? 의도한 답이 있는 건 아닐까 싶어 잠시 고민했다.

하지만 곧게 자신을 응시하는 시선이 그에 대한 대답을 차분히 기다리고 있었다. 이유를 되짚었다. 지욱은 열아홉으로 돌아갔다가, 열일곱으로 돌아갔다가, 그보다 훨씬 전인 첫 만남에 다다랐다.

"음……."

"응?"

"내가 태어나서 봤던 여자애 중에서 네가 제일 예뻤어."

"……."

"팥고물이 묻은 옷은 엉망이었고 넌 울상을 짓고 있었는데도 이상하게 그게 예뻤어. 그 이후로 다른 여자애들은 눈에 들어오지도 않더라. 너보다 예쁜 애를 본 적이 없었어."

장난스럽게 '그냥.' 이라거나, 그도 아니라면 '이유 같은 거 없어.' 정도의 대답을 기대했었다. 어떤 대답이어도 그 답이 자신이라면 좋을 것 같았다.

하지만 예상하지도 못했던 지욱의 말에 초롬은 또다시 심장이 뛰는 것을 느꼈다. 이 심장을 어떻게 하면 가장 잘 뛰게 할 수 있는지 저 남자보다 잘 아는 사람은 분명 없을 것이다.

"물론 커 갈수록 대체 왜 그 예쁘던 모습이 사라지는 건지 굉장히 의아하긴 했지만……."

바로 얼굴을 확 찡그리는 초롬을 보며 지욱이 이제 놀릴 만큼 놀렸다는 듯이 웃으며 일어섰다. 창가에 서 있는 초롬에게 두 팔을 뻗는가 싶더니 그녀의 가는 팔 아래로 자신의 팔을 끼워 넣으며 안아 들었다. 그러고는 책상 위에 살며시 앉혀 다시금 낮아진 그녀의 시선을 마주했다.

초롬이 책상 위에 앉아 다리를 흔들거리며 지욱을 올려다보았다. 이상하게 눈만 마주쳤는데도 입술 사이로 웃음이 새어 나올 것 같았다. 교실의 힘일까. 이 순간 견지욱도, 함초롬도, 서른둘이 아닌 열아홉으로 돌아간 듯한 기분이 든다.

"뽀뽀할 거야."

"……."

그렇게 말한 지욱이 초롬의 턱을 살짝 위로 올려 그 입술 위에 가볍게 입을 맞추었다. 살짝 아쉬울 정도로만 입술을 맞물려 미약하게 빨아들이고 입술을 꾸욱 눌렀다. 초롬이 눈을 감으려 할 때쯤 그가 입술을 떼어 냈다. 그러고는 반쯤 눈을 뜬 초롬과 시선을 마주하며 말했다.

"키스할 거야."

"……."

초롬이 웃자 가느다란 입가가 동그랗게 말려 올라갔다. 지욱이 그녀의 사랑스러운 입가에 다시금 입을 맞추었다. 기분 좋다는 양 그녀가 눈을 감자 그것이 허락의 의미라도 되었는지 그가 조금 더 깊숙하게 입을 맞춰 오기 시작했다.

조심스럽게 들어온 것과 달리 혀끝을 세워 그녀의 입천장을 간질이자 초롬이 움찔하면서 곧바로 미간을 찡그렸다. 사소한 반응조차 자신으로 인한 것이라는 게 기뻐 지욱은 조금 더 그녀를 맛보고, 조금 더 괴롭혔다.

따뜻하기만 하던 혀가 어느샌가 뜨겁게 달아올랐다고 느껴졌을 때쯤, 목울대로 서로의 타액을 삼키는 횟수가 늘기 시작했다. 서로를 조금 더 받아들이고 자연스럽게 혓바닥을 마주 대어 부비기 시작하자 가벼울 줄로만 알았던 키스가 아주 조금, 어쩌면 그보다 더 진득해졌다.

지욱이 그녀를 끌어안았다. 그의 굵은 손가락이 그녀의 가느다란 뒷목을 어루만졌다. 머리카락 사이로 간질이며 다가오는 손끝의 감각이며, 혀끝으로 놀려 대는 그 뜨거운 감각에 초롬이 감은 속눈썹을 바르르 떨었다.

숨이 가빠 오고 심장이 더 뛰기 시작하자 지욱이 천천히 입술을 떼어 냈다. 살며시 벌어진 입술 사이로 초롬이 잔뜩 달아오른 숨을 토해 내자 지욱이 그녀의 불그스름한 뺨 위에 다시금 입을 맞추었다.

"셋째 가질 거야."

"……뭐?"

초롬이 놀라 고개를 번쩍 들었다. 장난기가 가득한 지욱을 보며 초롬이 가느다란 팔을 올리자 그가 가뿐하게 팔을 잡았다. 잠깐만

방심하면 저렇게 온갖 장난으로 무장한 채 훅 들어오고 만다.

그 순간 초롬이 '어?' 하면서 그에게 잡히지 않은 한 손을 들어 자신의 목 언저리로 가져갔다. 뭔가 살에 닿는다고 생각해 직접 만져 보니 그 정체가 여실히 드러났다.

"목걸이야?"

아까 끌어안을 때 뒷목을 지분거리던 그 손길의 이유를 알 것도 같았다.

"결혼 6주년인데 마땅히 해 줄 게 없어서. 좋은 레스토랑도, 예쁜 꽃도, 전부 한순간이잖아. 결혼기념일이기도 하면서 13년 전 이곳에 왔던 의미 깊은 날이기도 하니까 뭐라도 흔적을 남겨야 하지 않겠어? 나름 고민 많았어, 이 여자야. 여자들은 반지 좋아한다던데 당신은 결혼반지도 집안일 할 때 불편하다고 잘 안 끼잖아."

"……고마워."

"내가 너한테 목매단다는 뜻이야. 절대 빼지 마. 나 평생 너한테 매달려 있을 거니까."

그의 미소에 초롬이 또다시 스르르 풀렸다. 긴장감이 사라진 채 그녀의 작은 얼굴 위로 수많은 기쁨이 올라오기 시작했다.

안아 줄 테니 이리 오라며 가느다란 두 팔을 내밀자 이내 지욱이 그녀를 꼬옥 안으며 등을 어루만졌다.

"그리고 아까 그 말 진짠데. 농담 아닌데."

"뭐? 설마 셋째 얘기 말이야?"

"차로 갈까?"

"……야, 견지욱!"

초롬의 옷 위로 허리며 책상에 맞대어진 엉덩이 등을 매만지던 지욱이 '아, 조금만 더, 더어.' 하면서 앙탈을 부렸다. 아무리 언성을 높여도 능글거리면서 끌어안은 단단한 팔은 놓을 생각을 하지 않는다.

그 못 말리는 행동에 초롬이 결국 마음대로 하라며 아예 손을 놓아 버리자 자유를 얻은 양 그가 기뻐하며 다시금 얼굴 여기저기에 입을 맞춰 왔다.

열린 창문으로 여전히 찬바람이 교실을 가득 채우며 둘의 주변을 차게 식혔지만 두 사람 사이에 존재하는 그 뜨거운 열기, 그리고 따스한 온기만큼은 어디로도 새어 나가지 않은 채 그 자리에 꼭꼭 머물고 있었다.

창가에 서서 함께 벚나무를 바라보던 그때의 그를 떠올리며 초롬이 재차 파고드는 지욱의 혀에 눈을 내리감았다.

'행복하게 잘 살고 있어요?'

묻고 싶은 것들이 많았지만 물을 수 없었고, 듣고자 해도 들리지 않을 대답을 그저 속으로만 삼켰다. 이 교실에 남아 있는 추억이, 흔적이, 그저 모든 것의 대답이 되어 줄 것이라 생각하며.

"······하아, 우리 그냥 차로 갈까?"

"아, 함초롬······! 이러니 내가 안 미쳐?"

그의 안녕이 궁금한, 어느 서른둘의 오후를 오늘도 무사히.

에필로그 2.

지나간 우주로부터

바람이 찼다. 언제부터였는지는 모르겠지만 그 찬바람이 예전
보다는 덜 날카롭다고 느꼈다. 지욱은 꼬박 1년 만에 찾아온 그곳
으로 천천히 걸음을 옮겼다. 언제 와도 유리 위로 쏟아지는 볕이
보석처럼 반짝였다.

한 걸음 또 한 걸음에 그만큼의 마음을 무게감 있게 얹으며 걸
음을 내딛고 있을 때, 주머니 깊숙한 곳에서 묵직한 진동이 울렸
다. 그가 휴대 전화를 꺼내어 이름을 확인했다. 회사 아니면 거래
처 사람의 이름이 뜨던 그 액정 위로 간만에 '어머니' 라는 이름
이 새겨졌다.

– 가는 중이니?

"이미 도착했어요. 오늘도 볕이 밝네요."

짧은 몇 마디의 인사 사이로 그녀가 확인하고자 입을 열었다.

– 오늘이 마지막이라고?

"……나중에 또 올 수도 있겠죠. 하지만 더는 혼자서 찾아오지 않으려고요."

그의 다짐 같기도 한 말에 전화 너머의 그녀가 안도의 미소를 지었다. 소리가 나지는 않았지만 순간의 짧은 침묵이 지욱에게 그 표정을 떠올릴 수 있게 만들었다.

– 오래 돌아왔구나.

지욱의 느릿하던 걸음이 그대로 멈추었다. 앞에 있는 '함초롬'이라는 이름 세 글자가 가슴 깊은 곳까지 파고들었다.

어렸던 초롬과 함께 왔던 그 마지막 기일 이후 단 한 번도 찾아오지 않았다. 근처를 오고 가면서 얼마든지 와 볼 수 있었지만 걸음을 몇 번이고 붙잡았다.

그녀를 위해서라도 자신은 과거에 그녀를 놓아둔 채 미래를 향해 걸어가야만 했다. 혹여라도 그녀가 내내 이곳을 떠나지 못하고 있을까 봐.

"그러게요. 이제 둘만의 시간이에요. 나중에 연락할게요, 어머니."

초롬의 이름이 적힌 유골함과 그 앞에 놓인 남색 교복의 어린 사진을 들여다보던 지욱이 휴대 전화를 주머니 속 깊숙하게 넣으며 웃었다.

"초롬아."

지욱이 자신의 손을 들어 앞에 있는 유리를 매만졌다. 유리 너머에 있는 초롬의 사진이라도 꺼내어 보고 싶었으나 더는 가까이 가지 않기로 했다. 차갑고 딱딱한 유리를 매만질 때마다 그 위로 지욱의 손자국이 희게 남았다가 흔적도 없이 다시 사라졌다.

"내가 미울지도 몰라."

말하면서도 그렇지 않을 것임을 이미 알고 있었다.

누구보다 초롬이 바랐을 것이다. 그가 더는 울지 않기를. 더는 홀로 외롭지 않기를. 그리하여 누군가를 만나고, 웃고, 다시 새로운 사랑에 그의 모든 걸 바쳐 볼 수 있기를. 그녀가 그렇게 바라며 웃었을 것을 누구보다 잘 알면서도 이곳에 찾아오는 것이 두려웠다.

"……오늘이 마지막이야."

그녀를 오롯하게 전부 묻어야 한다는 사실 때문에.

"다음 생에서도 너 같은 아이를 만나 그토록 숨 막히는 사랑을 하지는 못할 거야. 세상이 어떻게 돌아가는지, 시간이 어떻게 흘러가는지 느낄 수도 없을 정도로 날 어지럽게 하는 그런 사랑은……. 네가 아니고서는 다시 느끼지 못할지도 몰라."

같은 사람을 만나지 않는 이상 그 사람이 주었던 설렘, 그 사람이 주었던 감동, 그 사람과 함께 있었던 순간의 행복 같은 것은 두 번 다시 겪지 못할 것이다. 초롬을 통해 배웠다.

"그래도 이제는 조금 알 것 같아. 사랑의 형태가 단 하나라고만 믿고 외로움 속에 갇혀 살아왔던 나도 이렇게 다시 걷고 싶어질 정도로, 날 움직이는 다른 형태의 감정이 분명하게 존재할 수 있다는 것을."

그것은 고마움이었을 것이다. 어렸던 네가 다시 날 찾아와 불어 넣어 주고 간 새 숨의 이름.

"난 아직도 네가 보고 싶어. 그리고 앞으로도 보고 싶을 게 분명해. 몇 번이고 또다시 네가 내 꿈에 찾아올 거야. 12월이면, 그리고 12월 31일이면, 매순간 네가 생각이 나겠지."

그녀가 사라지고 바닥에 떨어져 있던 꽃다발을 주워 들며 혼자 인파를 뚫었던 기억이 났다. 어떻게 돌아왔는지도 모르게 정신을 차려 보니 자신은 집이었고, 더는 그녀가 존재하지 않는 차가운 거실에 홀로 서 있었다.

두고 간 장미꽃이 시들어 바삭하게 말라 버릴 때까지도 그는 그녀의 흔적을 쉽게 버리지 못했다. 모든 것이 정말 처음으로 돌아갈 것만 같았다. 그게 두려웠다.

"그래도 약속할게. 나를 사랑하고, 또 누군가를 사랑할 수 있도록."

그러나 사랑의 무게감이라는 것이 자신에게 짐이 되지 않도록 하기 위해 무던히도 노력했다. '사랑'이라는 것은 누구에게든지 무겁지 않아야 했다.

지욱이 웃었다.

"사랑이 뭔지 알게 해 주어서 고마워."

그녀가 아니었다면 영영 몰랐을 것이다. 설렘, 고통, 외로움, 그 모든 것들을 아우르는 사랑이라는 것을.

"……잘 있어."

처음으로 고한 안녕이었다. 그녀를 떠나보냈을 때도 제대로 하지 못한 인사였다.

영원한 이별을 인정하고 싶지 않았다. 그녀가 계속해서 자신의 곁에 머물 것만 같았고, 언제나 눈을 감으면 만날 수 있었기에 고집을 부리며 살아왔다. 초롬의 죽음을, 그녀를 볼 수 없음을 인정하기까지 너무도 오랜 시간이 걸려 버렸다.

그녀가 죽고 14년이라는 시간이 흐른 뒤에서야 겨우 건네게 된 그 인사 한 마디에 지욱은 모든 것을 정리한 기분이 들었다.

그때 바로 따라가 뒤를 챙겨 주었어야 하는 건데 그러지 못해서, 그토록 몇 번이나 비를 쏟으며 날 원망했을 텐데도 끝까지 내 마음에 붙잡힌 채로 쉽게 놓지 않아 주어서, 그래서 너무도 미안했다는 사과를 속으로 삼켰다.

이제 그녀는 편안해질 것이다. 자신에게 묶여 있던 지난 시간들로부터 자유로워질 게 분명했다. 지욱 자신이 이제야 모든 것을 털어 낼 수 있게 되었으므로.

지욱은 모든 시간을 헛되이 보낼 수 없었다. 조금이라도 더 열심히 움직여야 했고, 조금이라도 스스로를 위해 최선을 다해야 했다. 다시 예전으로 돌아가기라도 한 듯 회사에 묶여 일, 그리고 일, 또 일, 그런 일상이 반복되었다.

초롬과의 짧았던 만남 이후 스스로 일어서기 위한 1년. 그리고 그녀에게 마지막 인사를 고하고 조금이나마 가벼워진 마음으로 흘려보낸 3개월이란 짧은 시간. 그녀가 곁에서 사라진 뒤 그의 삶은 조금씩 달라지기 시작했다.

- 오늘은 절대, 절대로 먼저 일어나지 마. 알았니?

"알았다니까요······."

핸들을 잡은 지욱이 계속해서 잔소리를 뱉는 그녀의 목소리를 듣다가 '저 운전해야 돼요.' 하며 통화 종료 버튼을 눌렀다. 정말 이지, 모든 것이 어쩌면 그렇게 예전과 똑같아졌는지 모르겠다.

똑같은 것들 사이로 그녀의 부재 외에 달라진 것을 하나 더 추가하자면······. 예전처럼 선을 보게 되었지만 상대방을 가볍게 흘리면서 무성의하게 자리를 지키지는 않게 되었다는 것 정도일까.

누군가를 제대로 만나 봐야겠다고 마음을 먹기는 했다. 그것조차 전부 초롬으로 인한 것이었다.

그녀는 분명 살았을 것이다. 살아서 그곳에 그대로 머물고 있을 게 분명했다. 그것은 묘한 확신과도 같았다. 그렇다면 자신 역시 약속을 지켜 주어야 하지 않겠는가. 다시 사랑할 수 있을 거라는 믿음을 준 그녀를 위해서라도 자신은 꼭 행복해져야만 했다.

"······아, 비 오면 안 되는데."

차의 앞 유리가 2초 남짓 되는 사이 물기로 얼룩졌다. 오늘 아침 뉴스에서 추위가 가시고 완연하게 봄을 알리는 빗줄기가 내릴 거라는 이야기를 들은 것도 같았는데 종일 날이 너무도 화창해서 까맣게 잊고 있었다.

물론 이 시각에 맞추어 비가 쏟아질 것이라는 사실을 알고 있었다고 해도 달라지는 건 없었을 것이다. 퇴근하자마자 지욱 나름 대로는 부리나케 달려가고 있는 중이었다.

액셀러레이터를 밟을 수조차 없었다. 차가 꽉 막혔다. 지욱은 문득 어느 날의 일을 떠올렸다. 서른둘의 겨울. 그때도 이렇게 비가 많이 왔고, 차가 막혔고, 선을 보았고, 그날 돌아갔던 집에서 어린 초롬을 마주했었다. 말 그대로 꿈만 같았던 그날.

그때로 시간을 되돌린 것만 같은 기분이 들어 지욱이 핸들을 붙잡은 채로 웃었다. 비가 오는 날 꽉 막힌 도로 위에서 퇴근길을 경험할 때면 이상하게도 자꾸만 초롬이 떠올랐다. 뭐든 될 것만 같은, 누구라도 만날 것만 같은 그런 저녁이었다.

지욱은 라디오를 틀었다. 빗소리와 라디오의 음악 소리가 섞이니 한층 더 운치 있었다. 카시트에 등을 기댄 그가 핸들 위로 손가락을 톡, 톡, 치면서 음악 소리에 취했다.

이렇게 된 거 어떻게든 되겠지. 그런 생각이 들었다. 어떤 식으로든 될 일은 되고, 살 사람은 살게 되고, 만날 사람은 만나게 되는 법이다. 느닷없이 운명론자라도 되어 버린 듯한 스스로의 생각에 지욱이 헛웃음을 터뜨렸다.

그리고 정말 '어떻게든' 되었다. 그 여유로움이 지욱에게 선물한 것은 무려 1시간의 지각이었다. 약속 장소가 초행길이라는 사실을 잊은 채 너무도 자만했던 것이 문제였을까.

비는 비대로 왔고, 길은 길대로 잘못 들었다. 남은 것은 지나쳐 버린 1시간. 지각이라는 이름을 지닌 결과.

"장난해요, 지금?"

"……."

갈색 머리가 참으로 예쁜 여자가 앉아 있었다. 몸에 딱 달라붙는 소재의 고동색 원피스가 무척이나 예쁜 여자였다. 입술에 바른

색도 예뻤고, 눈가에서 반짝이는 화장도 예뻤다. 아, 물론 떠오른 표정이나 마음씨가 예쁜지는 잘 모르겠다.

"죄송합니다."

"제 연락처 못 받으셨어요? 늦으면 늦을 것 같다고 말을 해 줘야 할 거 아녜요. 대체 얼마나 기다린 줄 알아요?"

여자는 단단히 화가 난 모양인지 자리에서 일어나 언성을 높였다. 나름 지성과 인성을 겸비한 아가씨라고 전해 들은 것 같은데. 지성과 인성에 대한 정의가 자신이 바라는 바와는 조금 달랐던 모양이다. 다른 테이블에 앉아 있던 사람들이 모두 이곳을 힐끗거렸다. 지욱은 피곤해졌다.

'아, 연락처……'

뒤늦게 그 생각을 했지만 이미 늦은 상황이었다. 연락할 생각조차 안 들었을 정도로 그는 그저 자신의 시간에, 자신의 추억에 빠져 있었다. 저렇게 화를 내어도 마땅히 할 말이 없었다.

"오래 기다리셨을 텐데 일단 식사부터……"

"식사는 무슨 식사예요. 밥이 넘어 가겠어요? 별꼴이야. 얼마나 잘나신 분인지 얼굴이나 확인하려고 기다려 본 거예요. 댁이나 식사 맛있게 하세요. 아, 짜증 나."

여자가 지욱을 지나쳐 갔다. 그가 자리에 선 채로 멀뚱멀뚱 눈을 깜빡였다. 주변에서는 '어머, 남자가 차였나 봐.'라든가, '여자 대박!'이라고 수군거렸다.

'다 들립니다……' 하고 말하고 싶었지만 어쨌든 차인 건 사실이었다. 매너 없는 남자에게는 본디 기회도 없는 법이다.

"이래서야 사랑하고 사랑받으면서 살 수 있겠냐……."

지욱이 미소를 띤 채로 제 목소리가 들리지 않을 초롬을 향해 조용히 중얼거렸다.

"그러게 말이에요."

느닷없이 들려온 대답에 지욱이 놀랐다. 초롬으로부터의 환청인 줄로만 알았다. 고개를 들자 어디서 나타난 건지 모를 웬 여자가 자신의 혼잣말에 대답하며 맞은편에 앉았다.

"……?"

"마치 그쪽은 누구신지? 하는 듯한 그 표정은 좀 실망인데요."

"아."

그녀의 말 그대로였다. 정말 '이 여자는 누구지?' 싶은 얼굴로 보고 있었다. 너무도 자연스럽게 말을 걸어와서, 그리고 너무도 태연하게 맞은편에 앉아 웃길래, 하마터면 오래도록 알고 지낸 사이인 줄 착각할 뻔했다.

하지만 아무리 자세하게 들여다보아도 익숙한 얼굴은 아니었다. 그러던 한순간 지욱이 누군가를 떠올려 냈다. 익숙하지는 않아도 분명 낯이 익은 얼굴.

"이제 기억이 났나 보네요, 견지욱 씨?"

"아, 네. 지금 막."

"그래도 이름까지는 모르겠죠?"

"……."

정곡을 찔렸다. 여태껏 선을 본 여자들이 많기는 했지만 그 여자들 중 한 명이라도 이름을 아는 사람이 몇 명이나 있느냐고 묻는다면 단언컨대 0이었다. 자신이 얼마나 건성으로 그 시간들을 보내 왔었는지를 새삼스럽게 깨달았다.

그랬기에 지금 이 상황이 더욱 신기한 것이다. 이름은 모르더라도 자신이 이 여자가 누구인지를 알고 있다는 사실 자체가 지욱에게는 굉장히 신기한 일이었다.

물론 그럴 수밖에 없었다. 그날은 지금도 잊을 수 없는 초롬과 다시 만났던 날이었고, 그녀는 초롬을 떠올리게 만드는 여자였으니까.

다시 만나게 되더라도 초롬을 보게 될 것이라 생각했다. 하지만 아니었다. 지금에 와서 보니 그녀에게서는 초롬을 닮은 구석을 조금도 발견할 수가 없다. 그런데도 자신이 그녀가 누구인지 알아보았으니 얼마나 대단한 일인지.

"그거 알아요?"

"뭘 말입니까?"

"견지욱 씨는 그때 내 이름을 한 번도 부르지 않았어요. 그래서 알았죠. 이 사람은 애초에 내 이름에는 관심도 없구나. 아마 기억도 못 하겠구나."

"……변명의 여지가 없군요."

지욱이 자리에 앉았다. 맞은편에 앉은 여자와 시선의 위치가 같아졌다. 그녀는 그때와 사뭇 다른 느낌이었지만 또 그때와 같아 보이기도 했다.

머뭇거림이 없는 말투며 자신으로 인해 언짢아하지도, 불편해하지도 않는 모든 행동이 그랬다. 이야기를 하다 보면 이상하게 지욱이 그녀에게 휘말리는 기분이 들었다. 마지막 연애가 열아홉 살이었던지라 지욱이 이 뜻 모를 기분에 계속해서 퀘스천 마크를 띄웠다.

"근데 여기에는 어쩐 일로?"

"그 긴 시간 동안 견지욱 씨가 변함없이 싱글로 지냈던 것과 크게 다르지 않은 이유일걸요."

"아……."

"내게 할애해 주지 못할 것 같다던 그 크리스마스와 새해는 행복했었나요?"

그녀의 질문에 지욱이 조용한 웃음을 지어 보였다. 따로 말하지 않아도 그의 웃음이 충분한 대답이 되었다는 듯 그녀가 기분 좋게 마주보며 웃었다.

그녀에게서 묘한 성숙함이 느껴졌다. 미소를 짓는 입꼬리 하나에서조차 느껴질 정도의 여유로움도 그랬다.

"다행이네요."

"아직 식사 전이면 뭐라도 시킬까요?"

"좋죠."

그때와는 다른 모습으로 자신을 리드하는 지욱의 모습이 낯설지만 나쁘지는 않았던 모양이다. 여자가 웃으며 고개를 끄덕였다.

예상치 못한 만남으로 인해 하게 되는 식사지만 오히려 선보러 나가서 만난 남녀의 관계인 것보다는 훨씬 나아 보였다.

음식이 나오기 전, 그녀가 말했다.

"견지욱 씨."

"네."

"제 이름이 뭔지 알아요?"

"……뭡니까?"

애초에 머릿속에 들어가 있지도 않았다는 것을 인정하는 듯 빠른 되물음에 여자가 웃었다. 이 남자 왜 이렇게 골 때리지? 그렇게 말하기라도 하는 것 같은 얼굴이었다.

"김소라요."

"아."

또 만날지 어떨지는 모르겠지만 이번에는 잊지 말아야겠다는 생각이 들었다. 지욱은 속으로 그녀의 이름을 두어 번 더 읊었다. 세 번, 네 번도 외울 수 있었지만 그녀의 말이 그를 깨웠다.

"원래 그렇게 영구 박 터지는 소리 잘 내요?"

"영구…… 박……."

단정하고 또 그만큼 고급스러워 보이는 겉모습과는 달리 그녀가 뱉는 말에는 묘한 친근함, 그리고 의외성이 있었다.

지욱이 대답을 곧바로 하지 못하고 눈을 깜빡이자 그녀가 '단어 선택이 좀 그랬나?' 싶은 고민을 했다. 지욱의 대답은 딱딱하면서도 굉장히 단호했다.

"좀 그런 편인 것 같습니다."

그녀는 지욱보다 네 살 정도 어리다고 했는데 이야기를 나누다 보면 꼭 여고생 같았다. 그와 동시에 겉멋이 들지도 않고, 치장에 한껏 힘쓰지도 않으면서 묘하게 성숙해 보였다.

그런 성숙미 너머로 입을 열 때는 또 통통 튀는 소녀 같은 게 묘하게 지욱의 시선을 잡아끌었다. 초롬이 있었어도, 없었어도, 결코 쳐다보지 않을 여자라고만 생각했었는데.

음식이 나오기 시작했다. 식사와 함께 크게 무겁지 않은 주제들로 대화를 이어 나가며 지욱은 방금 전까지 이름도 모르고 있던 여자에게서 친밀함을 느꼈다. 초면은 아니었지만 초면이었을 때에도 곧바로 느끼지 못했던 이런 감각은 굉장히 낯선 편에 속했다.

태어나 사랑했던 여자가 딱 한 명뿐이었다. 그마저도 첫눈에 반하다시피 했다. 그러니 처음에 별다른 감정이 없었던 여자에게, 그것도 두 번째 만남에서야 흥미를 느끼기 시작하는 이 감정이 이상하지 않을 리 없었다.

"소라 씨에게는 제 첫인상이 꽤 나빴을 것 같은데 굳이 왜 아는 척했습니까?"

"음……."

그녀의 낮은 음성이 '첫인상이 나빴다'는 말에 대해 긍정하는 듯했다. 조금 더 고민을 하는가 싶은 그 표정에 지욱은 묘하게 긴장되기 시작했다. 대체 무슨 대답을 듣고 싶길래 긴장까지 하는 건지 스스로에게 묻고 싶었다.

오히려 이곳에 오기 전까지는 여유로움에 푹 빠져 있지 않았던가. 그게 독이 되었다고만 생각했는데 어쩌면 약이었을지도 모르겠다.

"그렇게 첫인상 안 좋던 남자가 다른 여자한테 차이는 걸 보니 이상하게 마음이 쓰여서요. 인사라도 건네지 않으면 계속 생각날 것 같았거든요."

그녀의 말을 듣는 순간 그때의 식사 자리가 떠올랐다. 이름조차 기억하지 못했으면서 그 말은 기억을 타고 그 당시에 그녀가 했던 말들을 고스란히 생각나게 만들었다. 억지로 나온 티를 뻔히 내고 있었는데도 애프터 신청을 하는 그녀가 의아했다.

'매너 없이 티를 내는 남자가 이상하게 자꾸 제 마음에 들어서요. 말이라도 꺼내 보지 않으면 후회할 것 같았거든요.'

생각해 보니 그녀는 그때도 당찼고 자신감이 넘쳤다. 자신은 그때에 비해 조금 달라졌는데 그녀는 전혀 변하지 않았다.

언제 또 만나게 될지는 모르겠지만 일단 이름이라도 외워 두자고 생각하던 지욱이 생각을 고쳐먹었다.

"김소라 씨."

"네?"

"곧 벚꽃이 개화한다고 하더군요."

"……?"

"벚꽃, 좋아합니까?"

그녀와 언제 만나게 될지를, 다음의 만남을 자신이 직접 정하고 싶어졌다. 다음으로 미루지 않고 그저 끌리는 대로. 지금을, 살자.

봄이 큰 걸음으로 성큼, 지욱의 앞에 다가와 있었다.

이 글을 쓰고 싶어진 것은 '오늘이 마지막인 것처럼 사랑하라.'라는 문장이 문득 떠오르면서부터였다. 내 곁에 있는 소중한 사람이 이제는 습관이 되어 버리고, 시간이 흘러 익숙해지면서 그 소중함을 잊게 되는 것에 대한 생각을 한 번쯤 다시 하게 만들고 싶었다.

익숙함에 속아 소중한 것을 잃지 말자는 말이 있다. 내일도, 모레도, 언제나 내 곁에 있을 줄로만 알았던 사람에게 내일이 사라질 수 있다는 그 가정으로 시작하게 된 이 글은 나 스스로에게도 주변에 있는 이들을 다시금 돌아볼 수 있는 계기를 주었다. 익숙함에 속지 않을 수 있도록 언제나 최선을 다해야겠다는 생각이 들었다. 내일도 있으니까, 모레도 있으니까, 그런 여유로움을 부디 사랑에까지 적용하지 않기를 바라는 마음도 함께.

이 글을 읽는 사람들이 자신과 사랑하는 사람의 '내일'이 아닌 바로 '오늘'부터 소중히 여길 수 있기를, 사랑한다는 말을 하고 싶다면 지금 바로 할 수 있기를, 그런 바람으로 집필하였다. 숨기지 않고 노골적으로 드러낸 그 뜻을 아마 모든 사람이 알아챘을 것이라 믿는다.

멀쩡하게 잘 다니던 회사에 사표를 던지고 느닷없이 몇 달간이라도 그저 내가 하고 싶은 것만 하며 살아 보겠다고 했을 때, 로맨스 소설 '만' 써 보겠다고 했을 때, 누구 하나 나무라는 사람 없이 든든하게 등을 토닥여 주었다. 그 응원의 말들에 그래도 미련하게 살아오지는 않았구나, 하며 스스로를 대견스럽게 생각했다.

물론 〈안아 주고 싶은 밤〉이 나오기 전까지 이렇다 할 출간작이 없었던 내게 작가로서 내세울 게 뭐가 있느냐는 차가운 물음을 던진 이도 있었지만, 그 덕분에 열심히 걷던 내 두 발에 더욱 힘을 싣고 세차게 달려 보고 싶은 욕심이 생겼던 것도 같다. 여러 의미로 내게 소중한 사람, 날 진심으로 아껴 주는 사람이 누구인지 돌아볼 수 있는 아주 값진 시간이었다.

병상에 누워 내가 누구인지도 모르면서 나만 보면 반가워하는 우리 할머니, 내 첫 책을 묵묵히 기다려 준 엄마를 비롯하여 아빠, 남동생, 그리고 언제나 날 응원해 주는 내 친구들, 동생들, 내가 사랑하는 사람, 모두에게 오늘도 내 곁에 있어 주어 고맙다는 말을 전하고 싶다.

무엇보다 앞으로도 글을 쓸 수 있게 지금 이 책을 손에 들고 읽어 주시는 단 한 명의 독자에게 가장 큰 고마움을 느낀다.

앞으로 다가올 추운 계절도 모두에게 있어 이후의 봄을 위한
준비로, 가장 소중한 시간으로 남을 수 있기를 바라며.

2015년, 어느 따뜻한 밤
안은찬